KUADU
CHANGPIAN XIAOSHUO
WENKU

跨度
长篇小说文库

家风

长篇小说

王如◎著

中国文史出版社

生命不是一个可以孤立成长的个体。它一面成长，一面收集沿途的繁花茂叶。它又似一架灵敏的摄像机，沿途摄入所闻所见。每一分每一寸的日常小事，都是织造人格的纤维。环境中每一个人的言行品格，都是融入成长过程的建材，使这个人的思想感情与行为受到感染，左右着这个人的生活态度。环境给一个人的影响，除有形的模仿以外，更重要的是无形的塑造。

——法国作家　罗兰

1

俺是公元一九一五年八月十三日，也就是民国四年八月十三日出生，今年九十九岁了。

俺长大以后听俺爹说，俺出生的那一年，东三省和全国各地一样，都在声讨袁世凯接受"二十一条"，并掀起了抵制日货的运动。民意不可违呀，袁世凯没签"二十一条"，却签了《中日民四条约》。即便是这样，也逃脱不了卖国的罪名。

唉，那时候的中国，就像积贫积弱的老人，即使受到了凌辱，也得打掉牙往肚子里咽。

俺爹还跟俺说过，俺出生的那一年，乌裕尔河九道沟段发洪水，淹了杜尔伯特旗大部分草场和农田。

当时俺就寻思啊，俺出生在这样一个年代，是不是有啥暗示呢？

一晃，这都一百年了。再过两天，俺就要过百岁生日了。好在，俺的国家富了，也越来越强大了，老百姓的日子越来越好了。

儿孙们说，都要回来为俺祝寿，俺这心里真的好高兴。

2

俺有三个儿子、一个女儿，还有十二个孙子孙女。俺的大重孙子有个八岁的儿子，那是俺的灰孙子。就是说，早在八年前，俺就见到第五代了，俺享受五代同堂的幸福生活八年了。俺像一棵枝繁叶茂的大树，经历百年的洗礼后，以顶天立地的姿态活着，倔强地用根须孕育着子子孙孙，子子孙孙也用繁茂的枝叶回报俺，让俺有了享受不尽的福荫。

俺享受的是儿孙绕膝、枝繁叶茂的天伦之乐。

按理说，俺没啥不满足的事儿，可俺心里总是疙疙瘩瘩的。要过百岁生日了，儿孙们张罗长街生日宴，就让俺觉得贼不舒服。一个百岁老人，渐渐老去的不仅是身体，还有无限膨胀的欲望。俺像一个老钟艰难地运行着，不知哪一天，已是风烛残年的俺，说停摆就停摆了，就会随太阳一起落入西山。

所以，像俺这个岁数的人，应该忘记昨天，过好今天，不盼望明天。

每天早晨，俺坐在窗前瞅着太阳升起，瞅见的不是希望，而是找到了俺还活着的感觉。这个岁数还能图啥呢？就图个儿孙满堂，一家人乐乐呵呵地在一起，比啥都好，比啥都滋润。可儿孙们都说，生日宴要办得热闹，要有声势，要讲究排场。他们商量来商量去，还要办长街生日宴。瞅着他们欢天喜地张罗着，俺的心就不安起来。一百桌的宴席，鸡鸭鱼肉、生猛海鲜、瓜果梨桃，那得花费老鼻子钱了。你说，现在的孩子们，咋就不懂得节俭哪？人的一生啊，旦夕祸福都是天定的，该享多少福哇，该受多少罪呀，那都是有定数的。俺都活了一百岁了，要去承受那么奢侈的生日宴，会不会吃掉后代的福气呢？

不行，不行，俺得和他们说道说道，不能让他们瞎折腾。

这席梦思床软绵绵的，躺在床上总觉得累得慌，哪比得上火炕舒服啊？那时候，在灶坑里添一把柴火，那火炕就热乎起来了，人往上边那么一躺，那个舒坦劲儿就甭提了。不管你白天多劳累，晚上睡上一觉就好了。

火炕不好烧了，那就会倒烟的。火炕要是一倒烟，就会呛得眼泪直流。这时候，一定是烟灰堵住了烟道。那咋办呢？就得扒开炕面上的坯，再扎上一把苞米秆子，穿过炕洞子一通扫，火炕又通烟火了，又热得毛孔眼直冒气。不过，灰头土脸的厄运是免不了的。

自从住上了高楼，火炕没了，只能躺在床上活遭罪。更可气的是，住上高楼了，那日子过得就死性了，邻居住了好多年，见面谁都不认识谁，就是为啥打起仗来，一点儿都不奇怪。以前，有人说灶坑打井、房顶扒门，说着这不就应验了不是？那冷眉冷眼的窝心劲儿，让人感到后背一阵阵发凉。

俺是跟王中海上楼的。

中海是俺大儿子。

俺是一棵大树，中海就是树上最粗的分枝。他有俩小子和五个闺女，名叫春、夏、秋、冬、雨、雪、梅。

俺二儿子叫王中河，他大儿媳，也就是俺大孙媳，叫黎心茹，是作家。用心茹的话说，她大爷家的名字都贼诗意，就是做事儿总让人失意。

俺觉得这话说得对，其实就那么回事儿。

俺四个孩子中，中海是最让俺心疼的一个。他是日本鬼子占领杜尔伯特第二年生的，一九三四年农历六月初六，也就是伪满康德元年。

俺是十八岁过门的。

对此，心茹就喜欢刨根问底，总想要钻到俺肚子里去。一次，她又心血来潮了，就缠着俺讲过去的事儿，还歪着脑袋问俺："奶奶，你和爷爷到底是怎么认识的？跟我说说你们恋爱经过呗。"

俺点着她的额头说："恋啥子耐（爱）呀？过门前，就没见过他啥模样。俺是被轿子抬去的，进了洞房才认识了他。"

心茹瞪大眼睛问："奶奶，你胆也太大了，还没见过面呢，你就敢跟人家进洞房？如果爷爷是瞎子、瘸子或傻子，那怎么办呢？"

这孩子，还能咋办哪？嫁鸡随鸡，嫁狗随狗呗。

说来也怪，那过去的事儿呀，不管苦辣酸甜、喜怒哀乐，俺寻思寻思就像电影似的，都忒有嚼头。

伪满大同二年四月，田崎库三、古田重义出任杜尔伯特旗泰康设治局公署参事官、副参事官。你说，那日本人咋就当了中国人的官呢？荷枪实弹的日本鬼子进城后，召开了一个杀人大会，把抗日的胡子和学生都毙了，还逼着老百姓去看热闹，鼓动老百姓互相揭发，谁参加了民国二十年十二月古泉抗日活动。

那时候人心惶惶啊，走路都怕崩起石子砸在脑袋上。

那时候胡子抢劫，鬼子烧杀奸淫，民团跟着起哄，到处乱糟糟的。

俺家住在县城，日本鬼子进来后，住在离俺家不远的地方。

日本鬼子啥事都干,大闺女小媳妇,说被糟践就被糟践了。被糟践了,就没脸活了,就跳井的跳井,上吊的上吊了。

俺娘怕俺被糟践了,就往俺脸上抹锅底灰,把俺整得跟傻子似的。俺娘还不放心,就把俺蒙在炕上,不让俺走出家门。可是,这不是长远的事儿。咋办呢?最好的法子,就是赶紧把俺嫁出去,找个好人家过日子。

于是,俺爹就托人说媒。

俺是半裹脚的女孩儿,半裹脚的女孩儿不好嫁,把俺爹愁得唉声叹气的。后来,有人介绍了城南尖山子的王家。王家就光棍爹和儿子王青俩人,由于穷,半大小子都二十了,还没讨上老婆呢。

俺娘觉得这门亲事不错,虽说穷了点苦了点,好歹没七大姑八大姨掺和,日子会清静一些。进了王家的门,俺是王家唯一的女人,直接就掌管家务了。最重要的一点是,离开了县城,就离开了日本鬼子的魔掌。

这门亲事忒简单,简单得你都无法想象。第一天,媒婆登门说亲,她花说柳说,把俺爹说动了心思;第二天,俺爹和家公见了面,抽着烟唠着嗑就敲定了婚期;第三天,家公带着半袋子苞米和一顶花轿就来了,俺连新衣裳都没做,稀里糊涂地被抬到王家,唯一的嫁妆,就是俺娘给俺的一副手镯。

那世道真乱哪!

俺记得,花轿刚离开县城三里远,就碰上了一队维持会。那维持会打伤了轿夫,踢翻了俺的花轿,抢走了俺的一只玉镯,也抢走了家公的狗皮帽子。好在有惊无险,算是破财免灾了。幸运的是,就在花轿被踢翻的一瞬,俺把一只手镯揣进了前胸,另一只手镯只好喂狼了。咋说,那维持会没糟践女人,这就够幸运的了。俺家公说,要是遇到日本鬼子就坏菜了。

没见过面的两个人,就这样成了公母俩,度过了洞房之夜。第二天,俺才看清俺当家的的长相。俺当家的长得干瘦干瘦的,相貌还算说得过去,就是脾气不咋地,总是酸了吧唧的。

俺当家的是八十一岁那年离世的。不知咋的,他就得了癌症了呢？二十世纪七十年代末，改革开放了，土地承包了，大伙儿的心劲儿也上来了，日子也就一天比一天好了。可他享不了福，活蹦乱跳的一个人，眼瞅着就没了。他临咽气的时候，只惦记一个人，就是俺五孙子立成。立成是俺三儿子王中水那支的。俺当家的不愿管啥事儿，他却拉着立成说："五孙子，你要走正道啊。"

立成满脸泪水，蹲在他跟前说："爷爷，我一定听你的话。"

俺当家的不说了，只是盯着立成，就那样闭了眼。

俺觉得，他应该多说点啥，说说立成的小聪明，说说他担心啥，但他没多说一句话。他操心操够了，不想再操心了，一闭眼就走了。

掐指算算，俺们耳鬓厮磨了六十一个春秋，也阴阳两隔二十个年头了。俺记不清他长得啥样了，不知他过得好不好？是不是也满头白发了？牙掉了，吃饭都不香，那就把牙种上。现在技术好哇！没有钱，就给俺托个梦，俺让儿孙们给你多烧点。

俺过门后，过着清苦的日子。好在俺王家仁义，乡里乡亲处得好，有啥为难遭灾的事儿，大伙儿都愿伸把手，日子也就顺风顺水的。

过门那年冬天，俺怀孕了。转年六月初六，俺生下了中海。

这孩子命苦，生下来就缺吃少穿的。十岁了，还长得干瘦干瘦的，一副傻乎乎的样子，总是抱着膀子撒眸吃的，哪怕是一个苞米粒儿、一颗麦穗儿，也捡起来揣进兜里。回家后，就蹲在灶坑前用火烤。烤熟了，在两只手间折两个，就立马扔进嘴里。

中海小时候，俺不喜欢他。十岁的孩子，该懂事了吧？可他长不大似的，就抱个膀撒眸，啥都不知道去寻思。

用心茹的话说，她大爷营养跟不上，身体发育慢点，智力发育慢点，那是很正常的事儿。

俺不喜欢他，不仅是他立世晚，还有俺孩子挨肩。中海十岁的时候，俺就生了五个了。可是有仨没站住，中河其实是老五，一九四二年农历八月初十的。那仨没站住的，不就是饿的吗？所以，俺不喜欢他。寻思寻思，这哪儿跟哪儿呀？俺干啥埋怨他呢？中水是一九五三年农历八月二十四的，他有两个姐姐，也因天花扔了一个。这样，就只剩下一个闺女了，俺给她取名叫王中华，是一九五〇年十月初八生的。

乱时候、穷时候,都让俺赶上了。好几个孩子,俺起早贪黑缝补浆洗,还是穿不成囫囵个,就别说吃饱穿暖了。

日子就是日子,不遂心十有八九。乱世中的老百姓,脑袋别在裤腰上。不知道啥时候,就有倒霉的事儿,降落在你头上了。

3

一九四四年夏。

俺当家的在一个阴沉沉的日子被日伪警察抓走了。那天,俺狼嚎似的哭喊着,追着撵着往回抢俺当家的。日伪警察一枪托,把俺砸昏在那儿,是界壁儿把俺抬回屋的。俺那十岁的儿子中海,就站在俺的身边,鼻涕一把泪一把,一会儿喊着娘,一会儿喊着爹。

当年,俺不知道到底发生了啥事儿,只知道当家的和三十多个男人,都被日伪警察押走了。秋天,黄灿灿的日子里,有几个男人跑回来了。他们说,日本鬼子抓壮丁,逼着他们上了一节闷罐车箱,八个昼夜之后,到达了东满总省虎林县(今黑龙江省虎林市)的一个边陲小镇,给日本鬼子修筑工事(当年侵华日军号称"东方马其诺"的虎头要塞)。那简直是人间地狱啊!吃不饱不说,还要遭日本鬼子毒打。就连林子里的蚊子,也看人下菜碟,成群结队扑过来,糊在你脸上身上,用手一抹就是十来个,个个都是吸血鬼。还有消息说,工事修完了,修工事的统统枪毙,防止泄露军事机密。三十多个男人一商量,咱跑吧。就在一个黑黢黢的夜,用石头砸死了站岗的日本鬼子,趁着天黑逃了出来。大伙儿一逃出驻地,警报就响了起来,那警报声是那么凄厉,让人头皮麻酥酥的。大伙儿决定分散逃跑,但不能离铁路线太近,并相约在驼腰子旁的石头河会面。然后,大伙儿就分散跑。眼瞅着日本鬼子追上来,他们就东躲西藏。有来不及躲的,也有躲得不是地方的,眼瞅着被抓回去了。抓回去了,那还有好吗?那就是一个死。俺当家的躲在云山的一个坑里,上面填满了扎木棵,日本鬼子搜索到身边,还往扎木棵里扎了几刺刀,有一刺刀贴着耳朵扎在地上,吓得俺当家的大气不敢出。日本鬼子感觉没有人，就叽里咕噜地走了。然后，剩下的几个昼伏夜潜，终于在一个月后来到了石头河。可是，俺当家的却得了伤寒，说啥也走不了。正在一筹莫展的时候，恰巧找到猎户住的窝棚，就把他安置在了窝棚里。

这信儿对于俺来说，那真是悲喜交加呀。喜的是，当家的逃出了日本鬼子的魔掌；悲的是，当家的得了伤寒病，这都快入冬了，他能熬过去吗？再说，驼腰子也被日本鬼子占着，医药也是日本鬼子掌控着，万一……俺不敢往下想了。

俺担心当家的，俺要去驼腰子找他。可是，家里老的老，小的小，俺又是个小脚女人，咋能走那么远的路呢？那时候，俺家公年纪也大了，身子骨一年不如一年。儿子被抓走以后，他一天担惊受怕的，吃也吃不好，睡也睡不着，身子越来越虚弱，根本就出不了门了。

家公佝偻着身体，躺在炕上一连声地咳嗽，然后就唉声叹气的；俺只能抱着孩子，悄悄地抹眼泪。那几天，中海一反常态，不再像以前卖单儿了，也不再到处撒眸了，就窝在炕梢默默瞅着俺。得到他爹信儿第三天，一直不说话的中海，冷不丁让俺吃了一惊。

中海说："娘，明天俺去找爹。"

俺愣怔地瞅着中海，不相信自个的耳朵。

中海又说："娘，爹会病死的，俺要去找爹。"

这次俺听得真切，俺有些激动了。中海突然长大了，懂事了，知道为娘分忧了。俺高兴的劲儿还没爬到脸上，又被担忧按下去了。俺从来没这样想过，毕竟他还是孩子呀！

俺说："不行，路太远，你还小。"

中海说："娘，俺都十岁了，爹不在身边，俺就是大人了。俺不去找爹，爹真的会病死的。"

中海的话没错。

他们把俺当家的安置在窝棚里，还不知道窝棚的主人是谁，他是好人还是坏人？要是好人也就罢了，要是一个坏人呢，他真的就很难活命了。

俺就征询家公的意见。

家公说："不能让中海去啊，他爹是回不来了。他爹回不来了，别再搭上一个。要是那样的话，那可咋整啊？"

俺说："俺再寻思寻思。"

可俺寻思的是，咋说，那是个大活人啊，他是俺当家的，是家公的儿子，是孩儿他爹，是这个家的顶梁柱哇！哪怕有一线希望，就不能眼瞅他走绝路。

俺一边骂小日本，一边下了决心：中海是他爹的骨肉，身上流着他爹的血。为寻自个的爹，即便遇到了危险，也算是尽孝道了。

俺决定让中海去找他爹。

那夜，俺烙了玉米饼，把饼子和棉衣包好。俺寻思，就算走丢了，有棉衣和吃的，就死不了人了。准备妥了，俺带中海挨家挨户走，问清了他爹的位置，奔哪个方向走，都路过哪儿，都有啥标志，还给画了个图。有讲义气的，还张罗着领中海去。俺呢，是死活给挡了回去。都刚刚逃出来，让日本鬼子抓了去，那可真就没命了。

第二天，俺送中海上路了。俺千叮咛万嘱咐，还给他拿上打狗棍，在路上也好应付啥的。中海呢，说了声："娘，你放心吧。"就头也不回走了，那噔噔噔的脚步里，没有一点儿犹豫，也没有一点儿胆怯。可俺这个当娘的，还是哭出了声。俺一直站在村口，直到他消失在了远方。

那是俺揪心的几个月啊。孩子闹大人哭，俺一宿一宿地睡不着，家公的病越来越重了，不到一个月就咽了气。家公临死前，还叨咕那爷俩的名字。俺没能力给家公买棺材，只能用一领破席子包裹着，在界壁儿帮助下把他埋了。

家公走了，俺十分伤心。俺带着拴住和中河盼望着，念叨着，眼睛都快哭瞎了。那日子，真的比黄连还苦哇。

让人惊喜的是，来年刚开春，中海和他爹回来了。见到这爷俩时，俺是哭一阵笑一阵。你瞅他们爷俩，又黑又瘦的小脸，破破烂烂的衣裳。他爹长着一撮山羊胡，要是不仔细瞅瞅，俺还认不出来啦。可是，中海腿咋瘸了？到今个还拄着大棒子。俺一问才知道，他的腿被狗咬坏了，路上得不到医治，左腿肌肉大面积腐烂，一直烂到了骨头，就成了瘸子了。

俺说："你不带了打狗棍了吗？"

中海说："当时，狗扑过来，俺慌了，就给扑倒了。不过……娘，现在要是遇上狗，俺一点儿都不怕了。"

俺连说："好好，中海长大了。"

俺说完这话，一家人又哭又笑的，不管咋说，人总算回来了。

俺问，你们是咋回来的？都说是讨饭回来的。再多问，就不吭声了。他爹定了定神儿，反复地说道："多亏了小海，海儿为了俺瘸了，不管到啥时候，都不能亏了他。"

一晃，四十多年过去了，心茹进了门，对她大爷的经历忒感兴趣，就隔三岔五请她大爷喝酒。中海喝酒喝到份儿，就会讲他不为人知的经历，那段蒙着一层面纱的往事儿。

俺听说了，就让心茹讲给俺听，那孩子却神秘地说："奶奶，等我把大爷的经历写成小说，再改编成电视剧，那时候你看电视多好哇？"

唉，那要等到猴年马月呀！俺一个快百岁的老太太，还不知道能不能等到那一天呢。不讲就不讲吧，反正俺猜呀，那是一段令人心酸的经历，也是一段惊心动魄的经历，他们怕俺哭瞎了眼睛，才故意都瞒着俺的。不管俺能不能瞅见，俺都盼着心茹能早点写出来，她是俺王家的荣耀哇。就是不知道，能不能比《闯关东》更耐人寻味。

4

一提起中海，俺就想起当年的事儿。俺不喜欢这个孩子，他却救回了他爹的命；不曾立世的孩子，却在关键时挺身而出；一个少言寡语的孩子，却给了弟弟妹妹们几十年的父爱。现在，他是俺最心疼的一个孩子，是因为他的孝顺，是因为他有担当。

中海这辈子活得很累，也很苦。那苦根，就在他的瘸腿上。

中海救回他爹后，就成了一个瘸子。身有残疾，娶媳妇就难了。好人家的闺女，谁愿意嫁给瘸子呢？俺又不忍心他打光棍。再说了，现在不像俺那会儿，不认识就能把媳妇抬进门。没办法，就娶了喇嘛甸恶霸地主严振利的闺女。

严振利是远近闻名的恶霸地主。

严振利家住着一个独院，有正房和东西厢房，拴了四辆马车。土改时，土改工作队进入他家，收走了大部分金元宝，听说交给了银行。剩下的金元宝，严振利老婆用坛坛罐罐装上，在一个黑黢黢的夜里，埋在了村北的树下。等过了风头了，想把金元宝挖出来，却咋都没找到。做贼总是心虚呀，她忘了做记号了。

在杜尔伯特旗，唯一被镇压的地主就是严振利。由此可以推断，严振利为人该是多操蛋，残忍、贪婪、霸道、奸诈、伪善、邪性……几乎都让他占全了。一九四七年七月二十四日，严振利勾结国民党特务，摸到自卫队长吕俊峰家，将吕俊峰枪杀了。旗政府接到报告后，将严振利逮捕正法。就是这样一个家伙，那后代又能咋样呢？但是，俺没办法呀，谁让俺儿子瘸呢？她要不是地主狗崽子，人人像躲瘟疫一样躲着她，人家还不嫁俺这瘸儿子呢。算了，好歹娶上个老婆，总比打光棍强吧？有女人才能传宗接代，才不会绝后不是？

就这样，俺把严振利的闺女严杏花娶进了王家。

那一年，是一九五五年，中海二十一岁，杏花小他两岁。

这个细高干瘦的儿媳，从小过惯了蜜罐的日子，虽说没上几天学，却也是肩不能担手不能提，啥活计都不会干。过门后，她吃不像吃穿不像穿，身子骨慢慢就垮了，整天病恹恹的，总是靠吃药过日子。

到了“文化大革命”，她又成了被改造的对象，一有风吹草动的，就被拉到台上进行批斗，整天耷拉着脑袋过日子。“文化大革命”中，尽管上面一再强调抓革命促生产，但有的只顾革命不顾生产，一些地方打的粮食还不够自个吃，何况还得交公粮呢？粮食不够吃，就得挖野菜充饥。即便是这样，那也填不饱肚子，杏花就越发虚弱了。但有一点你得服，她并没耽误生孩子，她一气扑哧扑哧生了四个闺女、俩小子。

这时候，杏花政治上受打压，没有了精神支柱，还能把中海当成依靠。那时候，一家八张嘴等着吃饭，她又是病恹恹的骨架子，日子过得紧巴巴的，也就不足为奇了。

俺其他的孩子还算出息，有上大学的，有在油田的，一个个离开家门，像海燕一样振翅翱翔了。俺就归中海家抚养，一块儿归过去的，还有俺的三亩地和一栋老宅子。

改革开放以后，杜尔伯特县城不断扩建，尖山子土地被征用了，村民也办了农转非，农民变成了城镇居民。土地被征用后，盖起了居民楼，俺的土地和老宅都升值了，留给中海的这份家业也不小，算是没辜负他爹的希望。

杏花读过私塾，咋说也比中海识字多，就负责给孩子起名，大闺女叫王立春，后面的依次按季节排名，俩小子叫王立雨和王立雪。

六个孩子一顺水长大了。

也许是日子越过越舒心了，也许是不唯成分论了，一直赖了吧唧的杏花，自从土地承包后，她的身子也像老百姓的日子，一天天地舒展起来，病了那么多年的人，一下子就精神十足了。说来都叫人咋舌，杏花四十二岁那年，竟然虎巴地又怀孕了。自从怀孕后，杏花说话嗓门也大了，地主小姐的娇蛮劲儿也出来了，在家里也指手画脚的了。可怜中海，拖着一条瘸腿忙里忙外的，连一口大气都不敢出。这些年，被病秧子老婆和六个孩子拖累，眼瞅着满头黑发就白了。好在俺这个婆婆坐在炕上，要不她还不得骑到脖颈上啊？

这是俺看不惯她的地方，看不惯的还有为人和家教。

春、夏、秋、冬小的时候，杏花身体不好，也没精力带孩子，大老爷们总不能婆婆妈妈的吧？所以，俺就帮着带孩子。虽说她们没成啥大器，但日子也过得舒心烙印的。

杏花怀孕这事儿，瞒住了镇里的领导。谁能想到，她一个绝了育的人，咋还能有孩子呢？

中海不想留这孩子，可杏花又哭又闹，说都动了一刀子了，你还想让俺遭一次罪呀？同样是遭一次罪，俺不如把她生下来呢，不就是扑哧一下子吗？中海拧不过她，再说中年得子，也是件高兴的事儿，中海就顺了她的意思。

杏花贼有老猪腰子，为了保住这孩子，她以外出治病为由，跑到喇嘛甸她姐姐家，一直住到把孩子生下来。中海四十四岁时，生了这个老闺女,取名叫王立梅,也就是俺的六孙女。

杏花回来了,还抱回个闺女,这信儿传到镇里,可把镇领导气炸了:“给我罚,狠狠地罚,都生了六个了,还没完没了的,我要罚她个倾家荡产!”

中海被罚了钱不说,还把家具都搬走了。得亏老宅房主是俺,才保住了一家子的窝儿。

立梅出生时,俺都六十三了。人老就不中用了。杏花就自个带孩子。杏花对老疙瘩忒溺爱,哭一声都得有人挨损,吃的穿的都拣好的,一天像祖宗供着。立梅稍大一点儿,就在外招猫逗狗的,没一点儿女孩儿的样。在家和俩哥哥打架,哥哥脸上经常是一道一道的。

惯子如杀子啊,这是千年古训。立梅一直这样下去,说不准会惹出啥祸事来。

老人啊,都贱!俺这个老太婆也不例外。

一天,俺和杏花说起立梅,杏花嘴一撇说:“娘,你那是老观念。现代社会了,改革开放了,孩子要有个性,要有足够魄力,才能在社会上闯。俺不想把这孩子,培养得猫儿似的。”

俺不赞成她的歪理儿,就又觍着老脸说:“女孩儿要有女孩儿的样,不知天高地厚咋行?小孩儿就像一棵小树,你不去修理它,它就会长歪的。”

杏花说:“啥叫女孩儿样?几个大的是你带的,咋样了?还不是窝窝囊囊一辈子。”

杏花这么一说,俺立刻就不吭声了。

这话让俺窝心哪。俺辛辛苦苦帮着带孩子,却给人落下了话把儿,孩子好坏由她爹娘带着,俺这快进棺材的人了,管那闲事儿干啥呢?那以后,俺再也不管立梅的事儿了。

结果咋样?就照着俺的话来了。

立梅早恋了,是她二叔发现的。她才十八岁,才只有十八岁呀,她还是个初三的学生。

立梅的二叔,心茹的家公,俺二儿子中河。当时,他正和他媳妇到县城来看望孙女。

那天中午，中河气喘吁吁地来找俺，悄悄地跟俺说："娘，我在二中的平房后看到立梅了。"

俺说："那有啥奇怪的，她在那儿念书呢。"

中河说："不是，她……"

"她怎么了？"俺了解中河的性格，他从不说没影的话儿，不做不靠谱的事儿。瞅着他吞吞吐吐的样子，俺知道，一定是发生了啥事儿，俺就催他说："你说呀，都多大岁数的人了，咋还说半截话呢？"

"娘，我看到立梅和一个男孩儿抱在一起。"中河说这话的时候，脸都憋红了。中河觉得这事儿很要紧，就上气不接下气地跑来了："娘，你别上火，也别生气。他们这茬孩子，早恋现象很普遍，适当引导一下会好的。我来找你，是不想直接找大哥大嫂，他们要是怪罪下来了，我们兄弟该生分了。你就提醒我哥一声，让他了解了解，管管孩子。孩子这么小，错一步就会误了一生啊。"

俺懂中河的顾虑，依着杏花对立梅的态度，她听不得别人说个不字。

中河怕，俺也怕。怕归怕，但俺是王家的活祖宗，立梅是王家的后代，俺不能眼瞅着她走歪路。

那天晚上，俺当着中海公母俩和立梅的面，把这件事儿说了。没想到，俺不但没处理好这事儿，还捅了马蜂窝了。活了这大把的年纪，还头一回和晚辈正面冲突，现在一寻思都觉得憋得慌。

晚饭后，俺一瞅就这几个人，就和立梅说："立梅，今天有人瞅见你了，你在平房后和一个小子干啥呢？你说，你这孩子咋就不好好上学呢？"

俺这话刚一出口，杏花就炸庙了，她腾地站起来，舞舞扎扎地说："这是谁凭空说瞎话呢？埋汰俺闺女舒服咋的？是不是老二？肯定是老二！除了他没别人。他一直瞧不起这股人，瞧不起就别来往，也用不着糟践孩子。娘，你也真是的，这么大岁数了，也跟着你二儿子瞎起哄。"

她唾沫星子四溅，脸上青一阵紫一阵的，那个泼劲儿就甭提了。说的话儿句句像刀子，剜人心哪。俺就生气地说："中海家的，这是孩子的事儿,你扯那没有的干啥?老二咋就看不起你了,当着孩子说瞎话,你这不是瞎搅和吗?”

杏花狠狠地说:“娘,你就是偏心。你人在俺这儿,心却向着别人。俺不说别人了,你大孙媳那么会哄你,俺看就是假孝心。要是真有孝心,就接家去养活你呀。”

这个严杏花呀,是越说越不像话了,差点儿把俺气背过去。

中海实在是瞅不下去了,他啪地一拍桌子说:“严杏花,你就知道满嘴跑火车,咱娘啥时候偏心了?这房子,这地,还不都给咱了。再说了,娘说的是孩子的事儿,你扯那没用的干啥?”

杏花却不服气,还是大声大气地说:“哼,就是那么回事嘛。”

俺气得实在不行了,拿起拐杖死劲蹾了几下,站起来就要回自个的屋子。这时,立梅说话了:“你们别吵了,我的事儿用不着你们管。告诉你们,我那是谈恋爱,从明天起我就不上学了。”

立梅的话,简直就是平地里响起的惊雷,惊得大伙儿傻了眼。俺跌坐在炕沿上,中海的嘴张得老大,杏花顿时变成了哑巴。屋子里静静的,静得能听到针掉在地上的声音。突然,杏花哇的一声大哭起来,双手不停地拍着大腿哭号:“小祖宗啊,你才多大呀,你知道啥叫恋爱呀?这要传出去还不笑话死人啊?你说你这么点小岁数,你不念书干啥去呀?”

立梅面无表情地说:“妈,你真老土,这年头谁读书啊?都享受生活呢。我谈恋爱怎么了?这就叫扒房子找蛐蛐——就是个玩儿。对了,为我的事儿,你们在这儿吵起来没完没了的,真可笑。告诉你们吧,我和肖斌同居了,说不定哪天啊,我就把你们外孙子,哦,是我奶奶的重外孙子,抱回来让你们逗着玩儿。”

这话把俺们都吓蒙了。杏花再也不吵吵了,张大嘴巴一个劲地哭;俺坐在那儿一直喘着粗气;中海气得浑身直哆嗦,抢过拐杖就砸向立梅。后来的事儿俺就不知道了。

俺醒来的时候,已经躺在医院里了。吊瓶架上挂着三个瓶子,中海坐在俺的身边,那眼睛都抠进去了。中海说,杏花也病了,在家躺着呢。三天后,俺出院回到家,就再也没见到立梅。中海到学校找了几次，始终都没有找到她。到肖斌家去找，肖斌他爹也说不知道。

立梅真的不念书了，她真的跟人家跑了。

半年后，立梅腆着大肚子回来了，这个家又被搞得人仰马翻的。杏花哭得像死了爹似的，指着立梅大骂："你这个不要脸的，抬脚就跟男人跑了，又死回来干啥？"

立梅说："妈，你别说得那么难听好不好？这是你的家，也是我的家，我怎么就不能回来？"

杏花把牙咬得咯嘣咯嘣地响，又狠狠地骂道："你看你挺着个大肚子，人不人鬼不鬼的，叫俺这脸往哪儿搁？王中海，你这个吃粮不管穿的，还有脸站在街坊面前吗？"

中海气得直哆嗦，用手指着杏花喝道："闭嘴，你给俺闭嘴！"

杏花又大骂道："俺闭啥嘴？俺说的是实话。祖坟风水管十代，你们老王家这是祖坟冒了青烟了，才出了这样不要脸的东西！"

杏花骂够了立梅，就转过脸来骂中海。那中海气得直瞪眼睛，坐在炕头生闷气。

立梅面无表情地说："妈，这是我的事儿，你骂我爸干什么？"

杏花又转过来骂道："你这个不要脸的，十八岁就揣上了野种，你还有脸回来？干脆找个歪脖树吊死算了。"

唉，这一家三口，都快把房子抬起来了，总是让人不得安生。

那几天，俺就待在自个屋里，眼不见心不烦哪。活了八十多了，苦时候、穷时候、乱时候，俺都经过，再苦、再穷、再乱，俺也没失去奔头，一心想好好活下去，这是人不该丢的心劲儿，也就是人的精气神。

人这辈子，有了债就得还。你欠了汗水，就还上泪水；你欠了努力，就还上失败；你欠了勤奋，就还上贫穷；你欠了运动，就还上虚弱；你欠了淡泊，就还上烦恼；你欠了真诚，就还上虚伪。

俺当家的走后，俺就凭这心劲儿走过来了。立梅闹出的事儿，对俺的打击是沉重的，真是家门不幸啊！你说，俺到底欠她啥了？

俺不想管立梅的事儿了，也不敢管立梅的事儿了。

俺知道，这是当老人的失职啊。但俺没办法，这不是借口，谁让她娘那么刁蛮呢？俺只知道，立梅说啥也要留下孩子，还大喊大叫非肖斌不嫁。眼瞅着肚子一天天鼓起来了，没出嫁的闺女把孩子生在娘家，那还不得让七里八乡笑掉大牙？俺就悄悄地和中河、中水说，去和你哥商量一下吧，是不是和肖斌他爹碰碰头，琢磨琢磨这事该咋办哪？最后，还是中河和中水出面，找到了肖斌他爹，双方一商量，就把结婚的日子定下来了，立梅就这样草草地嫁人了。这让俺想起了俺出嫁的事儿，真的叫人心酸哪！毕竟那还是旧社会，还是生活在日本鬼子的铁蹄下呀。

相比之下，她呢？

5

立梅十八岁就嫁人了！唉，和俺出嫁时一样年龄。可现在是啥社会？婚姻法都规定了，女孩儿不满二十二岁不能结婚。立梅没登记，也没像样的婚礼，她这是非法同居。

俺很伤心，也开始寻思。

家族的兴衰，取决于后人的努力，更取决于前辈的引导。惯子如杀子啊！立梅的事儿，除了杏花和中海外，俺也有推不掉的责任啊！俺不以年迈为借口，亲手把立梅拉扯大，就算她没啥大出息，但绝不会把路走偏的。

中海这七个孩子，就数春、夏、秋、冬知礼了。俺说这话，绝对不是邀功。俺是说呀，要有出息，得先有好德行。俺没啥文化，但俺知道“厚德载物”是啥。俺记得谁说的来着？“平生一醉惟山水，立世百年靠德行。”他说得多好哇！杏花咋就不明理儿呢？俺不说俺带大的四个了，至少她们通情达理，就算是照葫芦画瓢吧，她们的儿女也错不到哪儿去。至于三个小的，俺就不敢说了。立梅早恋，立雨、立雪也不是省油的灯。俺是瞅明白了，这个家呀，风波还在后头呢。

立梅出门子那天晚上，俺打开了王氏族谱，挂在东墙上，用白毛巾擦拭了一遍。面对俺的列祖列宗，俺寻思来寻思去，风清气正的王氏家族，这到底是咋的了？咋会出这样的事儿呢？是俺这个老祖奶奶没能耐，没管教好俺的儿孙们？现在出现了这样的事儿，让俺咋向老祖宗交代哟！咋办？大慈大悲的列祖列宗，谁能告诉俺该咋办？谁又能告诉俺，啥是对啥是错？俺面对列祖列宗自言自语、自说自话，不觉老泪已经洗亮了天际。

又是一个不眠之夜。

吃完早饭，俺当着儿女们的面，再一次打开王氏族谱。

族谱里卷着王氏家训。

这本家训已经好多年没人动过了。

“文化大革命”时，杏花作为恶霸地主的狗崽子，被打成了“黑五类”。“黑五类”免不了是要遭殃的，这本家谱也差点儿跟着她遭殃。你说，这家谱招谁惹谁了？

一天，居委会干部敲中海的家门。中海打开门以后，闯进来一群红卫兵。

带头的是个身穿绿军装，手拿红宝书的年轻人，他肩上斜挎着军用挎包，挎包上绣着一个忠字。

瞅着这群红卫兵，俺们一家子都站起来，谁都不敢吭声。

这段时间，不是李家被砸了，就是林家被抓了，或是谁的当家的上吊了。一不小心，就可能惹来灭顶之灾。

俺二孙女立夏不知天高地厚，好奇地跑到那年轻人面前，伸手摸了摸他的忠字包。

年轻人用力一扒拉，立夏被推倒在地。年轻人斜着眼睛说：“你这个反革命的狗崽子，不许动我的忠字包。”

立夏一边哭着，一边从地上爬起来，战战兢兢地退到里屋。

年轻人一手叉腰，一手高举着红宝书说：“根据上级的命令，对恶霸地主狗崽子严杏花家进行彻底查抄。现在，我命令：所有大人站到门外，小孩儿都到里屋去。听明白了吗？”

俺们谁都没吭声，但还是按照他说的，俺、中海、杏花到门外站着，其他几个孩子到里屋去了。

之后，年轻人带着红卫兵翻箱倒柜，结果啥“四旧”（旧思想、旧文化、旧风俗、旧习惯）都没翻出来。年轻人站在那儿四处瞅了瞅，指着佛龛说:“去把严杏花带进来。”

杏花耷拉着脑袋进来,规规矩矩站在年轻人面前。

年轻人说:“佛呢?”

杏花哆哆嗦嗦地说:“在西天。”

年轻人一怒:“我说佛龛里的佛。你说,那佛哪儿去了?”

杏花又哆哆嗦嗦地说:“这不,做了佛龛,就破‘四旧’了。所以,还没请佛呢。”

年轻人又说:“去,把王中海叫进来。”

中海蔫头巴脑地走进来,也站在年轻人面前。

年轻人问道:“你说,这佛龛里的佛呢?”

中海说:“还没请呢。”

年轻人点点头说:“好,给我砸了代表‘四旧’的佛龛。”

年轻人一声令下,红卫兵就砸了起来。

乒乓声中,佛龛被砸烂了,大镜子也被碰碎了。杏花和中海站在那儿,一声也不敢吭。

砸完后,红卫兵们把杏花押走了。

瞅着这满屋的狼藉,中海双手揪着头发,蹲在地上不吭声。十岁的立春吓得钻进俺的怀里哭。

俺拍着立春的后背说:“立春不吓不吓。”

中海说:“作孽啊,娘,这个家败了。”

俺连忙呵斥地说:“别乱说话,遭灾的又不是俺们一家。遇事要沉住气,才少遭意外灾祸。你还不快瞅瞅你媳妇去。”

中海说:“不知道把她押哪儿去了。”

俺说:“找哇！这个时候,你得护着她,别让她想不开。”

中海说:“嗯哪,俺去。”

中海答应着走了。俺想起了立夏,就拉着立春的手进了里屋。

屋子里悄没声的,没有立夏的影子。

俺瞅见后窗户开着,就猜想这孩子从窗户跑了。

俺拉着立春来到后园子。

园子里的菜长得旺,绿油油的一片。这小园子是俺伺候出来的。

有茄子、柿子、黄瓜、豆角、辣椒、大葱、白菜、生菜、韭菜，围墙内种了一圈毛嗑儿。园子伺候好了，够一家人吃一个夏天了。吃不了的菜晒成干，留着冬天解解馋。

俺在黄瓜架下找到了立夏。

那孩子哭成了花猫脸，弄得满身满脸都是土。

八岁的立夏坐在黄瓜架下，怀里还抱着家谱，瞅见俺走过来了，她抽泣了几下就哭出声来："奶奶……俺把老祖宗……藏……藏起来了，他们找不到的。"

俺的眼泪唰啦就流下来了。俺把立夏抱在怀里说："好孩子，好孩子。"

立夏说："俺不让他们砸老祖宗。"

俺说："对，你做得对呀，要护好老祖宗，这就是孝心，这才是天道。"

那天，俺找了一块塑料布，小心地包好家谱，埋在了黄瓜架下。就这样，这个家谱才保存下来了。

王氏族谱虽然破旧了，可是那念想还在，祖先们的牌位还在，这是俺最欣慰的事儿了。

王氏族谱是上三代立的，是俺当家的爷爷，也就是俺爷公公立的。家谱上填写了三代人：第一代，是俺爷公公那辈，在高祖公、婆画像的两侧，对应填写每一代男人和媳妇的名字。爷爷那辈哥四个，画像的两边各有四个名字，一排就是八个人的名字。俺家公这辈是哥两个，这一辈就是四个人的名字。俺当家的这辈是独子，他独自去了那个世界，还不能写到家谱上，孩子们就在黄表纸条上写上他的名字，贴在家谱里第三代这一排上，等到俺死了以后，两人一块儿落在家谱上。

除了家谱外，还有一本家训，记载着先祖对后代的训诫。

过去，老百姓朴实、厚道，心中还有个啥主义，有个啥信仰，也就没啥稀奇古怪的事儿，家训上写的是仁义礼智信、温良恭俭让、忠孝勇恭廉，大都是从古书上抄下来的，总共也就是十几、几十个字不等。除了中水结婚时，俺又填补了一些内容外，俺记得从俺家公那时起，王氏家族就没啥现眼的事儿，也就没必要修改家训了。

后来,人们的眼睛钻进钱眼了。钻进钱眼了,必然就动了邪念,就啥事儿都有可能发生。俺听说在日本不允许上映的动画片,包括有暴力倾向的、有色情倾向的、有煽动仇恨的,统统不允许上映。但是,俺们却当成先进的文化,花大价钱买回来给孩子们看。你说,在潜移默化中,孩子们能不走歪道吗?如果这一代都给教坏了,那这个社会不就完了吗?这个国家不就没指望了吗?

俺本以为这本家训会和俺一样,在时间的河流里一点点儿枯萎老去,然后除了一个名字以外,再没有人翻动和记起。可是,现在看来是不行了。这个立梅,让俺死水微澜的心汹涌起来,再不整治王氏家族风气,这个家族就要败落了。

俺要替俺当家的修订家训、整治家风了。

儿女们都来参加立梅的婚礼了。虽是一场很不光彩的婚礼,没有脸面请乡亲们来贺喜。但是,对于一个家族的亲人来说,还是愿意把祝福送给立梅的。

那就当着儿女们的面,说说修订家训的事儿吧。

"今天是一九九六年九月二十日,正好儿孙们都在这,俺要说说家训的事儿。"人老了,反映不过来,俺就一字一句地说,"中河,俺慢慢地说,你给俺记下来,要捋顺溜了。"

中河忧心忡忡地瞅着俺,找来纸张和碳素笔,坐在俺身边默默地听着。

俺瞅着他都准备好了,就接着说:"孩子要孝敬爹娘,爹娘要教育好孩子,孩子不许早恋,不许早结婚,爹娘不让孩子走歪路。"

中河低头记着,记完了就去捋。

过了一会儿,中河抬起头来,瞅着俺的眼睛说:"娘,你看这样写行不:祖宗虽远,祭祀不可不诚;子孙虽愚,经书不可不读。居身务期简朴,教子要有义方。嫁女择佳婿,无索重聘;娶媳求淑女,勿计厚奁。遵从法规民俗,勿辱家格门风。"

俺听不懂这古里古气的词,就问中河:"你这是从哪儿踅摸来的?那厚奁是啥意思呀?"

中河解释说:"娘,我是从《朱子治家格言》里借来的。奁,是古代妇女梳妆用的镜匣，是装东西的。也就是说，娶媳妇只求淑女，不计较物资的多少。”

俺说：“哦，不错。大伙儿琢磨琢磨，有没有需要解释的？”

大伙儿说：“没有了。”

俺又说：“中河，接着记。”

中河答应道：“嗯。”

俺接着说：“兄弟要像手足，不要为啥事儿瞎指责，孩子们都瞅着呢，不要为钱打破脑袋。钱是身外之物，亲情才是真正的财富。”

中河捋完说：“娘，这样写你看行不：兄弟叔侄，相恭相敬；分多润寡，法肃词严；重义轻利，血脉相承。”

俺说：“好。中河，从头来，给大家念叨念叨。”

中河站起身来，绷着个脸念叨：

祖宗虽远，祭祀不可不诚；子孙虽愚，经书不可不读。居身务期简朴，教子要有义方。嫁女择佳婿，无索重聘；娶媳求淑女，勿计厚奁。遵从法规民俗，勿辱家格门风。兄弟叔侄，相恭相敬；分多润寡，法肃词严；重义轻利，血脉相承。

中河念叨完，又掰开来说了说，就坐下了。

说实话，俺这个家训，是从杏花和她女儿立梅、儿子立雨、立雪身上得到的教训。所以，中河念叨完，俺使劲地点点头说：“这家训，大伙儿要牢记，要时刻和自个比一比。俺只想说，做啥也别做错事，后悔药可没地儿买。”

俺瞅见杏花脸红了，脸红是好事啊！但愿她能明理儿，也做一个好榜样，不然会遭报应的。

那时候，立雨和立雪，是俺最担心的俩孙子。立雨比立梅大十二岁，比立雪大两岁。也许是挨肩的原因，这哥俩从小就不和，为一句话一点儿事儿，经常会大打出手。对这俩男孩儿，杏花的溺爱不亚于立梅。因此，俩男孩儿个性忒强，从小就自私自利，总围着自个扒拉盘算。

好在他们都在外地,俺也眼不见心不烦。只希望井水不犯河水,不要有啥利益冲突,只要平平安安就好。俺不是咸吃萝卜淡操心,哥俩真就手足相残了,当然这是后话了。

家训写完了,也掰开来揉碎了说完了,俺不知道能记住多少。但俺知道,用家训就想管住孩子们,那是不可能的事儿。可是,作为这个家族的一棵大树,活化石一样的老祖奶奶,俺能为王氏家族做的,也只有这些事儿了。只希望儿孙们能懂俺的心,好的更好,立梅们有所悟,俺也就知足了。

写完家训后,俺一直病着。

俺没日没夜地昏睡,没头没脑地做梦,梦到的都是死人:俺爹、俺娘、俺姑姑、俺姐姐,还有俺家公和俺当家的。特别是俺姑,横眉竖目地盯着俺,总是和俺打架,从梦中醒来,俺浑身都是冷汗。

俺寻思,俺快死了不成?他们是来接俺的吗?

杏花不再吵闹了,中海腰身更佝偻了。立梅的事儿,对他们打击太大了。他们陷入了悲苦和羞愧中,一天天消极地活着,没过多的时间管俺。俺也一天天糊里糊涂地过着,被噩梦惊心动魄地缠绕着。

俺以八十三岁高龄,等待死亡的降临。

6

俺昏睡着,一直昏睡着。

心茹来看望俺了。

心茹是文化馆创作员,说话柔柔的,走路轻轻的,笑容甜甜的。她有两个爱好,一是看书,二是写小说。她的小说在很多杂志发表,大家说她是大作家,说她声震白山黑水。

听人说,腹有诗书气自华。心茹在王氏家族中,无论男女老幼、高低贵贱,她都是笑呵呵的,做啥事儿都有理有序,街坊四邻、亲朋好友都喜欢她。那年,她八竿子扒拉不着的表姨奶,从乡下到城里走亲戚,身后还跟着一串小的。心茹就忙活开了,又是买菜,又是做饭。烟熏火燎的七天哪，俺都心疼了。要知道，作家需要体验生活，更需要静心思考啊。特别是表姨奶那做派，穿着鞋就上床，盘腿坐在那儿，叼一根长长的烟袋，吧嗒吧嗒地抽着蛤蟆头，一会儿一努嘴，呸的一口痰吐在地上。俺瞅不过去，就想说两句。俺说："她表姨奶，你……"心茹就故意打岔说："奶奶，你陪我表姨奶喝点白酒吧？"

表姨奶在心茹家住一周，她桌上桌下伺候七天。每天好吃好喝地供着，还得赔着笑脸儿。她表姨奶就是个母夜叉，都被感动得不得了："柳生啊，你是有福分的人，摊上这么好的孙媳，可不用愁吃喝穿戴了。"

可真就应了她表姨奶的话，这些年心茹从没亏待过俺。

心茹常常把俺接到家，陪俺聊天，逗俺开心，做俺喜欢的饭菜；她还给俺买衣裳鞋袜、金银首饰；她还缠着俺讲俺的经历。俺一个小脚女人，一辈子没走出过杜尔伯特，有啥好说的？心茹却说："奶奶，你经历中华民国、伪满洲国、抗日战争、解放战争、抗美援朝、土地革命、"三反""五反"、"文化大革命"和改革开放各个时期，你就是中国近代的活化石。"

你说，心茹对俺那么好，她就这么点要求，俺能不满足她吗？

近两年，杏花脾气越来越大，老说不贴铺衬的话。心茹有了顾虑，不敢再接俺过去了。

对此，心茹从不说啥，但俺能看出来。

俺一大把年纪，早都成精了。这点事儿还看不透？杏花不喜欢别人尽孝，好像说她不尽孝似的。她的想法奇怪吗？俺说不奇怪。她心里有别的东西，俺又不能点破了，吃着谁就得向着谁吧？这也是人之常情的事儿。何况，俺当家的留下话了，俺得让中海舒心不是？俺就得让着点杏花。所以，俺才把老宅和那块地给了他。

那天，俺浑浑噩噩地做梦，俺又梦到了死人。这次梦到的是姑姑，那个长着长脸的高个女人。她手中拎着一条白布，还冷冷地笑着对俺说："柳生，俺终于找到你了。"

她活着的时候俺就怕她，是那种毛骨悚然的感觉。现在，在俺的梦里又见到她了，俺的内心自然是恐惧的。俺眼瞅着她手里的白布，怯生生地叫了一声:“姑姑。”

姑姑眯着眼睛说:“柳生,俺不是让你把脚裹成三寸金莲吗?”

俺满眼惊恐,浑身发抖,不敢吭声。

姑姑狠狠地说:“你这个不听话的孩子,既然你不想裹脚了,那俺就裹你的头吧。”

俺大叫:“不……”

俺还没反应过来,白布已经勒住了俺的脖子。俺费了好大的劲儿,才挤出一个不字来。俺的脸和她的脸相对着,那扭曲的脸形和咧开的嘴巴,吓得俺一动也不敢动。

白布勒得俺喘不上气来,俺伸手拼命去抓白布,嘴里发出咕噜噜的声音。

姑姑又说:“你这不听话的孩子,俺要好好地教训你。”

俺开始大喊大叫,浑身冒出了冷汗,手脚是又蹬又刨。

这时,俺听到呼叫声:“奶奶,奶奶,你醒醒,你醒醒啊。”

俺听清楚了,这是心茹的声音。俺一把抓住她的手,像抓住了救命稻草。心茹摇晃俺的胳膊,谢天谢地,俺终于醒过来了。

俺睁开了眼睛,心茹瞅着俺,眼里全是泪花。看俺醒过来了,终于破涕为笑。她忧心忡忡地说:“奶奶,你做噩梦了?你在不停地叫,手在胡乱地抓。”

俺无力地笑了。是啊,做噩梦了。在俺等待死亡的日子里,总是有一些奇怪的梦。

俺说:“大孙媳妇,你来看俺来了啊。真好,俺真怕再也见不到你了。”

心茹说:“奶奶,你怎么乱说话呢?我不是说过,你能活过一百岁。那时,你要接受电视台的采访,谈谈你长寿安康的秘诀。”

俺想起来了,心茹说电视台寻找百岁老人,要是俺能活到一百岁,她就陪着俺上电视。

她这是哄俺呢,谁能活百岁呀?

俺说:“大孙媳妇,俺是个老废物,连孙女都教育不好,活那么大岁数干啥啊?俺自个都觉得不好意思了。”

心茹说:“奶奶,别这么说。”

俺说:“奶奶真的活够了,活着就是讨人嫌,也白白浪费粮食,要是有一瓶毒药,一口喝下去就好了。”

说者无意,听者有心,心茹抓住俺的手哭着说:“奶奶,你怎么会有这个想法呢?你知道,我没见过我奶奶,第一次见到你的时候,我连奶奶都喊不出口。这两个字对我来说,实在是太陌生了。可是,当我喊出奶奶时,我有很强烈的幸福感。我可以和别人一样,有自己的奶奶了,是你填补了我一个情感的空白。我喜欢喊奶奶的感觉,我不允许你离开我。你知道吗?你住在我家里时,我故意不带钥匙去上班,回家时敲敲门,喊几声奶奶,看着你满头白发帮我开门,我的心一下就落地了,那才是家的感觉呀。奶奶,你给我的是时光积淀的踏实。你好好活着,就是我们的福气,就是我们的快乐。你给我们的,是夏天里的一片阴凉,是冬天里的一盆炭火,是亲情中最温暖的呵护啊。”

这孩子,说话一套一套的,还那么暖人心。俺知道,心茹说的是真心话,你看她哭得多伤心哪。

这孩子,一下子让俺找到了活着的价值和意义。

俺要活着,俺应该活着,俺应该好好地活着。

俺擦掉了心茹脸上的泪珠儿。

俺和她讲了自个的噩梦。

心茹说:“奶奶,你一直为立梅的事儿自责,才会心神不宁的。心神不宁就做噩梦,这对你的身体不好,你要放松自己,想开一些才好。”

就是这个原因,在俺的心头上,一直压着块石头。俺得把它搬掉,俺要好好地活着。

俺说:“大孙媳妇,俺想去你家住几天。”

俺看到心茹愣了一下,但是她坚定地说:“好啊,奶奶,俺跟大爷大娘说一声,现在就接你过去。”

俺们说话的时候,杏花已经来半天了。她站在门口悄悄听着,当俺们娘俩说到这儿,她突然推门进来说:“小明媳妇,俺可不是不让你尽孝心,你奶奶这么大岁数了,要是在你那儿一下子睡过去,你该咋解释呀?话又说回来了,老太太有三个儿子,还得你这个孙媳妇来伺候,这不是打长辈的脸吗?”

俺还以为,出了立梅的事儿,她多少会有些醒悟呢。昨天还低头弯腰叹气来着,今天又歪得不上线了,这心眼都歪到哪儿去了!真是应了那句话,江山易改,秉性难移,狗到啥时候能改了吃屎呢?

俺真生气了,就喘着粗气说:“中海家的,话可不能这么说。儿子孙子都是俺的后代,俺去谁家又犯啥毛病了?放心,俺要死也要死在你的炕头上。”

杏花说:“娘,俺没别的意思,就是不想让她折腾你。路遥知马力,日久见人心,一两天做做样子算啥嘛。俺可不像有的人,就干面子活儿。小明媳妇,俺可不是撵你奶奶,你要是真的贤孝,就养你奶奶老哇。”

你瞅瞅,你瞅瞅,这女人说话多难听。

心茹是晚辈,也不好说啥。就连俺这个老太太,都气得浑身发抖。幸亏中海来了,把她推出了房间。那天,心茹没接俺,但俺还是去了,是中海送去的。俺走时,杏花嘟嘟囔囔的,俺也不想听她啰唆,福禄财寿是自个积的。她的儿女都大了,她该知道言行的重要性。天作孽,犹可违。自作孽,不可活。俺希望她能做出榜样来。

7

用心茹的话说,言传不如身教。

这话文绉绉的,道理却大着呢。从心茹孩子身上,就能看出子丑寅卯来。

心茹的独女叫王迪,是俺的大重孙女。这故事发生时,她才六周岁。

说起这孩子,现在都后怕。

立明和心茹相门户时,心茹的爹娘都过世了,她只好借居在姑姑家。也许是寄人篱下的原因,她的性格柔和包容,中河全家就喜欢上了。

中河重视孩子的教育,更懂得尊重知识。

他三个孩子,老大王立明,是心茹当家的,也是俺大孙子;老二王立天,是俺四孙子,在省城当华浦银行行长;老三王立菊,是俺五孙女,在北京大学毕业后,到北京一家企业当高管,年薪上百万。你说百万年薪,那是多少钱啊?俺老太太这辈子,也没见过那么多钱哪!

中河三个孩子,唯一留在杜尔伯特的,就是立明,也只有他没上大学。

立明没上大学,是有原因的。

从小学、初中到高中,立明学习贼好,不是状元、榜眼,就是探花。高三那年,立明他娘得了一场大病。那时,中河在大庆,参加一场石油大会战,一两个月回不了家,这个家就全靠雪玲了。

那时,油田和政府刚分开分立,城市还在建设中,没有现在富裕,石油工人的待遇也不高。雪玲没工作,靠中河一个人养家,常常是捉襟见肘。为了补贴家用,雪玲在电影院摆摊,卖水果、糖块、汽水和瓜子。

当年,电影院红火一时,买电影票得托关系。一个新片来了,放了一场又一场,场场都爆满。雪玲的摊床也跟着火,一个月赚的比职工还多。

雪玲忙得不得了,直到末场电影结束,她才能收摊回家。

一个女人,要照看好家里、照看好孩子、照看好摊床,又牵挂当家的,精神负担实在太重了。

雪玲得了肺结核,住进了县医院。

肺结核忒缠人,既传染又怕累。自个都需要人照顾,哪有精力照顾别人?家就落在了立明肩上。

天一亮就起床,先打扫内外卫生,再为弟弟妹妹做饭,弟弟妹妹上学了,才按医嘱为他娘送饭。为了收入,他得按照电影预告,去电影院看摊床。立明奔波在家庭、医院和电影院之间,哪有时间温习功课呀?他的成绩直线下降,从年组优秀生降到差生。年轻的班主任,不懂学生的心理,更不懂尊重学生尊严。他把立明叫到办公室,当着众多老师的面训斥他,用讥讽的语言挖苦他。一直很优秀的立明,哪受得了这样的挫折？他对老师产生了抵触情绪，青春期叛逆的心理凸显，做了一些出格的事儿。他越这样，老师越批评。越批评，他就越这样。再后来，立明干脆逃学了。

立明给他娘送完饭，就赶紧去电影院看摊。雪玲一直蒙在鼓里，还嘱咐立明说："立明，你一定要好好学习，不然俺没法向你爹交代！"

立明嘴上答应着，暗地里该咋做咋做。

雪玲出院以后，身体一直赖巴巴的，立明啥都不让她干。

转眼过大年了，中河回来了。他回来的那天，偶然遇到了立明的老师。老师说：立明两个月没上学了。这话让中河大吃一惊。

中河气哼哼地回到家，这让雪玲好生不解："你咋了？几个月没回家了，一回来就生这么大的气，好像谁欠你二百吊似的。"

中河气哼哼地说："立明呢？"

雪玲说："在电影院看摊呢？立明咋了？"

中河又说："你知不知道，他都两个月没上学了？"

雪玲疑惑地说："两个月？不会吧？"

两个人正说着，立明哼着小曲推门进来了。立明一瞅见中河，高兴地叫了一声："爸，你回来了！冷不冷？我给你倒一杯热水去。"

立明倒水去了。大怒中的中河，本想狠狠地揍他一顿。可是，面对这么懂事的孩子，又咋下得了手呢？他接过立明递过来的水杯，慢慢地坐了下来。雪玲瞅瞅中河，又瞅瞅立明说："立明，你爸听说你两个月没上学了，都气坏了。你知道吗？你爸对你的希望是啥？是考上一所好大学！将来也好走出杜尔伯特，看看外面精彩的世界。可是，为啥呀，孩子？"

立明立正站在爹娘面前说："爸、妈，对不起！是我不好，我辜负了爸妈的希望。不过……我的成绩是下降了，可老师也太不尊重人了！"

雪玲听着，眼泪一串串地掉下来，她说："孩子，是妈对不起你，都是妈这个病……"

雪玲说不下去了，眼泪不停地流着。立明马上劝慰道："妈，你别哭了，你的病怕忧郁。你放心，车到山前必有路。只要你身体好好的，就比啥都强。"

话说到这儿,中河明白了事儿的缘由,就说:“儿子,你要还想上学,咱可以在假期找老师补课,也可以重读高三哪。”

立明说:“爸,算了。你在油田工作,总是那么忙,我妈需要照顾,弟弟妹妹也需要照顾,这个家得有一个人担着,我就不上学了。”

中河说:“儿子,爸爸怕你将来后悔呀。”

立明说:“爸,百善孝为先。放心吧,我是不会后悔的。”

中河说:“好孩子,爸爸尊重你的选择。不过,爸爸提醒你,一定要抽时间学习,学过的知识可不能丢了啊。现在,不管干什么,没知识是不行的。”

立明说:“爸,你放心。”

立明退学了。立明退学不久,正赶上县政府招职员,要高中以上学历的。立明心想啊,幸亏退学前,参加了毕业考试。走,到学校看看,是不是允许我毕业呀?立明来到了县一中,见到了班主任。班主任说:“立明,是不是拿毕业证来了?”

立明说:“老师,我就是来看看,有没有我的毕业证。”

班主任说:“亏得你参加了毕业考试。你有了毕业证,就可以参加政府招聘考试了。立明,当初老师方法不对,老师向你道歉。”

立明接过毕业证,握着班主任的手说:“谢谢老师,是我不懂事。”

立明考上政府文员了。接到通知那天,立明哭了。唉,俺可怜的大孙子,俺知道他心里委屈,又总是装在心里,真是个敢担当的人哪。

立明上班以后,还是细心地照顾着家,不管是他娘,还是弟弟妹妹,都没说的。直到寒假结束,中河把立天、立菊接到大庆念书,雪玲也去陪读了。俺大孙子立明,就自个留在了杜尔伯特。

转眼到了娶妻的年龄,立明遵从他爹的意见,想找一个知识分子为妻。他二十三岁那年,经人介绍认识了心茹。

见到这个女孩儿,中河不知有多喜欢。为成全这门亲事,他请了年薪假,带雪玲回到杜尔伯特。

那时,心茹是小学老师,总围着一堆孩子转,工作忙忙碌碌的。

到饭时了,中河公母俩做好饭菜,让立明接心茹回来吃饭;下雨了,让立明带伞去学校接她;她嗓子累哑了,沏上一杯胖大海,让立明送到学校去。

细致入微的关怀、浸入骨髓的亲情、慈祥善良的老人,让心茹感动了,心茹接受了立明。

第二年,立明和心茹结婚了。

从认识到结婚,从结婚到生孩子,心茹一直是淡淡的,看不出年轻人恋爱的热情。立明对心茹照顾得无微不至,俺觉得是剃头挑子一头热。

亲戚们都没看好这桩亲事,觉得两人之间差异太大。过去讲究门当户对,现在讲究共同语言。俺担心哪,担心了就唠叨,唠叨给中河听。

中河却是胸有成竹,俺记得他对俺说:“娘,你放心吧,心茹骨子里是传统女孩儿,又早早失去了双亲,对家的温暖的依赖,比别的女孩儿要多得多。她既然选择了这桩婚姻,她就一定会珍惜的。”

俺不得不佩服中河,心茹和立明的日子,就像他说的那样,有安静,有尊重,也有祥和。真是应了那句话,平平淡淡才是真哪!

心茹结婚不久就怀孕了,当年十二月十日生了王迪。

这就是俺的大重孙女。

俺高兴啊!就天天想夜夜盼,盼着她早点来到世上。王家添丁进口了,俺能不高兴吗?谁不希望家族兴旺呢?

心茹生孩子那天,俺、中河和雪玲都揪着心哪!

这是女人最危险的日子,也是最痛苦的日子。俺喜欢把心茹生产经过,说给俺大重孙女听,听到她娘生她遭那么大罪,王迪就湿漉漉地瞅着她娘,就像知道感恩的小羊羔,眼里充满柔顺和感激之情。

心茹生孩子那天,俺知道信儿时,她住进医院两天了。

等待孩子出生,就等于进了鬼门关。她是难产啊,孩子卡在子宫口,剖腹都来不及了,大夫采取强制方法生产,用产钳硬把孩子拽出来。

那情景,惊心动魄呀。

就在千钧一发之际,大夫征求家属意见:“是保大人,还是保孩子?”

中海和立明异口同声地回答:“保大人,保大人,一定要保住大人。”

医生摇摇头说:“没办法,只能把孩子绞碎,再吸出来,才能保住大人,孩子要是久久生不出来,大人也就没命了。”

立明说:“只要能保住我妻子,怎么都行。”

医生准备好了器械,俺大重孙女命悬一线。就在这紧要关口,心茹轻轻地哼了一声,昏死的心茹醒过来了,她似乎听到了啥,使尽全身力气喊道:“不,不要,求求你们,保住我的孩子……”

心茹又昏过去了。

立明流下一串串泪,他十分哀伤地说:“大夫,请你想想办法,是否能保住两条命?如果不行,请一定保住我妻子。”

当娘的要保小孩儿,当家的要保屋里的。这生死关头的抉择,感动了一个新毕业的大学生,她自我推荐接生,选择了产钳分娩法。老大夫说:“你刚来,这种分娩法,很容易引起颅内出血或死亡,或发生智能障碍,或引起手脚麻痹。那样的话,会引起医患纠纷的。”

女大学生没有回答,但她坚定地拿起产钳,将胎儿双侧颞骨夹住,然后适当用力往外牵引胎儿。

孩子终于生出来了。

俺大重孙女出生了,这个孩子历尽了艰险,终于来到这个世界,可谓大难不死呀,大难不死就会洪福齐天。

正当大家欣喜之时,护士匆匆跑出来:“病人大出血,血库里没有Rh 阴性血浆,快想办法寻找血源。”

县医院血库没有,那哪儿会有呢?中河跌坐在产房门口的座椅上,双眼直勾勾地瞅着前方,嘴里嘟嘟囔囔地说:“这可如何是好?这可如何是好?”

立明马上走到他爹面前说:“爸,别急。你忘了,我参军体检时验过血,我就是这个血型。”

中河想了想,对呀,立明退学以后,本想参军来着。可是,因为脚平足,被拒在这所大学校门之外了。唉,立明是,那王家还可能有人是。他马上摆摆手说道:“雪玲,快去打电话,把王家少一辈都叫来。”

中河向亲戚们求救,得到亲戚们快速响应。

俺的族人表现出了超常的亲情,年轻一代都来到医院,这让俺心里得到了极大的安慰。

心茹得救了,俺大孙媳得救了。值得一提的是,俺大孙子立明,是第一个输血的。而且俺听说,要不是大夫阻止的话,他会把自个的血都给心茹。

俺的好孙子,真是个知疼知热、有情有义的孩子。俺相信,他的血液流进了心茹的血管,公母俩血脉相融了,彼此再也不会分离了,他们会携手度过美好的一生。

一周后,心茹回到家休养,俺坚持自个伺候她。

8

在月子里,女人是金贵的。

俺不能让她捂着,不能让她晾着,不能让她下地,不能让她梳头,更不能让她吃生硬的。俺给她煮红皮鸡蛋吃,给她熬小米粥喝,在粥里放几勺红糖,这是最养血脉的了。

心茹躺不住,就偷着看书,或者看电视。俺就拔电源线,把书藏起来。这可不是闹着玩儿的,月子要养好眼睛,不然眼睛会疼的。心茹偷着下地,俺就故意训她,腿脚是一辈子大事,落下毛病那还了得?她梳头俺把木梳抢走,她洗脚俺把水端走。这些事儿做不得。俺年纪大了,经历得多了,知道月子的成破厉害。月子里落下病根,只能月子里调养。现在的年轻人,只生一个孩儿,哪有机会再坐月子?

不梳头,不洗脸,不做事,不能动。心茹受不了啦,就老和俺掰扯:"奶奶呀,我知道你疼我,可这是不科学的。月子里应该注意一些,但也不是什么都不能做,苏联女人生完孩子还游泳呢。"

俺不信她的话,也和她掰扯:"苏联女人是苏联女人,她们是吃生肉、喝牲畜奶长大的,她们就和野人一样了。你是俺王家的媳妇,金贵着呢。"

心茹就笑着说：“是，我是奶奶孙媳妇，比皇上的女人还金贵呢。”

话是这么说的，也是这个理儿呀。

一个人是否金贵，不是出身的事儿。是有没有人在乎你，有没有人疼你。俺拿孙媳当宝，她就比谁都金贵。俺要让她知道，她有多么重要。

心茹特别懂事，虽不赞成俺的做法，但从来不和俺顶嘴，总是呵呵地笑着说：“就是嘛，我和奶奶都金贵，奶奶比慈禧太后金贵，我比皇后娘娘金贵。”

俺也呵呵地笑，这个可心的孩子。她对俺那么孝顺，俺是那么喜欢她。俺们娘俩对心思。俺想，俺们一辈子都不会红脸的。可是，就在这个月子里，她却把俺惹生气了。

王迪是难产啊，是用产钳拽出来的，浑身青一块紫一块的，脑袋肿胀了好几天，脑瓜顶有一大块囊肿，脑袋显得又大又长。她不哭不闹，整天沉睡着。除了吃奶是醒着的，她就那么沉睡着。俺暗暗担心孩子的安全和智力。

十天后，王迪总算睁开眼睛了。她四处撒眸着，还脚蹬手刨的，就像初升的太阳给人希望，俺长长舒了一口气。

既然会脚蹬手刨了，就得扎上胳膊捆上腿了，俺得让她长直溜不是？俺就用尿布和带卡子把王迪捆上了。

这是老辈传下来的，一代传一代，都是这么过来的。

俺让她双腿并拢，让脚尖朝上，两只胳膊并拢，放在两腿外侧，用尿布把她的身子捆紧，再用带卡子固定手脚。这样，孩子就不长罗圈腿了，也不会佝偻腰了，谁不希望孩子长得溜直呢？

从来都很柔顺的心茹，对这事儿大惊小怪的。第一次给孩子捆腿，就被她给阻止了。

心茹说：“奶奶，孩子不能捆的，这是不科学的。把孩子捆上了，会影响协调能力，影响智商发育的。”

俺说：“孙媳妇啊，这是老辈传下来的，不把孩子捆上，怕她长不直溜哇。”

心茹说：“奶奶，长得直溜不直溜，和营养均衡有关，和这个没关系。这是陋习,是对人性的禁锢,应该剔除掉的。孩子被捆上,不但影响智商发育,还会受惊吓,得风寒。”

心茹句句科学,字字发育。俺一时无话可说,只有生气的份了。

俺活了七十多岁了,就没见过哪家孩子不捆腿的,也没见过哪家孩子捆成了傻子。不捆腿的孩子,手脚乱蹬乱刨的,那才会受惊吓呢。

俺不和她争了,也不理她了,反正俺把孩子捆上了。

俺从没见过心茹那么犟,等俺离开了房间,她就把孩子放开了。而且,一连几天都这样。俺也懒得做这件事儿了,但俺心里实在是不舒坦。

心茹好像没发生啥一样,整天乐呵呵地喊奶奶。

心茹还用录音机放音乐,放在孩子耳边让她听;她还趴在孩子的耳边,给她讲故事、背古诗,甚至还叽里咕噜地说英语。俺就纳闷呀,这么点的孩子,她能听懂个啥呢?但是,俺不说话了,自个儿在心里犯嘀咕。

心茹说这是早教。在怀孕时还做胎教呢。胎教和早教,对孩子智力的发育是很重要的。

俺不理解她做的这些事儿。月子里的孩子主要是睡觉,整天睡觉的孩子能听到个啥?再说了,睡觉的孩子最怕惊吓了,这样吵吵闹闹的,要是惊着了孩子可就坏菜了。

俺有一个孩子,就是月子里惊着了,就得了黄风病,找村里的宋大神给扎了几次,最后也没扎过来,扔了。

俺们这茬人,扔个孩子是常事。有人生了十个八个的,最后站住三四个就不错了。那时候,女人就是生孩子的,一扑哧一个,一扑哧又一个。孩子也密,两年一个,也有一年一个的。谁家扔个孩子,就像扔个死猫死狗差不多。时代不同了,现在女子金贵了,怀上了就左保养右保养的,生个孩子也千难万难的,孩子要是有个三长两短的,那还不死的心都有了?

俺仍然伺候心茹的月子。但是,俺这颗心却总是提溜着,生怕孩子出现啥意外。中河和他家里的也开导俺,说心茹那是科学喂养,叫作启蒙教育,这样的孩子长大了才聪明。

现在想想，俺那个时候挺可笑的。人家心茹是个文化人，做的事儿也都占个理儿。俺那是老脑筋了，用心茹的话说，是封建残余思想，是要被剔除掉的。那时候俺就是想不开，心里疙疙瘩瘩好几年。不过，这不影响俺娘俩的感情。

就这样，俺娘俩感情越处越深，她是俺最疼爱的孩子，俺是她最孝顺的老人。

在俺对生命产生怀疑、对生活产生厌倦的时候，俺大孙媳会第一个出现在俺面前，让俺住到她的家里。

那天，杏花的话让心茹有所顾虑，她没敢接俺回家。俺呢，不想让这个女人得逞，心茹前脚刚走，俺后脚就让中海把俺送过去了。

进了大孙子家门，第一个跑出来迎接俺的，就是俺的重孙女王迪。

一瞅见俺，她就噔噔噔地扑过来，嘴里甜甜地叫着："太奶奶，太奶奶，我可想你了。"

这孩子，小嘴真甜，听着就让人舒心。看着这个孩子，俺死了半个月的心一下子就活了。

俺说："太奶奶也想大重孙女了。"

俺把王迪抱在怀里，不停地拍打她的背。说来也怪，这孩子的胳膊腿没有捆扎，却长得直溜溜的，越瞅越水灵。没有水蛇腰，更没有罗圈腿。难道心茹的科学喂养是对的？那老辈传下来的法子，又该咋解释呢？

王迪抬起笑脸说："太奶奶，明天学校举行入队仪式，让我作为新生代表发言，爷爷奶奶都回来给我助阵，你也参加我的入队仪式吧。"

瞅着水灵灵的王迪，特别是那双小葡萄似的眼睛，就像一缕阳光照进来，俺的心顿时暖洋洋的。

俺乐呵呵地说："你爷爷奶奶也回来呀？好，太奶奶一定去参加，俺要为你鼓掌加油。"

王迪边拍巴掌边跳着说："太奶奶，我一定加油，为你争光，为爷爷奶奶争光，为爸爸妈妈争光！"

这个小人精呀，越来越像她娘了，说话一套一套的，也是那么顺溜。你听了她的话，就像大清早深深地吸了一口气，感觉是那么清新和顺畅,整个心肺顿时就舒展开了。

王迪的入队仪式,得到了这个家庭的重视。晚上,中河和他屋里的都从大庆赶了回来。用心茹的话说,入队仪式看起来是小事,其实,对于孩子来说,这是她人生履历中一个新的起点。家长重视,她自个才能知道这很重要。内心的分量有多重,她为之付出的努力就有多大,这是一种潜意识的培养。小学阶段是她人生的一个重要时期,要调动起她全部的精力走好每一步。孩子发言,家长陪伴在一边,孩子内心会升起责任感,为家人争光的责任感。

中河也说:"爷爷奶奶参加了,是让她知道,她人生的每一步,都有亲人陪伴着。成功了,家人会与她一起分享;失败了,家人也会与她一起分担。"

他们说的理儿,他们讲的法子,俺揣摩不出门道来,俺只知道鼓励孩子:"大重孙女,可别害怕啊,害怕就会念错字,念错字可就丢人了。"

俺担心孩子会念错字。孩子刚七虚岁,上小学刚一个月。两三页的稿子,让一个七岁的小孩儿背下来,真是有点儿难为人了。

心茹说:"王迪,尽力就好,过程努力了,结果不重要。"

俺不解地说:"你咋这么和孩子说呢,要告诉她不许出错。"

心茹说:"奶奶,孩子还小,让她得到锻炼是最重要的,咱不能给她太大的压力。压力大了,孩子会受不了的。一旦产生逆反心理,她就会走向反面,这是心理学研究的问题。"

俺不懂啥心理学,俺们那代人带孩子,哪有这么多讲究?小猫小狗一样地养着,活下来是命大,死了那是短命。他们教育一个孩子,讲究的也太多了。

入队仪式在电影院举行。俺们老少四代六口人,五口人坐在家长席上,只有王迪一人坐在学生队伍里。

俺们坐在学生的后面,按照一个老师的指令,首先是高年级给一年级戴红领巾,心茹说那是主持人。按照主持人的安排,其次是新生代表发言,最后是校长讲话。

电影院的讲台有点儿高,王迪上不去,老师就把她抱到讲台上。

白色的半袖上衣,蓝色的背带裙子,脖子上是红领巾,你看俺大重孙女，仙女一样漂亮。那话筒翘翘着，在老师的指导下，她伸手压了压话筒，就很庄重地发言了。她不紧不慢的，一字字一句句，声音那么稚嫩甜美，一直在俺的耳边回响，俺感到喘不过气来，手心里攥着一把汗，脑袋也嗡嗡地响着。中河就坐在俺的身边，他的身板拔得直直的，一动不动地盯着讲台。俺知道，他比俺好不到哪儿去。只有心茹的表情是轻松的，她坐在那儿一直微笑着。

几分钟过去了，孩子发言结束了，学生们都使劲地拍巴掌，心茹轻轻舒了一口气说："不错，一个字不错，很流利。"

俺的心一下子落地了。

这就是俺的后代，鲜活、灵动、聪明、美丽又可爱。人活百年，活的不再是自个，而是血脉衍生的孩子们。俺要活着，好好地活着，见证儿孙们带给王家的荣誉。为一个没出息的子孙去死，不值啊。俺琢磨透了：人老了，分支多了，那后代就像藤蔓上的葫芦，一个一个地生长，谁能保证没个歪瓜裂枣呢？

散会了，中河激动地跑上前去，一把抱起孩子就往回跑。王迪的老师一下子愣住了，随后又摇摇头笑了。

中河抱着王迪来到俺们身边，开心地说："我大孙女真行，我大孙女真了不起！快去，让你妈妈表扬表扬你！"

心茹接过孩子，把孩子放到地上，轻轻柔柔地说："王迪，表现不错，出色完成任务，以后还要加油哦，快去班级吧，老师在等着你哪。"

王迪乖乖地走了，回到了她的班级。

吃完午饭，中河和他屋里的就要回大庆了。俺不高兴，大老远地折腾来，就为瞅瞅孩子发言？孩子表现好，他们却不咸不淡地要走，一点儿表示都没有，那哪儿行呢？

俺对心茹说："有这么当爷爷奶奶的吗？孩子说得多带劲儿，他们一点儿表示都没有，晚上多做点好吃的奖励孩子，再不就买一套新衣服给她。"

心茹乐呵呵地说："奶奶，教育要讲究方法，不能夸大她的成绩，也不能轻描她的缺点，才能让她养成胜不骄、败不馁的性格。物质奖励，会让孩子养成讨价还价的习惯，会觉得进步不是自己的事儿。"

俺还是听不明白,不过俺心服口服。看着王迪的成长,俺不得不承认了,心茹科学养育的方法是对的。

嘿嘿,别看俺老了,俺也得接受新事物啊。

王氏家训上,俺应该增添新的内容了,科学喂养和教育孩子,月子里不缠腿缠手,要重视胎教和早教,不用物质奖励孩子。这是心茹教育孩子的经验,王家的女人都应该学一学。

后来,中河在家训上是这样写的:妻女有孕,施以胎教;幼子出生,务必早教。破除陋俗,科学教养;适龄读书,志在圣贤。褒贬适中,精神至上。

那天,心茹怕俺不高兴,就拉着俺说:"奶奶,物质奖励不如精神奖励。你看这样好不好,为奖励你重孙女,晚上讲你的人生经历,对于一个孩子来说,这可是难得的财富。或许听了你的故事后,她的作文会飞速提高的,长大了也能当作家呢。"

俺知道,她在哄俺开心的同时,想法子要摸俺的老底哩。

9

那天晚上,心茹和王迪一起,缠着俺讲小脚的来历,俺讲得很仔细。

俺是六岁开始裹脚的。

俺娘的三寸金莲,在十里八乡是出了名的。到了出嫁的年纪,很多人家是奔这个名气来的。最后,俺姥爷为俺娘定下了俺爹这门亲事儿。俺爹出生在贫苦的农家,他勤劳能干、憨厚踏实,是农家的一把好手。俺姥爷说,这样的男人才靠得住。事实上,俺姥爷的选择是对的。俺娘的一生过得很安逸,俺爹在一个大户人家做长工,虽然日子并不富足,却也是夫唱妇随的。如果说,俺娘的一生有啥不安的事儿,就是没把俺的脚裹好。

俺是爹娘最小的孩子,娘四十岁那年生的俺。那时,爹娘有四个儿子,一直想要一个闺女。中年得子本是幸福的,何况是久盼的女孩呢？生俺那天，爹去大户人家铲地，娘肚子疼得受不了，就从屋后菜园往屋里走，结果走到门前的柳树下，就扑哧一下把俺生在了柳树下，俺爹就事论事儿，给俺起个名字叫柳生。

所以，俺叫杨柳生。爹娘把俺当掌上的明珠，含在嘴里怕化了，顶在头上怕吓着。虽是贫寒人家，却把宠爱都给了俺。为了这个，娘迟迟没给俺裹脚。俺六岁那年，远在胡吉吐莫的姑姑回来了。姑姑是俺爹的妹妹，多年前就嫁到了胡吉吐莫。这个风风火火的男人婆，瞅见了俺就吵嚷起来：“这丫头，咋还不给她裹脚呢？放着一双大脚片子，想要臭在家里呀？”

姑姑撇着嘴刺激俺娘，俺娘狠了狠心，扯回三尺白布，要给俺裹脚了。

裹小脚一双，眼泪流一缸。

俺永远忘不了那一天，那种挖心挖肝的疼痛。

裹脚的过程，是娘和姑姑一起完成的。那天，俺娘盘腿坐在炕头上，把俺紧紧地抱在怀里，一边哗哗地流着眼泪，一边撕心裂肺地叫着：“俺的心肝呀，俺的宝贝啊，你就要活遭罪了，这是扯娘的心哪。”

俺不知道娘为啥这样伤心，只是好奇地瞅瞅俺娘，又瞅瞅地上的姑姑。姑姑又瘦又高，长着一副长瓜脸，而且是出奇的长，就像尖三爷家那头驴的脸。尖三爷是俺爹打长工的大户，是村子院落最大的人家，他家有很多牛和马，还有一头拉车驾辕的驴，那驴拉起车来嘚嘚地跑，特别有精神头。那驴长一张长脸就瞅着顺眼，可姑姑长一张长脸就很难看。她的颧骨很高，眼睛很大，胳膊和腿都很长，嘴唇薄薄的，外加一张大长脸，咋瞅咋像那张驴脸，再一瞅，又像野地里贼眉鼠眼的黄皮子。

这样的长相，再加上苦兮兮的表情，实在让人无法喜欢。

姑姑站在地上，左手拎着白花其裹脚布，右手握着一个圆形木块，皱着眉头瞅着俺娘说：“嫂子，你这是哭啥呀？这丫头片子裹脚，那是祖上传下来的，是天经地义的事儿。”

俺娘抹着眼泪说：“可是，这裹脚太遭罪了，柳生咋受得了啊。”

姑姑撇着薄嘴唇说：“怕遭罪？她臭到家里头了，丢了家族的脸了，那时候才叫遭罪呢。你这样护着她，那是在害她呀。好了，好了，别再婆婆妈妈了，快点裹脚吧。”

俺娘泪眼蒙蒙地瞅着俺，俺也抬头瞅着俺娘。俺娘用手摸摸俺的脸，这个动作是俺娘常有的。每次俺娘摸俺的时候，是俺最幸福的时候。俺娘的手轻轻柔柔的，就像春风在脸上拂过一样，俺心里有一种暖暖的春意。可是，那天俺娘的手和以往不一样，是软软的、柔柔的、湿湿的，像泪水洒在了心头，俺的心也湿漉漉的。

俺寻思，是不是姑姑那双贼兮兮的眼睛，把俺娘的手瞅湿了呢？

俺们娘俩，你瞅瞅俺，俺瞅瞅你，瞅了半天。俺娘的眼泪落在俺的脸上，她幽怨地说：“柳生啊，别怕疼，也别闹，裹出三寸金莲，就变成仙女了。”

俺不懂俺娘的眼泪，也不懂俺娘的话，更不懂俺娘的心，只知道听俺娘的话，就冲俺娘点了点头。

姑姑又催：“好了，好了，开始裹吧。”

俺娘摇摇头，俺是不明白。她是不准许，还是很无奈？

姑姑坐在炕沿上，又对俺娘说：“把她放在炕上。”

俺娘颤巍巍的，把俺推出怀抱，还是幽怨地说：“柳生，快躺下。”

俺平躺在炕上，俺娘按住俺的胳膊。俺只能眼瞅着姑姑给俺裹脚。姑姑把木块垫在俺脚心上，再用白布用力地裹脚，俺的脚一阵阵胀痛，而且越来越痛。俺就大声地喊叫，想爬起来躲闪开。俺娘用力地按住俺，俺不停地用力挣扎，俺娘发出吭哧吭哧的声音，眼泪不停地流淌着。姑姑的嘴角撇得更厉害了，她用眼角瞥了俺一眼。俺似乎看见一条毒蛇，吐着毒芯子要把俺吞掉。俺大声地喊着，不停地喊着。

姑姑用力推搡了俺一下，有点儿恶狠狠地说：“赔钱的丫头，你娇气啥呀？哪个女人不得裹脚？再喊，再喊让张三叼了去，要不就送你去乱死岗！”

俺们这疙瘩，管野狼叫张三。

旧时候，经常有野狼叼走小孩儿的事发生，老辈人都拿张三吓唬小孩儿，这么一吓唬，小孩儿就听话了。

其实，俺也经历过张三吃小孩儿的事儿。

俺娘家有个赵姓界壁儿，家里有个挺俊的女孩儿。有一天，她和几个女孩儿一起去挖野菜，一下就遇上张三了。几个女孩儿一瞅，妈呀一声撒丫子就跑。有一个女孩儿家里穷，没钱买鞋穿，就穿她妈的鞋。鞋大跟不上脚哇，跑几步鞋就掉了，她就蹲下来提鞋。张三一瞅，你跑几步就蹲下，跑几步就蹲下，是不是捡东西要打俺呀？算了，俺还是去撵前边那个吧。老赵家是富裕户，孩子的穿戴就好。那天，她穿的是千层底趟绒鞋，跑在几个女孩儿最前面。那张三一瞅就是她了，就腾腾地连续跳跃几下，很快越过了几个女孩儿，上去就把赵姓女孩儿咬死了。这一下，吓得女孩儿们狼哇地跑，鞋掉了也顾不上提了。等大人们知道信赶来时，那女孩儿就剩下一副骨头架子，还有撕烂的衣服和趟绒鞋了。

俺们老屯有个埋死人的地方叫乱死岗。

那时候，穷人家的孩子不好活，感冒发烧出天花都能死人。大人死了还有一口薄棺材，选一块风水宝地埋了，给后人们留下一点儿念想；小孩儿死了用席子一卷，丢在乱死岗上了事，任由野狼野狗叼了去。乱死岗上到处是坟头，地上散落着死人骨头和毛发，白天路过那儿都瘆人，到了黑天鬼火四窜，让人头皮麻酥酥的。

俺最怕乱死岗子了，姑姑这么一说，吓得俺不敢再喊，只能憋嘟着小嘴，发出吭哧吭哧的痛苦声。

缠好了裹脚布，姑姑帮俺套上一双小鞋，用袖子擦了擦汗说："站起来，下地走走。"

在姑姑的逼迫下，俺开始走路了。脚底下的圆木把脚心支起来，只有脚跟和脚趾落地。脚趾被白布裹得紧紧的，还被踩在脚底下，每一步都撕心裂肺啊。俺大声哭喊着，姑姑站在地上吆喝着。她不让俺停下来，俺也不敢停下来。俺娘坐在炕沿上，扯着衣襟擦眼泪。

一连三天，俺都没脱过鞋。

三天下来，俺的脚心被圆木顶断了，脚趾也被活活踩断了，双脚肿得像馒头似的。俺开始发烧说胡话，躺在炕上昏昏沉睡。俺娘日夜守护着俺，一天以泪洗面。就这样过了十多天，俺才从昏睡中醒来。

姑姑打开俺的裹脚布，一边皱着眉头一边说："这死丫头片子，长的什么败家脚,咋还没烂呢?不烂掉还得长,还是大脚片子。看来不下狠劲儿,肯定是不行了。”

俺娘怜惜地搂紧俺,哀求着和姑姑说:“她姑哇,柳生都快疼死了,就别再折腾她了。”

姑姑两眼一瞪,恶狠狠地说:“那咋行呢?大脚片子踩祖先,这坑家族的事儿,你也能过得去?哦,你倒不姓杨啊,俺们姓杨的可不兴这个。”

俺娘不敢说话了,只能眼睁睁地瞅着。姑姑找来破碗碴儿,把砸碎的碗碴儿放在白布上,再用白布把脚裹起来,碗碴儿扎得俺钻心地疼。这还不算,她还在脚上套上小鞋,让俺下地去走动。

俺走一步就大叫一声,疼得俺直不起腰来,俺娘哭得上气不接下气,姑姑却显得很气愤,不停地用手推搡俺,俺只能继续来回走。第二天,俺的双脚疼得麻木了,觉得有无数的虫子啃着俺的脚心。

一天一天过去了,俺的脚被碗碴儿扎破了,逐渐变成了烂肉,血迹从裹脚布里渗透出来,开始还是红色的,后来变黑了,继而发腥了,最后发臭了。过了几天,俺娘为俺解开裹脚布,担忧地说:“哎呀,都化脓了,脚上全是烂肉。这样下去,这脚还不得烂掉啊。”

姑姑说:“谁裹脚不烂肉,不烂肉咋能成三寸金莲?”

俺娘抱紧俺,不想再给俺裹脚了。姑姑把俺娘推开,又给俺裹了起来。俺觉得,俺的脚失去了知觉,不再是俺身子的一部分了。

好在俺娘每天把裹脚布拆开,用热水帮俺清洗创面。这时候,才能有一点儿知觉。俺娘依然会哭,十指连心哪!俺的眼睛肿成一条缝,啥都瞅不清了,却能闻到腐烂的味道。

真是痛苦的一个月啊!

一个月后,姑姑回胡吉吐莫了,俺娘就拆掉了俺的裹脚布。正常的女孩儿裹脚,是需要半年时间的,俺娘实在不忍心摧残俺的脚,就把俺的脚放开了。

俺成了半裹脚的女孩儿。但是,一个月的腐烂,一个月的禁锢,俺的脚早已不是原来的脚了。

那双细嫩的小脚,变成了两个陌生而丑陋的肉疙瘩。脚的表面炭火燎过了一样，扭曲的脚筋和脚骨，只剩下两个翘起的指头，另外三个脚指头，已经踩在了脚底下，圆润的脚趾变成了扁形而凸起的肉包包，脚趾甲却清晰可见。要不是还有脚趾甲在，很难辨认出那就是脚指头。

而脚心，则深深地凹了进去，脚后跟却高高地凸出来，就像现代穿的坡跟皮鞋那样，四棱八股地凸显在那儿。从侧面瞅，脚趾和脚掌均已折断，脚趾和脚后跟紧挨在一起，在软组织的附和下，形成一条两端站立的弧线，脚很臃肿，脚掌消失了，脚背则凸起来。

这就是俺脚的样子。

经过了这么多年，俺已经不再穿小鞋了，也不再用裹脚布了，脚的形状依然那么恐怖。

好在，脚面肌肉早已恢复，生长出了新的组织，火烧火燎的样子消失了，这双脚才瞅着舒服了一点儿。

心茹第一次瞅见俺的脚时，好半天说不出话来。

俺第一次瞅见自个的脚时，也惊得说不出话来。

那时，俺坐在炕头上，以一种陌生的眼光，瞅着这对丑陋的肉疙瘩，也怯生生地瞅着俺娘。短短的两个月，俺娘苍老了很多，俺瞅见她鬓角出现了白发。这两个月，俺日日夜夜备受折磨，疼得没日没夜地哭闹，从没睡过一个囫囵觉。俺娘何尝不是呢？俺疼的是身子，俺娘疼的是心啊。俺娘瞅着俺怯生生的目光，低声地抽泣起来。她紧紧地抱着俺，嘴里不停地嘟囔着：“可怜的柳生，变成仙女了，就能找个好婆家。”

俺依偎在娘的怀里，却没有流眼泪。因为，俺的眼泪早已流干了，在那日日夜夜的煎熬中，年仅六岁的俺，哭干了所有的眼泪。

那时候，俺并不明白，为啥女人要裹脚，姑姑为啥这样对俺。俺只知道，是女人就要裹脚，没裹脚的女人，会被当成怪物的。

转眼活了百年，在这百年中，俺经历数不清的酸甜苦辣。有时候，这个中滋味像虫子啃噬俺的心，却没有裹脚时的撕心裂肺。

10

俺成了小脚女孩儿，但绝不是三寸金莲，只能算银莲或铁莲。

俺穿着绣花鞋，扭着一双小脚，跟在俺娘屁股后转悠，把俺娘一踮一踮走路的姿势，学得惟妙惟肖、炉火纯青，也接受了这双被摧残的怪物，它依然是俺身子的一部分。甚至，在俺生下女儿后，还寻思是否把她的脚，也裹成三寸金莲，让她复制俺的样子。好在民国的时候，就不让女人裹脚了，何况是新社会呢？但俺从来没想过，这裹脚的内涵到底是啥。

直到心茹进了家门，这个深得俺欢心的孙媳，才在一次次的交谈中，让俺明白了其中的奥秘。

心茹告诉俺："裹脚是传统陋习，是为了把妇女禁锢在闺阁中，对她们活动范围加以严格限制，以符合'三从四德'的礼教，从而达到独占贞操的目的；是为了妇女体态和性生理的变化，从而更好地承当性和生育工具；是统治者的意志对百姓的影响，李煜的嫔妃用布把脚缠成新月形，在黄金做成的莲花上跳舞，李后主认为这是至美，于是后宫中就开始缠足，后来又流传到民间；是封建士大夫病态审美观使然，他们把女人看作玩物，在病态审美中，赏玩小脚成为癖好，还咏出许多浓词艳句，如'第一娇娃，金莲最佳，看风头一对堪夸，新笋脱瓣，月生芽，尖瘦帮柔绣满花'。所以，它是世上最惨痛的表达和最真实的谎言。"

她开始说这话的时候，俺一点儿都听不懂，她说的遍数多了，俺也就明白了一点点儿。其实，人的心里都有一个魔鬼。裹脚，就是男人心里的魔鬼在作妖，男人才会用变态的眼光，去看待和欣赏女人的美，才会出现丑陋和残忍的美。这种丑陋和残忍的美，是最不应该受到推崇和传承的。

心茹说完，就笑呵呵地问俺："奶奶，你听懂了吗？"

俺不太懂她的话，但是俺就会点头。

心茹又问："奶奶，你应该反抗呀，应该与这种丑陋的人性做斗争。”

俺就敲打她的头说：“傻丫头，抗争个啥呀，这脚又不是钢铁，回回炉就变回去了。”

心茹听了就呵呵地笑。然后，出差或者旅游，就给俺买各种式样的小鞋，那些小鞋装满了俺的箱子。其中俺最喜欢的，就是这双带蝴蝶牡丹的绣花鞋。

王迪入队仪式那天，俺又说起了裹脚。

俺说得很认真，王迪听得更认真。她一动也不动，都不敢大声呼吸了，小脸上没一点儿笑容。

听到最后，她似乎害怕了，悄悄地钻进心茹怀里，用疑惑的眼神瞅着俺，再瞅瞅俺的脚。

说完了裹脚的经过，俺脱了鞋和袜子，王迪趴在那儿瞅俺的脚，瞪着眼睛问俺：“太奶奶，你的脚还疼不？”

俺说不疼了，这么多年了，早就不疼了。

她左瞅瞅右瞅瞅，突然兴奋地喊道：“太奶奶，你的脚，就像我枫老姑养的小老鼠。不过，比小老鼠长得丑。”

俺说：“是吗？”

王迪眨巴眨巴眼睛，又兴奋地喊她娘：“妈妈，你快看，太奶奶的脚多像枫老姑的小老鼠。你看这儿，像不像老鼠头？那儿像不像老鼠爪子？还有那贼头鼠脑的样子，好像要偷油似的。”

王迪逗得俺们呵呵地笑起来。

俺仔细瞅了瞅，这小脚还真贼头贼脑的。

心茹说：“王迪说得真好，看着太奶奶的小脚，就会作诗了。”

王迪瞪大眼睛说：“诗，什么诗？”

心茹说：“你描述太奶奶小脚的话，适当整理一下，那就是一首诗啊。”

王迪兴奋了，趴在俺的脚边，盯着小脚说：“太奶奶有一双小脚/老鼠一样的长相/老鼠钻出来了/一只，两只，它们饿了/到我家偷油吃/吃饱了，就给我讲故事/一个古老而心酸的故事。”

心茹说：“太好了，这就是诗啊！王迪的第一首诗就写得这么棒，长大了能成为大诗人。"

听心茹这么一说,王迪美滋滋地笑了。

俺真的好高兴。俺不懂诗,也不知道重孙女说的是不是诗,但是俺知道,这孩子长大了错不了。

这是俺的希望,俺活着的动力。

那次以后,俺的心劲又上来了。

俺大重孙女记住了小脚的话题,她逢人就说:我太奶奶长着一双老鼠脚,她说俺是老鼠超人。然后就读她的《小脚》诗,大家都想瞅瞅俺的小脚,俺因大重孙女成了小脚名人。

一次,俺七孙女王立枫来看俺。王迪把她的宠物鼠捧过来,硬拿小老鼠和俺的脚比,她说俺的脚是宠物鼠的弟弟。

宠物鼠瞅着俺的小脚,吓得它吱吱乱叫。立枫心疼地喊道:"王迪,你干吗吓我的宝贝?你太奶奶的脚有多丑!我的宝贝才没那么丑呢。"

王迪不开心地瞅着她:"老鼠还不丑?"

立枫说:"以后别动我宝贝儿子,把它吓坏了可不得了。"

王迪就偷偷地问俺:"太奶奶,你说枫姑姑,为什么管小老鼠叫儿子?那是她生的吗?"

俺就故意问她:"你说呢?"

王迪就说:"她管它叫儿子,那就是她生的。太奶奶,她生老鼠的时候,也像妈妈生我一样遭罪吗?"

俺还是故意问她:"你说呢?"

王迪又说:"应该是。不过,老鼠会孝顺她吗?能为她养老吗?"

你听听,这是小孩儿的问话,句句都问到点上。俺就纳闷,连小孩儿都懂的道理,这大人为啥就不懂呢?

人管动物叫儿子,儿子不养老子,便是天经地义了。这样的事儿,俺总能听到一些。所以,俺七孙女立枫的做派,俺是打心眼里不喜欢。

立枫是中水的闺女,中水有一个闺女、一个小子,小子叫王立成。

立枫是俺孙辈较有出息的一个。她从小就聪明,读书有天分。她高中毕业以后,考上了中国石油大学,学的是石油进出口贸易。毕业后进了大庆一家合资企业，月薪一万多块钱。她找了个工程师做当家的，既有房又有车，就是一直不生小孩儿。

心茹说，这叫丁克家庭。现在，有很多公母俩过丁克生活，是以不生小孩儿为条件，才走到一起过日子的。

俺劝过立枫，趁年轻赶紧生一个。

立枫却说："孩子是累赘，人生在世，是来享受生活，而不是来遭罪的。生了孩子，是给自己添负担，我不想受拖累。"

这是哪跟哪呀？哪个女人不生孩子？有了孩子才有奔头。

俺又说："孩子是希望，也能养老啊。不然老了，连个说话的都没有。"

立枫却说："奶奶，我工资这么高，老了去养老院，有钱还愁没人说话？你就别操心了，现代人有现代人的活法，你的想法早就过时了。"

俺无话可说。

立枫一直没要孩子，后来养了一只小老鼠，整天抱着它喊儿子。俺实在不明白，她是不是变态呀？不孝有三，无后为大。身为人妻为人女的，咋能这么自私呢？况且，谁没老去的一天？小老鼠能为你披麻戴孝？俺接受不了她的做法。

立枫的想法这么怪，那这想法是哪儿来的呢？难道是她爹遗传的吗？

中水是俺老儿子，古话说得好啊，老儿子大孙子，老太太命根子。可俺对中水就没那感觉。俺觉得其中的原因，就是他做事儿好投机，换句话说就是爱要滑头。

都说人活百年，还有啥看不开的呢？这话也对，也不对。俺活了百年，很多事儿都看开了，却还有看不懂的地方。

有人说，中国人信奉儒学，俺觉得大都信《易经》，也就是信命。老百姓中，无论发生啥事儿，都愿和命牵扯上。有人升官发财了，就说祖宗烧高香了。有人遭灾受难了，就说他命运不济。

俺不知道信命对不对，用心茹的话说，是不是符合科学。可俺知道，这信命啊，也能改变人的一生。

俺家中水的一生，成也成在信命上，败也败在信命上。

中水不是农历一九五三年八月二十四生的吗？这生日不得了啊。那天，正赶上共和国第五次国庆阅兵，俺们都跑到村支书林老根家听广播。林家真是热闹啊，炕上、窗台上都坐满了人，地上还站着好几个。

“一九五三年十月一日，祖国人民最可爱的人——中国人民志愿军代表团出现在天安门观礼台上。这一年的国庆，伴随着抗美援朝战争的胜利，又增添了喜庆的色彩。中国人民志愿军总司令彭德怀说：‘西方侵略者几百年来，只要在东方一个海岸上架起几尊大炮，就可以霸占一个国家的时代，一去不复返了！’”

这时，人们的脸上洋溢着幸福的笑容，眼角流淌着喜悦的泪水。

那笑容、那泪水、那喊声，是从人们的内心流淌出来的，是真实情感的流露。哪像现在，说是信这个信那个的，还要做个啥仪式，却张口就骂人举手就打人。要俺说呀，这不是真正的信仰，只是为了过错寻找借口而已。

俺坐在土炕上，还没来得及擦去泪水，却突然感到肚子疼。

按着日子推算，预产期还得半个月，咋就要生了呢？是俺太激动了，还是中水急着要出来？不管咋说，俺虎巴地就早产了。俺的三儿子中水，就赶上了共和国的生日了。

俺为中水骄傲啊，和共和国一个生日，那将预示着啥呢？俺一改杜尔伯特人过农历生日的习惯，坚持让中水过阳历生日。所以，中水从小到大，都是国庆节这天过生日。

所谓过生日，也就是早晨做饭时，在饭锅里煮两个鸡蛋，再把白面和玉米面掺到一起，擀上一碗手擀面，瞅着孩子吃下去，用鸡蛋滚滚运气，用手擀面缠缠腿，愿孩子平平安安、健健康康地成长。

生日过得简单，心思却不简单。随着年龄的增长，中水认为，自个和共和国一样值得骄傲。人一骄傲不打紧，就容易忘乎所以，就会狂妄自大，就会心浮气躁，做事儿就会超出常规。

俺这个当娘的，最大的失误，就是忽略了他的心思。

当时，左邻右舍一瞅见中水，就说他福大命大造化大，他顶着五星红旗来到人间，那就是栋梁之才，将来一定成大器。一次说、两次说，说了也就说了,就是一句玩笑话。可要是总说,时间长了,就起到了心理暗示作用,中水就觉得自个呀,应该是个当官的了。

11

中水十六岁那年,“文化大革命”已经轰轰烈烈了,学校都停课闹革命了。

中水正在念初中,校长被打成了走资派,就没人抓教学了,就停课了。俺一瞅,既然不上课了,这大小伙子在街上闲逛,那还不成了混混了? 就打发他去当了兵。

那时候,干啥都讲究出身。俺们老王家,祖宗八辈都是贫下中农,算得上是根红苗正了。中水当兵的事儿,根本就没费啥劲儿。

孩子出发那天,俺亲自去送他。

县武装部的院子里,红旗迎风飘扬。送别的家长站满了院子,电杆上的大喇叭放着进行曲。

四辆解放牌大卡车上,一水水站着穿军装的孩子们,个个戴着大红花,脸上都挂着骄傲的神情。中水把胸脯挺得高高的,下巴都快抬到天上去了,那精神劲儿、那骄傲劲儿,到底像谁呢?

送行的人们,把卡车围得里三层外三层的。有的家长舍不得孩子,就一个劲儿地哭,都哭得稀里哗啦的。俺呢,一个眼泪疙瘩都没掉。大伙说俺刚强,那是他们不懂俺。孩子当兵,那是多光荣的事儿呀! 俺笑,那还笑不过来呢,为啥要哭呢? 孩子当兵,这可是圆了俺多年的梦了。

说起让孩子当兵的想法,早在一九四一年就有了。

那年二月四日,正月初九,立春。

那时候的天气,和现在的不一样。冬天下的雪,都跟白毛风似的,那雪下得都连成片了。东北人管这种雪叫大烟儿泡,大烟儿泡的天气都能冻死个人。即便是立了春了,那天气依然是嘎巴嘎巴地冷。用心茹的话说,那时候没有大气污染,那才是正常的天气呢。

中国的东北,属于寒温带,寒温带若是不冷,气候就是变异了。现在,大气污染严重,全球气候变暖了,北方的冬天,说不下雪就不下雪了。其实,这不是啥好事儿。

为啥?就因为动物不叫动物了,叫成人了。叫成人了,就得和动物有所区别吧?可是,你看看电视吧,人吃地沟油了,吃苏丹红了,吃转基因了。还有化工厂的废气了,汽车尾气了,化工原料了,一桩桩一件件,哪件不是活人自个闹出来的?自个祸害自个,闹得人都不相信人了,那你还活个啥劲儿呀?

东北是啥地方?是北大荒啊!北大荒都不下雪了,那是多可怕的事儿呀!所以,俺希望这天哪,该冷就冷起来;这人哪,还是要有点儿德行,你也有自个的后代不是?

唉,你瞅俺又扯远了,俺还说立春那天。俺一家人还在睡梦中,就被一阵砰砰的敲门声惊醒了。俺一边穿衣一边问:"谁呀?"

门外回道:"表姨,是俺,拴住。"

原来是拴住。俺赶紧穿衣,下地去开门。

拴住是俺一个表妹的孩子。表妹出生在杜尔伯特,却嫁到了两百多里外的肇源。表妹生拴住时,俺还让中海下过奶,送去二尺花布、一梼栳白面、二十个鸡蛋。年前,表妹带拴住来家住过几天,拴住长得捋捋呱呱的,俺们全家都很喜欢他。一晃,俺姐俩快一年没见了,大老早的打发孩子来做啥?莫非那公母俩出啥事儿了?俺赶紧扭着小脚去开门。

俺一见拴住,打心眼里吓一跳。拴住灰头灰脸的,两眼红得像兔子似的。那鼻涕就快进嘴了,脸蛋上像花蝴蝶,棉袄棉裤都开花了。这哪是年前捋捋呱呱的拴住哇?

俺急三火四地问:"拴住,你不在肇源好好待着,这大清早的,跑到这儿来干啥?"

拴住还没说话,眼泪就成双成对掉下来了。他哭着叫了一声:"表姨……"

瞅着孩子这个样子,俺这心都揪了起来,鼻子一酸眼泪也掉下来。俺把拴住搂进怀里说:"俺的心肝呀,这是经着啥事了?"

“大姐，说来话长，还是进屋吧，孩子冻坏了。”

“对，进屋，进屋。”

一个男人陪在孩子身边。那男人穿着黑色对襟棉袄，戴着毡疙瘩帽子，脸色黑黝黝的，长得五大三粗。俺瞅着面生啊，就问：“你是？”

那男人说：“俺是拴住他爹的朋友，咱们还是进屋说吧。”

俺这人不经事，一经事就慌神。俺忙不迭地说：“好，进屋说，进屋说。”

拴住和那男人进了屋，就在南炕沿上坐下来。

这时，俺当家的也起来了，就问拴住说：“这大清早的，你咋来了呢？你爹娘还好吧？”

俺当家的这一问，本就抽泣着的拴住，哇的一声大哭起来。那男人也不自觉地流下眼泪。俺拍拍拴住后背说：“别哭，孩子，有话慢慢说。”

拴住上气不接下气地说：“表姨，表姨夫，俺爹让日本鬼子抓走了。日本鬼子抓俺爹的时候，俺娘死拉着不放手，俺娘她……”

俺着急地问：“你这孩子咋光顾着哭呢，快说你爹和你娘咋样了？这到底是咋回事呀？”

拴住好不容易止住哭声，就哽哽咽咽地说：“小日本，用刺刀捅死了俺娘……俺娘她……临死的时候，让俺来投奔表姨。”

俺一听这话，脑袋嗡地一下，差点儿没晕过去。你说，咋还贪上横事了呢？这些挨千刀的小日本，真是丧尽天良啊！俺那表妹，见人不笑不说话，是多好的一个人啊。竟然横死在刺刀下，他们咋就下得去手呢？

“表姨，俺想爹，也想娘……”拴住跟泪人似的，俺把他搂进怀里，陪着他掉眼泪。可怜的拴住，刚满四岁，就成了没娘的孩子。

“拴住，你爹他……”

“俺爹……呜呜……俺爹……”

俺光知道哭了，还是俺当家的冷静。他卷好两支旱烟卷，一支递给那男人，一支自个叼上。

拴住哭得上气不接下气，连话都说不成句了。

“拴住,还是老铁叔说吧。”那男人瞅瞅拴住,就红着眼说,“俺和拴住他爹是一起的,你就叫俺老铁吧。是这么回事儿,昨天,俺接到指示,叫俺通知拴住他爹转移,等俺赶到的时候,拴住他爹已经叫日本鬼子抓走了。这都怪俺哪,怪俺去晚了一步!”

老铁一拳头砸在炕沿上,那牙咬得咯嘣咯嘣地响。俺看得出来,他把那么多懊悔、仇恨和痛苦,一并藏在心底了。

俺说:“你们咋惹日本人哪?那可都是红眉毛、绿眼睛的魔鬼呀,咱老百姓惹不起,总还躲得起吧?”

老铁说:“俺们是专门打日本人的。他们在俺们国家烧杀抢掠,一定要把他们赶出去。俺们这些人叫抗联,俺是抗联十二支队的。因叛徒的出卖,昨天,中共龙江工作委员会地下室被破坏,组织人员名单落在日本鬼子手里。所以,日本鬼子出动大批军警、特务,对地下党员、抗日救国会、抗联支队战士和抗日群众进行大肆收捕。就在这种情况下,俺奉命通知拴住他爹转移。可惜呀,紧赶慢赶俺还是晚了一步。”

那时候,俺不知道抗联,也不知道抗日救国会,只知道泰康镇有维持会,有胡子,有保安大队,还有日本人。那些人,都是穿一条裤子的,都是祸害老百姓的畜生。

老铁说,在肇东、肇州和肇源,抗联队伍非常活跃,经常伏击日本人,抢夺他们的武器装备,阻止他们祸害中国人。日本人恼羞成怒,花钱收买了叛徒,抓住了代理支队长徐泽民、参谋长李忠孝、第三十四大队第一中队队长艾青山,还有抗日群众三百来人。日本鬼子把重要人物定为要犯,一共有三十多人。那些挨千刀的小鬼子,对他们那是往死里打呀!除了狗屁参谋长李忠孝,长了一身软过头的贱骨头,其他人都是打掉牙往肚子里咽,个个都是铁打的硬汉子。日本鬼子连根毛都没摸着,就黑着心判了他们死刑。就在三月二十四日,咱们这些同胞被拉到刑场,他们高喊:“中国共产党万岁!”“打倒日本帝国主义!”那喊声感天动地呀,连老天都流下了眼泪。

那天,老铁边讲边抹眼泪,俺们也跟着抹眼泪。这些人骨头真硬啊,俺们离三肇这么近,都没听说这些事儿,这抗联真够爷们。

俺想不明白了,小日本咋这么狠心呢?他凭啥到中国来逞能?他凭啥判中国人死刑?

那九一八事变,那南京大屠杀,不都是日本人干的吗?那真是杀人不眨眼哪!连孕妇肚子里的孩子都挑出来,哪还有一点儿人性呢?听说一群日本兵祸害一个女人,把那女人祸害得直流血,完事了还把人家活埋了,这哪是人做的事儿啊。这些挨千刀的小鬼子,他们长了狼心狗肺不成?

俺边听边骂。

老铁接着说,徐泽民很爷们。死前,用手指甲在牢门上刻了一行字,叫"大丈夫为国捐躯身虽死,英名永在;奇男子舍生取义志未遂,勇敢长存"。唉,他才四十岁呀!

挨千刀的小鬼子,把艾青山、张德、赵祥等抗日志士的头割下来,装在一个个木笼子里,摆在十字街中央炮台前的桌子上。又把所有的尸体,堆放在挖好的大坑里,倒上煤油一起焚烧掉。

俺还听说呀,挨千刀的日本鬼子,在肇州县南门贴出布告,说谁去收尸就与死者同罪。这帮王八蛋还有一点儿人性吗?三天后,挨千刀的日本鬼子,把赵祥的头又拿到青冈县悬挂,把艾青山的头拿到肇源县悬挂,想以此来镇压反满抗日的斗争。

听老铁讲的这些事儿,连俺当家的都掉泪了。当时,俺收留了拴住,让他在俺家安顿了下来。

拴住是住下了,心里却一直装着事儿。小小年纪,总是唉声叹气的,还偷偷地流眼泪。为了安抚他受伤的心,俺对他格外疼爱,在他身上付出的精力,比俺亲生的都多。

这事儿发生后,俺就暗暗下决心,等俺的孩子长大了,一定让他当兵去,杀光这些挨千刀的,给俺那冤死的表妹报仇。

中海十六岁那年,抗美援朝战争爆发了。虽说那不是日本人,但你美国人到人家朝鲜干啥去?那和日本鬼子到中国来有啥区别?

所以,俺要把中海送到队部去。

那天,俺领着中海去县武装部报名,武装部门前排满了报名的人。

俺瞅着年轻人一个个进去,又一个个出来,心里像猫抓似的。特别是瞅见有的满脸喜悦,有的垂头丧气,俺心里就怦怦地直打鼓。

俺太想让中海穿上军装了。

中海进去了,屁大工夫就出来了,他瘸着腿走到俺面前,满脸羞红地说:“娘,人家不要俺。”

“为啥呀?”

“人家说,俺腿脚不好,不能当兵。”

“你没跟他们说,你的身子骨可捧了,能扛一麻袋大豆呢。”

“说了,那也不行。”

俺一听傻眼了,送中海当兵的愿望落空了。俺领着中海回到家,脑袋里净是日本鬼子残暴的影子。

中海看俺不高兴,就怯生生地问俺:“娘,俺当不上兵,那咋办呢?”

俺没法给表妹报仇,心里就烦得不行,就冲中海发起火来:“咋办,咋办,俺知道咋办?”

俺正发火呢,中河放学回来了。

中河进屋就说:“娘,老师说,咱旗要组织民工上前线呢。”

俺一听眼睛又亮了,我急三火四地问:“中河,快跟娘说说,到底咋回事儿?”

中河说:“娘,旗里要组建战勤十二大队,由副旗长郝春海兼任政委,最近就开赴朝鲜前线。”

俺说:“好哇,中海当不上兵,当民工总可以吧?”

俺二话没说,拉起中海就奔旗政府。到了旗政府门卫一问,说是在民政局报名。俺又来到旗政府界壁儿的民政局。俺好不容易找到民政局了,人家还是不要中海。这可把俺惹火了,俺指着那个戴眼镜的说:“你凭啥不要?”

眼镜说:“大婶,中海兄弟这腿,他上不了前线。”

俺说:“咋上不了前线?他一个大小伙子,这浑身都是力气,你不让他上前线,就是瞧不起俺老王家。”

眼镜说:“大婶,在前线,这腿脚得跟上。”

俺说:“他腿脚跟不上,你不好让他干点别的呀?”

俺正在气头上,身后突然说话了:“哦,咋这么热闹哇?”

俺瞅见眼镜嘣地站起来,啪地一个立正说:“报告郝副旗长,大婶想让他儿子参加战勤大队。”

郝副旗长笑着说：“好哇！你看看我们的老百姓，这觉悟多高哇！”

眼镜说：“是，副旗长。可是……”

郝副旗长依然笑着说：“可是什么？”

俺赶紧说：“旗长大人，是这么回事。”

俺话还没说完，就被郝副旗长打住了。他还是笑着说：“大婶，不要叫旗长大人，那是旧社会的事儿。现在是新社会了，人和人之间是平等的。你呀，就叫我小郝就行了。”

俺紧接着说：“那，小郝，不，郝副旗长，他说俺儿腿脚不跟趟，不要俺儿了。你说，他腿脚不好，你就让他干点别的呗！”

郝副旗长哈哈地笑了，他说：“谢谢大婶，谢谢你的支持呀。可是，政府也得考虑老百姓的利益。这小兄弟去不了前线，可以在家里搞建设呀。我们国家刚刚建国，百业待兴啊！”

俺说不过眼镜，也说不过郝副旗长，只好领中海回家了。

那以后，俺常常被一些事儿折磨着。

比如前院宋老大家的二林子，就当兵去了朝鲜了。俺不说二林子戴大红花的神气劲儿，就说给宋家送喜报那天，满街筒子敲锣打鼓的，街道主任在宋家门上挂上了军属牌。那份荣耀真叫人羡慕啊！街坊邻居们见面聊的，全是二林子战斗的话题。特别是二林子凯旋，更引起了大伙儿的热议：

“别看二林子淘了吧唧的，打起美国佬来可不含糊。”

“这小子淘是淘点，还是挺仗义的。”

“是啊，二林子不但给老宋家争了气，也给咱这些老街坊添了彩。”

话又说回来，二林子是回来了，还有张东发等一百二十四名志愿军官兵，就永远留在了异国的土地上。想起这些，俺还有啥好说的呢？

俺就盼望着，俺的儿子也能出一个当兵的。

中河到了当兵的年龄，也去参加体检了。可是，中河的眼睛近视。这对俺来说，又是一盆冷水泼下来。

好在，中水顺顺当当地通过了体检。

中水当兵了。

中水这孩子圆了俺的梦。

中水站在卡车上，眼巴巴地瞅着俺。俺硬是忍住了泪水，笑呵呵地瞅着中水。可是，瞅着瞅着就瞅出了中水的眼泪了。

中水刚十六岁，他是舍不得离家呀。

12

孩子长大了，一个一个像小燕一样飞走了。

中水走后的第三天，俺的闺女中华从外面风风火火地回来了。

中华是俺唯一的闺女，俺把她当成掌上明珠，对她的疼爱超过了儿子们。中华也争气，她学习成绩好，初中毕业后，直接考进了县一中。

中华长得俊俏，那两根大辫子又粗又黑，在身后那么一耷拉，走起路来在身后一晃荡，要多好看有多好看。

那天，中华一进屋，俺就愣住了。

这孩子，好好的两根大辫子，变成两个蹦跳的羊角辫了。她穿着黄绿色的军装，瞅着就多了几分英气，却少了几分女人味儿。

中华一进屋就说："娘，我要下乡了。"

"下乡？"俺惦记着辫子，嘴上说下乡，却又秃噜嘴了，"闺女，你的辫子呢？"

中华在原地转了一个圈说："娘，你看怎么样？我觉得，这才是革命青年的形象。"

中华一边说着，一边从兜里掏出红宝书，用右手握着摆在胸前，左手则背在身后说道："'飒爽英姿五尺枪，曙光初照演兵场。中华儿女多奇志，不爱红装爱武装。'（毛泽东《为女民兵题照》）娘，我要下乡当知青去。"

俺说："下乡苦啊，你受得了？"

中华说："别人受得了，我就受得了。再说了，这也是响应毛主席的号召哇。"

俺说:“你拴住哥说,他们村的青年点,男女都睡在一铺炕上,那多不方便哪?”

中华疑惑地说:“不会吧?”

说起拴住,俺这心里总是七上八下的。那年,拴住他娘死了,他爹也杳无音信,他就在俺家住下了。

拴住住下来后,俺对拴住格外疼爱。有一口好吃的,俺都偷偷留给他。有了啥活计,俺让中海去让中河去,也舍不得指使拴住。没爹没娘的孩子命苦,俺这当姨娘的得护着点。

拴住也懂事儿,从来不招灾惹祸的,还主动帮俺做家务。

一九四六年六月,中共泰康县委成立,县政府解散了保安大队,改组为县公安局。从此,人民当家做了主人。

那一年,拴住到了上学的年纪,俺省吃俭用送他去上学。说心里话,送拴住上学,俺自个的心里也别扭。中海都十三了,更该上学了吧?可是俺没钱哪。中海委屈就委屈点吧,毕竟还有爹有娘的。可拴住就不同了,我这当姨娘的,不能让人家戳脊梁骨哇。

拴住也争气,学习还挺上心的,这就让俺放心了。

一晃,拴住初中毕业了。那一年,是一九五五年,拴住十八岁。

拴住毕业那天,俺嘱咐他要考高中,他也满口答应了,也考上了县一中。可后来,他却提出到农村去。俺纳闷呀,就问他:“你为啥要到农村啊?在城里不好吗?还是表姨对你不好哇?”

拴住说:“表姨,看你说哪儿去了?我听广播说呀,八月九日,北京青年杨华、李秉衡等人,向共青团北京市委提出到边疆区垦荒,获得了北京团市委的批准与鼓励,引起了城市知识青年到农村和边疆垦荒的热潮。所以,我要到农村去锻炼,为建设社会主义新农村做贡献。”

俺一听就糊涂了,这农村还有新有旧?可是,那新旧与俺有啥关系呢?俺不能亏了拴住呀。所以,俺就说:“啥新呀旧的,俺可不管那些。你就给俺好好上学就行了。”

拴住说:“表姨,你都养活我这么多年了,我也该自立了。再说了,咱国家建国没几年,哪儿都需要人不是?我到农村去了,也可以发挥我的长处,让更多的农村孩子学到知识,你说呢?”

唉,俺是说不过他了。他有知识了,翅膀也该硬了,去就去吧。

拴住去的地方,是杜尔伯特最偏远的屯子腰新屯,在泰康镇的最南边。刚开始,他整天忙活开荒种地,晚上还办夜校,教农民识文断字,当时叫扫盲班。他一去就是几个月的光景,一直到春节才回来。

拴住人还没进门,声音就钻进来了:"表姨、表姨夫,我回来了。"

俺听到声音,赶忙去开门。唉,这是拴住吗?咋黑得像铁塔似的?拴住进了门,一下子就扑进俺的怀里,一连声地叫道:"表姨,我想死你了。"

我拍拍他的后背,用双手推开拴住,仔细地打量着他。瞅着瞅着眼睛就湿润了。俺问他:"拴住,你咋瘦成这样了呢?"

拴住憨憨地笑着说:"表姨,我虽然瘦了,但更结实了,不碍事的。"

俺又说:"你离得远了,表姨使不上劲了,你自个别亏了自个呀。"

拴住又说:"表姨,你放心吧,我会照顾好自己的。"

拴住说着话,把一个大背包放在炕沿上,从里边掏出小鸡、鲤鱼、蘑菇、黄花菜……还有一挂小鞭。俺瞅着他一样一样地掏着,就忍不住说:"拴住,你买这些玩意儿干啥?那得花多少钱哪?"

拴住嘿嘿地笑着说:"表姨,小鸡是我养的,鲤鱼是我抓的,蘑菇哇、黄花菜呀,都是我采的。老支书说给带点年货,我说啥都没要,我怕表姨生气呀。"

俺也嘿嘿地笑着说:"这就对了,拴住长大了。"

俗话说:年节好过,平常日子难熬。一眨眼,这年就过完了。初七,拴住跟俺说:"表姨,我得走了。明天,我还得给乡亲们讲课呢。你可要多保重啊,我一有空就回来看你。"

俺瞅着拴住,啥也说不出来。当他一跨出门槛,俺的眼泪就下来了。

唉,小燕长大了,该出窝了。

俺瞅着一个个孩子走了,俺的心也跟着飞走了。

现在,中华又要走了,俺知道乡下苦,整天风吹日晒,一个女孩儿咋受得了呢?俺就说:"闺女,咱别去农村了。在城里,不是照样建设社会主义吗?再说了,那条件,女孩儿去了也不方便不是?"

中华说:“娘,我都问拴住哥了,青年点是苦了点,但也不是你说的那个样子呀!”

俺绷着脸说:“就算不是那样,那也不如城里好。十里地赶个嘴,不如在家喝凉水,这是老祖宗留下来的。”

中华摇着俺的胳膊说:“娘,我知道你心疼我。可是,那也不能不听毛主席的话呀。毛主席说:‘农村是一个广阔的天地,到那里是可以大有作为的’,‘知识青年到农村去,接受贫下中农的再教育,很有必要’。娘,你说我咋办?”

俺知道,俺得听党的话,听毛主席的话。可俺就别不过来这个劲儿。俺寻思着又说:“你拴住哥已经下乡了,俺们家早就响应号召了。”

中华摇晃着身体说:“娘,拴住哥是拴住哥,我是我。每个青年都应该有理想、有抱负、有志向,到最广阔的天地去,施展自己的才华。娘,你最敬重毛主席了,也一定喜欢我听他老人家的话,是吗?”

唉,中华把话说到这份上了,俺还有啥理由不答应呢?

接下来,俺为中华准备了行李、牙具、毛巾、衣服、鞋袜等必备品,又买了饼干、红糖和罐头;然后俺就琢磨,还能给闺女整点啥呢?俺瞅见了白面,就把家里仅有的一点儿面,给中华做了炒面了,里面还放了点芝麻;对了,青年点是大锅饭,就给中华整点精细的,俺就又熬了一罐头瓶子肉酱,炒了一罐头瓶子芥菜疙瘩咸菜。我突然想起来了,拴住下乡的时候,俺也给他准备了这些,咋到了中华俺就蒙了呢?

中水当兵的第十天,俺又送中华下了乡。

中华出发那天,县政府特别热闹,孩子们戴着红袖标,挂着毛主席像,背着行李卷,还举着彩旗,齐刷刷地站成方块队。旁边停放着十多辆马车,是各村屯派来接人的。孩子们以插队地点为单位互相拉歌,白音格勒唱完《东方红》,然后就喊:“芝麻洼,来一个;芝麻洼,来一个。”芝麻洼也不示弱,中华站出来起了个头,并指挥大家唱了一首《北京的金山上》,唱完了,中华带头喊号子,大家就跟着唱:“阿木塔,来一个;阿木塔,来一个。”阿木塔诺尔就唱了一首《大海航行靠舵手》,接着就是巴彦查干的《我们走在大路上》、敖林西伯的《北京颂歌》……那高昂的歌声,那一张张充满活力的笑脸,都深深地刻在俺的脑海里,很多年以后,俺的梦里还能出现那样的镜头。

俺不记得是啥领导,站在县政府门外长条桌前,对着话筒讲了半天,说啥要听毛主席的话,在广阔天地里搏击风浪展翅飞翔,把自个培养成无产阶级革命事业的接班人。然后就让大家拍巴掌,欢送知识青年到农村去。

在上车前,中华蹦跳着羊角辫,穿着俺缝制的格布上衣,红扑扑着小脸跑过来,张开双臂紧紧地抱住俺,然后又抱抱她爹,用轻快的语调说:“爹、娘,你们多保重啊。”

俺的眼睛湿润了,也紧紧抱住她说:“闺女啊,你也保重。”

俺当家的也说:“闺女,缺啥少啥,就来个信。”

中海说:“中华,自个在外边,凡事要谨慎,要学会保护自个。”

“爹、娘、大哥,我记住了。”中华答应着,又欢快地说,“娘,我又不是上战场,干吗这么伤心哪?好了,我会回来看你和爹的。”

俺的眼泪流下来了。俺就这一个闺女,舍不得让她去遭罪。可是,儿大不由娘啊,只能无奈地摆摆手说:“去吧,别惦记俺和你爹。”

中华微笑着说:“爹、娘、大哥,我走了。”

俺和当家的,还有她大哥都说:“去吧。”

中华蹦跳着羊角辫跑了,俺目送着她爬上马车。那马车在驾驾声中,咕噜咕噜地走了,俺的眼睛模糊在挥动的手臂中……

拴住走了,中水走了,中华也走了。

你说这人心能掰几瓣呢?

13

中水刚进部队那会儿,由于年纪小,就给贺团长当勤务兵。

别说中水年纪小,这孩子心可不小。不是说了吗,他和共和国一个生日,就是栋梁之才,将来一定有大出息。

中水也这么认为。所以,他总想做出惊天动地的大事来,以便成就他心底的梦想。

可是,刚到部队,连立功的机会都没有,哪有出息的日子啊?

中水心里很着急,这事儿又无法和战友说,就和家人倾诉内心的烦闷。一给家里写信,就说自个很想立功,可是总没有机会,心里就别提多着急了。还说自个生不逢时,要是在战争年代,他就第一个冲上去,甚至盼着谁再打进来。

俺觉得,这孩子的心思不对劲儿。想立功是好事儿,盼着敌人打进中国,这就不对了。俺这辈子的人,谁不知道旧社会是啥日子?那比黄连都苦哇。你是新中国的兵,保家卫国是你的本分,但也不能盼着被别人欺负吧?

俺让中河给写信,好好说说他,人要寻思着走正道。中河也说,这叫作急功近利。想立功,也不能胡思乱想啊!俺让中河告诉他,种子撒在土里才能发芽,脚踩在地上才会安生。要是总想那不着边的事儿,那早晚会吃大亏的。

可能是俺说得太多了,也可能是俺说得太过了,中水有好长时间没再给家里写信。

半年后,中水忽然来信了。信里说他立功了,首长对他另眼相看了,他有提升的机会了。孩子立功是好事儿,总得鼓励鼓励他吧?俺就让中河回信,表扬表扬他,再给他加加油。然后俺想,到底是读书人,比俺老太太想得周全。

中河写完信后问俺:"娘,和平年代,中水立的是啥功呢?他不会……"

中河吞吞吐吐的,俺着急呀,就催着说:"他不会啥呀?"

中河想了想说:"他不会是投机取巧吧?"

俺觉得中河说得有道理,就让他再问问中水,他到底立的是啥功。

那时候实在太落后了,一封信来来回回的,要在路上走好长时间。中水接到家信一个多月后,俺们才接到他的回信。信上他没说立功的事儿,时间长了,这事儿也就撂下了。

直到二十多年后,中水换防到大庆,才揭开这个谜底。

一次,他们哥仨在家喝酒,电视正演着电视剧,一部关于"文化大革命"时期的电视剧。那剧里说一个男知青,仗着根红苗正,瞧不起其他知青,还常常恶语相加。他惹了众怒,大家就想法整他。在三敬三拜时,趁他起立的时候,挨着他的知青,把《毛主席语录》放在凳子上,他在不知情的情况下,坐在了那本语录上。因为这事儿,他被打成了反革命,成了人人批斗的对象。

他们哥仨一边喝酒一边感叹。

中河说:"那真是一个人人自危的时代呀。"

中海想起了杏花,就接过话茬说:"是啊,你大嫂被批斗时,不但戴上了高帽,挂上了破鞋,剪了阴阳头,脸上还得抹锅底灰。好好的一个人,被弄得人不人鬼不鬼的。你大嫂都不想活了,害得俺整天提心吊胆的,生怕一不小心就丢了她的命。"

中河又说:"那时,人人都提溜着心过日子,不知道哪天,就有灾祸落到你的头上。"

中水喝掉杯子里的酒说:"二哥,你这话可不对。我认为呀,无论是什么时代,只要你聪明,一样过得滋润。就比如我吧,同样经历了那个时代,别人因为毛主席掉脑袋、挨批斗,我却因为毛主席立了功,还提了干。为什么?因为我能准确地抓住机会。"

中水扬扬得意,两个哥哥却好奇,中河就催促地说:"对了,当年娘写信问你,到底是怎么立功的,你说给我们听听?"

中水借着酒劲,讲起了当年立功的经过。

中水不是给首长当勤务兵吗?也就一直没立功机会。他是既着急又上火,绞尽脑汁想弄个军功章戴。

人生在世啊,要是过分地追求啥,必然会生出不该有的心思。中水就是最好的例子。

这一天,中水听说师长要到团里检查。那检查,肯定得在团部作战室汇报工作呀。

中水寻思来寻思去,有了,俺得搞点名堂出来,引起首长的注意,提干的机会不就落到头上了吗?那咋做才能凸显自个呢?中水想:军容整齐,做好服务工作,眼睛里有活,及时给首长倒水……嗯,不行,不行,那是必须的。否则,勤务兵不就失职了吗?再说了,仅仅靠这个,那不就像画上一幅巨型画卷,得积攒多少年的功底呀?

中水寻思了小半天，就像有神灵指引似的，脑袋瓜子一下子就灵光了。啥这派那派的，不都忠于毛主席吗？谁做错了一件事儿，说错了一句话儿，说成反革命就成反革命了。不如给毛主席嘴巴画上胡子，在适当的时候让首长知道。当首长焦虑万分无计可施的时候，再及时进行完美的处理，帮助首长渡过难关，在首长的眼睛里不就……嗯，那首长要追究责任人，万一被查出来，那不就成了反革命了？不会，不会，俺报告给首长的，他咋会对俺使劲儿呢？至于别人，俺管那么多干啥？

中水这样寻思，连俺这个当娘的都为他害臊。可是，他就能做出来。

中水找来锅底灰，在毛主席像上画胡子。眼瞅师长就来了，贺团长亲自到作战室检查准备情况：材料、水杯、毛巾等一应俱全，只有毛主席像挂在首长座位后面墙上，而且一直挂在那儿，应该没啥问题，贺团长连瞅都没瞅。贺团长检查完了，准备出门迎接首长。在贺团长一脚门里一脚门外时，贺团长身后的中水哎呀地惊叫一声。贺团长回身问道："中水同志，你怎么了？"

中水立正，大声地应道："到！"

贺团长："说，怎么回事？"

中水向前一步，趴在贺团长耳边说："贺团长，您看，毛主席怎么长胡子了呢？"

贺团长抬头一瞅，背着手就在室内转圈。中水上前问道："贺团长，师首长马上就到了，怎么办？"

贺团长焦虑地说："怎么办，怎么办，我知道怎么办？就这么点时间，我上哪儿去买毛主席像去？"

中水又低声地说："贺团长，我来处理吧。"

贺团长说："好吧。这是哪个调皮鬼搞的？唉，中水，这个事儿，就不要和别人说了，弄不好又整出一个反革命来，都是恶作剧，别害了孩子们。"

中水一个立正，大声答道："是，请首长放心。"

贺团长下楼去了，中水从上衣口袋里，拿出一个小刀片，搬过去一张桌子,爬到桌子上面,用小刀嚓嚓嚓一刮,毛主席像又恢复了原样。

就这样,年仅十七岁的中水,亲手制造了一个恶作剧,也亲手平息了一场灾难。寻思寻思,要被师长瞅见毛主席的胡子,不知会牵连多少无辜的人呢。

师长视察以后,满意地离去了,贺团长特意表扬了中水。不过,贺团长并没提及毛主席像的事儿,只说中水勇救落水儿童,整理了典型事迹,附加地方政府的证明,报上级党委请功。

不久,中水立了三等功。

中水讲得津津有味,似乎还陶醉其中。那哥俩相互瞅了瞅,表情都是怪怪的。俺呢,听着听着就觉得发冷。俺腾地站起来,拿过鸡毛掸子,扭着小脚走过去,狠狠抽打中水的后背。中水被打得嗷嗷直叫:"娘,你为什么打我呀?"

俺喘着粗气说:"俺为啥打你,那俺告诉你:第一,俺送你去当兵,是让你做一个正直勇敢的人,把保家卫国的心思放在心上;第二,俺是替毛主席他老人家打你,你竟敢在他身上做文章,满足你自个的私欲;第三,俺是替王家的祖先打你,你这做法叫啥?你为了一己私利不择手段,这叫丧失人伦礼仪。"

中水又叫:"娘,那就是一个乱世呀,乱世出英雄,出枭雄,也出狗熊。再说都二十多年了,你还能揪出谁对谁错吗?"

俺还是气呼呼地说:"过去多久俺不管,啥时代俺也不管,你是俺身上掉下的肉,俺就有权利管教你。俺打你,就是让你记住,不该做的事儿,不该有的心思,到啥时候都不能有。不是不报,时辰未到。你欠的债,早晚是要还的。你要是有记性,就记住这个鸡毛掸子。"

俺越说越生气,举起鸡毛掸子还要打,中海和中河却拦住了俺。

中海说:"娘,中水也是四十多岁的人了,别打了。"

中河也说:"就是,咋说也是团级干部了,还挨老娘的鸡毛掸子,传出去多不好听啊。"

中海又说:"是啊,娘,谁还没犯过错呢?毛主席都说,犯错误不要紧,改了就是好同志。"

中河又说:"中水,快向娘认错。"

中水又是点头,又是抱拳地说:"娘,我向你保证,绝不再犯错了。我会严格自律,做一个堂堂正正的好官。"

这哥仨你一句他一句的,把好话都说绝了,你说俺还能咋办呢?

不过,这件事儿,在俺心里系上了疙瘩,对中水总是不放心。因此,俺见到他就唠叨,尽管他总是信誓旦旦的,俺还是觉得是个事儿。四十多岁的人了,长就的骨头生就的肉。俺唯有暗暗祈祷,中水这一生啊,官做到哪儿不重要,只要平安就好。千万别惹出啥事儿来,弄得人不像人、鬼不像鬼的,害了自个,也害了后代,更丢了王家的脸。

14

中水刮胡子的事儿,挨了鸡毛掸子就过去了。可俺咋也寻思不透,俺是个正直又善良的人哪,俺当家的也是个实诚人,他咋就这么滑头呢?

这个事儿,在俺心里一直画魂儿。

有一天,界壁儿张老转到俺家来借白面,俺打心眼里不愿意借给他。俺不愿意不是俺抠门,而是每次他来借粮食,俺都是岗尖一盆的给他。张老转在还粮食时,却一捧一捧地从盆子里往外捧,捧出一捧瞅一瞅,捧出一捧再瞅一瞅,直到能瞅出洼兜儿了事。可是,俺又长了一脸磨不开的肉,还是借给他岗尖一盆,吃点亏就吃点呗,老话说吃亏是福嘛。

但是,下一次俺还会借给他吗?

张老转端着盆走了。后来俺就寻思啊,中水那个滑头劲儿,是不是跟他家学的呢?

张老转叫张新泉,比俺当家的大一旬。他也有三个儿子,老大在国军第五十二军二十五师当兵,老二在东北民主联军第三纵队当兵,身边只留下老三和两个闺女。对这俺糊涂啊,咋还让哥俩成了对头了呢?俺就问他。你猜他咋说?

张老转说:"这你就不懂了吧?眼下,国民党、共产党打得不可开交，你知道将来谁坐江山？”

俺说：“俺也不是神仙，俺哪儿知道哇！”

张老转嘿嘿地笑着说：“是啊，谁也拿捏不准哪！拿捏不准咋办？那就得下赌注啊。俺呢，在国民党这儿下一个，在共产党那儿下一个。将来，俺不管谁赢了，俺都是军属啊，都得给俺一口饭吃。”

俺说：“你这个老转，就不怕哥俩打起来？”

张老转又嘿嘿地笑着说：“弟媳妇，你短见了不是？哥俩走的时候，俺都嘱咐过了，见面枪口抬高一寸，一切就过去了。”

俺笑了笑没吭声，但俺心里寻思：那是谁说的来着？巧伪不如笨拙呀！日本鬼子在的时候，那汉奸咋样？还不是猪八戒照镜子——里外不是人？

这时候，俺就后悔呀！俺后悔中水小的时候，俺咋让他到张家去玩儿呢？这真就应了那句老话了，跟啥人学啥人啊。

要说张老转到底滑到啥地步，从他儿子身上就看个差不离。

张老转大儿子叫张建柱，比俺中海大十三岁，到一九四五年光复的时候，他在国民党军队里当排长。老二叫张建军，那时候刚当兵不久。当时，这哥俩一个二十五岁，一个二十三岁。

那一年，日本鬼子投降了，伪满洲国灭亡了。这东北呀，就成了国民党和共产党角力的地方。

东北为啥会这么重要呢？俺寻思呀，无非就是这东北与苏联、蒙古和朝鲜连成片了，都是共产党一伙的；这西南呢，和冀热辽解放区相连，和山东半岛的胶东解放区隔海相望。共产党要是拿到东北，就摆脱了国民党的长期包围、分割根据地的状况，东北这疙瘩就是共产党的大后方。那要是国民党占了东北，这形势又会咋样呢？其实，连簸棱盖儿都能想明白。

还有，俺东北多富啊！要煤有煤，要铁有铁，要钢有钢，分别占五成至九成不等，而且有粮有木材，公路铁路占全国一半，活动起来多自由哇！俺东北山峦叠翠、林海茫茫，要是叫起劲儿来，谁在这疙瘩，谁就蘸香油了。

那一年，苏联人捣毁了日伪政权，东北就没政府管了；日本人留下不少军用物资和伪军,一天都没着没落的;老百姓受够了日伪的欺凌,都盼星星盼月亮盼太阳呢,要是有自个的土地种,那就再美不过了。为这,大伙儿都撒眸能依靠的人。这时候,林彪来了,还组建了东北人民自治军,第二年又改成了东北民主联军。张老转的二小子张建军,就是在那个时候当的兵。

为了争夺东北这疙瘩,国民党还制订了"行政接收""外交接收"和"军事接收"计划,还把这疙瘩划分了辽宁、安东、辽北、吉林、黑龙江、嫩江、兴安、松江与合江九省并任命了省长;在外交上,国民党政府与苏联签订《中苏友好条约》,为接收东北这疙瘩做好了准备;在军事上,美国派军舰帮助国民党运送军队,准备军事接收东北。

这时候,共产党要向北发展,向南防御,从各解放区抽来老鼻子的军队和干部,像潮水一样地涌进了东北,那阵势比当年闯关东可大多了,那叫十一万大军和二万干部哇!那景象,用心茹的话说就是壮丽。然后,紧接着就成立了东北人民自治军,林彪是总司令,彭真是第一政委。

这期间,苏联为了自个利益,就睁一只眼闭一只眼,蒋介石要运兵到营口锦西,行。那营口和锦西被不明军队占领了,俺有啥法子?那美国军舰就只好返回秦皇岛了。就这样,东北这疙瘩被共产党抢了先。你说,国民党能干吗?蒋介石能干吗?不干就打呗!这一打,内战就爆发了,就让张建柱和张建军在战场上见了面。

要不俺说呢,人算不如天算哪。

张建柱跟随国民党第五十二军第二十五师,从山海关打进来,一路杀到了辽宁,奉命与新六军第十四师配合,于一九四六年四月一日进攻本溪。而迎击他的正是他二弟张建军所部,东北民主联军第三纵队第七旅,还有第四纵第九旅。

那天,国民党军队一顿密密麻麻的炮火,一时间都砸向民主联军的阵地。然后就是密密麻麻的步兵,一个个猫着腰向阵地上冲,结果被阵地上的机枪、手榴弹给打了回来。

国民党军队灰溜溜地撤下去,接着重新布置两个师的力量,在四月七日那一天又去攻打本溪。八日,国民党第二十五师进占小四家屯石富屯地区，迎战的还是民主联军三纵七旅、四纵九旅。又是乒乒乓乓一阵子，二十五师只有招架之功了。这时，纵队首长看到二十五师分兵的弱点，决定集中优势兵力，于黄昏包围他的一个团，打一场歼灭战。

黄昏时分，随着一声令下，民主联军第七、第九两个旅的战士们，犹如饿虎扑食般冲杀上去，机枪、步枪、手榴弹，各种轻重武器，像暴风雨般向这个团倾泻下来，一会儿就歼灭了这个团的大部，剩余部分集体投降。

战斗结束了，首长命令张建军所部，收缴俘虏的轻重武器，并押解俘虏到指定地点。

于是，战士们迅速收缴枪支弹药，并命令全体俘虏集合。这时，张建军突然发现俘虏里有个人，咋就那么像大哥张建柱呢？他先是一愣，又揉揉眼睛仔细一瞧，还真是大哥张建柱哇！张建军就琢磨开了，是认还是不认？认吧，目前还是敌对双方；不认吧，毕竟是一个娘肠爬出来的骨肉兄弟。

张建军正寻思着，张建柱先开口了："建军，我是大哥呀。"

张建军的班长大个子，正在哈腰拾掇枪支，突然听到这句话，便抬起头来疑惑地问："张建军，他是在叫你吗？"

张建柱马上说："长官，我是在叫他，他是我二弟。"

大个子说："他是你二弟？嗯哪，有点儿像。"

张建柱又说："一个娘养的，咋能不像呢？"

大个子又问："张建军，他是你哥？"

张建军点点头，又摇摇头，啥都没说。张建军内心很复杂，刚参军不久，对政策还不了解，要是惹上麻烦咋办？而张建柱想，在共产党军队里有我兄弟，总能得到一些关照啊。

俘虏被押走了。

转天，上级找张建军了解情况，张建军跑步来到营部。他站在门口，喘了喘粗气，然后立正喊了一声："报告。"

营长说："进来。"

张建军进了屋，啪地一个立正："首长，你找我？"

营长说:“来,坐下说。”

张建军答应道:“是。”

张建军坐在营长对面的凳子上,营长把一个水缸子递了过来,张建军接过来喝了一口水。

营长说:“张建军,张建柱是你哥?”

张建军说:“是。”

营长说:“你哥说,他是被抓去当了国民党的兵,你能说说具体情况吗?”

张建军说:“首长,具体情况俺不清楚。”

营长说:“张建军,别怕,都是穷苦人家出身。”

张建军说:“是,首长。”

营长说:“你是怎么当的兵啊?”

张建军说:“是我爹送我当兵的。”

营长说:“好,去吧。”

张建军说:“是。”

张建军站起身来,立正,向后转,然后走出营部。

从营部出来,张建军深深舒了一口气,他伸手擦擦汗。这时,他才发现后背湿透了。唉,我的哥呀,你咋说是被抓来当兵的呢?得亏俺营长实诚点,要是绕个弯问我,我答错了,那可怎么是好?张建军回到班里闷闷不乐,好几天都没个笑模样。

有一天,班长喊张建军,说是有人来看他。他匆忙从屋里出来,一下子愣住了:我的天哪,这是大哥张建柱吗?

张建柱见到二弟,哈哈地笑道:“建军,看你傻呵呵的。不认识大哥了?”

张建军把张建柱拽到一边说:“大哥,你咋说是被抓当兵的?都吓死我了。”

张建柱说:“二弟,怕啥?大哥现在是连长了。”

张建军疑惑地问:“连长?在那边是排长,到这边就连长了?”

俺就说嘛,张建柱要是实话实说,他被俘虏了还能升官?后来,俺又听说张建柱随林彪一直往南打,在什么战役来着,又被国民党俘虏了，不知咋的，被俘虏了，又升官了，当了营长了。有人说，还是人家有能耐，要不咋总当官呢？而且是这官越当越大。

俺哪，就不信这个。人这辈子，是受难，还是享福，那是有定数的。就说张建柱吧，后来随国民党退到台湾去了。从那以后，对爹娘的牵挂，对弟弟妹妹的牵挂，对家乡的牵挂，一直折磨着他。直到死，他也没回到杜尔伯特。

有时候俺就寻思，那台湾海峡是不是思乡的泪呢？

俺叨咕这些个，好像是扯远了。实际上，俺就是想说，人这一辈子，还是要遵循一个道，那就是天道。俺也想借张老转劝劝中水，不要总想着歪门邪道，那玩意儿长不了。

15

一九七一年前后，是俺记忆最丰满的几年。说丰满，是因为有喜、有怒、有哀，也有乐。

那是八月的一天，俺坐在炕上纳鞋底，俺当家的坐在凳子上搓麻绳。汗水不知不觉就流下来，俺们不时地拿起毛巾，擦一把脸上的汗水。

窗外突突突响起摩托声，俺抬起眼向外望去，只见中河笑呵呵地停车，噔噔噔地跑了进来：“爹、娘，有一个好消息，有一个坏消息，二老想听哪一个？”

俺说：“这孩子，今天咋还学会调皮了呢？”

俺当家的说：“那就先听好消息呗。”

中河说：“好消息就是，中水上大学了。”

“啥？”俺公母俩一下子愣住了，“谁上大学？”

“是中水。”中河一边从兜里掏信一边说，“中水来信说，他被部队推荐上大学了，是中国陆军军官学院指挥系。”

“真的？”俺问。

“真的。”中河说。

"谢天谢地,俺祖上积德了。"俺当家的笑着说。

"快说说,部队咋就推荐他了呢?"俺又问。

"娘,这信里没说。"中河拿起他爹的毛巾擦着汗说,"对了,中水说,上学之前他回来探家,到时候你问他吧。"

"好好好。"俺连声说道。

"那坏消息呢?"俺当家的想到这茬口,就连忙问道。

"这坏消息……"中河端起他爹的水碗,咕嘟咕嘟地喝着水。

"这孩子,咋还学会卖乖了呢?"俺心里急呀,就催着他说。

"这坏消息,就是好多人没上大学。"中河说完,就哈哈笑了。

"这孩子,咋还屁的流星的。"俺笑着说。

"啥屁的流星的?那叫有趣,叫俏皮,也叫幽默。"俺当家的也笑着说。

"不管咋说,俺今儿高兴。走,俺炒俩菜,叫你们爷俩喝两盅。"俺说着就扭进了厨房。

中水上大学了,你说俺能不高兴吗?人哪,多念书就知礼,有本事才能做大事儿。但愿中水拿捏好这个机会,多学本事,多学做人的道理,做一个既知书达理又尊师重道的人。

一周后,中水回来了。

一晃离开家一年多了,中水也长高了。部队的水土就是养人,离家时黑瘦黑瘦的孩子,现在变高了,像个汉子了,俺不由得暗自高兴啊。

俺把小鸡杀了,在小园子里摘了豆角、茄子、黄瓜、辣椒,还让中海去副食商店,买了二斤肉和二斤白酒。俺一边做菜一边寻思啊,趁孩子们都在,就陪着俺和他爹好好乐呵乐呵。

俺这边菜也做好了,拴住、中河、中华也赶回来了。一家子就坐在圆桌前,聊起了过去、现在和将来。

俺一边聊着,一边给中水、中华、中河、拴住和中海夹菜。

中水笑着说:"娘,你们吃吧,部队吃的好着呢。"

中华说:"娘,你不用惦记我,我亏不着自己。"

中河一边给俺和他爹夹菜一边说:"娘、爹,你们多吃点。只要你们健健康康的，就比啥都强。”

俺说：“好好，一家人都好好的。哎，那啥，中海家里的、中河家里的，你们别忙活了，赶紧上桌。”

“来了，娘。”

杏花和雪玲挨着俺坐下了，俺突然想起中水立功的事儿，就问：“中水，你是咋立的功啊?”

中水说：“娘，我是舍己救人，上级才给立的功。”

俺又问：“你救的是谁呀？咋救的？现在他啥样了?”

中水笑着说：“娘，你别问了，这是军事秘密，不能说的。”

俺不解地瞅瞅中水，做好事还成秘密了？看来部队和地方是不一样。俺满腹狐疑地打住了话题。

俺寻思，部队不会弄错，中水没做好事儿，部队不会推荐他的。还有，在大学的校园里，在老师的引导下，他应该成为正直而又有担当的人。带着这样的期望俺叮嘱道：“中水呀，上了大学要好好学，好好管教自个，做人要积德呀。”

俺当家的也说：“你娘的话对着呢，做人就要堂堂正正的。”

对于俺们的话，中水认真地回应：“爹、娘，放心吧。我是大学生了，将接受高等教育，不会再做幼稚的事儿了。”

这是中水向俺做出的保证。

俺瞅着他满是信心，对未来充满了希望，心里也舒坦多了。也许，中水进了大学，真的能长大成人了。如果这样的话，那真是烧高香了。

送他去上学的那一天，俺和他爹拉着他的手叮嘱他。

他给俺们敬了一军礼说：“爹、娘，我以五角星的名义保证，我一定牢记爹娘的嘱托，做一个优秀的大学生。”

俺们恋恋不舍地送中水起程了。

中水不在俺身边，俺不知道他的大学是啥样。不过，中水总能让俺们激动一下。比如，他被评为优秀学生了。再比如，他加入中国共产党了。

在那个时代，一个年轻人能得到这些，那是多么荣耀的事儿呀！那真就是光宗耀祖啊。每次接到中水的喜报，俺们全家都会十分高兴。高兴是高兴,俺还是有些担心,这不会又是做了啥手脚吧?

于是,每次让中河写回信,俺都问他的具体情况,问这荣誉是咋得的。

中水也不隐瞒,把生活中的点点滴滴都告诉了俺,听着他的来信,字里行间能听出得意劲来。

那时候,一个学生就几块钱的补贴,中水自个省下来,班主任了,党支部书记了,他今天送一盒烟,明天送点水果,就把关系网建起来了。同时,他还积极参加队列练习,在班级打扫卫生,帮助同学洗洗衣裳。

中水说,这叫会来事儿。就因为这,同学和老师才得意他,好事儿也就落在他头上了。

中河把这些话叨咕给俺听,俺这心里又不踏实了。

俺一个老太太,不懂得那些人情世故,更不理解中水的做法。俺为人处世有自个的原则,那就是本本分分地做人,踏踏实实地做事。把自个的言行管好,不做一点儿超越规矩的事儿。谁有了危难招灾的,能拉扯一把就拉扯一把,谁家有个大事小情的,能帮忙就不会看热闹。这让俺过得踏实,也受到了大伙儿的尊重。

中水的做法,是以物质为基础的,有讨好别人的嫌疑,虽然不犯啥忌讳,俺也不赞成。

于是,中河写信的时候,俺又告诉他,做人要行得正走得端,千万别做损人利己或损人不利己的事儿。

对此,中水答应得妥妥的。至于他如何去做事儿,俺就不得而知了。离得太远了,俺是心有余而力不足哇,只能听天由命了。

上学那年寒假,中水坐火车回家。在他座位对面,有一位穿军装的女孩,军帽上的红五角星,领子上的红领章,再加上红扑扑的脸蛋,黑葡萄似的大眼睛和那红嘟嘟的小嘴,那真是一副勾魂的长相。

俺觉得,人和人是有缘的。特别是当兵和当兵的,有一种天然的情分,也许就是大伙说的战友情吧。所以,他们两个不知不觉就唠上了。

中水说:“同志,你是那个部队的?”

女孩说:“我是中国陆军军官学院的学生。”

中水说:“太巧了,我也是。我是指挥系七一三班的。你是哪个系的?”

女孩说:“我是电信系,七一一班的。”

中水说:“能问一下你的名字吗?”

女孩说:“我叫李红。”

中水说:“李红,好,跟形势。”

李红说:“我原来叫李碧莹,人家说我是资产阶级大小姐,我一想还是改了吧,免得惹上不必要的麻烦,就在报名参军前改成了李红。”

中水说:“对了,我叫王中水,回杜尔伯特探亲。”

李红说:“我回大庆,我家是油田的。”

中水说:“太巧了,我们也算老乡吧?”

李红说:“那是。”

中水说:“那以后有什么事儿,你可不要客气呀!”

李红说:“少不了麻烦你。”

俺不知道这算不算艳遇,但俺知道俺三儿子中水,他可是动了真心思了。那天他回到家里,吃完晌午饭以后,就坐在炕沿上和俺唠嗑。他唠着唠着就扯到那个闺女身上去了。

俺就说:“中水呀,娘唠叨一句,你别不愿意听啊。”

中水说:“娘,你说吧。”

俺接着说:“你要是对人家动了心思,人家有一天真的和你好了,你可要对得起良心,千万别要了人家女孩儿呀!”

中水说:“娘,你说啥呢?”

俺说:“知子莫若娘啊。那天,有一位老先生,说起咱中国字的改革,让俺这心里呀,不知咋的总是不安哪。”

中水说:“娘,他说啥了?”

俺说:“他说呀,親不见了,愛无心了,産不生了,廠空空了,麵无麦了,運无车了,導无道了,兒无首了,飛单翼了,有雲无雨了,開關无门了,鄉里无郎了。可巧的是,魔还是魔,鬼还是鬼,偷还是偷,騙还是骗,貪还是贪,毒还是毒,黑还是黑,賭还是赌,賊还是贼。无非就是马变成一条腿了,宝贝比以前轻了。”

中水说:“娘,这只是文字改革,就是简化了一点儿,不是更好写了吗,你想那么多干什么呀?”

俺气得手哆哆嗦嗦地指着他说:“你们倒是好写了,但是,你知不知道,你们把道理丢了,那是老祖宗留下来的道理呀！你说,亲人都不见面了,那还是亲人吗?你连心都没了,还满嘴说是爱,那不是骗人吗?领导都无道了,能领着大伙儿过好日子吗?那飞机剩下一个翅膀了,那还不掉下来呀?那有云无雨了,还咋种地打粮……”

中水说:“娘,你别生气了,别气坏了身子。”

俺说:“中水,你记住娘的话,做事儿要凭良心。”

中水说:“娘,我知道。”

俺说:“你知道就好。你要是做出昧良心的事儿,娘可饶不了你。”

中水听俺这么说,站起身来走了。

俺叹息了一声,唉……孩子大了,总有自个的想法,在孩子们的感情上,俺实在是力不从心哪。

16

中水回来不久,中华也回来了。

中华回来俺高兴啊！可让俺更高兴的,是中华还带回个小伙子。这情景让俺想起了拴住。

多年前的腊月二十五,雪花漫天地舞蹈着。老话说二十五扫尘土,俺得按照规矩来。穷也好,富也好,家总是要干干净净的。一年到头了,俺就盼着年的到来了。年来了,一家子也就团圆了。

俺当家的站在凳子上,举着笤帚打扫房顶和墙壁,俺用毛巾包着头,拿着鸡毛掸子拾掇墙角和柜后。

俺公母俩边干活边唠嗑。

“当家的,想啥呢?”

“想拴住呗。都这时候了,这孩子也该回来了。”

“俺猜也是。哎,拴住过年都二十了,该娶媳妇了,俺托界壁儿他樊大叔帮助打听着呢。要有相当的闺女给他定一个。”

“就是,那孩子仁义,一定给他定一个好闺女。”

俺们正唠着呢,门被推开了,随着一股冷风,拴住扑了进来:“表姨、表姨夫,我回来了。”

“拴住,俺和你姨夫正说你呢,你就回来了。”

“真是,说曹操,曹操就到了。”

俺上下打量着拴住,他穿着棉袄棉裤,还裹着一件半旧军大衣。头上戴着狗皮帽子,那狗毛都遮住了眉眼。拴住摘下帽子,冲着俺们嘿嘿地笑,眉毛上的霜雪融化了,顺着眼毛往下滴水。

“这孩子,冷了吧?”

“快上炕暖和暖和。”

拴住站着没动,微笑着对俺说:“表姨,不着急上炕,俺带媳妇来的,她还在车站呢。”

俺当家的疑惑地问:“啥?你媳妇?”

拴住点头说:“是,是俺媳妇。”

俺颤着声地问:“拴住,你结婚了?”

拴住点头说:“是。”

俺的眼泪一下子就流下来了。俺点着拴住脑瓜门说:“拴住,从小到大,俺没亏待过你吧?你可倒好,结婚了,也不告诉俺一声,你这不是拿俺当外人了吗?”

拴住还是笑着说:“表姨,你别哭嘛。俺哪能把你当外人呢?这事儿办得很仓促,也有不得已的苦衷啊。”

俺还是不解地说:“这办喜事儿,能有啥苦衷?这分明没把俺当家人。”

俺越说越激动,就哭出了声。

“表姨,你别哭了,你这一哭,俺的心都乱了。”拴住拉着俺说,“对不起,都是俺不好,你听俺把话说完行吗?”

俺当家的看不过眼,就瞪着俺说:“你哭啥呀?看把孩子难的,就不能听他把话说完?”

当家的这么一说，俺一下子想起来了，拴住媳妇还在车站呢，人家闺女第一次登门，可别寒了人家的心哪。俺止住了哭声说："去把你媳妇接回来吧。"

"表姨、表姨夫，俺得把事儿说清楚，你们要不嫌弃，俺就接她回来给二老拜年。要不，俺就领她回去。"

"就是，让孩子把话说完。"俺当家的说。

"你说，俺听着。"俺也说。

拴住到了腰新屯后，先和大伙儿一起下地，还给农民办起夜校，教农民识文断字。

早年，因汉人移居建立前新屯、后新屯，而前新屯和后新屯中间那疙瘩，就叫腰新屯。腰新屯在嫩江东边，有水泡子和沼泽地，是远近闻名的鱼米之乡；这疙瘩生产的贡米相当出名，销售到大庆、上海等城市，营养丰富，是餐桌上的有机珍品。那疙瘩还盛产鱼虾，是一个富庶的好地方。

拴住下乡后，开始住在古石林家。到了一九五八年，拴住当上了小学校的代课老师，就搬到了学校住了。那时候，人民公社要向共产主义过渡，各个生产队都成立了集体食堂，大伙儿全在食堂吃。

那年开春，古石林屋里的得了阑尾炎，由于耽误了治疗，结果因穿孔而丢了性命，就剩下古石林领着独女古杰过日子。大食堂成立后，古石林就在大食堂做饭。拴住在食堂吃完饭后，也没别的事儿，就帮古石林刷刷碗，扫扫地，擦擦桌子。这样一来二去，拴住就和古杰产生了感情。

古杰闺女高挑个，瓜子脸儿，杨柳细腰，白白的皮肤，毛茸茸的眼睛，是腰新屯的一枝花。古杰不但长相好，心眼也忒好使。拴住自个在外，身边也没人照应，古杰就帮他洗衣裳、做鞋子、买袜子，还帮他拾掇宿舍，两个人相处得很贴心，古石林瞅着也很舒心。

这对年轻人，成了令人羡慕的一对。

拴住寻思，过年回家征求俺的意见，让俺帮着拿拿主意，如果双方老人都没说的，就把这门亲事定下来。

天有不测风云，人有旦夕祸福。谁知道一场灾祸，竟然悄悄走近了古杰。

作为支书的黄向阳，表面上像个人似的，骨子里却是一肚子男盗女娼。他利用手中的权力，一直霸占着村东头的李寡妇。这两年，瞅着古杰出落得跟花儿似的，他又暗自动起了心思。

近来，瞅着古杰和拴住接触频繁，黄向阳的醋劲儿就上来了，他发誓要把古杰搞到手。于是，在一个风雨交加的傍晚，他在食堂吃完饭后，就安排古石林准备包子馅，说是防止二道河子洪水泛滥，明天组织社员上堤筑坝，让大家明天早晨吃包子。

支书说了，古石林就得忙活。拴住听说了，也留下来帮忙。

瞅着古石林和拴住忙活着，黄向阳在心里偷偷地笑了。

古杰吃完晚饭，着急回家纳鞋底，就顶着麻袋片跑回了家。

拴住脚尖着急出来放风，古杰必须尽快赶出一双鞋来。

古杰坐在油灯下，一针一线地纳着，瞅着又细又密的针脚，再寻思寻思心上的拴住，她羞答答地抿嘴笑了。

这时候，门外响起了砰砰的敲门声。

“爹回来了。”古杰自言自语，放下手里针线，下地开门去了。门开处，一个湿漉漉的身影闪了进来，“爹，没淋着吧？”

古杰一边说着一边插门，来人却从后面捂住她的嘴，勒紧了她的脖子往里屋拖。她突然意识到危险的降临，她想喊却咋也喊不出来，她想挣脱却没有一点儿力气。她被来人扔在炕上，才看清来人的面目，原来正是衣冠禽兽的黄向阳。

黄向阳的脸扭曲着，从牙缝里挤出几个字：“你跟了我，就等于跟了党。否则，我把你爹打成右派。”

此时，古杰已哆嗦成一团。黄向阳见状，立马脱掉衣服，全裸着把古杰的衣裙撕下来，就在他即将进入的一瞬，古杰突然抬手一拳，正好打在他的眼睛上。黄向阳晃了晃头，稍稍镇静了一下，狠狠地还了古杰一巴掌，这一巴掌打得古杰满眼金星。就在古杰晕头的时候，黄向阳进入了她的身体。

古杰清醒过来，便大声地骂道：“畜生，你不得好死！”

古杰一边骂一边拼命挣扎。可是，她哪是一个大老爷们的对手？

黄向阳把古杰压在身下，尽情地发泄着兽欲。

黄向阳终于爬了起来，他一边穿衣裳一边说："古杰，我能看上你，那是你的造化。只要你听话，将来我让你当代课老师。你要是敢张扬出去，我就把你爹打成右派，让你们永世不得翻身。"

那时候，连马寅初、彭德怀等大人物，都一个个打成右派了，一个古石林又算个啥呢？古杰害怕了。

现在娘死了，爹就她一个亲人了，自个儿再苦，也得顾爹不是？

唉……古杰在心里暗自悲伤，真是死也死不起，活也活不起呀。

古杰陷入了两难的境地。

那黄向阳宣泄了兽欲，扔下古杰扬长而去。

古杰瘫坐在炕上，用拳头捶打着炕席痛哭起来。那悲怆的哭声，淹没在了那场风雨里，也淹没在了那个黑暗的夜里。

这事儿发生以后，古杰没敢声张，只把痛苦埋藏在心里。

古杰觉得对不起拴住，就有意躲着他，即便是在食堂相遇了，也像是没瞅见似的。拴住就觉得纳闷呀，就到家里去找她，那她也是避而不见。

拴住不懂古杰的心思，以为古杰嫌弃他的出身，他的内心也越发痛苦。

如果不是古杰发现自个怀孕了，两个人可能也就错过了一生。

老天偏偏喜欢开玩笑，古杰被强暴一个月后，她发现自个的月经没来。

17

古杰月经没来，她自个脸都白了。

这事儿不敢告诉爹，更不敢让别人知道。

古杰没法留下这孩子。她就偷偷地想办法。她自个的时候，不是滚山坡就是捶肚子，不是跑就是跳；她还专门捡重活干，挑水、抗麻袋、背柴火。可是不管咋折腾，天不随人愿，那孩子还是在肚子里，不知忧虑地成长着。

没法子,用白花其布勒吧。

用白花其勒住,那也不是长久的事儿,那肚子天天见长啊!

古杰绝望了。

要是把孩子生下来,这一辈子不正经的名声,该咋背呢?那名声就是压也得把俺压死呀!

罢了,罢了,罢了!就此,把一生画上句号吧!

这一天,古杰换上小碎花衬衣、浅蓝色裤子和带袢的圆口布鞋,还把头发梳成麻花辫,还用手帕扎了蝴蝶结。她打扮完了,又照照镜子,感觉满意了,就趴在桌子上写了一份遗书,放在自个的枕头底下,揣上一根麻绳来到小河口。

古杰找了一棵歪脖树,把绳子拴在树杈上,又搬来一块石头放在下方。然后她向东跪下,想起孤单单的爹,不觉悲从心头起,顿时眼泪哗哗流下来。

古杰哭道:"爹,闺女不孝,不能给你养老送终了。对不起,俺先走了,你可要保重啊。那畜生把俺糟践了,俺还怀了他的孽种。你说,俺哪还有脸活在这世上啊?"

古杰哭着说着,冲东边的村子磕了三个头,又说:"娘,闺女就去找你,你要是在天有灵,就保佑俺爹好好活着,也让那畜生不得好死。"

古杰说完站起身来,伸手抓住绳套又喊道:"拴住哥,俺不能陪你了,要是有来生,俺一定给你当媳妇……"

坐在小河口钓鱼的拴住,听着有女人哭哭啼啼的,也没有往心里去,眼睛盯着鱼漂在养心境。突然,他听到自个的名字,不觉心里一惊:是古杰?拴住赶紧站起来循声望去,只见古杰双手抓住绳套,把脖子慢慢伸进去,然后脚一蹬便悬起身子来。

拴住吓坏了,他噔噔噔地跑过去,一把抱住古杰,并把她托了起来。

拴住摘掉绳套,把古杰平放在地上,摸了摸脉搏,脉搏还在;试了试呼吸,呼吸也有,他心情顿时一松,一下子瘫坐在地上。

拴住抚摸着古杰的脸,眼泪一串一串地流下来说:"古杰,你有啥想不开的呀？有啥事儿还有俺呢，干吗要寻短见啊！”

古杰躺在地上缓了一会儿，她慢慢地睁开眼睛，瞅见拴住伤心地哭着，羞愧再一次涌上来，她像受伤的小鹿，挣扎着坐了起来说：“拴住哥，你别管俺，让俺走吧。”

拴住说：“古杰，只要俺在，就不会让你死。走，有啥事儿，你跟俺回家再说。”

古杰坐在那儿，呜呜地哭着说：“说不清了，拴住哥。你让俺去死吧，俺没脸活在世上了。”

拴住说：“古杰，人活的就是一股心劲儿。你死了，俺的心也死了，石林叔的心也死了，你忍心？你就那么自私？”

古杰哭着说：“拴住哥，俺真没脸了，俺……俺……俺被黄向阳糟蹋了，还怀上了他的孽种。”

古杰说出了缘由，双手捂住了脸，又呜呜地哭起来。

拴住一下子就愣住了，他想不到会发生这事儿。他终于明白了，为啥古杰会疏远他。

他这一愣神不打紧，古杰更感到无望了。她起身撒腿就往河边跑。

拴住惊醒过来，紧接着就撵了上去，他抱住古杰大声说道：“为一个畜生去死，你值吗？你死了，石林叔咋办？俺咋办？古杰，你要活着，要好好活着，俺要你给俺当老婆。”

“拴住哥，俺是脏了身子的人啊。”

“那不是你的错，你不要为畜生担罪过。俺在乎的是你，只要你好好的，就是俺的幸福。俺从小就没了亲人，你不能让俺再承受失去亲人的痛苦了。”

“拴住……”古杰哭着扑进拴住怀里。

俺这个苦命的外甥啊，就是一个敢担当的人，他一下子救了两条命。

那天，拴住领着古杰回到腰新屯，就直接去家里找古石林提亲。古石林是满口答应。这么好的人，又是一个老师，这上哪儿去找哇？古石林就是有一点不理解，为啥要尽快结婚呢？

拴住说:“石林叔,俺从小就没爹没娘的,现在离表姨又是这么远,在学校总觉得孤单单的,就想早点有个家,还希望石林叔成全俺。”

古杰红着脸说:“爹,俺俩要是结婚了,拴住就能搬回家住了,俺也有个伴不是?”

古石林哈哈地笑着说:“这孩子,还没过门呢,就知道向着了。好,爹答应就是了。不过……”

古杰立马就问:“爹,还不过啥呀?”

古石林又笑着说:“这孩子,咋还不知道害羞呢?俺是说呀,俺得选个好日子。去,把皇历拿过来。”

古杰走到东墙灯窝前,伸手从墙上摘下皇历,一边翻皇历一边说:“爹,八月初八挺好的,公历是九月二十日,还是礼拜六,都是双日子。”

古石林说:“这日子倒是挺好。今天是八月初六,到八月初八就隔一天,这是不是太近了?就一天的光景准备,那也太忙活人了吧?”

拴住说:“石林叔,俺没啥人,表姨又离得太远,交通也不方便,能省就省点,能免就免了吧。”

古杰也说:“爹,就这么定了吧?”

古石林叹了口气说:“唉……你娘也不在了,爹就你一个闺女,只要你没啥挑的,爹也就没啥了。”

在八月初八这天,拴住和古杰在“一拜天地,二拜高堂,夫妻对拜,送入洞房”的唱词中,跨过门槛上的马鞍,携手进入了洞房。吃过“子孙饺子”后,古杰在洞房里“坐福”,拴住到外边接待贺喜的乡亲。

一晃结婚四个多月了,眼瞅就过大年了,拴住决定带媳妇回家。

古杰为难地说:“拴住,俺怕见表姨,还是你自个回吧。”

拴住说:“媳妇,俺在表姨家长大,表姨就是俺亲娘。你说,哪有儿媳不见家婆的?”

古杰说:“俺怕被人瞧不起。”

拴住说:“俺跟你说,媳妇,表姨可善良了。你说,这么善良的人,哪会瞧不起你呢?”

古杰总算答应回家了。

下了车,古杰挺着五个月的身孕,跟在拴住身后走了几步,又是犹犹豫豫地说:"拴住,还是你自个回吧,跟表姨把事儿说清楚,表姨她要是可怜俺呢,你就来车站接俺回去;表姨要是觉得为难呢,俺就自个回腰新屯,你留下来陪表姨过年。"

拴住一瞅这情形,只好自个先回来了。

拴住叨咕完了,俺这心哪,就像被刀剜了一下。这孩子,到现在还没走出阴影呢。

俺瞅瞅拴住,不觉赞许地点点头:好样的,是个侠肝义胆的爷们!

俺也顾不得满身的灰尘了,就一边围围巾,一边对俺当家的说:"走,俺们去接儿媳妇去。"

俺当家的一愣,像突然醒悟似的,他揉了揉眼睛,一连声地说:"对对,接儿媳妇回家过年。"

拴住笑了,眼睛也湿润了。他张开了双臂,用力地抱住俺说:"表姨,你就是俺亲娘。"

俺笑着说:"好好,你们都是俺的好孩子。"

到了车站,俺见到古杰。那孩子水灵灵的,穿着蓝花其半大衣,肚子微微挺起。她见到俺们,连忙站了起来。

拴住赶紧说:"媳妇,快叫表姨、表姨夫。"

古杰羞怯地叫了一声:"表姨、表姨夫。"

俺拉着古杰说:"好孩子,跟表姨回家,表姨给你做好吃的。"

古杰哽咽了,她颤抖着说:"表姨,俺……"

俺连忙说:"孩子,啥也别说,拴住没爹没娘的。俺哪,就是你们的娘;俺这个家呀,就是你们的家。"

古杰扑进俺的怀里,眼泪就掉下来了。

俺伸手擦掉她的眼泪说:"这孩子,咋还哭了呢?"

古杰笑了笑说:"表姨,俺是高兴的。"

俺当家的也说:"对,过年了,都高高兴兴的。"

古杰又笑笑说:"嗯哪,都高兴。"

这真是个喜兴的年啊!古杰一扫过去的阴影,显得非常高兴。古杰高兴,拴住就高兴,大伙儿就都高兴了。

那年,拴住和古杰一直住到初七。

临出门,古杰恋恋不舍地抱着俺说:“表姨,你对拴住这么好,对俺也这么好。拴住没爹没娘了,俺也没娘了。从今后,二老就是俺们亲爹娘。”

古杰说着,就把俺按坐在炕沿上,又把俺当家的按坐在俺身边,然后拉着拴住跪下,就一边磕头一边叫爹叫娘。俺一瞅这场面,俺当家的扶起拴住,俺赶紧扶起古杰,那古杰可是双身子呀!

俺说:“好,俺都认下了。这闺女儿子不隔心不是?既然你们不嫌弃,俺就唠叨两句:一呢,要孝敬老人,伺候好你爹;二呢,小公母俩要互谦互让,把日子过好;三呢,没事儿,就常回家看看。”

拴住和古杰异口同声地说:“娘,俺记住了。”

拴住接着说:“孝敬不能等,俺会常回来的。”

从那以后,俺和古杰处得像亲娘俩,这都是后话了。

中华带回个蒙古族小伙子,这让大家既好奇又纳闷。

中华的对象穿着蒙古袍,耳朵上戴着耳钉,留着长头发,叫哈丹巴特尔。准姑爷回来了,俺得了解了解情况,刚要打发中水领着巴特尔上街,巴特尔倒是抢了先。他硬邦邦地说:“大娘、中华,我和中水逛逛街,顺便买点鞭炮。”

俺说:“去玩儿吧,家里啥都有,别乱花钱。”

俺瞅他们走了,就问中华:“啥蛋巴特尔是啥意思?”

中华就笑,笑得前仰后合的。俺说:“你笑啥呀?”

中华好不容易收起了笑说:“娘,不是啥蛋巴特尔,是哈丹巴特尔。用汉语说,就是刚毅英雄的意思。”

俺有所悟地说:“噢,英雄。英雄好哇,英雄好。”

俺当家的说:“闺女,你咋还找了一个蒙古人呢?”

中华说:“爹,不是蒙古人,是蒙古族人。”

俺当家的说:“俺知道。”

俺又说:“闺女啊,你找个蒙古人,将来咋生活呀?”

中华说:“爹、娘,我一块儿来回答。一是他热情、豪爽、仗义、豁达,和他结婚,我一定会幸福的;二是我们在青年点,已经习惯了彼此,生活习惯不是问题……”

俺疑惑地说:“可是……”

中华却笑呵呵地说:“娘,没什么可是的了。你呀,就相信女儿吧。”

中华都这样说了,俺还能说啥呢?

俺们正说着话,中水和巴特尔回来了。中水提溜蒜挂整回来一堆:小鞭、二踢脚、冻梨、大柿子,还有年画啥的。然后,巴特尔领着中水打糨糊、贴年画和对联。年画上是李铁梅、阿庆嫂、杨子荣,咋看都没杨柳青年画耐看。对联俺不认识,中水对俺说,上联是“翻身不忘共产党”,下联是“吃水不忘挖井人”,横批是“幸福万年长”。

晚上,杏花和雪玲把饺子包好了,然后炒了几个菜。俺记得有红烧鱼、酸菜炒肉、炸丸子、炸虾片啥的。

菜都上来了,该吃年夜饭了,俺招呼大家上桌。中海说:“来来来,吃饭前哪,俺们先给爹娘拜年,新社会新风尚,就给爹娘行鞠躬礼吧。”

在中海的带领下,杏花、拴住、古杰、中河、雪玲、中华、中水和几个孙辈站在地上,给俺们行鞠躬礼,还说祝愿二老长寿安康、笑口常开、儿孙绕膝。

俺坐在炕沿上,瞅着中华不是心思,就知道她寻思的是啥,还不是巴特尔没拜年吗?

大家拜完年了,巴特尔走上前,双腿一弯跪倒在地,给俺公母俩磕了头,还从怀里掏出两条哈达,站起身来伸出双手,献给了俺和俺当家的。中华在旁边瞅着,两个脸蛋像红苹果似的。

俺觉得,这个蒙古孩子不错,既热情、勤劳又孝顺,更注重礼节。吃饭时给中华夹菜;中华洗头他去烧水;中华睡了他给盖被子;中华外出他递上围巾……巴特尔对中华的好,让俺瞅着也舒心。

也许,这孩子真是中华最幸福的归宿。

闺女是娘心头的肉,闺女幸福了,当娘的也就放心了。

这年跟古杰来的那年一样,饭菜都是普普通通,也没啥山珍海味的。但一家人在一起心贴心,俺心里也甜滋滋的。

这时,俺希望中水的感情也能如意,早日和李红闺女成婚,俺的心就能安顿下来了。

18

假期就要过去了,中水离家的头一天,俺再次和他提起了李红。

俺说:“中水啊,女孩子就是瓷娃娃,一点儿都伤不起,也碎不起。要是心伤了、心碎了,那滋味就会埋进心底,一生都挖不出来。”

中水说:“娘,你放心吧,我是真心喜欢她,会把握好尺度的。”

俺点头说:“你不能保证人家幸福,就别动那心思。动了心思,就不能做陈世美。”

中水不耐烦地说:“哎呀,娘,我是大学生,知道咋处理问题。”

中海、中河也替他圆场,说中水是读书人,会处理好这些事儿,不让俺再跟着操心。

俺还能说啥呢?俺是老脑筋了,迈不动步的不仅是双腿,还有这上了锈的脑筋。当娘的,该说的说了,该劝的也劝了,路要咋走,还得靠他自个。

中水回学校报到去了。

俺站在大门口瞅着中水,一直瞅着他走得无影无踪。

中水回学校以后的一天傍晚,天边的红霞映红了大地,也映红了广场上散步的李红。中水从远处慢慢走来,嘴里哼唱着《沙家浜》里郭建光的唱段:“朝霞映在阳澄湖上,芦花放稻谷香岸柳成行。全凭着劳动人民一双手,画出了锦绣江南鱼米乡。祖国的好山河寸土不让,岂容日寇逞凶狂!战斗负伤离战场,养伤来在沙家浜。半月来思念……”

中水哼着唱着,来到李红身旁。李红惊喜地笑道:“中水,是你?歌儿唱得不错呀!”

中水也高兴地说:“李红,真巧!”

李红说:“是啊,回学校还是第一次遇见你。”

中水说:“这就叫有缘千里来相会吧!”

李红羞答答地说:“去你的,谁跟你有缘哪!要说缘,那也是地缘。”

中水说："什么缘不都是缘嘛。真的，李红，跟你说个正经事。"

李红说："什么事儿？说吧。"

中水说："明天是星期天，咱俩去岱山湖玩儿去吧？"

李红脸上飘起一片云霞，身体轻轻摇晃着说："岱山湖在哪儿呀？"

中水说："岱山湖在肥东县与全椒县交界处，距离合肥市区五十七公里。岱山湖地属亚热带气候，温暖湿润，年平均气温十五点七摄氏度，冬暖夏凉，四面青山环绕，山水交融，平均水深二十米，最深处四十六米。水面有宽有窄，湖边有湾有港，自成体系，具有开展各类水上项目的理想环境。湖边山区森林覆盖率百分之九十以上，有四百多种植物。岱山湖以其独特的湖光山色闻名遐迩，'山不高而层峦叠嶂，水不大而气象万千'，勾画出了岱山湖的景色特征。怎么样，咱们一同前去走一遭？"

李红说："你怎么了解得这么清楚？还像是为首长报告工作似的。"

中水说："咱不是老乡嘛。在我的心里，你就是我的首长。所以，我一直在想，咱们在合肥上学，总得游一游合肥山水吧？回学校以后，我就查阅了一些资料，期待着能和我这个漂亮的老乡，一同观赏这儿的美丽山水。"

李红说："没想到，你还挺浪漫的。"

中水说："嘿嘿……浪漫，也得有人配合呀！"

李红说："去，滑末掉嘴儿的。"

俺三儿子中水，凭借着三寸不烂之舌，把李红的心给说活了。第二天，他们俩老早就坐上了汽车。中水领着李红，一同来到岱山湖时，那湖边春风习习，樱花烂漫，湖水清澈，小船悠悠，好一幅暖春之图画呀。李红深深吸了一口清新的空气，伸开双手旋转了一圈，那条连衣裙便旋转出一朵美丽的喇叭花来。

中水租了一条小船，让李红原地等候，说去买点东西就来。中水离开李红以后，他就寻思啊，怎么样才能让她对俺一见倾心呢……嗯，这么办。中水就一边走一边撒眸，突然看到两个混迹的小青年，便走上前去说道："哥们，兄弟请二位帮个忙，不知二位意下如何呀？"

中水说着，从兜里掏出两包大前门，一甩手扔了过去。那哥俩接过烟说："大哥，有事儿您说话。"

中水就附在那人耳边，压低声音说了几句，那人连连点头说是。

等中水买完面包、汽水、冰棍回来，正赶上两个小混混在挑逗着李红。中水冲上前去大喝一声："住手！"

其中一个小青年不屑地说："怎么，找不自在呀？我们和这美人的事儿，与你有什么关系？"

中水大义凛然地说："别说是她，别人也不行。"

小青年说："我倒要看看，到底行不行。"

说着，小青年丢下李红，一起奔中水冲过来。一个小青年一拳打过来，中水躲闪开来，顺势抓住手腕一扭，便把胳膊给背过来，然后往前一推，便踉跄着推出好几步远；另一个小青年从背后扑过来，中水一哈腰，抓住他的胳膊一背，便把他摔在了地上。其中一个小青年喊了一声：哥们，快跑！然后爬起来，就消失在人群中了。

中水轻视地笑了笑，掸了掸两袖上的灰尘，又翻转手掌拍了拍手，然后走向李红说道："小红，没事吧？"

李红说："没事儿。"

中水说："如果你愿意，我保护你一辈子。"

李红的脸腾地红了，低下头来，双手摆弄着辫梢。

爱情就像一朵含苞的花，在两个年轻人的心中悄然绽放了。当中水把他和李红的事儿告诉俺时，俺这心里也是甜滋滋的。当然，俺无法得知，他是用啥法子得到李红的芳心的，更不知道，他居然做出那见不得人的事儿。

中水和李红如胶似漆相处近三年。三年里，李红是中水大学时代最美好的点缀。有那样一个如花似玉的优秀女孩儿相伴，中水得到多少羡慕的目光啊。他想尽一切办法讨好李红闺女，把李红哄得任凭感情的潮水上涨，把全部的心思都用在了中水的身上。

四年的时光，像流水一样，匆匆地流过。

中水大学毕业了。

中水回原部队报了到。

迎接他的是两件喜事:一件是被任命为见习连长;另一件是贺团长,不,是贺副师长亲自做媒,把自个的闺女贺晓梅许给了中水。

这两件事儿,让中水喜忧参半。不,准确地说,是喜大胜于忧。为啥呢?你寻思啊,这两件事儿,对他来说,都是喜事呀!当官了,还把头顶上大官的闺女拿到手了,那以后往上爬,得省多少劲儿呀!除此之外,他有一点点儿的忧愁,就是他真喜欢李红。可是,李红和未来地位比谁更重要,中水有他自个的标准。

果然,俺见到这闺女以后,心里就咯噔一下。这不是中水喜欢的类型。那中水为啥会要她呢?不就是她有一个副师长的爹嘛!

俺不用问中水,俺都能知道,李红闺女的心是啥滋味。那是一块镜子掉在地上摔八瓣呀!气死俺了,这个兔崽子,他也不怕将来遭报应?

贺副师长亲自做媒了,中水自然喜在心头,只是难在与李红摊牌上。既然是个难题,那就往后放一放,冷一冷再说吧。俺那个中水呀,又开始耍滑头了。从开始一周一封信,到一个月一封信,再到半年一封信。李红就觉得不对劲儿,原来的甜言蜜语少了、没了,逐渐变成同志式通信了。李红凭借着第六感,择期来到了中水所在的部队。

李红到中水的部队驻地,并没直接到部队找他,而是选择本溪湖公园,作为两个人见面地点。这公园在本溪市溪湖区湖前街,地处卧云山西麓崖下,是以湖景为主题的公园。

李红坐在长椅上,无心追问这儿为啥原叫"杯犀湖",也无心欣赏"世界最小的湖"的美景,就呆呆地坐在那儿,等待着中水的说法。李红只是想要一个说法,并不想打扰中水的生活,所以才选择了这儿。

多么懂事的闺女,多么善良的闺女。这么好的一个闺女,你打着灯笼都找不着啊。一代好媳妇,三代好儿郎。老百姓都明了的理儿,中水他咋就不明了呢?

那天,中水应邀来到本溪湖公园。他没租船,也没买水果、冰棍和汽水。只是和李红坐在长椅上,而且是东一个西一个,就那样默默地坐着。

很久很久,李红开口说道:"中水,怎么不说话?是不是有什么心事呀？有事你就说出来，咱们一块儿想办法。”

唉，这个傻闺女，到现在还蒙在鼓里呢。

中水轻轻叹了口气说：“唉……我就是觉得，咱俩的共同语言越来越少，甚至已经没有了。”

李红一听，先是一愣，就流着泪说：“中水，我们没有共同语言，在学校还谈得那么投机？我知道，这只是你的借口而已。我不想难为你，我只想知道你为什么这样冷落我？”

中水说：“李红，我们结束吧。这样继续下去，对你、对我、对我们都没什么好处。”

李红擦掉眼泪，轻轻一笑说：“中水，你知道什么是爱吗？爱是付出，不是索取。既然你想分手，我就不会纠缠你。谁都知道，强扭的瓜不甜。但是，我就想知道真正的原因。”

中水说：“李红，真的没什么别的原因，就是没有共同语言。既然你大老远地来了，咱们就吃顿饭，然后我送你上火车。”

李红坚定地说：“中水，谢谢。我自己会走，祝你好运！”

李红唰地站起来，头也不回地走了。

李红爱中水爱到了骨子里，她以为自个潇洒转身，慢慢地就把中水忘了。

这感情的事儿，哪能说忘就忘了呢？她是日也思夜也想，整天吃不下喝不下的，居然大病了一场。

李红病了很长时间，瘦得跟蓖麻秆似的，让风一吹就会倒下去。她一直忘不了中水，就想起中水说过俺，她觉得中水能听俺的话。于是，她咬咬牙就找到了俺家，想让俺劝说中水回过头来。

李红述说着他们的故事，说得俺心里一剜一剜地疼。

李红抽泣着说：“大娘，我知道贸然登门，会被人瞧不起的。为了中水，我顾不得这些了。我是真的爱他，我也想劝说自己就此罢了。可是，相思的滋味实在难受。我知道中水最听您的话了。他说过，两个哥哥的婚事，都是您亲自做的主。请您帮我劝劝他，我会一生孝敬您，一生关爱这个家的。”

李红的一番话，说得俺眼泪都流下来了。但俺能咋办呢？那时，中水已经和晓梅订婚了,他的心思都在晓梅身上了。再说了,他已经辜负一个了,俺不能让他再辜负一个。

俺只好说:“李红,你是个好闺女,中水他配不上你,你再找一个真心爱你的人吧。”

李红说:“大娘,你也不肯帮我?”

俺又说:“不是俺不帮你,是帮不了你了,中水已经订婚了。”

李红说:“我明白了。原来我还以为,是我哪儿不好,让他伤心了。所以我才想挽回这段感情。既然是他移情别恋了,我也没什么好说的了。”

俺寻思,心病还得心药医,既然不能给她幸福,就要绝了她的念头。为了李红的未来,俺必须下一剂猛药。于是,俺说:“李红闺女,你是一个好孩子,大娘也不瞒你,中水不值得你这样用心。他就是一个朝三暮四的孩子,他是看上了首长的闺女,才和你分手的。”

李红一听这话,哆嗦着嘴唇说:“他,他,他怎么会这样?我和他处了三年哪,他居然是一个见利忘义的人。”

俺擦了擦眼泪说:“中水真的配不上你这样的好闺女。”

李红摇了摇头,又点了点头,接着她的嘴角露出了惨笑:“没想到,我付出了三年的感情,爱上的竟然是这样一个男人,算我瞎了眼了。大娘,对不起,打扰你了,我走了。”

李红走了。李红的走,就像是一个时代的结束。即将到来的是啥,俺无法知道,中水也无法知道。

俺心疼啊,心疼这个受感情折磨的闺女。

俺相信,天会知道。

人在做,天在看嘛。

19

不管咋生气,俺还得为中水操办婚礼,咋说他也是俺的儿子。

他结婚那天,那算是比较风光的了。一个小小的县城,四邻八舍、七里八乡的乡邻,还有七大姑八大姨的,都蜂拥而至贺喜来了。咋说他也是个军官哪,就送红宝书、枕巾、镜子啥的。那个时代,这就算是大礼了。

结婚这天,中水和晓梅都穿着军装,胸前戴着大红花。该拜天地了,主持人却说:一拜毛主席,感谢毛主席带领我们翻身做主人;二拜高堂,感谢父母养育之恩;三是夫妻对拜,做革命好夫妻,永远忠于毛主席。主持人还向新郎新娘赠送红宝书,鼓励他们好好学习毛主席的书,永远做毛主席的好战士。

俺的脑筋里是老套套,觉得这个婚礼有点儿滑稽,但在大好的革命形势下,也只好按照新形式办了。

俺公母俩坐在那儿,接受一对新人礼拜,算接受了这个儿媳。

俺稀里糊涂地吃完团圆饭,中水和晓梅敬没敬俺酒,俺到今天也说不清楚。

但有的事儿,俺一直放在心里。

贺喜的人们已经走了,俺们也该坐下来说说心里话了。

可是,俺就纳闷呀,晓梅为啥噘着嘴呢?

俺就说:“三媳妇,你这是咋了?”

晓梅横眉立目地说:“怎么了?还问我怎么了。俺一个师长家的千金,嫁到你们王家,本来就委屈了,你们连个见面礼都没有。”

中水说:“晓梅,我不是说了吗?其他都不重要,重要的是我对你好,一辈子都听你的。”

晓梅说:“你对我好,对我好能顶饭吃呀?”

俺一看这架势,也不对劲呀。大喜的日子,鸡犬不宁的,也不吉利不是?俺就说:“三媳妇,别生气了,娘这儿有一只手镯,是俺结婚的时候,你姥姥给俺的嫁妆,今天娘就送给你了,谁让咱娘俩有缘呢?”

中水说:“娘,那是姥姥留给你的念想,你还是自己留着吧。”

俺心里嘀咕,算你中水有良心。有良心就好,就不枉娘疼你一回。为了你的幸福,别说是一只手镯了,就是要娘的心肝,娘也会乐呵呵地给你。

这时,晓梅伸手接过手镯,笑嘻嘻地说:“娘,那我就谢谢你了。不管怎么说,这也算是传承吧?"

俺笑笑说:"三媳妇,只要你们好好过日子,就比啥都强。"

晓梅说:"娘,看你说的,谁不想好好过日子了?"

中水说:"晓梅,这不是娘在祝福我们吗?"

俺说:"算了,别说这些了。对了,你们俩看看,啥时候到你爷爷坟上烧点纸钱,顺便叨咕叨咕,也好让你爷爷高兴高兴。"

晓梅说:"娘,那都是迷信,是'四旧',咱是革命军人,可不能迷信哪。"

俺说:"啥?给你爷爷烧点纸钱,那就是迷信了?就是'四旧'了?你们都是石头蹦的,还是土坷垃生的?

中水说:"娘,晓梅不是这个意思,她是不懂这些。哪天我们去就是了。晓梅,你说呢?"

晓梅看俺是真生气了,也就没再往下纠缠,就顺水推舟地说:"娘,我没想那么多,哪天我们去就是了。"

俺心里想啊,中水呀中水,放着一个通情达理的闺女你不要,俺看你将来日子咋过,有你遭罪的那一天呀!这就叫不听老人言,吃亏在眼前。

那天早上,吃完了饭。中水说:"娘,今天我们俩去给爷爷烧点纸钱,然后到萨尔图买火车票。我们的假期快到了,明天就回辽宁去。晓梅她家还有叔叔、大爷、姑姑,也该走一走看一看。"

俺就说:"要走就走吧,要懂得调教调教你媳妇,凡事不要由着她来。家有家风,民有民风,没有了规矩,就乱了套了,那日子还咋过呀?你是读书识字的人,又在部队上带兵,没有规矩了,你还咋带兵啊?"

中水说:"娘,我知道。"

俺说:"光知道不行,要懂得这个理儿。"

中水走的那天,俺把中海、拴住、中河都叫来了,在家摆了两桌,大大小小也二十多口人。俺的意思是,吃饭并不重要,俺要借着这个机会,说说这个家的规矩。

但是,俺想,俺公母俩得商量一下,商量好了,再由俺当家的来说。

其实,这是俺王氏家族第一次立规矩。

俺和俺当家的，就从早晨说到晚上，从屋里说到屋外，从大人说到孩子。

俺说："天亮就得起来，男人打扫外面，女人整理屋里；天黑就要睡觉，男人要把门窗关上锁好，女人要安排男人、孩子睡觉。"

俺当家的说："还有男主外，女主内，要懂得节俭。对亲戚不嫌贫爱富，对朋友不分高低贵贱。"

俺说："特别是要懂得尊重老人、孝敬老人，不能和老人顶嘴。"

俺当家的说："就先说这些吧，有刚进门的媳妇，别让她有别的想法。"

俺说："也是，慢慢规矩吧。"

说完了，得捋一捋呀，俺就让中河捋。中河捋完了，就说："爹、娘，这样说，二老看行不：黎明即起，洒扫庭除，要内外整洁；黄昏便息，关门闭户，必亲自检点。一粥一饭，当思来处不易；半丝半缕，恒念物力维艰。男主外，勿贪意外之财，勿饮过量之酒；女主内，对长辈遵守孝道，对晚辈履行教义。接人待物，定要一视同仁；交朋好友，切勿嫌贫爱富。"

俺说："他爹，你看呢？"

俺当家的说："俺没挑。"

俺说："俺也没挑。"

这事儿就这么定下来了，就等着吃完饭以后，趁着儿女们都在这儿，给他们唠叨唠叨，就算是给他们提个醒了。

菜上齐了，酒也倒上了。俺大儿子中海就张罗大家入座，大家一瞬间就坐满了两张桌子，而且是乱糟糟的没一点儿规矩。俺一看这阵势可不行，总得有一点儿长幼之分吧？立家训就从这儿开始。

俺就和俺当家的说："坐也应该有坐的规矩，还是调整一下吧。"

俺当家的说："你说得对，俺叫他们换换位置。中海，你坐在俺的左边；拴住挨着你大哥；中河，挨着你拴住哥；中水，挨着你二哥；中海家的，坐在你娘的右边；拴住家的，挨着你大嫂坐；中河家的，挨着你拴住嫂坐；中水家的，你挨着你二嫂坐。那张桌都是孙男弟女的，就按这个规矩坐，中海你安排一下，然后就坐过来。"

俺看大家坐好了，心里有了圣洁的感觉。俺点点头温和地说："明天，中水和晓梅就要回部队了。为了给他们送行，也为了加深一点儿印象，别下次见面了相互不认得，就把大家召集到一起，一起吃顿饭乐呵乐呵。还有呢，就想借这个机会，跟大家说说日子该咋过，也算立个规矩吧。这个事呢，就让你爹跟你们唠叨唠叨。"

中海说："好，大家都静静听着，也好记得仔细。"

俺当家的清清嗓子，一眼一板地说："中水和晓梅结婚了，俺这三个儿子就都成了家。成了家就有了新的担当。这担当到底是啥呢？俺和你娘琢磨半天，也让中河捋了捋，要么也不成样子。中河捋完了，俺也就蒙了，大家都知道啊，你爹不识字呀。不管咋说，这是俺和你娘的意思，你们都得当回事儿，不得以任何借口糊弄俺和你娘。俺把话说得难听一点儿，要么你就别认俺和你这个娘，你就是土坷垃生的。好了，俺也不多说了，就让中河给你们念叨念叨，你们也都说说你们意思。中河，该你了。"

中河从上衣兜里拿出一张纸，然后哗啦哗啦地展开来念道：

黎明即起，洒扫庭除，要内外整洁；黄昏便息，关门闭户，必亲自检点。一粥一饭，当思来处不易；半丝半缕，恒念物力维艰。男主外，勿贪意外之财，勿饮过量之酒；女主内，对长辈遵守孝道，对晚辈履行教义。接人待物，定要一视同仁；交朋好友，切勿嫌贫爱富。

中水念叨完了，又做了一点说明："爹娘的意思，就是持家要勤劳，要注意起居规律，要注意防盗防火，要注意勤俭节约。要男女分工明确，要各自尽好职责。男人在外勿存邪念，女人在家孝敬老人。教育孩子要有方法，指引他们走正道。交朋友要一视同仁……"

中河叨咕完就坐下了，俺让大家吃饭，一边吃饭一边聊呗。再说，三个儿子、三个媳妇，一会儿自然要敬酒。敬酒就得说话吧，说话就跑不了这个话题，俺还怕他们不表态咋的？

俺说："他爹，你说两句，就吃饭吧。"

俺当家的说："好，俺说几句。你们都成家了，成了家就要有担当。

人都有双重父母，对待老丈人丈母娘，要像对待自个爹娘，凡事儿要往前头想。孩子就像小树一样，既要施肥浇水，又要常修理，要不就会长歪的。自个呢，也要多注意，在身体上、在名分上，都要保全了，千万不要有啥闪失。好了，你们都老大不小了，俺就不多说了。来，端起杯来，爹娘祝你们和谐幸福。”

俺当家的说完，大家就喝酒吃菜。然后中海就说：“俺真的不会说啥，但俺也得有个态度。刚才，中河代替爹娘念了家训，爹说了那么多掏心窝子的话，俺和杏花都记住了。同时，在孝敬爹娘的事上，俺和杏花都会带好头的。是吧，杏花？”

杏花就笑嘻嘻地说：“那是，那是。”

中海接着说：“拴住和中河俺就不说啥了。中水和晓梅，你们俩离家远，要常给家来个信，也省了爹娘惦记。要是有啥难处，就和大哥说一声，大哥能吃上窝头，决不让你们喝粥。来，这杯酒，咱们一块儿敬爹娘，祝老人有个好身体，也有个好心情。”

中海表了态，接着晓梅就端起杯说：“爹、娘，我代表中水说几句。爹娘的嘱咐我们记下了。我们这儿，请二老放心，有我爸照顾，中水错不了。我呢，刚进门，还不太了解情况，就不多说了。这杯酒敬爹和娘，也敬大哥大嫂、拴住哥拴住嫂、二哥二嫂。大哥、二哥离家近，爹和娘就靠你们了。这杯酒我干了，大家就随意吧。”

俺清了清嗓子，对拴住和俺二儿子说：“你们俩谁说呀？”

中河说：“拴住哥，你说。”

拴住说：“俺没啥说的，爹娘的话，俺和古杰都记下了，俺们保证不走样。来，俺也敬爹和娘，也敬大伙儿。”

喝完了这杯酒，俺对中河公母俩说：“你们呢？”

雪玲说：“中河说吧。”

中河站起来，一手端着酒杯，眼瞅着俺和他爹，说：“刚才，听了爹娘的家训和爹的嘱咐，我很有感触。说心里话，国有国法，家有家规，这是正道啊！我从心里感激爹娘。这个家训，我和雪玲都赞成并率先垂范，请二老放心。这杯酒先敬二老，祝二老精神愉快，长寿安康；再敬大哥大嫂，你们在爹娘身边，实在是辛苦了，真的谢谢你们；三敬拴住哥和拴住嫂,祝你们幸福美满;最后希望中水和晓梅快乐幸福!来,大家共同喝一杯团圆酒。”

你看看,中河说话办事,就是让人舒心。俺这话,绝不是偏心。这几个孩子的婚事,俺都没有太插手,唯有中河的婚事,一直是俺心里的疙瘩,总让俺觉得愧得慌。

20

中河的婚事,是俺做的主。

多年以后俺才明白,俺的做法叫包办婚姻,是封建专制行为,就是没有遵从长者之道。

俺想起这件事儿,觉得肠子都悔青了。这心情跟谁说呀?只能跟中河说。俺和中河一说,中河就宽慰俺:“娘,都是过去的事了,还提它干什么呀?你看我们俩过得不是很好吗?”

俺就说:“只有这一点,俺才有点儿安慰。”

中河大学毕业前,和一个叫朱凤琴的闺女好了。凤琴是他大学同学,学的是石油地面工程。凤琴家是北京的,毕业那会儿,她想回北京,到石油部工作。中河一看就急了,她要是回北京了,他对她的那份情,就像燃烧将尽的蜡烛,那是非熄灭不可了。

中河急得直跺脚,想来想去没别的办法,就给凤琴写了信。在信里,那是情真意切呀,有句话咋说的来着?嗯……对,叫“我若有情君不老,你若有情花不残”;还有“你要真的回了北京,那就是郑愁予《赋别》了:‘这次我离开你,是风,是雨,是夜晚;你笑了笑,我摆一摆手,一条寂寞的路,便展向两头了。’”

凤琴看了信,是一宿没睡着啊。第二天,她羞答答递给中河一个字条,上面写了六个字:晚上图书馆见。

那天晚上,中河老早就到了图书馆,找了个靠角落的位置坐下,还用书占了个位置。中河到了不久,凤琴也来了。她来到中河面前,在书架上抽出一本《钢铁是怎样炼成的》,是苏联一个叫什么基的作家,嗯……对了,是奥斯特洛夫斯基的长篇小说。

凤琴拿着书,前后左右看了看,就问中河:“这儿有人吗?”

中河说:“没有别人,您请坐吧。”

其实,他们都知道,这话是给别人听的。

于是,他们俩自个看自个的书,还不时低头写着啥。

过一会儿,中河将一张纸推给凤琴,凤琴抬起眼一看,上面写的是:“还是跟我去大庆,直接参加石油会战,为祖国亲手献上石油,那该多光荣啊!”

凤琴笑了,低下头写道:“俺觉悟没那么高,也不想听虚假的语言,你就说到底为什么让我跟你去?”

中河接过纸张,看到这句话,脸上飞起天边的云霞。他摇摇头写道:“因为,因为我爱你!”

这回轮到凤琴飞霞了,她抿嘴笑了笑写道:“你真的爱我？无论我将来是富有还是贫穷、是健康还是疾病,你都愿意永远和我在一起?”

中河使劲地点点头写道:“是的,我愿意!”

中河跟凤琴,在毕业这节骨眼上相爱了。可是,就因为俺的干预,改变了中河的婚姻生活。

有一天,中河和凤琴正在图书馆看书,一个同学气喘吁吁跑进来:“中河,电报。”

中河疑惑地接过电报,上边仅写了五个字:“母病重速回。”

中河凝了一下眉,凤琴关心地问道:“怎么了,中河?”

中河把电报递给凤琴,凤琴看了以后说:“还愣什么呀？快去请假,然后好去火车站。”

中河回到家的时候,跑得是满头大汗,他一进屋就连声喊娘。俺从里屋出来时,他是那么吃惊:“娘,你病好了?”

瞅见中河回来了,俺好高兴啊！孩子长大了,可以还愿了,就乐呵呵地说:“娘啊,就是心病。娘的心病,只有中河能治啊。”

第二天早晨,俺拽着中河就往外走,中河就问俺:“娘,你这是拽我去哪儿呀?”

俺说:“娘陪你去看一个闺女。”

中河说:“娘,看人家姑娘干什么呀?”

俺说:“这个傻孩子,就是你的对象呗。”

中河说:“娘,我有对象了。”

俺说:“你咋能自个找对象呢?是啥时候的事儿呀?”

中河说:“就是前段时间的事儿,人家都答应跟我来大庆了。”

俺一听就傻了。

俺跌坐在地上,哭哭啼啼地说:“俺这土坷垃的命啊,咋就不争气呢?当年你爷死的时候哇,你爹刚从小鬼子那儿逃出来。在回家的路上得了伤寒病,被搁在荒山上走不了。俺让你大哥去找他,家里就俺这个小脚女人哪!你爷爷病死在炕上,俺一个人咋办呀?真是叫天天不应,叫地地不灵啊。”

中河赶紧把俺搀起来,让俺坐在炕沿上。

俺继续哭着说:“幸亏界壁儿你樊大叔听到俺号啕大哭,就和你樊大婶领着你雪梅姐来了。他们一边安慰俺,一边替俺想办法。最后是你樊大叔帮忙,把你爷爷给埋了。呜呜……”

中河说:“那咱好生对待樊大叔就是了。”

俺鼻涕一把泪一把地说:“那是呀。当时,俺是千恩万谢呀!俺说等中海长大了,咱们两家就做亲家,让雪梅和中海结婚。谁知道这老天也捉弄人,愣是让你大哥成了瘸子。你说,俺能忍心娶你雪梅姐吗?那哪是报恩哪?那是坑人家雪梅呀!俺就说了,他大婶肚子里的要是闺女,咱一定做亲家。在你回来之前,俺和你樊大叔说好了,就让你和雪玲成亲。大家正欢天喜地的,哪知道你会整这一出哇?呜……呜呜……”

俺哭起来没头没脑的,可把中河给哭傻了。他声音颤抖地说:“娘,你别哭了,可别哭坏了身体。”

俺抽泣着说:“中河呀,你说俺能不哭吗?俺许的愿,你让娘咋还呢?”

中河又说:“娘,只要你好好的,你说怎么办就怎么办,这还不行吗?”

俺停止了哭声问道:“儿呀,你说的是真的?”

中河点点头说："娘，真的。"

就这样，俺领着中河，到界壁儿樊家相了门户。

相门户以后，中河没说啥，雪玲就抿着嘴乐。于是，俺做主，把这门亲事定了下来。

中河要回学校了，俺得给中河上上劲儿。

俺说："中河啊，你和雪玲定亲了，回到学校后，赶紧和那闺女分手。"

一提起凤琴，中河就面露难色，连话都说不成句："娘，我……"

俺又哭了，说："中河呀，老樊家对老王家不薄，俺可不能对不起人家。这亲事定下来了，你就不能打娘的脸。"

中河帮俺擦掉眼泪说："娘，你别哭了，我会处理好的。放心吧，等我一毕业，就和雪玲结婚。"

俺说："好，好，这才是俺的好儿子。"

中河回到了学校，在体育场篮球架下，把这事儿，跟凤琴一五一十说了。

凤琴说："都什么时代了，还搞包办婚姻？"

中河说："还不是为了报恩吗？"

凤琴说："报恩没错，那也不能拿一辈子的幸福开玩笑哇？"

中河说："那我有什么办法？为人子就得孝哇！"

凤琴说："孝，孝，你这是愚孝！"

凤琴说着，转身跑了。那以后，中河找了她几次，她都闭门不见，一直到毕业离校。

这以后，中河总觉得亏欠了凤琴，这歉疚感伴着他走过了一生。

中河毕业回到大庆，俺就张罗给他们办喜事。他深知雪玲与他的差距，还是为了俺和她成了亲。

中河和雪玲拜了堂，俺乐得合不拢嘴儿。人都走了，俺得叮嘱中河几句，就把中河叫到身边说："中河啊，这媳妇是娘给你找的，现在也拜了堂了，你可不能慢待她呀。"

中河说："娘，你放心吧，我娶了雪玲，她就是我的媳妇，我会对她负责一辈子。"

俺说:“中河,娘最看好你的人品,娘也相信你的话。”

中河说:“娘,我懂得如何做人,我不会做对不起你的事儿。”

中河表了态,俺这心也落地了。就像三伏天吃冰激凌,是那么舒坦。

唉,这日子呀,就像走马灯似的,一晃孩子们就大了。

中海结婚了,拴住结婚了,中河也结婚了。看着他们一个个筑了巢,俺就感到高兴啊!现在,还有中华和中水,等他们结婚了,俺也就省心了。

俗话说:老儿子娶媳妇——大事完毕嘛。

21

一九七一年,阳春三月,万物复苏的季节。

俺咋也不会相信,在这三月里头,咋还会有消亡呢?

可是,有人捎来信说,俺的中华出事了。

接到信儿,俺、俺当家的,还有中海、中河,都赶往芝麻洼青年点。

俺们紧赶慢赶赶到了芝麻洼,还是没见到中华最后一面。

中华死了,她才二十一岁。

中华插队的地方叫芝麻洼。为啥叫芝麻洼呢?

芝麻洼原叫董安镇,也叫过吕洼,因地势低洼,盛产芝麻而得名。这里有肥沃的土地、勤劳的人民,在历史上以太康“四大名旦”闻名于世,素有太康“西北粮仓”的美称。

中华插队前,身上就有一股劲儿。到底是啥劲儿,俺也说不太清楚,就知道她整天看《红岩》《青春之歌》《保卫延安》《林海雪原》等。现在想想,也许就是英雄情结吧?

正是这股劲儿,中华很快适应了环境。她和战友们冬战严寒,夏战酷暑,刨粪、播种、铲地、收割、扒苞米,啥农活都干,拼命改造小资产阶级思想。她们只有满腔的热情,却不懂得爱惜自个,月经期还下泥塘,把泥塘改造成了良田。

在芝麻洼青年点里，有个叫杨子的女孩儿，就这么落下了毛病。

杨子一到月经期，肚子就疼得受不了，肚皮凉得像冰块儿。那几天，她只能躺在炕上，啥活儿都干不了。

这两天，杨子又到了月经期，还得了重感冒。

知青们心疼她，给她吃了感冒药，又把炕烧热了，给她蒙上被子，让她躺在炕上休息。

知青们刨粪去了，杨子仍然觉得冷。她就把一捆苞米秆子，全都塞进了炕洞里。然后，她躺在炕上就犯困，一会儿就呼呼睡着了。

烧了几冬的炕洞里，积攒了太多的烟油子，被苞米秆子一燎，又遇上了大风天，灶洞里的烟油子就着了。

那火顺着炕洞烧起来，先是烧滚了炕面，烤着了炕席和被子，然后火就上了房了。

有人看到青年点着火了，就一边大喊救火，一边拎着桶往青年点跑。

知青们正在热火朝天地刨粪、装车，听到喊声抬头一看，青年点已是浓烟滚滚了，便撒丫子就往青年点跑。

大家一口气跑回了知青点。

青年点外散落着几个箱子，一个人从屋里跑出来，已是两手空空了。又一个人要往里闯，却被其他人拦住了："别进去了，太危险了。"

有人问："那咋办?"

有人说："集中力量，保护好其他房屋，防止火烧连营。"

大家根据风向，在顺风处安排人力和物资，准备打一场保卫战，避免大火蔓延到无辜人家。

中华站在大火面前，撒眸了一圈后问道："杨子呢？杨子出来了吗?"

有人说："没发现屋里有人啊?"

中华说："杨子在里面。"

中华说着，抢过一桶水来，哗啦一下浇在自个头上，转身冲进了火海。

巴特尔也抢过一桶水，还没等他把水桶举过头顶，就听到轰隆一声,那房子就落了架。

巴特尔一边大喊着:中华,中华……一边疯了似的冲向屋子,却被几个男知青死死地抱住了。

大火终于熄灭了,跟大火一起熄灭的,还有中华和杨子两条命。

生气勃勃的青年点不见了,只剩下焦黑的一地残垣。

人们含泪清理着现场,在残垣断壁下找到两具尸体。但是,人们已经无法辨认了,只能从死体所在位置判断,在炕角的是杨子,在檩子下的是中华。

俺们赶到青年点时,那黑黢黢的场景,也黑了俺的眼睛,俺伤心地哭哇,哭落了漫天星辰。

巴特尔跪在俺的面前,他也伤心欲绝地哭着:"爹、娘,你打我吧,你骂我吧,是我没护好她。只要二老心里能舒坦点,怎么的都行啊!"

俺能说啥呢?这样的事儿,怨不得别人啊!俺除了伤心,还能咋的呢?

白发人送黑发人,那是最让人伤心的事儿。俺哭哇,哭干了眼泪,哭得天地都暗下来了。

中华就这样走了,在青春的花季里,留给人们的影像,是那样坚定,是那样果敢,是那样从容。

俺要把中华的尸体带回县城,被芝麻洼公社书记婉言谢绝了。书记说:"大娘啊,中华是为了救人牺牲的,我们要向上级申报,追认她为革命烈士,也追认她为共产党员。您老就住在公社招待所,等上级批复了,我们也好给中华同志开追悼会。"

俺说:"那得多长时间呢?"

书记说:"我们连夜准备材料,明天一早报市民政局,很快就会批下来。"

俺说:"好吧。不过,俺想让俺闺女火化,不能就这样入土。俺闺女喜欢干净啊!"

书记说:"大娘,放心,就按您老意思办。"

追悼会是在中华灵堂举行的。

灵堂里哀乐低回,庄严肃穆。灵堂内挂着中华的遗像,中华躺在那儿,身穿红格上衣,蓝色裤子。是谁为中华整了容,看上去舒服了些。中华身上盖了一面红旗,上面有一把镰刀和一把斧头。民兵竖在中华两侧,护卫着中华的遗体。灵堂两侧摆放着各界送的花圈。

追悼会上,市民政局局长宣读了《关于批准王中华同志为烈士的批复》,县委书记号召全县人民向王中华学习,学习她在人民生命财产受到威胁的紧要关头,挺身而出,不畏艰险,视死如归,用生命和热血,践行了服务人民的铮铮誓言,弘扬了人民利益高于一切的崇高精神,不愧为党和人民的好女儿。

追悼会结束,书记说,要把中华安葬在烈士陵园。还没等俺公母俩表态,一旁急坏了巴特尔。

巴特尔说:"爹、娘,我们俩已经登记了。登记了就是合法夫妻,我就有发表意见的权利。"

俺鼻子一酸,泪就下来了。唉,可怜的巴特尔,炭火一样的爱情,却遭受了暴雨的摧残,实在是太可怜了。

俺说:"孩子,你说吧。"

巴特尔说:"爹、娘,您不是说要火化吗?那就把骨灰交给我吧。我要和她一起他拉都巴古结(蒙古族方言:到草原去),我要把她带回海拉尔,带到野韭菜花盛开的地方。把她葬在我的家乡,我要陪她过一辈子。"

俺迟疑着,没有说话。

巴特尔又说:"我不会让她孤独的,我要让她闻着草原的味道,让她看着萨日朗花开放。这是她生前的心愿,我应该满足她,也必须满足她。"

巴特尔的话,让俺愣住了。

巴特尔又说:"爹、娘,我向中华发誓,我终身不会再娶,我会陪着中华在草原上,永远不离不弃。"

唉……这个傻孩子,人死了就一了百了,哪有守着骨灰过的?不过,中华跟他登记了,那就是他媳妇,他有这个心思,俺就遂他的愿吧。

毕竟,中华是没出门的闺女,不能进王家的坟茔地。俺咋忍心让她孤独寂寞呢?巴特尔是个好孩子,即使他以后成了亲,也不会忘了中华的。或许,能守在巴特尔身边,中华才会瞑目的。

俺被巴特尔感动了,县委书记也感动了。县委决定,中华火化后,巴特尔保管一部分骨灰,另一部分葬在烈士陵园,以便供人们瞻仰。

一缕青烟环绕着,从高高的烟囱爬出来,中华便上了天堂。

俺公母俩亲自动手,把中华的骨灰,分装进两个骨灰盒。一个交给巴特尔,一个覆盖了党旗,在领导的陪同下,送往烈士陵园。

巴特尔去了大草原,去了那个牛羊成群、清新洁净的世界。

中华走了,俺的心也死了。

中华死后,俺一病不起,身子骨越来越虚弱了。

有一天,政府派来几个人,那是几个干部。他们在俺家门楣上,挂上了红色的牌子,上边写了四个字:烈士家属。

领头的握着俺的手说:"老人家,谢谢你培养出这样好的青年,我们向你这个英雄的母亲致敬。"

俺的眼泪哗哗地流着,却一句话都说不出来。俺当家的打圆场说:"中华是党培养的结果,是大家帮助的结果。"

领头的说:"是啊,王中华是杜尔伯特的骄傲,是青年人学习的楷模。我们要组成英雄事迹报告团,大力宣扬她的事迹。需要采访的时候,还需要家人积极配合呀。"

俺当家的说:"那自然,那自然。"

俺没听过报告,不知道是咋宣传的。俺只知道,俺的心一阵阵地疼,那是中华剜走了俺的心。

俺老王家成了英雄家庭。

每天,俺都静静地看那牌子,偷偷地流眼泪。俺只能用眼泪,祭奠俺如花似玉的闺女。

22

二十世纪七十年代末,孙辈们渐渐长大了。

在孙辈里,俺先说说老孙子王立成。

刚改革开放那几年，一些新生的事物，如雨后春笋般冒出来，街头巷尾眼花缭乱的。

那些闯进国门的洋玩意儿，就好像拂煦的春风，吹得小青年心痒痒的。他们扔掉了冰车、冰尜、毽子、口袋、跳绳，转眼周旋在另一番天地。

走在大街小巷，看到的不是黄、灰、蓝三色装了，也不是啥分头、平头了。忽然之间就爆炸头了，就燕尾服了，就喇叭裤了，就高跟鞋了。小青年们咋洋气咋穿，咋难看咋穿，穿得都没中国味了。

那几年，外来文化席卷大陆，武打片了，枪战片了，盗匪片了，把青少年弄得迷迷糊糊的，甚至在大街上，都拎着录音机跳迪斯科。

立成就是在这样的环境中长大的。

那时候，中水在部队上忙，家就交给了晓梅。

立成在沈阳市直机关子弟学校上学，那是地方干部、部队首长子女比较集中的学校。在这样一个群体里，都多少有一定的优越感。

立成从小就很淘气，玩儿都能玩儿出花样来，身边总围着一帮小兄弟。进子弟学校不久，就笼络了一帮同学，不是在一起踢球，就是骑自行车兜风。

一九九三年，立成上高中了。应该说，那是人生最重要的阶段。可立成是越发厌烦学习了。

一天，班主任上语文课，讲的是荀况《劝学》这篇课文。班主任站在讲台前，手捧着书本念叨：

君子曰：学不可以已。青，取之于蓝而青于蓝；冰，水为之而寒于水。木直中绳，輮以为轮，其曲中规。虽有槁暴，不复挺者，輮使之然也。故木受绳则直，金就砺则利，君子博学而日参省乎己，则知明而行无过矣。

……

积土成山，风雨兴焉；积水成渊，蛟龙生焉；积善成德，而神明自得，圣心备焉。故不积跬步，无以至千里；不积小流，无以成江海。骐骥一跃，不能十步；驽马十驾，功在不舍。锲而舍之，朽木不折；锲而不舍,金石可镂。蚓无爪牙之利,筋骨之强,上食埃土,下饮黄泉,用心一也。蟹六跪而二螯,非蛇鳝之穴无可寄托者,用心躁也。

班主任念叨着来到立成跟前,却见到立成坐在那儿,手里拿着虚拟电子宠物机,在给虚拟宠物喂食,还跟它玩儿游戏,还要给它洗澡。班主任摇摇头,又扑哧一声笑了。她稳了稳神轻声叫道:“王立成同学,请问我讲到哪儿了?”

立成激灵一下站起来:“老师,该洗澡了。”

立成的一句话,逗得全班大笑。

班主任用中指关节敲了敲课桌,十分严肃地说道:“王立成同学,这里是课堂,不是游戏厅,请你遵守课堂纪律,也要为自己的前途负责。”

立成努努嘴,白了白眼睛,他站着不吭声。

立成受到了批评,他不但不思悔改,反而变本加厉了。他一天叼着口红棒棒糖,一张嘴就是丁丁、迪西、拉拉和小波;还动不动领着几个小伙伴,看后街男孩、超级男孩、欧城男孩或九十八度;要么穿上乞丐装牛仔裤和法兰绒衬衫,跳垃圾摇滚去;有时候,还参加溜溜球大赛。

这段时间,立成又长在电影院,看林青霞、张曼玉的片子。

你看电影,玩儿溜溜球,这俺不反对。可是,你不能旷课呀。

在电影院里,谁挡住谁了,谁说话影响谁了,谁看谁不顺眼了,就会贲张了血管,就会刺激了荷尔蒙。于是,青年人就上演武打片了。

立成就是这样走上社会的。

开始,立成还是利用休息日看电影、玩儿溜溜球、跳垃圾摇滚。看着玩儿着跳着就上瘾了。上学路上,立成绕着弯去电影院看海报,只要有林青霞、张曼玉,他就带着同伙逃学了,钻进电影院看电影去。一天,老师费劲巴力地找家长,说立成逃课的事儿,晓梅却和老师急眼了。

心茹说,老师干的是良心活,他要是鼓励鼓励你,你会产生向上的心劲儿,学习做人自然也就进步了。否则呢?就可想而知了。

这个理儿，俺和心茹懂，晓梅却不懂。

晓梅是军官家庭出身，从小养成了骄纵的性格。别人敬着她是理所当然，她敬别人就觉着不是那回事儿。

立成逃课了，老师约见家长，晓梅就去了。

老师含笑接待了晓梅。晓梅看老师笑呵呵的，觉得她不够严肃。就她能管好学生吗？心里产生这样的怀疑，对老师就少了几分尊重。

两个人见了面，老师客气了几句，就转入了正题。

"你是立成家长？"

"是。"

"立成逃课了。我约您来呢，就是想沟通一下，采取什么措施，才能保证他不再逃课。"

"说吧。"

"王立成这孩子，天性有点儿顽皮，喜欢做超常的事儿。这样的孩子，要是引导不好哇，就容易走失方向。"

"走失方向？"

"说句实在话，这样的孩子，可能是条龙，也可能是条虫。你作为家长，可要心里有数哇。"

老师这几句话，让晓梅不高兴了。俺家立成是虫？他是俺家宝贝。俺捧在手上怕摔了，含在嘴里怕化了。你这当老师的，张口就贬低俺儿子，你到底是啥意思？晓梅百转千回，在心里把老师诽谤了一通。老师哪里知道她的心思？仍然是面带微笑，晓梅却早已冷若冰霜了。

"现在，孩子进入青春期，叛逆性格凸显。这不，现在公然逃学了，这可不是好兆头哇。"

"孩子在你这儿，他竟然逃课了，这是你管理不当。我的孩子我知道，他知道什么事儿该做，什么事儿不该做。这样的孩子逃课了，这个责任该谁负？"

你瞅瞅，这就是晓梅，白菜地里要镰刀——散了心了。

"立成家长，话不能这么说。学校管理非常严格，各方面成绩有目共睹，在沈阳是数一数二的。孩子出现问题不怕，只要找对了原因，我们密切配合,孩子会改邪归正的。”

改邪归正一词,像尖刀刺在晓梅心上,她腾一下就火了。俗话说,冲动是魔鬼。她这一冲动,那歪劲儿就上来了。

“立成改邪归正?他从小到大都很优秀,他哪儿邪过?孩子逃学了,一定与你有关系。你要是不挤对他,他能逃学吗?”

“立成家长,说话要有根据。”老师眼泪汪汪地说,“我们没人挤对他,我对学生一视同仁。我辛辛苦苦操心费力,就是想让每个孩子都进步。希望你能理解我的苦心。”

“是,你操心了!你辛苦了!你什么意思?想要人情吗?你想要什么,就直接开口啊!要钱还是要物?我们王家都拿得起,你别再拿孩子说事就行。”

“你……”

老师被气得说不出话来,眼泪汪汪地看着晓梅。

晓梅猛然站起,哼了一声就走了。

晓梅跑到校长办公室,狠狠地告了老师一状。说老师挤对孩子,造成她宝贝儿子逃学了;说老师私心太重,暗示家长应该表示了。

子弟学校的校长,整天与高干打交道,自然有一套处世方法。看到晓梅来者不善,就百般地安抚她。说要找老师好好谈谈,如果反映的是事实,学校绝不会姑息迁就。

校长客客气气地,把晓梅安抚下来,她便悻悻地回家了。

她回家了,却留下了一箩筐的乱子。

自个的老师自个了解,校长对立成老师没说别的,只说注意沟通方式,严格管理学生,少给领导添麻烦。

校长为啥找老师呢?其实连簸棱盖儿都能想到。所以,尽管没受到批评,还是伤了老师的心。

俺知道,那老师一定在寻思,俺辛辛苦苦地教你孩子,出于对你孩子负责的态度,俺才及时与你沟通。你不领情不道谢的,还找校长告俺黑状,那俺不管你孩子不行吗?

老师真生气了,任凭立成逃学。

老师对立成不闻不问,立成的胆子越来越大,他都敢公开逃学了。

老师不管，家长得管。

但立成逃学，不躲避老师，却躲避家长。

早晨，他背着书包离开家，走到半路就钻进了电影院，要么到舞厅跳垃圾摇滚，要么去玩儿溜溜球。

晓梅却以为立成上学了。

立成呢，由偶尔逃学，发展到天天不进校园，成了街头的小混混，养成了一身的流氓习性。

考试的时候，为了向爹娘交差，立成打起歪主意，在胳膊上、纸条上写的都是题，还把纸条藏在袖筒里，一考试就打小抄。

老师对此睁一只眼闭一只眼。

虽然整天逃学，考试成绩却不赖，就这样瞒住了爹娘。

直到有一天，立成因为啥事儿，带着几个同伙，与另一帮打群架，打进了派出所。派出所做完笔录，就给中水家打电话。

晓梅这才知道，立成半年没上学了。晓梅是又气又恨，亲自接回了立成，并到学校大闹一场，还办理了转学手续。

中水一气之下，把立成送到大庆，寄居在中河家。

中河寻思寻思，还是一中比较好，至少有朋友帮忙看着，就把立成送到一中念书。立成没上几天学，又开始逃课了。中河就掰开来揉碎了，跟他讲家庭、讲个人、讲未来，嘴皮子都磨破了，却没有起到丁点作用。

没法子，不上学就不上吧，中水只能认了。

中水要把他送到部队去，让部队好好管教管教，立成把头摇得像拨浪鼓："爸，我可不去当兵。"

中水黑着脸说："不当也得当。你不学习，又不当兵，还有什么出路？"

立成说："怎么没出路？现在到处是商机，大庆生意可好做了，我就在大庆做生意。"

中水说："不行！老王家祖辈都没生意人，你也不是做生意的料。"

立成说："不试试，怎么知道行不行？这样吧，你给我一年时间，要是我赚不到钱，你再送我去部队。不然，你逼着我去，我也不会好好干。说不定被开除了,丢的还是你的脸。”

中水无奈,就妥协了。

俺也不同意立成做生意,中水和晓梅反过来劝俺,说他总得有点儿事做呀?俺寻思呀,人家爹娘都答应了,俺何必操那个心呢?

中水给立成一笔钱,立成开始做生意了。

立成在市场上跑了一些日子,确定了炼油这个项目。他找了几个小青年,开起了小炼油厂。

啥叫炼油生意呢?就是以大庆的石油为原料,用人工炼制的方法,从里面提炼出柴油或汽油。再把这些油卖给附近的农民。

一些人就是做这种生意发了家。

立成看准了这个行当,就搭建了几个炼油炉,支起了烟囱起火炼油。开始的时候,他还能收购一些石油,用收购来的原料炼油。后来,就动了歪心眼,他们自个儿偷油了。

几个小青年,在石油管道上栽上阀门,在夜幕的掩护下,把原油放出来,装进丝袋子,拉回去炼制柴油、汽油,从中获得了巨额利润。

立成一伙做事儿隐秘,且形成了一个链条:偷油——炼油——卖油。

油田原油屡屡被盗,引起了油田保卫部门的重视,立成他们被盯住了。

一次,他们故技重演,被当场抓获。

那时候,俺当家的正卧病在床,他整天里恹恹的,浑身一点儿劲儿都没有。俺多次劝说他,让他去医院检查检查,他都拒绝了。

那天早上,俺当家的又犯病了,肋巴扇下疼得难受,就斜躺在炕上休息。

俺说:“他爹,你不能再拖了,去医院吧。”

俺当家的说:“去啥医院哪,还不是老毛病。”

俺叹息一声,又想起了心事。

中华那闺女死了后,俺们白发人送黑发人,这颗心早就被苦水淹透了,俺们老公母俩,身体都大不如从前了。

俺也就不再多说啥了。

晌午,中河风风火火赶来了。他一进屋就说:“爹、娘,大事不好了!”

俺问道:“啥事呀,你慌里慌张的。”

中河说:“立成被抓起来了。”

俺一下子定在那里,就像蜡像馆里的蜡人。俺当家的听到这个消息,猛然咳嗽几声就晕过去了。

中河吓坏了,连声问道:“娘,我爹这是怎么了?”

俺说:“你爹这段时间就不好,今早起来看着还不如夜个呢。”

中河说:“娘,你别着急,我送爹去医院。”

中河背上他爹,在大街上截了一辆车,就赶往大庆油田医院。

俺在家里等得心焦,就拄着拐杖去了中海家。中海听说他爹病了,二话没说就雇了一辆车,拉着俺去了医院。

俺们到医院时,俺当家的已被送进了抢救室。

在外面等了一个多小时,主治大夫出来了。俺们焦急地上去打听情况,那大夫摇着头说:“他是肝癌晚期,没有治疗价值了。我们只能做临终关怀,让他安静地度过最后的日子。”

大夫的一番话,宣布了俺当家的末日。

俺的眼泪流出来,中海和中河也哭了。

护士把俺当家的推了出来。

中海问俺:“娘,咋办?”

俺说:“问问你爹的意思。”

俺们就围了过去,俺拉着俺当家的问:“他爹,你是住院,还是回家?”

俺当家的预感到了死亡,却显得那样平静,他冲着俺笑笑说:“回家,到啥时候,俺都不能离开家。”

中河说:“娘,住在医院里,用药打针都及时一些。”

俺摆摆手说:“不了,听你爹的,回家。”

中河说:“娘……”

既然已经没救了,就让他安心地守在家里,度过这最后的日子吧。俺就又摆摆手说:“就听你爹的。”

中河说:“那就多开点药,让社区卫生所给点滴吧。”

俺说:“行。”

俺带着当家的回了家,他好像忘了立成的事儿,再也没有问起过。

俺精心地伺候他,给他调样做吃的,给他揉腿捶背,给他接屎接尿……

可他的病越来越重了,躺在那儿不吭不响,吃一口吐一口,最后一点儿东西都吃不下。

俺给他准备装老衣服,从里到外一共五层,都是俺亲手缝制的。

他就安静地躺在俺身边,看着俺一针一线地缝着寿衣。他看起来很平静,内心却十分痛苦,有时疼得把嘴唇都咬破了,他愣是没哼过一声。

俺当家的够爷们。

23

立成被抓走没几天,中水从部队回来了。

中水看到他爹的样子,就坐在他爹身边抹眼泪。俺当家的挥挥手说:“该干啥干啥去,别在这儿烦俺。”

中水就说:“爹,让我陪陪你吧。”

俺说:“中水呀,你爹的意思你不明白?他是惦记立成,让你去处理好立成的事儿。”

俺当家的听了俺的话,就闭上了眼睛。都磕磕碰碰六十一年了,他那点小心思俺懂得。他虽然嘴上不提立成,心里还在惦记着呢。

中水说:“娘,你好好照顾我爹,我处理完事儿,就马上回来。”

中水抹着眼泪走了,他去了大庆。

不知道中水使了啥法子,立成进去十天整,他就被放了出来,跟着中水回到了杜尔伯特。

那天,俺当家的已经不省人事了。

立成瘦了很多,还剃了个光头,那个落魄的样子,看了都让人心疼。

咋说他还是个孩子呀。

俺在心里埋怨中水公母俩,咋就忍心把孩子扔在大庆,让他自个经历这些风雨呢?

看到爷爷病成这样,立成就扑到爷爷身边:“爷爷,爷爷,我是立成啊,我看你来了。”

任凭立成怎样叫,俺当家的一声不吭。立成抹着眼泪问俺:“奶奶,我爷爷咋病成这样了呢?上一次我回来,他不还好好的吗?”

中水伸手就是一脖拐子,气哼哼地骂道:“还不是你这个逆子,放着好好的书不念,偏偏要做生意,还去盗窃原油,看把你爷爷气的。”

立成不说话了,低着头吧嗒吧嗒掉眼泪。

俺流着泪说:“你别打孩子了。立成,你爷爷到寿了,他本来就病重了,听到你的消息,就急得昏了过去。”

“爷爷,爷爷。”立成叫着晃着他爷爷,“都怪我,我不该做错事,让你担心了,爷爷。”

“七孙子啊,知错就好,你爷爷呀,就盼你好。”俺拍拍立成说,但愿他能往心里去。

大家守着俺当家的,足足守了两天两夜。

俺觉得,俺当家的是一个明白人。就是死,也死得清清爽爽的,一点儿都不留罗乱。

两天里,该回来的都回来了:巴特尔、晓梅、拴住和古杰……

自从中华死后,巴特尔带着骨灰去了海拉尔。之后,每逢大年,他都带着内蒙古的特产,顶着严寒赶回杜尔伯特,像第一次见面一样,跪在俺公母俩面前,给俺公母俩磕上三个响头,深情地叫上一声:爹、娘,孩儿给二老拜年了。然后站起身来,再献上洁白的哈达。

巴特尔的举动让俺慰藉,俺知道他代表的不仅仅是自个儿。

中华永远回不来了。但是,她的孝顺、她的爱,俺始终享受着呢。

巴特尔一直没有结婚。

俺曾劝说过他,让他再找一个好闺女,他都笑笑说:“爹、娘,有拉罕和特达陪伴着俺,俺一点儿都不孤独。俺们三个守护中华,中华也觉得安心。”

拉罕和特达，是巴特尔养的两条蒙古牧羊犬。

拉罕、特达很通人性，它们嬉戏玩耍，接送巴特尔出入，围着巴特尔撒娇，很讨巴特尔欢心。巴特尔记录下它们生活中的点点滴滴，也记录下自个的感受。

这人的缘分啊，也许是天定的。

俺该着就这个命，失去了一个女儿，却多出一个女婿。不，是一个儿子。这是老天对俺的眷顾。

拴住过得很幸福。知青们陆续返城了，拴住却在腰新屯扎了根。他跟古杰生了两个孩子，第一个是男孩儿，第二个是女孩儿。拴住对一双儿女特别疼爱，更是把古杰疼到了心坎里。古杰早就走出了阴影，过着和谐幸福的小日子。

俺为拴住骄傲，也为他感到心安。

这些孩子，接到了俺当家的病危的消息，从四面八方赶回来了。

那两天，孩子们都聚集在家里头，眼巴巴地盼着俺当家的醒来。

第三天过晌，俺当家的终于醒了。

他一直混沌的眼神一下清明了，目光在孩子们的脸上扫过，孩子们或者叫着爹，或者叫着爷爷。他的目光扫过众人，最后落在立成的脸上。

中水推了一把立成：“快过去，让你爷爷看看。”

立成哭着凑到爷爷面前，他爷爷用最后的力气，把干瘦的手伸了过去。

立成握住爷爷的手，颤抖着声音叫道：“爷爷。”

俺当家的抖动着手，反握住立成的手，嘴唇哆嗦了半天，终于挤出一句话：“立成啊，你……你要走……正道……”

立成一下哭出了声，他哽咽着说：“爷爷，我一定听你的话，你有什么话就说吧。”

俺当家的定定地盯着他，再也没说出一句话，就慢慢地闭上了眼睛。

孩子们号啕大哭起来，俺干瘪的眼睛没了泪水，就眼巴巴地瞅着他。

俺当家的就这样走了，除了留给立成的那句话，他再也没多说一句话，包括和他磨合六十一年的老伙计。俺不知道他是放心呢，还是没有时间了呢，或是他不愿和俺操心了呢？

俺就那么看着俺当家的，心里有太多的不舍，有太多的眷恋，也有太多的感激——俺感激他对俺的包容，感激他对俺的信赖，感激他对俺的呵护，还有陪着俺走过的风风雨雨。

孩子们哭得悲怆——悲怆失去了慈父；哭得伤感——伤感这么多年以来，自个忙着自个的事儿，没来得及尽儿女的孝心；哭得伤心——伤心疏于儿女的管教，让白发爹爹牵肠挂肚……

俺当家的走了，陪伴着俺走过六十一年风雨后，把俺一个人扔在了半路，他却一个人走了。

俺当家的葬礼办得很隆重。街坊邻里、老友亲朋，都来为他送行了。大家唠起俺当家的，都竖起了大拇指，也有唏嘘不已的。

六天烧完头七，孩子们也该回了。临别前，俺特意叮嘱巴特尔："孩子，人这一辈子呀，说过去眨眼就过去了。中华死了这么多年了，你别太苦了自个，你也该找个伴了。"

巴特尔说："娘，我不苦，有拉罕和特达，还有它们的孩子呢。俺给中华扫扫坟，拔拔草，说说话，有她在身边，俺就满足了。"

俺说："好孩子，中华虽然死得早，也算没有白活呀。"

巴特尔说："娘，你多保重啊，我过年回来看你。"

巴特尔给俺磕了三个头，站起高大的身躯摇摆着走了。

俺看着巴特尔的身影，不觉流下了眼泪。不过，那是欣喜的泪，也是感激的泪，又是牵挂的泪。

俺不放心的人里，就数俺老孙子立成了。在立成离开前，俺和他唠了好一会儿。俺说："老孙子，你爷爷临死都放不下你，你一定要听爷爷的话呀。"

立成哭着说："奶奶，我知道爷爷担心我走歪路。您放心吧，经历了这么多事儿，我也明白了，走歪路的结果是害人害己，这个教训我记住了。"

俺帮他擦掉眼泪说："老孙子，你长大了。长大了就要有担当，更要有责任哪。你行走在世上，代表的不是一个人，是一家人，是一个家族的脸哪。"

立成点点头说："奶奶，我懂了。"

俺仍然不放心，就又叮嘱中水："中水呀，人活在世上，活的是心劲儿。有了心劲儿就有希望。要是后代走歪了，你还有啥希望呢？别光顾着自个，也要顾着孩子们。"

中水说："娘，你放心吧，我不会再把他一个人扔在这儿，我要回来，把他放在眼皮底下，也好帮他修正一些毛病。"

晓梅也说："娘，你放心，我们会照看好孩子的。"

俺点了点头，希望他们能言行一致，都走上正道。

那时候，晓梅她爹当上军区司令了，也是一个说一不二的大人物。他就亲自出面协调，把中水调到大庆某部当团长。

中水带着晓梅回到大庆后，一方面照顾立成的生活，一方面盯着他的生意。

俺觉得，中水这个决定，在他所做的事里，是最为妥帖的一件。

立成重新开始，他开了一家公司，以经营油田物资为主。

俺觉得做这个生意，那是在刀尖上跳舞啊。当年，油田物资遍地都是，多少人因盗窃犯了事儿？又有多少人在油田物资上投机而发家？立成一个半大小子，选择这样一个项目，是真够人挂心的了。

立成却做得热火朝天。

俺不知道，中水在立成的生意上，是否做过啥手脚。但俺知道，立成的生意真就做起来了。

几年之后，立成的公司也像模像样了，他自个也成熟了。

俺就纳闷，不好好学习的孩子，咋就能当老总呢？

心茹就说："奶奶，这也没什么奇怪的。很多案例说明，上学期间越是淘气的孩子，走上社会后越能赚钱。反倒是那些听话的孩子，走上社会后倒是平平淡淡的。"

俺说："这是为啥呢？"

心茹又说："我想，这或许是教育机制问题。我们眼里的好孩子，反倒失去了创造力。那些淘气的孩子,胆子大,敢想敢做,甚至不考虑后果。恰巧改革过程中,市场机制不够健全,一毛钱的螺丝疙瘩,能卖到十块钱。这些人又是鬼精鬼精的,是钻政策空子的好手,有的一夜之间就成了暴发户。"

俺更糊涂了,就问心茹说:"照你说,念书的,还不如不念书的?"

心茹说:"奶奶,放心吧!社会在进步,一切都将得到改善。机制体制会健全,未来是属于高知的。像立成他们,如果不修正观念,不加强学习,转变管理思路,终究是会被淘汰的。"

心茹说的,俺不太明白。不过,俺相信心茹,就像相信太阳从东边升起一样。

俺对立成的惦记稍微淡了一些,可俺还是不放心中水这股人。因为,中水的心性俺了解,俺担心他教育出的孩子,仍然会做出一些糊涂事来。

24

真是应了那句老话,你越是怕啥越来啥。立枫那自私的劲儿,跟他爹一模一样的,俺看着就气不打一处来。

立枫出门子以后,一直不要孩子。她当家的黄小平年纪小,贪玩儿,也就稀里糊涂地跟着她疯。小两口各开一辆车,想干啥干啥。今天刚去影剧院看电影,明天就去亚布力滑雪。一会儿吃法国大餐,一会儿喝上岛咖啡。刚才还在国内转悠呢,转眼就到日本去看樱花,或跑到泰国看人妖了。最不可思议的,她竟然追明星周杰伦,一口气追到了台湾,在高雄蹲了足足半个月。

年轻人贪玩儿、爱玩儿,这不算啥大毛病,那些80后、90后,哪个不会把日子玩儿出花来?玩儿就玩儿吧,咱就别说啥了。你一说啥,人家就说是代沟。就睁一只眼闭一只眼,不管那些闲事儿,也不生那些闲气了。

可是,让人不能理解的是,立枫口口声声扬言,此生绝对不生小孩儿。一晃结婚六年了,真的就没有怀过孕。更可气的是,你不要就不要呗,居然养起了小老鼠。

养宠物本不是啥稀罕事儿,那大街上遛狗的不是多的是吗?那狗在主人面前作个揖啥的,逗得主人们心花怒放,也确实是招人稀罕哪。

俺不反对养宠物狗,立枫要是养个小狗,俺也会喜欢得不得了。可她偏偏和别人不一样,竟然养了一只小老鼠,还管小老鼠叫儿子。

那老鼠是啥?那是四害之一。不但是偷油瓶,而且还传播鼠疫。她这样用心思去疼爱小老鼠,其爱憎的导向就偏了。导向偏了,那不出问题就怪了。

俺受不了立枫的做派,相信她家婆也受不了。

人家就一个宝贝儿子,谁不想早点抱孙子?你整天抱着小老鼠,一边喊儿子一边喊娘,那不就是骂人吗?她家婆果然着急了,就催促他们生个孩子。可立枫就是不生,非要过丁克的生活。

小平娘下达最后通牒:立枫要是不生,你就给俺离婚。

黄小平夹在中间,显得没着没落的。一边是要抱孙子的亲娘,一边是喊老鼠儿子的媳妇,这事儿该咋办呢?他想来想去,只能和媳妇商量。那天,他看立枫心情挺好,就试探着说:“枫,跟你商量个事呗?”

立枫说:“什么事儿?说吧。”

黄小平说:“爸妈年纪大了,都急着抱孙子。咱就趁年轻要一个吧,反正有两个老人伺候着,也不耽误咱们什么。”

立枫黑着脸说:“要生你生,我可不生。”

黄小平笑着说:“媳妇真会开玩笑,我一个男人怎么生啊?”

立枫又说:“你怎么生我不管,反正我不生。当初,要知道你们要孩子,我绝对不会嫁给你的。”

黄小平一听这话,那肺都要气炸了。你玩儿也好,疯也好,只要条件允许,没谁拦着你。可不能不顾老人的感受哇?现在,老人把话说到这份上了,你就不能替老人想想,顾全点大局吗?

黄小平又说:“你当了媳妇,就得当母亲,这是天经地义的。你要是想自己玩儿,你就不要结婚哪,那就没人干涉你了。”

立枫一听更急了,一脚踢向黄小平下身,并扯着嗓子哭骂道:“你这个王八蛋，要不是你愿意吃腥，我才不嫁给你呢。你要是再让我生孩子，我就让你当个大王八。”

黄小平一闪身，躲开立枫的攻击，用手指着立枫说：“你，你，你这是人话吗？哪有你这样当媳妇的？”

立枫一边打黄小平下身，还一边愤愤地骂道：“你痛快的时候，什么都答应我。你提上了裤子，又叽叽歪歪的，我看你就别当男人了。”

那下边是啥呀？是传宗接代的宝贝，要打坏了可不得了。黄小平为了避免挨打，就把立枫骑在了胯下。立枫哪受过这个？就拼命地挣扎着，就把肋巴扇弄得青一块紫一块的。

两个人折腾一阵就累了。黄小平从她身上起来，跑到外面喝闷酒去了。立枫可不干了，哭泣着给晓梅打电话，愣说黄小平把她打了。

晓梅可不是善茬，她一听立枫哭了，拽着中水去了闺女家。晓梅到闺女家一瞅，立枫肋巴扇也青了，小脸也花蝴蝶了，那得受多大委屈呀？她就站在客厅中间，张牙舞爪地骂姑爷。骂了一会儿还不解气，就给亲家打电话，这大半夜的，把亲家也折腾来了。

亲家公母俩进屋了，瞅见晓梅站在地中间，一直在骂自个的儿子，也不好说啥呀，就赔着笑脸劝她说：“亲家母，你消消气，等这小子回来，你看我怎么收拾他。”

那晓梅也不理会，站在那儿继续骂，还骂得筋筋道道的：“黄——小——平，王——八——蛋，兔——崽——子，你竟敢打我闺女。我给你拿香瓜，我给你拿西瓜，就是让你对我女儿好点，想不到你竟敢打她。有能耐你别跑哇，这回我饶不了你，我让你吃不了兜着走。”

亲家公坐在沙发上，静静地听着她骂，心里像打翻了五味瓶：这哪是骂孩子呀？这明明是在骂俺嘛。算了，都在火头上，就别说啥了。

那亲家母呢，总寻思劝一劝，晓梅就是不搭茬。亲家母也不吭声了。你不吭声吧，她越觉得你理亏了，就骂得更欢了。

晓梅也是有身份的人，毕竟是副师长的千金，不，是司令的千金不是？她咋就像个泼妇呢？中水也是一团之长了，让老娘们修理成闷葫芦了，也不知道他那个兵是咋带的。

晓梅继续骂着，亲家坐在沙发上一直不吭声。这时，黄小平推门进来了，他看到四位老人都来了，显然有些不好意思，就低沉着声音说道："岳父、岳母、爸、妈，你们来了？"

"我不是你岳母。你不是跑了吗？你还知道回来呀？"晓梅继续骂道，"你个小——兔——崽——子，你个王——八——蛋，你凭什么打我女儿？"

"岳母，我没打她。"黄小平低声说道。

"你没打她，她身上瘀青哪儿来的？"晓梅愤愤地说，"立枫，明天到医院取证，咱告他家庭暴力。"

"岳母，我真没打她。"黄小平依然低声地说，"是她打我的下身，我怕被打坏了，就把她骑在身下了。她身上的瘀青，一定是她挣扎时弄的。"

有理不在声高。黄小平这么一说，晓梅就闭上了嘴巴。

亲家公瞅着这场面，一时也解决不了问题，就和中水说："亲家，我看这样吧，时间也不早了，我把小平领回去，好好和他聊聊。你们也别回去了，就在这儿休息吧。"

中水说："好吧。"

亲家公站起身来，要领孩子离开。晓梅还不依不饶地骂："不许走，你个王——八——蛋，打了我女儿，说走就走啊？告诉你，我女儿不和你过了，明天就离婚。"

"岳母，我不会离婚的。"黄小平还是低声地说，"我从未想过离婚。再说离婚也不是你说了算的事儿。"

"我说的不算？你看我说的算不算，咱法庭上见！"晓梅咆哮着。

"你怎么和你岳母说话的？怎么一点儿规矩也没有？"小平他爹呵斥道。

"你个王——八——蛋，有娘养活没娘教育的，我就不信那个劲了。我现在就报警，我还治不了你了。"晓梅说着，就向座机走去。

"行了，不要往前赶了。大半夜的，你不怕人家笑话？"小平爹终于憋不住了，也愤愤地说，"都在气头上，为什么非得往前赶呢？我把小平带回去，好好批评批评他，明天向你道个歉，事儿不就过去了？小平，我们走。"

小平爹领着黄小平走了，双方也就此僵持起来。

俺听到这个信时，把俺气得直哆嗦。这个贺晓梅，不好好劝说自个闺女，在那破马张飞的干啥呀？不孝有三无后为大，这个理儿你不懂啊？还在人家面前骂大街，你说砢碜不砢碜哪？

唉，说到孝字，还是中河那股哇。

25

中河建国那年八岁，算是赶上了好时候，能上学念书了。他大学毕业，是汽车背煤气包的年代。正好自个是学石油的，就来到大庆油田工作，说是要为祖国献石油。俺寻思啊，献石油就献石油吧，在家里讲究个孝字，在外边讲究个忠字。那岳母刺字的故事，俺都听说多少遍了，说书讲古的也说，唱二人转的也唱，哪一次都让俺的血往上涌，俺都会想到俺当家的，差点儿就死在日本鬼子手里了。

中河在油田研究院工作，听说是搞什么驱的？嗯……是搞驱油研究的，就是让地底下的油都冒出来，好让汽车、飞机、大炮都动起来，要么朱总司令总说，要是没有油，那飞机、大炮还不如打狗棍呢。

后来，中河还得了什么奖……对对，国家科技进步奖。俺这心里呀，觉得老提气了。

转眼间，中河也退休了。对于高科技人才，院里规定干到六十五，院领导就让他继续工作。可是，中河说啥也要回家。中河觉得，这些年为国家做了不少事儿，却没为老娘做过啥。现在，老娘年岁这么大了，该多陪陪老娘了。唉……你瞅瞅，这就是俺二儿子。一想起他，俺心里热乎乎的。俺知道了事儿原委，就劝中河回去工作。中河说："娘，我听你的。不过，我得先陪你几天，等你过完生日了，我再回去工作。"

俺寻思也行啊，离俺八十八岁生日也没几天了。

中河办完了交接手续，一门心思在家陪俺。在俺生日那天，还送给俺一件礼物，一幅竖轴的字画。俺不识字啊，但那个大福字俺认识，那福字俺年年见,你不认得都不行。可是,那下边的四个字,俺是越瞅越糊涂了。

中河解释说:“这四个字呀,别说你不认识,我也不认识。听说是武则天造的字。她认为天是清气组成的,就把青和气放在一起,叫作天。那朝南开的衙门里的官员,一定是官啊,她就把南和员放在一起,就念官。她认为与人方便就是恩赐,就把方和便放在一起,就念赐。她还说,没有财,哪有福哇?就又把财和主放在一起,念作福。所以,这四个字叫‘天官赐福’。我借用这四个字,祈求上苍为老娘赐福,也祝福老娘‘福如东海长流水,寿比南山不老松’!”

中河说完,俺坐在炕头上乐呀!你说,有这么好的儿子,俺能不乐和吗?

那天,心茹也来看俺,还带来绣花鞋和珍珠项链。俺心里就琢磨开了:你说中河这一家,咋都这么孝顺呢?

上一次心茹来看俺,俺说她戴的珍珠项链好看,她就说给俺也买一条,俺说俺都土埋到脖颈了,戴那玩意儿干啥呀?不要,不要。心茹就说,只要是俺高兴就行。你瞅瞅,人家不但说话让你舒心,做啥事儿也都让你顺心。俺觉得这就是孝顺。你说你对老人孝,还老呛着老人说话,不照老人的意思办事,俺看就不是真孝。要想孝,就得顺。孝顺孝顺,就这么回事儿。

人呢,咋做都要考虑后果,那叫一辈儿传一辈儿。你咋对待老人的,将来孩子就咋对待你。这就叫作为人之道。

说到“道”字,俺倒想起一件事儿。

那年大年初六,立明在家里看电视。反正第二天也休息,就看那大尾巴电视剧,一直磨叽到子时过后,他才脱衣上床睡觉。第二天早晨,心茹起来做饭,一进厨房,就看到有东西丢在地上。她捡起来一看,原来是立明的。她就问:“立明,你怎么把东西丢在厨房了?”

立明说:“我没有哇。嗯……哎呀,不会是进来人了吧?快看看,我的手包在不在?”

立明一边说,一边穿衣起床,到客厅一看,其他的都完好无损,只是手包不见了。

心茹说:“手包里都有什么呀?”

立明说:“有现金三千多块,还有银行卡、身份证、政协委员证……对了,还有你的中国作协会员证,昨天拿回来,我还忘了给你了。”

心茹说:“那就报警啊!”

立明就拨通了110报警电话。

警察来了,一进屋就弯下腰瞅地面。那地面光光的,能瞅出啥来呀?警察说瞅瞅有没有脚印。警察一边瞅一边用手电光照,也没瞅见有啥脚印。然后,警察进到厨房,瞅瞅丢在地上的东西,又趴在后阳台往下瞅瞅,再然后,就一个楼层接一个楼层地往下收索。当来到二楼,也就是雨搭上边,警察从楼道窗户钻了出去,在雨搭上发现了一个手包。

警察问:“这个包是你的吗?”

立明说:“是我的。”

警察说:“你看看,都少了什么?”

立明翻看包里物件,然后说:“除了现金,其他东西都在。”

警察翻身从雨搭上下来,再次走进屋里,对小偷的偷窃过程做了分析:小偷看到阳台窗户没有安装护栏,决意要对你家进行偷窃。但是,因你看电视睡得很晚,他只能躲在暗处进行观察。待你关掉所有灯光后,感觉你已经睡着了,才从单元门攀爬到二楼,然后顺着二、三楼阳台护栏爬进你家。到你家后,小偷怕惊动你们,肯定没敢进入两个卧室,有可能到过书房。当他在客厅发现手包后,拿着手包到厨房,想把没用的东西拿出来,但又怕被你们发现。他先从阳台返回雨搭,检查了所有的物件后,只拿走了现金,就把包放在雨搭上了。

心茹说:“盗亦有道,盗亦有道啊!”

心茹的话俺不懂。但后来,心茹就这件事和俺重孙女王迪唠嗑,让俺这老脑筋也开了窍。

心茹说:“小偷偷东西,既违反了道德,又触犯了法律,这是绝对不能允许的。王迪,记住了吗?”

王迪说:“妈,你放心,女儿绝对不会做出不道德和违法的事儿。”

心茹说:“好孩子。但是……”

王迪说:“妈,但是什么?”

心茹说:“王迪,你发现没有,就连小偷偷东西,也要遵循一个原则。”

王迪说:“妈,啥原则呀?坏蛋也有原则?”

心茹点点头,然后解释说:“有哇。你看,他仅仅拿走了现金,别的什么都没有动。他要是把所有的东西都拿走,找个隐秘的地方销毁,那会给我们带来多大的麻烦啊!你得到银行给银行卡挂失,然后等一段时间再补卡;你得到派出所给身份证挂失,再等一段时间去补身份证;你得在报纸上声明作家证作废,再向中国作协申请补发;还有政协委员证、游泳证、健身卡……”

王迪说:“还有这么多事哪?”

心茹说:“是啊!所以我说,盗亦有道,就是这个道理。”

王迪说:“要是这么说,那我是女孩,就应该有为女之道呗?”

心茹说:“好女儿,真聪明。你说说,为女之道应该有什么呀?”

王迪歪着头做沉思状说:“嗯……不像梅姑那样早恋,不和爸妈顶嘴,还有……不睡懒觉。”

心茹说:“嗯,现在知道这些就不错了。但要记住,做什么都有什么道。就像你立枫老姑,可以不要孩子,可以养宠物。但是,必须得到全家人的同意。既然婆家那么急切地要小孩儿,你就不能只考虑自己的感受,这叫作为妻之道、为母之道。王迪,你是学生,就该勤奋学习,积累知识,这是学生之道。妈妈既是老师又是作家,该遵循什么道呢?”

王迪说:“为师之道,从文之道。”

心茹说:“太对了,我女儿就是聪明,那你爸爸呢?”

王迪说:“爸爸是爷爷奶奶的儿子,要遵从为子之道;他是妈妈的丈夫,要遵从为夫之道;他是我的爸爸,要遵从为父之道。”

心茹赞许地点头。

王迪又说:“爷爷要遵从为爷之道,奶奶要遵从为奶之道,太奶奶要遵从为太之道。”

“哈哈……”王迪的话,把俺和心茹都逗笑了。

心茹笑着说："他们是长者，要遵从长者之道。我们尊老，他们爱幼，家族才能有序，才能和谐，才能旺达。"

王迪说："妈妈，我明白了。我们要像书上写的那样：亲疏有分，则施行而不悖；长幼有序，则事业捷成而有所休。"

心茹说："对。万物之始，大道至简，衍化至繁。王迪懂得了人生之道，必然能成长为最优秀的孩子。"

王迪说："妈，放心吧，我一定走在道上。"

心茹说："天道左旋、地道右迁、人道尚中。凡事离开了'道'，就一定会出乱子。"

王迪说："妈，我记住了。"

心茹她们娘俩就这么唠着，俺在一旁默默地听着。尽管有的词儿，俺还是不太明白，但俺知道，心茹说的那个道，也许就是俺说的规矩。

你说，人生在世，没有个规矩，那哪儿行呢？

26

中河这股人，儿媳贤惠，立明懂事，立天优秀，立菊也有一股不服输的劲儿。

这孩子的心性，和当娘的有直接关系。

中河的婚事不是俺做的主吗？结婚后，俺一直担心他俩的感情。没想到，雪玲善良、勤劳、包容和贤惠，中河仁义、忠诚、正派和智慧，他俩过得反倒有滋有味，一点儿都不用人操心。

当时，中河在大庆油田上班，雪玲就担起了全部家务。

为了培养雪玲的爱好，寻找共同语言，中河上班以后，省吃俭用攒点钱，给雪玲买了一架照相机，让她学习摄影艺术，提升自个的综合素质。

那时没有彩色照片，这给了中河一个灵感：别人拍的是黑白的，你拍的还是黑白的，那还有啥意思呢？那怎样凸显艺术魅力呢？哎，给照片上色呀。中河就学习上色技巧,再手把手地教雪玲。

中河家离俺不远,那房间是很有限的。但还是隔出一个小屋,存放一些瓶瓶罐罐,说是叫啥暗室。在暗室里,有一个白色托盘,一个白色箱子。那白箱子有二尺半长,一尺半宽,里面装着一个黑筒,筒子一端有个盖,还用卡子把筒盖固定住。

雪玲学得非常用心,中河也觉得欣慰。其实,让中河更欣慰的是,雪玲不但懂事儿,还对俺忒孝顺。

雪玲知道咋教孩子,也知道因势利导。

有一天,雪玲外出办事去了,就留下小立菊看家。立菊看她娘鼓捣那些玩意儿,就对小屋产生了好奇心。正好娘走了,干脆进去看个究竟。

立菊走进暗室,瞅瞅这个瓶子,上面写着"显影粉",又瞅瞅那个瓶子,上面写着"定影粉"。她摇摇头,自说自话道:"这是干啥的呀?"她又拿起那个黑筒,打开盖子瞅了瞅,这纸还挺好的,用来包书皮吧。她把纸张都拽出来,平摊在桌子上,用剪刀剪成书皮,精心地钉在书的封面上。

包完了书皮,立菊又琢磨,这红灯泡是干啥的?哎,还有绿的、白的,她再一次摇摇头,咋也解不开这个谜。瞅瞅也没啥了,立菊就出来了,拿起书欣赏自个的杰作。哎,这是咋回事?白纸咋又变黑了?她又摇摇头,还是蒙在鼓里。

有一天,雪玲搬出瓶瓶罐罐,拉上黑红两色布料窗帘,开始鼓捣起来。鼓捣了一会儿,雪玲就纳闷呀,这相纸咋会跑光呢?就问小立菊,立菊说不知道。雪玲更纳闷了,她放下手中的活计,来到立菊身边,看见立菊的书皮,就问道:"立菊,你这书皮哪儿来的?"

立菊一看,不认也不行了,"罪证"就摆着呢。

立菊就说:"妈,你领着我哥摆弄那些玩意儿,还啥都不跟我说,我就觉得很好奇,总想看看这到底是什么玩意儿。那天你走后,我就进去看了看,我也不知道那是相纸呀?"

雪玲说:"立菊,这些都是洗相用的。在洗相的时候,要把底片放在放大机上,再进行曝光。这个时候,影像已经印在相纸上了,但需要用显影粉显影，经过水洗工艺后，用定影粉把影像固定住，再进行水洗，最后进行烘干处理。这就是洗相的全过程。”

立菊低着头说：“妈，对不起，我错了。”

雪玲说：“立菊，妈不怪你，妈早就应该跟你说了。不过，以后遇到什么事儿，一定要问清楚再去做。做什么事儿，要有打破砂锅问到底的精神。”

立菊说：“妈，我懂了。”

那以后，立菊做啥像啥，在班级里，学习总是第一。

黄帅破师道尊严时，立菊还在幼儿班学查数呢。立菊五年级的时候，“文化大革命”结束几年了，但有些东西还留在记忆里。一天，数学老师因病休假了，班长就组织学生自个讲课。那天讲的是体积计算方法，结果上去一个讲不明白，再上去一个还讲不明白，班长说：“还是立菊试试吧。”

立菊就羞答答地上台，给同学们讲体积的计算方法。她费了好多口舌进行讲解，同学们还是摇摇头听不明白。这时，她看到了讲桌上的粉笔盒，眼睛突然一亮：哎，有了。她拿起粉笔盒讲道：比如说，这条线是粉笔盒的长，这条线是粉笔盒的宽，这条线是粉笔盒的高，那么，粉笔盒的体积等于什么？就等于长乘宽再乘高。

立菊讲到这里，课堂上一片沉静。片刻的沉静之后，大伙儿就使劲地拍起巴掌。立菊呢，她向左跨了一步，深深地给同学们鞠了一躬，然后羞答答地走回了座位。

那天放学回家，立菊把学校发生的事儿，一五一十告诉了她娘，雪玲摸着立菊的脑袋说：“我女儿就是聪明，以后做事就要这样，要多动动脑筋，多想想办法，就能解决疑难问题了。”

立菊仰着小脸笑了。

雪玲不但对立菊上心，对两个男孩儿更用心。

立天从一出生身体就不好，今天感冒明天发烧的，直到十多岁了，还整天离不开药罐子。

为了让孩子锻炼身体，雪玲就陪着立天跑步，无论是火辣辣的三伏，还是滴水成冰的三九，他们从来没有耽误过。

这样坚持下来,立天的身体慢慢好起来了,学习成绩也撵了上去。

俺的意思是说,因为雪玲正确的引导,俺五孙女养成了好习惯,不管到啥时候,不管做啥事儿,她都要把事儿做好,不让别人说半个不字。而俺四孙子立天呢,也有那么一股韧劲儿,才会在学业上、事业上那么出息人。

在这方面,俺知道雪玲是咋寻思的。她觉得,孩子他爹是公家人,是个有出息的人,咱在家管孩子,就要把孩子管好,让他们将来像他爹一样,为国家干大事儿,也为咱老王家添点光彩。

种瓜得瓜,种豆得豆,这话一点儿都不假。

立菊没辜负她娘的希望,她以高分考上了北京大学,毕业后留在了北京,成为一家外企的设计师,拿一百多万的年薪。

立天也出息了,年纪不大,就当上了银行行长。

27

俺没事的时候,总拿立菊和立梅比。可是,俺是越比越窝心。她们出生在一个年代,又都是王家的根苗,那差距咋就那么大呢?

立梅结婚不久,就生了个女孩,起名叫肖梅生,也就是俺的重外孙女。十八岁的孩子就当了娘,俺总觉得不是那回事儿。毕竟,她还是个孩子。

正是如花一样的年龄,按照立梅的心性,自然不愿意待在家里,就依旧在外疯跑。

本来就未婚先孕,不得家婆的待见,再这样没深拉浅的,家婆对她就更加讨厌了。

家公家婆不喜欢她,没少在肖斌面前嘀咕,肖斌终于听不下去了,就说了立梅几句,立梅受不了这个,就经常和肖斌吵架。

小公母俩一吵架,老公母俩就掺和进来,好好的一个家庭,连一天安生日子都没有。

有了孩子了,立梅应该懂事了呀?可是,那接下来的事儿,就更让你摸不着边际了。

肖梅生四岁那年,小公母俩又打了一架,那真是天昏地暗哪!架打完了,两个人都找找毛病,都改一改,就好好过日子呗。可是,立梅丢下孩子,和一个做买卖的跑了。

你说正经人家的孩子,哪能做出这样的事儿?

俺听说,那男人叫尚佳泉,是一个油贩子。为了躲避油田分局的追捕,领着立梅跑到沈阳,和他爹住在一起,还开了一家经贸公司。一天,尚佳泉在公司忙活,说是得晚点才能回来。

立梅就等啊,左等不回来,右等不回来,眼瞅着就半夜了,还不见尚佳泉的人影。她就和佳泉爹说:“爸,我去路口接接他。”

佳泉爹说:“去吧,注意点安全。”

立梅说:“爸,我知道了。”

立梅走了,这一走就出了事儿。

立梅从家里出去,来到尚佳泉必经的路口,站在那儿翘首以待,却看到一个陌生的面孔走来。

那陌生人一看立梅,耳朵上戴了三个饰品,身穿一件开胸长裙,感觉是个三陪小姐,就主动上前聊骚。立梅她再那啥,也没达到那个地步哇,就对陌生人严词拒绝。陌生人一看,你个骚货还假正经?干脆给你点颜色瞧瞧,就一家伙奔脖颈子下去,立梅就啥事不懂了。

陌生人扛着立梅,回到自个租的屋子,实施了一次强奸,待进行第二次强奸时,立梅苏醒过来了,就连蹬带踹地挣扎。陌生人看她死硬死硬的,就随手又一家伙下去,正好砸在她的脑袋上,立梅脑袋一歪,就又昏过去了。

当晚,尚佳泉回来,以为她去他娘那儿了,就没当回事儿。

尚佳泉是单亲家庭,他爹娘早就离婚了,他娘就在附近住。尚佳泉在家的时候,立梅跟他住在他爹那儿。尚佳泉不在,立梅就住在他娘那儿。今天,尚佳泉以为她住在那边了。

第二天,有个小孩儿在出租屋窗前玩耍,偶然向屋里看了一眼,吓得直冲她娘嚷:“妈妈,妈妈,死人!”

他娘跑过来,一边抚摸孩子的头,一边故作镇定地问:“别怕,别怕。哪有死人哪?”

小孩儿恍惚地一指说:“在屋里。”

警察赶来的时候,出租屋前围了一帮人。

警察一边勘察现场,一边做起摸查工作。这间屋子谁住过?最后一次见到这人是啥时候?这女的谁认识……这时,佳泉娘也在看热闹,还在那儿自说自话:“这是谁家的女孩呀?真是太惨了。”

当警察抬着立梅出来时,她无意中向立梅看去,却见耳朵上那三个耳饰,不觉哎呀一声软了下去。

警察问:“同志,你认识她?”

佳泉娘说:“是我儿子的女朋友。”

警察说:“那你一块儿上车,先去医院救人。”

后来,立梅被救过来了。你说她要是死了,白发人送黑发人,那真就让人揪心了!她毕竟才二十二岁呀!听说那小子也抓住了,并以强奸罪、故意杀人罪判了大刑,送进了大牢。这叫啥?这叫天作孽,犹可违。自作孽,不可活。

立梅被送进医院以后,佳泉娘给尚佳泉打电话,尚佳泉去看了立梅,得知立梅颅内出血,已经做了妥善处理,再住上十天半月的,就可以回家休养了。尚佳泉给立梅交了住院费,就再也没来看过她。

出院那天,立梅一个人打车,回到佳泉娘的住处:“妈,佳泉呢?他怎么一直不去看我?”

佳泉娘黑着脸说:“他不会再见你了,就你这个破烂货,给你交住院费,都是看在以前的情分上。识相的话,就啥也别说,赶紧离开这儿。”

俺这个六孙女呀,真是命如黄连啊!这回,她该长点记性了吧?立梅就是不进盐酱。对她来说,啥事儿都无所谓。她指着佳泉娘骂道:“你个老不死的,没有人性的东西,我王立梅离开你儿子就不活了?”

“你能活,没我儿子,还有强奸犯、劳改犯,谁都能做你男人。”

“你才找强奸犯、劳改犯,你个老女人。我们走着瞧,看我找一个靓仔给你们看看。”

“好啊,我等着。”

“拜拜了,老女人,让你儿子守着你这个老八婆过日子吧。告诉尚佳泉,我王立梅离开他,一样吃香的、喝辣的。”

“滚,你快滚!”

“怎么的,急了?你以为,这狗窝谁愿住似的。”

“滚,别让我再看见你。”

“哈哈……”立梅笑着,那笑声里有不屑、有愤怒、有无谓,也许还有伤感。然后,她把自个的东西,胡乱装进拉杆箱,拽着箱子扬长而去。

28

立梅被撵出来后,在沈阳待不下去了,就想起了肖斌和肖梅生,也想起了那个家。虽然家婆待她苛刻,肖斌对她还算不错。

于是,她拽着拉杆箱,打车直奔火车站,好不容易买了张站票,从沈阳一直站到杜尔伯特。

下了火车,立梅打了一辆摩的。在摩的上,立梅眯着眼睛寻思:被强奸的事儿,只要俺不说,谁都不知道。还有,跟人跑的事儿,也必须装在心里。那咋说呢?还是说出去旅游了,也许肖斌会消气的。

立梅这么想着,就来到了家门口。

门前满地鞭炮的纸屑,院里搭起了喜棚,乐手们吹吹打打,满院子里人来人往,好一派喜庆的景象。立梅想,肖斌是最小的孩子,除了他也没谁了,这是给谁娶媳妇呢?

有人见到了立梅,就赶紧跑进屋子,给肖斌娘报信。不一会儿,肖斌娘就走了出来。

立梅怯生生地说:“妈,这是怎么回事儿?”

肖斌娘说:“我不是你妈,我可高攀不起。”

立梅说:“妈,你这是什么意思呀?”

肖斌娘黑着脸说:“你跑那么长时间了,当初又是非法同居。所以，你就回你妈那儿去吧。我儿子今天结婚，娶了知根知底的好姑娘。你说，你在这儿算哪根葱啊？"

立梅一听就火了，这个忘恩负义的男人，居然和别人结婚了。她说："走就走，此处不养爷，自有养爷处。"

立梅说完，转身就要走。

肖斌娘慢声拉语地说："你等等，孩子要见你。"

一提到孩子，立梅站住了。毕竟是她身上掉的肉哇！虽然她不懂事儿，但血肉亲情还在，对孩子的牵挂还在。

肖斌娘回屋去了，不一会儿就带着小孙女出来了。

立梅见到肖梅生，鼻子竟然酸酸的。肖梅生快四岁了，衣服都是旧的，和这喜庆的气氛比，显然是一点儿都不搭调。

立梅蹲下身，微笑着叫道："来，宝贝。"

肖梅生怯生生地躲在奶奶的身后，肖斌娘并没有因为这个而滋生一点儿怜悯之心，反倒把肖梅生从身后拉出来，推着孩子来到立梅面前。

"我儿子结婚了，带着个拖油瓶，那日子怎么过呀？你赶紧把孩子带走，咋说她也是你生的。"

"她是我生的不假，但是你们肖家的种，留在肖家也是应该的。"

"你要是好女人，留在肖家一点儿问题都没有。就你这样的，也生不出什么好孩子来。所以，趁早除了我的心病。"

"你……"

肖梅生站在中间，一会儿瞅瞅这个，一会儿瞅瞅那个。她无法理解她们的尖刻，特别还是因为自个儿。她不知道该依靠谁，幼小的心灵走进了黑暗，吓得她哇哇大哭起来。

面对孩子的哭声，肖斌娘无动于衷。立梅却受不了了，她抱起孩子说："乖乖，别哭，妈带你走。"

"走吧，走吧，走了省心。"

"你冷血，怎么说她也是肖家的根。"

"鬼知道是谁的？"老太太呸了一口，"说劈腿就劈腿，不要脸的女人。"

"你……"立梅气得直发抖,"叫你儿子出来,我和他对质。"

"谁愿理你似的,就赶紧走吧你。"

"没见过你这样的老人,不就嫌弃女孩儿吗?你不要拉倒,我带回去给我妈玩儿。"

立梅说完,拉着箱子,抱着孩子,转身走了。

立梅提溜蒜挂回到家,杏花已猜了个八九了,就说:"咋的?又被人家甩了吧?被人家甩了,你还有脸回来呀?还弄了个带葫鲁子,将来怎么嫁人?你给俺滚出去,老王家丢不起这个人。"

身心早已满是伤痕,想在亲娘这儿疗疗伤,却不料遭到亲娘的挤对,那心里就像打翻了五味瓶。

立梅却无所谓地说:"你不要拉倒,我把孩子给我奶奶。"

立梅边说边往里冲,杏花挡在门口不让进:"你奶奶在王立明家,人家王立明才是孝子呢,你上王立明家找她去。"

立梅满不在乎地说:"那我也做一回孝子,把孩子送给我奶奶,让她没事儿逗孩子玩儿。"

立梅从娘家出来,不觉一行清泪流了下来。这时的立梅,心里一定是揪心地疼。可是,立梅这个做派,就让俺糊涂了。

唉,俺这心里呀,是啥滋味都有。立梅固然是气人,但毕竟是王家后代。你说,一个闺女家家的,当娘的把她撵出来,你让她到哪儿去?万一再遇上个流氓阿飞,这孩子一辈子不就毁了吗?一代好媳妇,三代好儿孙。杏花呀杏花,你咋能这么做呢?

立梅来到立明家,依然是不屑的态度,但明显会感到她内心的痛。

立梅一进门,就大声大气地说:"奶奶,我给你送玩具来了。"

俺说:"哎哟,俺六孙女懂得孝顺了,给奶奶买啥玩具了?"

立梅说:"不是买的,是生的。"

她把孩子往俺身边一放,又说:"以后啊,你没事儿,就玩儿你重外孙女,也算给你解闷了。"

俺说:"这孩子,还是没正形。"

听俺这么一说,心茹把话接过来了。她倒了一杯水,递给了立梅说:"立梅呀,你这是怎么回事呀?"

心茹话一出口，立梅就泪眼汪汪地说："大嫂，尚佳泉不要我了。什么尚佳泉，我看就是丧家犬。还说我是破烂货。去他妈的，离开他我还活不了？没想到，家婆不要我不说，还把孩子推给了我。我说这是你家的根，该你们养活。你猜她怎么说？她说我不抱走就送人。好歹她是我身上掉下来的肉啊，我怎么舍得呢？就抱回了娘家。唉，更没想到，我亲妈也不要我，我是没活路了。把孩子交给奶奶玩儿，剩我自己就好说了。道死道埋，路死路埋，死到阳沟是棺材。"

心茹说："立梅呀，看你这话儿说的，不是还有大嫂吗？你就住在这儿，有大嫂吃的，就饿不着你。"

立梅一听，哇的一声就哭了出来："大嫂，你让我说什么好呢？如果没有你的话，你说我还怎么活呀？"

心茹拍拍立梅说："立梅，别哭，都是当妈的人了，怎么像个孩子呢？别哭了，你看把孩子吓的。"

肖梅生一直抽泣着，煞白的一张小脸，瞅着就让人心疼。

立梅瞅了瞅孩子，终于停止了哭声，感激地对心茹说："大嫂，谢谢你，以后我就听你的，你说让我往东，我绝对不往西。"

心茹笑着说："立梅长大了，也懂事了。以后哇，一定会有好日子过。就住在这儿吧，有大哥大嫂疼你呢。"

心茹收留了立梅，俺的心里踏实了一些，却又隐隐不安起来。作为一个孙媳妇，能孝敬奶婆婆就够仁义的了，还养活叔伯小姑子，这算是咋回事呢？这话俺又不能说出口，俺不能瞅着立梅流落街头哇。

人老了，就不中用了。这不中用，都挂在脸皮上了。默许收留立梅娘俩，这不就是厚脸皮吗？

人活着就得牵肠挂肚，就得做一些不得已的事儿，特别是像俺这掉了渣的老太太。

俺盼望在心茹的影响下，立梅能够改邪归正，成为一个有健全人格的人。不是说近朱者赤，近墨者黑吗？愿心茹这颗星，也能照亮立梅的人生。

这就是俺默许的主要原因。

俺把肖梅生抱起来，放在俺的腿上，肖梅生瞪着眼睛，怯生生地看着俺。俺就寻思啊，肖梅生这么怯弱，一定是没得到善待。这立梅咋能扔下她呢？不然的话，四岁的肖梅生，该是天真活泼的。你瞅瞅王迪，一样的孩子，王迪是那么活泼、乐观和向上，心里都是善良和美好，也享尽了温暖与呵护。

俺的心里堵着一口气，打心眼里疼爱肖梅生。

肖梅生还在抽泣着，小手冰凉冰凉的，俺摸着孩子的头说："摸摸毛，吓不着；摸摸头囟，吓一阵。"

心茹怕俺窝心，就开玩笑地说："你看，奶奶开始玩儿孩子了吧？"

心茹这么一说，立梅扑哧一声笑了。她接过心茹递过来的手帕，擦了擦眼睛说："大嫂，给你添麻烦了。"

心茹说："立梅，一家人不说两家话，只要你好好的，就比什么都强，你说是不是？"

立梅说："大嫂，我不懂事儿，有啥不对的，你别往心里去啊？"

心茹说："你是我的妹妹，没什么说的。"

这时候，王迪颠颠地跑进来，看到立梅，就高高兴兴地说："梅姑姑，你什么时候来的？我可想你了。"

立梅笑着说："你看我侄女，小嘴多甜。"

俺看立梅情绪稳定了，就想开导开导她，又怕她有抵触情绪，就轻声细语地说："立梅呀，在你大嫂这儿，要和你大嫂多学学，看你大嫂咋做事儿。人这一辈子，不能吃一百个豆不嫌腥啊。"

立梅说："奶奶，人家心情刚好一点儿，你就又说人家。"

心茹说："立梅，奶奶也是为你好。"

立梅说："大嫂，我知道。你总得让我和奶奶撒撒娇吧？"

心茹笑着说："看你，长不大的丫头。"

王迪拍着巴掌笑呵呵地说："好，梅姑姑长不大，我就叫你梅姐姐。"

心茹也笑呵呵地说："这孩子，别没大没小的。去，领小妹妹玩儿一会儿。"

"哎……"

王迪答应一声，找出变形金刚、积木、毛毛熊等玩具，不一会儿，两个孩子就玩儿到一起去了。

肖梅生咯咯地笑着,又恢复了孩童的天性。

俺瞅着肖梅生,这心里酸酸的。

栽啥树结啥果,啥枝头开啥花儿。这是上天注定的。你看肖梅生,刚才还怯生生的,转眼连眉眼都笑开了,这说明了啥?

但愿老天开眼,让立梅的人生来一个转折,让这颗脱了轨的星星,在心茹的影响下,回归到正常轨道上来。

29

心茹对立梅掏心掏肺,吃喝住行啥都不差事儿。立梅还是东跑西颠的,梅生真成了俺的玩具了。不过,梅生倒是挺乖巧,小小的人儿也会看脸色,真不知道她奶奶咋教的。

心茹上班了,王迪上学了,梅生跟俺待在家里,就在地毯上玩儿玩具,一点儿都不用俺操心。

一晃,立梅住进心茹家半个月了。有小孩儿做伴儿,俺的日子也热闹了。不过,倒是辛苦了心茹,六张嘴在那儿等着,她既要买菜,又要做饭,还要洗洗涮涮,一天忙得团团转。

立梅呢,赶上了饭时,心茹也就安心了。要是赶不上,心茹又是打电话,又是留饭菜,俺都觉得不好意思。人家一个当嫂子的,有工作有事业,凭啥对一个叔伯小姑子这样啊?你立梅就不能懂点事儿?帮嫂子做口热乎饭菜,端端茶倒倒水啥的?

俺过意不去呀,就在背后跟立梅唠。

俺一边说着,一边觉得奇怪,那四六不懂的立梅,还真听进去了俺的话,待在家里不出去了。她把自个锁在卧室里,除吃饭上洗手间,就再也不出屋了。虽然还是饭来张口,衣来伸手,起码不用心茹经管了。

几天过去了,心茹觉得不对劲:是嫂子哪儿不对了?还是……心茹转不过来磨,就趁着家里没人,想问出个子午卯酉来。

这一天,心茹让立明领着两个孩子上街,买一点儿水果、蔬菜和羊肉,回来好包饺子吃。立明走了,家里就剩下俺、心茹和立梅。

心茹说:"立梅,这些天,大嫂对你怎么样?"

立梅说:"你对我没说的。大嫂,你怎么问这个?"

心茹说:"我看你这几天闷闷不乐的,到底是怎么回事儿?"

立梅吞吞吐吐地说:"这……"

心茹说:"立梅,不管有什么事儿,都要和大嫂说,大嫂一定会帮你。"

俺说:"是啊,啥事儿都别瞒你大嫂,两个人扛着,总比一个人要好点吧?"

立梅悲悲切切地说:"奶奶、大嫂,我怀孕了。"

心茹急切地问:"多长时间了?"

立梅说:"这个月例假没来。"

心茹说:"谁的呀?"

立梅说:"可能是强奸我的那个人的。"

俺一听就急了,又问了一句:"谁的?"

立梅流着泪,从头到尾把事儿说了一遍。

俺长长地叹了一口气,唉……这苦命的孙女,咋啥事儿都让她摊上了呢?话又说回来了,还是没把握好自个呀。

俺说:"这孩子不能留。心茹,你明天陪立梅去医院吧。"

心茹说:"奶奶,怀孕时间短,胎囊太小了,流产太危险。"

俺说:"那咋办?"

心茹说:"奶奶,你别着急,再等等。"

俺又说:"大孙媳妇呀,这事儿就靠你了。你说立梅,她也够可怜的了。"

心茹说:"奶奶,你放心吧。"

心茹找过大夫,然后对立梅说:"医生说再等一两周。立梅,你别着急,调整好心态,别把这事儿放在心上。"

看俺大孙媳妇,那就是有章程,既不虚头巴脑,也不冷酷无情。她说的做的,都是你想要的,就像贴心的小棉袄。

按理说,立梅应该听她大嫂的。可是她那性格,是啥都不在乎。

她可不想让孩子在肚子里待长了。肚子里装着一个孩子,吃啥吐啥,行动也不方便,她咋能愿意呢。

立梅打定了主意。

第二天,趁着心茹上班,自个跑到一家私人诊所,做了人流手术。

想想这立梅,她长这么大,都任性惯了。而每次任性,都让自个走入了人生的绝境。就说这次,又差点儿要了自个的命。

那天,立梅做完流产回来,没和俺打招呼,就自个躺进了卧室,再也没有出屋。她回来时脸色苍白,俺有些纳闷呀,这立梅是咋了?

中午,心茹下班回来,她做好饭菜,就招呼立梅吃饭。立梅躺在那儿摇摇头说:"我感冒了,不想吃。"

心茹无奈,只好找来感冒药,倒了热水放在床头。还把饭菜热在锅里,叮嘱她一定要吃饭。

一个下午,立梅都没起来。俺催她几次,她都说不饿,说啥都不起床。对这个孙女,俺实在是无能为力,也就由她去了。说实在的,俺对她心存芥蒂,总有一种隐约的排斥感。

一连几天都是这样:立梅躺在那儿,心茹把药、水、饭菜端上来,好说歹说吃一点儿,或干脆不动筷。

第五天晚上,心茹和往常一样,又把饭菜端上去,叫立梅起来吃饭,可任凭她咋招呼,立梅就是一声不吭。

心茹吓得声音都变了:"立明,你快来!"

立明也喊了几声,立梅还是没有反应。一瞅立梅的样子,立明背起立梅就往出跑。在立明背起立梅时,心茹瞅见血染的床单,不觉惊叫起来:"天哪,这是怎么了?"

俺也很震惊,不觉脱口而出:"大出血?"

心茹也顾不上那么多,拿起挎包就往出跑。

梅生虽小,却很懂事。瞅着她娘被背出去,抱着俺的腿就哭。她一边哭一边仰着小脸瞅着俺,嘴里不停地念叨:"妈妈,妈妈。"

被孩子这么一哭,俺的心里酸酸的。想到立梅生死不明,俺的眼泪也流了下来。

好儿有好娘,好地多打粮。一辈不成器,耽误几代人啊。

都怪俺这个当娘的没把握好分寸，替中海选了这么个媳妇。现在，祸根殃及后代了，你说俺心里是啥滋味？那可怜的立梅，年纪轻轻的，却经历这么多揪心的事儿。虽说这孽事都是自个作的，可是孩子毕竟是孩子，要是有个正面的引导，她的脚也不会走出这么多泡来呀。

俺越寻思越伤心，就拉着孩子的手跟着哭。

立明和心茹打车，把立梅送到了医院。护士噔噔噔地小跑着，把立梅推进了急救室。

立明在走廊里转着圈，瞅俺领着梅生踧进来，赶紧来到俺身边："奶奶，你怎么来了？"

俺说："唉，梅生要找她娘，俺在家里也不放心，就坐三轮车来了。"

心茹说："奶奶，快坐这儿。"

立明也坐下来，跟心茹说："心茹，给大爷大娘打个电话吧，要是真有啥事儿，还得他们做主呢。"

心茹拨通了中海家电话："大娘，立梅流产造成大出血，现在很危险，你们快来县医院吧。"

"……"

心茹在那儿愣了半天，也不见她说一句话，然后慢慢合上了手机。

看到心茹的表情，俺就猜得差不离了。不过，虎毒还不食子呢，俺就抱着一丝希望问："你大娘咋说的？"

心茹苦笑着摇摇头："我大娘说，立梅是自己作的，死活与她没关系。"

听了这话，俺这心里一张个儿。你听听，这哪是当娘的该说的话？她闺女生命垂危，她竟然一点儿都不牵肠子，俺这是作的啥孽啊？咋把这个无情无义、四六不懂的女人，娶进了俺们王家呢？

俺生杏花的气，担心立梅的命，就抱着孩子哭："唉，就没见过这么狠心的娘啊，上苍保佑立梅福大命大，要不俺咋向中海交代呢？"

心茹说："奶奶，别哭了，可别急坏了身子。"

俺依旧抽泣着，担心俺那苦命的孙女。

杜尔伯特县城有三家医院，人民医院、中蒙医院和蒙古族医院。过去，老百姓信中医。身体有了毛病，找中医号号脉，翻翻眼皮，看看舌苔，再问问相关症状，完成望闻问切四个环节，开一个方子，抓几服中药，用温火慢慢地煎上几小时，早晚各一顿。喝上一段药汤子，啥病都好利索了，中药去病根嘛。蒙医和中医相生相融，却有自个的特色，主要以行医为主。西医引进来以后，以其见效快的特点，逐渐被人们所接受，且应用越来越广了。

现在的人哪，不咋看中医了。究其原因有三点：一是现在看病，不是医生看病了，是专业设备在看病，医生只是根据药性开方；二是有的中医混日子，坐在那儿像算卦先生，摸着你的胳膊问问，猜谜似的开一张方子，反正是吃不死也吃不活，祛不祛病另当别论；三是现代人生活节奏加快，更加追求立竿见影了，谁让中医讲究病来如山倒，病去如抽丝呢？再说了，要是得了啥疑难杂症，啥医都白扯不是？

俺就听别人说过，现代人得的是现代病，这和环境污染有关，那是人类自个造的孽。为啥这么说呢？俺想啊，中水想往上爬，在毛主席像上做手脚。那想赚大钱就得造假呀，地沟油、福尔马林、化学元素等，只要赚钱就行，至于其他的事儿，俺管那么多干啥？所以，现代病靠中医不行，靠蒙医也不行。那要靠啥呢？俺说呀，还得靠自尊自爱自强啊。

立梅失血过多，需要马上输血，那不是中医调理的范畴，自然就不能去中医院了。

县医院坐落在府前路南段，门诊大楼很漂亮，拥有先进的医疗设备。为了提高医疗水平，县政府还是舍得投入的。

这对于杜尔伯特人来说，的的确确是一件幸事。

生命是最珍贵的，有啥比人的性命还重要呢？

俺这个百岁老太太，经历了许多痛苦的事儿。好在有儿孙们成功的喜悦，时时会钻进俺的心里，让俺感受着幸福和快乐。

此刻，俺又承受着担忧和痛楚了。

心茹一手抱着孩子，一手搀扶着俺坐下来，等待着死亡线上挣扎的立梅。

这三个人都是俺的枝丫，心茹给俺的是骄傲与幸福，梅生给俺的是希望与未来，立梅给俺的是煎熬与痛苦。

俺在冰与火的交织中,形成一曲生命的交响,让俺真真切切地感觉,俺依旧活在这个世上,依旧经历着痛苦与幸福。

立明在手术室外不停地转磨磨。

手术室的门终于开了,一个大夫走出来,一边摘掉口罩一边问:“王立梅的家属?”

立明说:“在这儿,立梅她……”

俺们立马围上来,眼光里满是征询。

大夫摇摇头说:“你们也太粗心了,要是再晚一会儿,就是神仙都没招。”

心茹赶紧说:“谢谢,谢谢! 立明,时间不早了,大家一定饿了,快领着大家吃饭去吧。”

立明说:“大夫,想吃点什么? 我去安排。一会儿,你好领着大伙过去。”

大夫说:“你们哪,还是照顾病人吧,吃饭就免了。”

立明说:“那谢谢了。”

大夫转身走了,心茹呆看着立明。

立明笑了笑说:“你看你,发什么呆呀?”

心茹说:“你怎么那么实在呢? 人家救了立梅的命,你总得表示一下吧?”

立明又笑了笑,伸出拇指和食指捻了捻说:“我已经表示过了。”

30

立梅的命是保住了,但她也遭了大罪了。

立梅在手术室里,足足待了三个小时,才被护士推出来。

看着昏睡中的立梅,俺的泪水就流了下来,心茹却长长舒了一口气,立明则忙着办理各种手续。

可怜的立梅呀,这一次流产,可就误了她一生啊。

主治大夫说,由于胎囊太小,吸附流产不全,才导致流血不止。此外，小诊所没有无菌手术室，也没有对器械严格消毒，因感染引发了并发症，她再也不能怀孕了。

听着医生的讲述，俺的心就吊起来了。这是谁造的孽呀，这立梅虽然有了个闺女，可未来的路还长着呢。

俺坐在那儿抱着梅生，默默地等立梅醒来。

心茹打来一盆水，帮立梅擦手擦脸，照看她点滴输液。

立梅静静地躺着，她头发零零乱乱，脸像一张白纸。谁都能瞅出来，她经历了一场生与死的较量。

梅生从俺怀里挣脱出来，站在那儿默默地瞅着她娘。瞅着瞅着，就在纸抽里抽出一张面巾纸，小心地为她娘擦拭着额头。俺瞅着她那笨拙的动作，心里是既欢喜又心酸。

这小小的年纪，就知道守护自个的娘了，真是子不嫌母丑啊。

心茹站起来，瞅了瞅梅生，眼眶顿时湿润了。她轻声地说："奶奶，我还得给大爷家打个电话。"

俺不知道，中海知道信儿，他会是啥表现。俺想了想说："你告诉他们，立梅快死了。俺就不信了，自个肠子爬出来的，她就不管死活了。"

心茹说："关键是立梅醒来，看到父母心会好受点。"

俺说："说得是啊！"

心茹拨通电话："大娘，立梅手术做完了，但还没有醒过来，你和大爷还是过来看看吧。"

俺听到了杏花的声音，虽然听不清她说啥，但还是能品出她的腔调。

当时，俺就气不打一处来，一把抢过心茹的手机，就听到杏花说："俺早和她断绝关系了，她是死是活，都和俺没丁点关系。黎心茹，你想当救世主你就去当，别再拿她跟俺说事儿。"

听听，听听，这是当娘的该说的话吗？

俺的手都气哆嗦了，就接着她的话茬说："中海家的，你别吵吵了。立梅是死是活还不知道呢，咋说她也是你身上掉的肉，你就丁点儿都不心疼？"

杏花不吭声了，她把电话给了中海。

中海说："娘，你别听她瞎吵吵，有话跟俺说。"

俺哆哆嗦嗦地说："中海呀，立梅快不行了……虎毒还不食子呢。"

中海说："娘，你别生气了，俺这就去。"

中海放了电话。俺的眼泪也流了出来。俺这个可怜的儿子啊，要不是当年坏了腿脚，咋能娶这么一个媳妇呢？他是哑巴吃黄连，有苦就往肚子里咽哪。

半个小时后中海来了，严杏花愣是没露面。

看到立梅，中海很难过，他羞愧地说："唉，这丫头……娘，都怪俺没教育好她呀。"

俺说："这都啥时候了，说那些事儿干啥？"

中海说："娘，俺知道。心茹哇，大爷谢谢你了。"

心茹连忙安慰中海："大爷，一家人别说两家话，立梅是我小姑子，照顾她是应该的。"

中海说："理可不是这个理儿，她有爹有娘的，出了事儿还得你操心。"

心茹说："大爷，你别难过。立梅会好的，一切都会好的。"

俺对中海说："心茹说得对呀，过日子过的是人气，人能活过来就行了。立梅走错了路，也得到惩罚了不是？以后好好管教就是了。"

中海说："娘，俺记住了。"

心茹说："大爷，人在无助的时候，希望得到亲人的关爱。如果把她的心暖过来了，她就应该知道怎么走路了。"

俺说："立梅是王家的后代，出事了就推出去，那不是王家做的事儿。俺给中河、中水打电话，让他们都来看立梅。亲人亲人，啥是亲人？有事了都伸手帮一把，那才是正理呢。"

心茹拿起手机，先拨通了中河电话，然后递了过来。

中河说："心茹哇，有事儿吗？"

俺说："是俺，立梅住院了，现在生死不明，你们都来看看她。"

中河说："娘，立梅不会有事的，你可要保重身体呀，我和雪玲这就过去。"

中水接到电话后,也说带着孩子们来探望立梅。

嗯,这才是王家人,这才像家族的样子。

乱时候、穷时候,为了糊弄这张嘴,谁都没那么多心思,也没这么多乱糟糟的事儿。

饱暖思淫欲,富贵生骄奢。现在,时代进步了,日子也好了,就啥心思都来了。俺这棵大树,不能瞎摇晃。俺要的是“子仲之子,婆娑其下”的情形。俺不能眼瞅着王家乱下去,俺要把一大家子拢在一起,把王家的家风正过来。

俺虽然有些力不从心,好在这个家有中河,有心茹,有中海,还有春、夏、秋、冬这些正派的孩子,也就让俺定心了。

那一天,俺的决定还真是对了。中河公母俩当天就回来了,中水一家第二天也回来了。跟他们一起回来的,是他们的儿女立成和立枫。

说起那立成,还真让俺刮目相看。

立成天生就是做生意的料。他从拘留所出来,做起了油田物资生意,而且很快就打开了局面。后来,经过几年的努力,那生意就做大了,每月的净利润就是几百万,这俺连做梦都寻思不到。这个数字是啥概念呢,俺是没法说明白。俺在心里为立成开心,却又不得不为他担心。上学不好好上,就琢磨打小抄了。那做物资生意,他还会咋琢磨呢?

钱财是身外之物,但没钱是不行的。没钱就吃不上穿不上,更别说有个大事小情了。钱多了呢,容易招来祸端,那万一被绑票咋办?俺只盼望,这个孙子能依法经营,千万别做出过格的事儿。那样的话,就把孩子的一生给毁了。

所以,俺一见到立成,就喜欢磨叨几句,不管爱听不爱听。老话都说了,不听老人言,吃亏在眼前啊。

31

立枫开始闹离婚了。

这孩子,啥事儿都喜欢与众不同。就是离婚,也闹得轰轰烈烈的。

上次打完架，立枫趁黄小平不在，就往娘家倒腾东西：家婆给她买的两件貂皮、几套西装、裙装，甚至包括乳罩，还有她娘家赠送的轿车、被褥和锅碗瓢盆……最可气的是，把十几万的存款也私自隐秘转移了。

一晃，立枫在娘家待了两个多月。晓梅不但不劝她，还不断地鼓动她、怂恿她离婚。为这事儿，俺生了不少闲气。本来寻思再好好劝劝立枫，没想到事儿发展得那么糟糕。大人要是没正事儿，那孩子就会成为人家的笑柄。

那天，立枫给黄小平发了一条短信，让他哪天哪个时辰到民政部门办离婚手续。人家黄小平傻呀？你说去就去了？黄小平回了一条短信："你家的你都可以拿走，我家给你买的，你也可以拿走；但是，我家给我的钱请留下。"

你瞅瞅，人家黄小平够大方了吧？可是立枫就回了三个字："法院见。"

那就法院见吧。

又是一个月过去了，也是刚过元旦没几天，两个人都站在了法庭上。要是俺的话，俺是不会去法庭的。没啥原则的事儿，离哪门子的婚哪？那还不被七里八乡笑掉大牙呀？真就不如两个人到一起，好好地掰扯掰扯，相互退一步就得了。

在法庭上，当黄小平举证立枫隐秘转移财产时，立枫不自觉地问道："你怎么会有这个？"

黄小平说："我不想多说什么，我只是想说，我父母的四万元钱，我应该还给我的父母，我们共同的财产，只要你愿意都可以拿走。我觉得，不管到什么时候，也不管在什么境况下，咱们做人要厚道一些。"

立枫说："既然提到了那十几万元钱，那还有两处房产呢？"

黄小平说："其实你很清楚，这两处房产，一处是我独有的，另一处是我同事韩磊的，都与你没有半毛钱关系。"

法官说："王立枫，你要考虑好，这两处房产是否追加？"

立枫说："我考虑考虑吧。"

既然提到了房子，黄小平不得不重视起来。

接下来,黄小平找到韩磊,一起商量对策。

俺觉得,这房子是人家韩磊的,还有啥对策可商量的？该是谁的就是谁的呗。可是,不行啊！因为,这房子是大庆油田建的,是给那些没房子,且急需解决结婚住房的。这部分人,已经买了商品房的,就不需要再买了。有的则是望房兴叹,抽号抽不到,付款还付不起。

那咋办呢？就采取房号转移的方式吧。黄小平抓到了房号,就把房号无偿送给了韩磊,还得以黄小平的名义,为韩磊办理贷款等事宜。这样一来,就给立枫留下了把柄,购房合同是黄小平的名字啊！

好在韩磊哭着喊着,非要和黄小平签订协议,说明房子从首付到还贷,都是韩磊独自所为,办理购房相关手续,仅仅是借用黄小平的名义。而且,还让立枫也签了字。

签了字,就是承认了这个事实。那为啥还要这么做呢？俺想,也只有一种可能,就是增加财产分割的筹码。

俺觉得,俺这个孙女有点儿不要脸了。

但是,法院会咋判呢？会不会依据购房合同,判令房产为他们共有呢？俺觉得不会,但俺还是有点儿担心。法律有时候向情向不了理呀！所以,韩磊又是找证人,又是开采暖费证明,又是调取相关证据,来形成一条证据链,证明这幢房子的归属问题。

二次开庭了。

立枫的脸好像绿了。

黄小平安静地坐在那里。

法官庄重地宣读了法庭纪律。

本着谁主张谁举证的原则,立枫提交了购房合同,证明房产是黄小平和她的共有财产。黄小平也提交了协议书、单位缴纳采暖费证明,首付及还贷的手续以及证人证言材料,证明房产的实际归属为韩磊。

到了最后陈述的环节。

立枫说:"根据购房合同,该房产为黄小平和我的共有财产,法庭应该予以分割;我结婚以后存下的十几万元,在我旅游期间已经消费掉了,也就是说这十几万已不复存在;鉴于黄小平的家暴行为,请法庭判令车辆和三万元理财产品归我所有。”

黄小平说：“该房产的购房合同，是为特殊原因而签署的，且其他一切证据均说明，房产实际所有人为韩磊，请法庭以法律为依据，以事实为准绳，判令房产实际归属人为韩磊；至于车辆和三万元理财产品，就判给女方所有，毕竟我们夫妻一场；至于那十几万元现金，我还是原来的意见，我只要那四万元即可。”

于是，法官宣布休庭，择日宣判。

立枫离婚的事儿，暂告一个段落。

那天，立枫一到医院，俺就想起了她离婚的事儿。于是，俺劝她说：“立枫啊，婚姻不是儿戏，好好的日子为啥要离呀？那黄小平一直对你不错啊。”

立枫说：“奶奶，我们离婚，不是感情问题。是他家逼着我生孩子。”

俺说：“那就生呗，你不能总不要孩子呀。”

立枫说：“奶奶，我一辈子不会要孩子的。既然他们家着急要后代，我就给他们倒地方。”

俺说：“立枫，奶奶还是想说……”

俺还没说完，立枫就急着说：“奶奶，你也别劝我了，我主意已定。他们不再提孩子的事儿，我就和他过。他们想要孩子，愿意找谁生就找谁生去。”

看来，俺再劝也没用了。俺说：“七孙女啊，你不想生孩子，咱也别耽误人家了。你也别再折腾了，折腾来折腾去的，对谁都不好。”

立枫说：“奶奶，我不是在乎那点钱，就是不想让他们好过。明明结婚前答应不要孩子，现在又反悔了。”

俺说：“唉，七孙女啊，一人做事大家瞅着。你这样折腾，就是两败俱伤啊。把自个折腾臭了，你以后还咋过日子呀？”

立枫说：“可是，奶奶，我心里就是不舒服，我也不是生孩子的机器。”

俺又劝道：“话可不能这么说，生儿育女是正常事儿。你也别记恨人家。寻思寻思黄小平对你的好，你也应该放他一马，是不是？婚姻不在人还在，以后见了面，大家好言好语说句话，那比啥都强。”

立枫不说话了。

按理说，立枫也是大学生，应该知书达理，不会做出格的事儿。她态度这样坚决，是不是有过不了的坎儿？

人这一辈子，不可能没错过。孩子做错了，大人好好引导一下，她也就想开了。但晓梅不会这么做，她只会在火上浇油。

但是，俺这个当奶奶的得做好哇。

于是，俺又劝道：“立枫啊，你是个开通的人，咋就能做出让人无法理解的事儿呢？咱别再争那些东西了。不然，事儿越传越不着边儿，坏的是你自个的名声。”

立枫低着头不吭声。

俺趁热打铁地说：“立枫啊，你工资高，也不差那点钱，别再争了。凡事都寻思个好。就凭黄小平对你的好，你干吗那样折腾他呢？既然你不想生孩子，离就离了吧。奶奶希望你快刀斩乱麻，放对方一马，自个也就解脱了。”

立枫抬起头来说：“奶奶，我听你的。”

俺长出了一口气，这块心病总算放下了。

32

大家都聚集在医院里。

中海带着春、夏、秋、冬。中河公母俩带着立明和心茹。中水公母俩带着立枫和立成。唯一缺少的就是杏花了，无论大家怎么劝，她说啥就是不动地儿。大家劝急了，她就躺在床上病了，头上缠一块白毛巾，哼哼呀呀地叫个不停，谁都不敢再说啥了。

俺也不再想她的事儿，都说心到佛知，这个四六不懂的人，只有等她头撞南墙，自个去醒悟了。

大家围在病床前瞅着立梅。

中午，王迪也赶来了。这个孩子长高了，无论是性格，还是气质，越来越像她娘了。

王迪和长辈们打着招呼，然后就站在床边，定定地瞅着她梅姑。

亲人们都来了，大大小小的四辈人，都在立梅的身边。

“梅姑，你怎么还不醒呢?”王迪摇了摇立梅的胳膊说，“梅姑，我爷爷、奶奶、大爷爷、三爷爷和三奶奶都来看你了，你快醒来吧。”

梅生模仿王迪的样子，摇晃着立梅的胳膊叫道：“妈妈，醒醒。”

立梅好像感觉到了啥，她的手指动了几下后，慢慢地睁开了眼睛。

“哎呀，梅姑醒了，是我和妹妹叫醒的。”王迪笑着蹦起来，一下扑进她爷爷的怀里。

“好，大孙女真厉害，把你梅姑叫醒了。”中河笑着说。

大家的目光都落在立梅的脸上。

立梅瞅瞅俺，又瞅瞅这一大家人，她咧开嘴笑了。

这就叫血浓于水呀！平日里见面少，都不觉得咋的。这有病有灾了，亲人们守在身边，就觉得温暖了许多。

梅生瞅着她娘，稚声稚气地说：“妈妈，好些了吗?”

俺说：“立梅呀，你醒了，要好好养身子呀。”

中河也说：“是啊，听你奶奶的话，好好养着，什么都别多想，有这些亲人陪着你，你还怕什么呢?”

中海嘴巴笨，又心疼立梅，说话都变了调：“老闺女，你要好好的。”

这场面，让立梅暖心哪，她柔柔地叫了一声：“爸、二叔、二婶、三叔、三婶，让你们费心了。”

雪玲笑着说：“立梅，自家人，客气啥？好好养着，啊！”

晓梅也说：“这孩子瘦了，真得好好养养。”

中海很激动，他眼睛红红的，想再说点啥，却又没说出口。

立梅瞅着大家，默默地流下了眼泪。

心茹把一条毛巾塞给立春，立春连忙走到床边，帮立梅擦去了眼角的泪，轻声地说道：“立梅，别哭了，大家这不都来了吗?”

王迪从纸抽里，抽出一张面巾纸，趴在床上给立梅擦泪，边擦边说：“梅姑姑，你别哭了。你一哭，我都心疼了。”

梅生也学着王迪，伸出小胖手给她娘擦泪：“妈妈，别哭。”

立梅实在是忍不住了，那感情的洪水冲破情感的大堤，泪水一瞬间就倾泻下来。她拿开梅生的小手，捂着脸放声哭了起来。

梅生不知所措，也跟着大哭起来。

俺知道立梅哭啥。此刻，她的心里就像一团乱麻，想捋也捋不清。这里边有感动、有懊悔、有希望，当然也有悲情。为亲人，为自个，为孩子，也为自个的娘……

俺靠上前去，抚摸着立梅的头。

立梅钻进俺的怀里，哭着说："奶奶，我不争气，让你跟着操心了。"

俺拍着她说："傻孩子，啥都别说了，只要你好好的，别让大伙儿跟着你担心，那就行了。"

雪玲说："是啊，立梅长大了，一切都会好起来的。"

立梅的几个姐姐也凑上来，有的拉着她的手，有的侧身坐在床边，不停地安慰着她。这一刻，立梅就像走失了很久的麋鹿，突然见到了亲人一般，从骨髓往外感到温暖。

立梅终于平静下来了。

中河说："娘，立梅身体还虚着呢，让她休息休息吧，你也别熬着了，跟我们回家吧。"

心茹也说："奶奶，我在这儿伺候立梅，你跟我爸我妈回去吧。"

俺点了点头。

凡事有个轻重缓急，这个道理俺懂。在这个家族里，俺就是根基呀。在这个节骨眼上，俺不能出现啥闪失。真要出现了闪失，立梅就成了祸根了。俺不能给孩子添乱啊，眼目前儿俺得好好歇着了。

俺歇着了，心茹也得歇歇呀。俺就冲着大伙儿说："这阵子，心茹没少操心挨累呀，就别让她熬着了。立春啊，你们就多照顾照顾立梅吧。"

俺发话了，她们就得照着做。毕竟立梅是中海这一支上的，不能总拖累着心茹吧？

春、夏、秋、冬连连点头。

立成走到床头，拍了拍立梅的额头，竟然逗起了闷子："大功臣，多亏了你啦，咱老王家多少年没这么齐整了？你这一病啊，奶奶就发号施令，让我们必须来守着你。奶奶的话呀，那就是佘太君的将令，好使着呢。”

立成打开皮包，拿出一沓百元大钞：“六妹，这些钱你先用着，哥哥有空还来看你。”

立枫也掏出一沓钞票塞到枕头底下。

这个举动俺很满意。立梅没有收入，带着孩子不容易。住院的费用，都是立明垫付的，别人糊涂，俺不能糊涂。亲兄弟还得明算账呢，俺不能让心茹费心费力，还得费钱。

于是，俺赞许地点点头。

俺的这个动作，那是无声的命令，大伙儿就都掏钱。敛吧敛吧，一共五万多块。俺觉得，这不是钱的事儿，那是亲情，是心哪！

这亲情、这心思，治疗了立梅的病，保证了一个时期的生活，更温暖了立梅的心。

一段日子里，春、夏、秋、冬轮流照看立梅，心茹也常去医院。俺在家里一直惦记着，就让心茹陪俺去瞅瞅。

礼拜六，心茹领着俺和梅生，一起去探望立梅。

唉，这县医院里的人咋这么多呢？

挂号大厅、走廊、楼梯，到处挤满了人。心茹抱着孩子，还得搀着俺，在人群里左躲右闪，走得忒吃力。

一对三十多岁的男女瞅了瞅，那男人对心茹说：“大姐，我来帮你搀扶奶奶吧。”

心茹微笑着说：“谢谢。”

那女人也甜甜地笑着，一笑还笑出俩酒窝来。她伸出手来做迎接状：“小朋友，看把你妈妈累的，让阿姨抱抱你吧？”

这小小的人，却懂得心疼人。她瞅了瞅心茹，伸出胖乎乎的小手，擦去心茹头上的汗水，然后扑进了酒窝的怀抱。

心茹终于可以喘口气了，她抬头瞅了瞅示意图说：“去妇产科，上三楼。”

酒窝说：“好，咱们上三楼喽。”

酒窝活泼地说着，抱着孩子先行上楼去了。

心茹和那男人一边一个，搀扶着俺上了电梯。俺们一行人到了三楼，只见到立明站在走廊里。

瞅见俺和心茹，立明连忙奔过来，把那男人替换下来说："谢谢你，让你受累了。"

那男人说："没关系，慢点走。"

心茹接过孩子，对酒窝说："谢谢你，祝你们好运。"

酒窝温柔地看着孩子，满脸恋恋不舍的神情："不用谢，这孩子真乖。"

酒窝挎着那男人走了，身后又传来两个人的对话。

那男人说："看你那眼神，又羡慕人家了吧？"

酒窝说："我们要是能生一个，那该多好哇！"

那男人说："愿我们好运，能早点怀上。"

立明瞅了瞅那一对男女，回过身来摇摇头说："唉，真是让人怜惜呀。"

俺没吭声，心茹瞅瞅立明，也没吭声。心茹啥心思，俺一点儿都不知道。俺是在寻思，一个不要孩子的立枫，一个拼命流掉孩子的立梅，这人生的路哇，真是无法预测呀。拼命想得到的，却不一定能得到；不想得到的，却会意外地落在你的头上。人啊，千万别过分追求啥。不然，失去了，再想得到可就难了。

这个道理，俺懂，心茹也能懂，偏偏立枫不懂，立梅也不懂。

立明又问："心茹，你怎么又把奶奶带来了？你看把奶奶累的。"

心茹说："奶奶惦记立梅，在家抓心挠肝的，非要来看看不可。"

俺也说："这不怪心茹，瞅不见立梅，俺不放心哪！"

33

在病房里，梅生瞅见床头柜上的苹果，伸手就拿起了两个。心茹故意问梅生说："给妈妈一个好不好？"

梅生瞅瞅她娘，又瞅瞅苹果，张口咬了一个，慢慢地嚼起来。嚼完后,在另一个上又咬一口,又慢慢地嚼起来。这时,俺心里很不是滋味,就不由得叹了一口气。

梅生嚼完了,才对她娘说:"妈妈,这个甜,给你。"

俺瞅瞅心茹,心茹也瞅瞅俺,都会心地笑了。

心茹说:"宝贝,你跟谁学的?"

梅生说:"跟王迪姐。"

立梅瞅瞅孩子,又瞅瞅俺和心茹,也笑了。那笑真灿烂哪,灿烂得就像一片朝霞。

笑过以后,大伙儿就坐下来,陪着立梅唠嗑。大伙儿唠过去,唠孩子,唠未来,也唠为人处世。立梅静静地听着,还不时地点点头。

从医院回来,俺和心茹又说起了立梅。

俺说:"这些天,大伙儿没少给她讲道理,也不知道她听进去没。"

心茹说:"奶奶,你没看她稳了吗?我觉得她是上心了。"

俺点点头,心里还是不太托底。

一次,心茹从医院回来,见到俺就开心地说:"奶奶,立梅说起了未来的计划,说得条条是道的,真让人高兴啊。"

俺说:"是吗?照你说,她能学好了?"

心茹笑着说:"能,一定能。这场大病,让她彻底地蜕变了。"

俺双手合十地说:"谢天谢地啊。"

心茹又笑着说:"放心吧,奶奶。只有经历过严冬的蛹,才能蜕变成美丽的蝴蝶。立梅蜕变了,您老人家就等着享她的福吧。"

心茹这话,说得俺甜丝丝的,俺就等着这一天了。立梅要是能学好,那可是老王家祖上烧高香了。

一个月后,立梅的身体恢复了。

她没有回娘家,也没再住进心茹家。

在四个姐姐的帮助下,立梅租了一个小门市房。她简单地收拾了一下,就领着梅生住了进去。

立梅开起了租赁小店,专门出租啥碟来着?唉,反正是出租生意,爱啥碟啥碟吧。

立梅这个做法,俺表示了极大的支持,俺让心茹陪着俺,还特意扭搭过去瞅了瞅。

小店有三十多平方米,一间屋子分隔成两部分。里面用帘子遮挡上,放上了床和厨具,就可以过日子了;外面墙上,一面挂着各种歌碟、影碟,一面打上了隔断,摆放着录音机等电器。

小屋子不大,收拾得忒整洁。

四个姐姐都在帮着忙活,有照顾孩子的,有收拾屋子的,还有摆光碟的,还一边忙活一边说笑着。

立梅穿着一身运动服,头上梳着马尾辫,显得清清爽爽的。

俺暗自里祈祷着,愿立梅就此走上新的人生。

门外响起嘀嘀的喇叭声,转眼间立成走了进来。立梅呵呵地笑着说:“立成哥,你咋来了?”

立成一身灰色西装,戴着蛤蟆镜,拍了拍立梅的脑袋说:“嗬,我六妹瘦了,也更好看了。怎么样,恢复了吧?”

立梅点点头说:“嗯,好了。”

立成看到俺,就贱忒忒地走过来,抱住俺的肩头说:“老祖宗,你在这儿督阵呢?怪不得这店收拾得这么干净。”

俺嗔怪地推开他说:“这么大的人了,还没个正形。”

立成摊开胳膊说:“我可有正形了。这不看到了老祖宗,就忘了自己是大人了吗?大嫂,你说是不是?”

心茹笑着点点头。

俺问:“你一个大忙人,咋也跑来了?”

立成说:“听我爸说,立梅当老板了,经营起了光碟,我就火力支援来了。”

俺说:“算你有良心。”

立成说:“立梅,我淘登了一些国外大片,这是正常渠道进不来的呀,是我朋友走私搞进来的。”

立梅笑着说:“谢谢立成哥。”

立梅跟着立成卸货去了。

俺这心里可就犯起了嘀咕,啥叫走私呢?是不是投机倒把?那可是政府打击的对象啊!

俺记得是一九八一年，界壁儿老张家小小子，听说南边啥地方要玉米，就到屯子里去收，然后卖给了倒爷，赚了不少钱，犯了啥“投机倒把罪”，给送进了大牢。

第二年，戏匣子总叨咕，说温州的柳市镇，有八个个体户，也犯了投机倒把罪，让大家帮助找，还说是“八大王事件”。

所以，一听立成说“走私”，俺就像被针扎了一样。立梅刚有点儿正事，可别让立成再带歪了。

立成和立梅搬着箱子进来了。

俺绷着脸说道：“立成，不是奶奶多事，你能主动帮她，这是好事儿。可咱们要走正路，投机倒把的事可不能碰。”

“哎呀，奶奶。”立成皱着眉头说，“我说的走私不是违法，是通过特殊渠道进来的，是绝对赚钱的碟子。”

“是这样呀！”心茹说。

“呵呵……”俺不好意思地笑了，啥时候俺成了警察了？还总是疑神疑鬼的。是因为中水的缘故，还是俺犯神经了？

“就是嘛。奶奶，你孙子做的可是正当生意。再说了，立梅这小店，我犯得着违法吗？”

“好，好，正当就好。奶奶呀，是怕了。”

“老祖宗，你就等着享儿孙的福吧。”

是啊，俺这把年纪了，是该享享福了。但俺还是盼望着，儿孙们的心劲儿都上来，能少让俺操点心，那就最好不过了。

立梅能自立了，那还有立雨、立雪呢？要是他们都成人了，都有了自个的事业，有了自个的家庭了，那俺还操个啥心呢？

年底，立梅的店铺盘点，收入很不错。其他的孩子，也都过着自个的安稳日子。

让俺不愉快的事儿，就是立枫离婚了。

俺和立枫唠完后，她就主动撤诉了，并经过双方协商，还是协议离婚了。

一桩本该幸福的婚姻，就这样说散就散了。

其实，这样也好，既然不能生，就赶紧挪窑子，那样苦苦拖着，才是坑害人呢。

但愿,立枫有想明白的那一天。

立梅的店面不大,进进出出的人可不少,男男女女的,大都是追风的小青年。他们在店里挑选着,有买碟的,也有租碟的,一派繁忙景象。

说起她的生意,还多亏了立成。

这铺子从开张到现在,一直都是立成支撑着,无论是资金还是货源,他投入了很多的精力。

立成说:"从经商的角度看,我就是先行者了,也积累了一些经验,得好好带带我妹妹。"

立成天生就是做生意的料,不但自个的生意做大了,还把立梅的店铺搞火了。

真是应了那句老话,老天爷饿不死瞎家雀儿,鸡有鸡道,鸭有鸭道,自个的路自个走,你一辈子吃哪碗饭,好像上天都是有定数似的。

34

时间像流沙一样,淹没了流失的岁月。

二十一世纪初年,俺也是九十高龄了。

俺走在岁月的年轮上,用历练了近百年的心境,去体悟岁月的变化,去触摸儿孙们的心思。

俺清楚地认识到,这棵风烛残年的老树,像一把破旧的伞,无法遮挡时光的风雨了。

俺的下一代中,有的撒手人寰了,有的像将燃尽的蜡烛,呼呼啦啦摇曳着那一点儿光亮;俺的孙辈成家立业了,走出了各自的人生;俺的重孙辈像秧苗一样,顶着晶莹的露珠成长着。俺的灰孙辈像一颗颗闪亮的星,闪烁在这个家族的天空上。

此时,俺的情绪变化越来越小,俺不会为谁的离去而恸哭,也不会为谁的降临而亢奋。俺像二十世纪初的那盘老磨,吱吱呀呀地唱着自个的歌,却找不到丁点儿新鲜的音符。

俺活着,最大的情绪变化,是羞怯。

俺羞怯于自个的年纪,身心都成了化石了,消费着儿孙们的福荫,却不能为儿孙们做点事儿;俺羞怯于自个活得太久,眼见一个个晚辈逝去,却无法挽留住他们。俺总寻思,如果能用俺的生命,去换回晚辈的时光,那是多么幸福的事儿呀。可是,那只能是俺的愿望,俺只能真实地活着,去见证着悲欢离合,让岁月凌迟俺枯萎的心。

这悲苦源于中海家。而中海家的事儿,最让俺糟心的,就是那个四六不上线的杏花。

杏花死了,她死于心脏猝死。

俺无法评价她的人生,更无法评价她的死亡。用心茹的话说,要是给她盖棺定论的话,只能说她活得糊涂,死得窝囊。为啥要这么说呢?俺还是从她和立梅说起吧。

俺活了一大把年纪,最让自个骄傲的事儿,就是对立梅的感化。那年,俺招呼王氏家族上下,聚在医院守护立梅的一幕,实实在在地感化了立梅,她身体恢复以后,自个开了一家小店,过起了自食其力的生活。开店期间,立梅的兄弟姐妹们,都伸出了援助之手,这让立梅找到了温暖。

毕竟立梅还是个孩子,无论她多么玩世不恭,内心还是十分脆弱的。特别是她落入人生低谷,亲人们的微笑、拥抱和援助,像十冬腊月的一盆炭火,给了她生的希望和动力。

立梅的经历印证了这一点。

一直那么混沌的立梅,被俺和心茹感动了。俺们成了她的倚靠,也许这就是她的命。

盘古开辟了天地,用身躯造出日月星辰、山川草木。那残留在天地间的浊气慢慢化作虫鱼鸟兽,替这死寂的世界增添了生气。这时,女娲行走在这莽莽的原野上,她放眼望去,山岭起伏,江河奔流,丛林茂密,草木争辉;且天上有百鸟飞鸣,地上有群兽奔驰,水中有鱼儿嬉戏,草中有虫豸跳跃,这世界按说也点缀得相当美丽了。但是,女娲总觉得有一种说不出的寂寞。于是,她便有了造人的冲动。也许,就是从那时候起，那女娲所造的人，就有了各自的命运。

俺这样理解立梅，就可以自圆其说了。

立梅不愿意念书，做人也稀里糊涂的，但买卖做得很红火。

那时，家庭影院普及了，立梅抓住这个机会，在光碟上着实赚了一笔。现在寻思寻思，当年谁家没有家庭影院？谁家不租碟子看？立梅爱搭个，嘴巴甜。年轻人来了，她叫大哥大姐；中年人来了，她喊大叔大婶；小孩子来了，她叫小弟弟小妹妹。立梅对客人热情周到，加上立成淘登的稀罕货，牢牢地抓住了小青年的眼球。

你说钱是天使，它能把你拖下水；你说钱是魔鬼，它能把你扶上岸。这就取决你的心术正不正了。

立梅属于这后一种。

在一阵鞭炮声中，店铺终于开张了。立梅一拨拨地接待顾客，一遍遍地介绍光碟内容。一直忙到太阳偏西了，才坐下来吃口盒饭。立梅觉得这饭真香啊，她一边吃一边偷着乐。

立梅关了店门，清点了销售额，就兴冲冲来到心茹家。她推开门就喊："奶奶、大嫂，你们猜，我今天赚了多少？"

心茹从厨房跑出来，笑吟吟地问道："立梅，赚多少哇？"

俺正在客厅看电视，目光转到了她的身上。

立梅把孩子放在地上，从包里拿出两张大钞，举在手里晃了晃说："看，两百多。"

心茹说："太好了，立梅。这样下去，你五天的收入，就赶上我一个月工资了。加油啊，奶奶还等着享你的福呢。"

俺也捋着话头说："是啊，立梅，等你有钱了，带着俺和你大嫂坐飞机去香港转转。"

立梅满脸的兴奋，得意地点点头说："奶奶，你就瞧好吧，等着我带你们周游世界去。"

立梅说着，俺们就都笑了起来。

这生意一开张就火了，立梅就有了向上的心劲儿，就不会搞那些乱七八糟的了，这是值得庆祝的事儿。

不过，赚钱是一回事儿，做人又是一回事儿。这个立梅，从小就没得到良好的教育，俺得借此机会引导引导她。

心茹拾掇厨房去了。立梅拉着孩子，一屁股坐在俺身边。俺寻思了一下对她说："立梅，你大嫂对你好不好？"

立梅不假思索地说："好。怎么了，奶奶？"

俺说："立梅呀，为人处世啊，就得两好噶一好。她对你好，那是她心地善良。她就是不这样，谁也挑不出啥来。"

立梅点点头说："奶奶，我明白。"

俺又说："立梅呀，奶奶是长辈，在你大嫂家呀，吃喝是应该的，也是该孝顺俺的。你不一样，你大嫂不挑你，你可得心里有数哇。"

听俺这么一说，她一下子跳起来，拍着自个的脑袋说："奶奶，你看我这记性。卖第一张光碟时我就想，今天要是赚了钱，一定给大嫂买点啥。结果这一高兴，就光顾着报喜来了。"

立梅这么一说，俺心里真替她高兴，就呵呵地笑着说："好，好，做人就该这样，要知恩图报，要重情重义。人家对你一分，你要还人家三分。"

立梅说："奶奶，我明白了，我这就去。"

俺摆摆手说："不用不用，做事别太刻意，太刻意就显得假了。你有这个心思就行，以后自个多想着点儿。"

立梅点头说："奶奶，我记住了。"

这以后，立梅不再空手回来了。她今天买点苹果，明天买串香蕉。赚的钱多了，就买衣服、剃须刀或网球鞋，送给心茹、王迪和立明。心茹呢，只要做点好吃的，都把立梅叫过来，要是赶上生意忙，就送到店里去。你看，这姑嫂俩，就像亲姐妹一样。

立梅的心被暖过来了。

立梅走上了人生正常轨道。

这是俺有生之年最得意的事儿。

俺的儿孙们哪，即便是把路走错了，俺也不能眼瞅着他们陷入沼泽，能拉回一个是一个。终究都是俺的骨肉至亲啊！

浪子回头金不换。

立梅的经历，恰是这句话最好的解释。

俺懂得这个道理,也运用了这个道理。心茹就像贴心小棉袄,时时与俺密切配合,终于拉回了立梅。

杏花不懂这个理儿。她拒绝立梅回家,伤透了立梅的心,立梅再也不登那个家门了。为这事儿,俺和心茹没少劝她。可是,那立梅真是寒了心了,表面上哼哈地答应,却有着自个的老猪腰子。但凡逢年过节,宁可在心茹家,或者在店铺里,她也不回娘家。

为这事儿,俺也劝过杏花,希望杏花放下架子,主动去亲近闺女,把这层隔膜消除掉。这娘俩之间,哪有隔夜的仇呢?

那次,俺的劝说没有任何效果,反倒惹了一肚子气。

那是立梅开店那年春节的事儿。

中国人重亲情、重团聚。每逢佳节倍思亲嘛!春节到了,无论千里万里,无论隔山隔水,都奔家使劲儿。大年三十,老人给孩子们压岁钱,孩子们给老人拜拜年,一家子团团围坐,吃着热乎乎的饺子,乐乐呵呵地谈论过去一年,展望新的一年,那是多么幸福的事儿啊。

那一年,俺一直为立梅的事儿焦心,便和杏花嘟囔立梅的店铺,杏花就一撇嘴巴说:“水放在碗里,一眼能看到底。那个败家玩意儿,她能有啥常性?今天开店,明天不知跟哪个野男人跑了。”

听听,这是当娘的该说的话?俺气得直哆嗦了,也懒得再提立梅的事儿。

可是,平时不提就不提了,这马上过大年了,俺不能看着孩子有家不能归呀!心茹能经管立梅,也不是那回事呀?大过年的,谁不想回家呢?

腊月二十三,过小年那天。

俺说:“中海,就要过年了,别让立梅在外面晃了,让她回来吧。”

中海说:“娘,吃过饭俺去叫她。”

杏花一听,把筷子啪地摔在桌子上,没好脸地说:“不行!”

中海说:“咋就不行?那是俺闺女。”

杏花狠叨叨地说:“哼!人家闺女是贴身小棉袄,她是啥?她就是一个白眼狼。丢够了人了,现够了眼了,现在想回家了?有点儿本事了,就围着人家屁股转悠,把爹娘撇在一边不管了。俺是吃她一口饭了,还是喝她一口水了?”

俺说:“那也不能怨孩子,还不是你把她赶走的?”

杏花说:“娘俩哪有隔夜仇?她就是狼心狗肺,谁有用就巴结谁。俺倒要看看,那狗肉咋贴到羊肉身上的。有人愿意当救世主,那就让她当好了,俺可不想操那份心。”

杏花指桑骂槐,一口一个人家,不就是说心茹吗?

这叫啥人哪?你自个的闺女,被你逼得没了活路,差点儿死在手术台上,还眼睁睁地看热闹。心茹忙前忙后,救了你闺女的命,你不领情不道谢不说,还明里暗里地歪人家。

俺绷着脸说:“中海家的,话不能这么说,闺女是你的,只要她活着,就得喊你娘。人家帮立梅,那也是好心。难道你喜欢立梅流落街头?”

杏花说:“哼,不管咋的,俺就是不认她了。这个不知好歹的东西,是好是赖她自个带着,俺可和她丢不起那个人。”

杏花推横车了,俺又有啥法子?

杏花霍地站起来,把碗往桌子上一蹾,扭头就走了出去。

俺气得手脚直哆嗦,一时说不出话来。

中海说:“娘,你别生气,俺就去接立梅。”

走到门口的杏花一听,便哇哇大哭起来:“王中海,你个没良心的,这是要逼死你老婆呀?”

杏花说着,身子一顿抽搐,人就晕倒了。

中海连忙跑过去,又是掐人中,又是喂救心丸,总算把人弄醒了,杏花又哭闹起来,说啥也不让立梅回家。

中海陷入了两难境地。

俺不能为难儿子呀,那老实巴交的中海,这一辈子算是栽了。俺一气之下又去了心茹家,眼不见心不烦哪。对杏花也好,对立梅也罢,俺也算尽到心力了,心到佛知呀。

35

日子,还得一睁眼一闭眼地过,不会为谁的喜怒而停止。

一晃三年过去了,杏花和立梅还僵持着。

开始那段日子,中河和中水也劝过这娘俩,可杏花就是油盐不进,大家就不再提这个话茬了。

谁愿意为一些乱七八糟的事儿过分操心呢?况且,立梅的人生,并没有像杏花预言的那样不堪。相反,她的生意越做越大,日子也越过越好了。

时间是最好的调和剂,大家都会这么寻思。随着立梅年龄的增长、阅历的增多和脸面上的光鲜,杏花会转变态度的。

你还别说,立梅还真是块做生意的料。三年时间,她积累了几十万元的资产。二〇〇四年春,她又扩大了门面,经营起了计算机业务。

这次转型,立梅又抓住了商机。

相对来说,杜尔伯特是比较闭塞的,计算机进入学校要晚几年。所以,立梅在这个时候转型,这个火候把握得恰到好处。

要知道,杜尔伯特全县有两百六十多所中小学,在计算机走进课堂,推广电化教学政策的支持下,你能说这不是天赐良机?

首先给立梅机会的是实验小学。

在电化教学政策的引导下,实验小学要建立第一个电教室。

立梅得知这个消息,那眼睛顿时就亮了。她暗自盘算,按市价计算,安装一台计算机,就有三千元的利润。一个电教室安装五十台计算机,就是十五万的收入啊。

立梅异常兴奋,摆出了志在必得的架势。

当时的杜尔伯特,就立梅一家电脑经销商。这单生意要是拿不下来,那纯粹是脑袋进水了。

立梅找到实验小学校长,与其面对面地商谈。

说起实验小学校长,他可不是普通人。这个校长叫杨志坚,本就是个普通农民,过了多年垄沟里捡豆包的日子。后来,他听说一个八竿子扒拉不着的大舅哥当了省厅领导,便拎着好酒,带上老家特产,登门去拜访大舅哥。那大舅哥也是杨志坚的家乡人,多年都没回过家乡了,见到家乡人和家乡的特产,便勾起了陈年的记忆,说啥都要留杨志坚吃饭。

两个人边吃边喝边聊,杨志坚如数家珍似的,讲起了家乡的变化,也讲起了亲人们的近况,那大舅哥听得唏嘘不已,怀旧之情在舌尖上流动,说到那情深之处,还流下几滴思乡的泪。

有了第一次相见的基础,每逢年节,杨志坚都会带上家乡特产,到大舅哥家中走动一番。

杨志坚身为一个农民,本没啥特殊身份,除了叙旧谈情之外,从没向大舅哥求过啥,大舅哥也就心无顾忌了。

来来回回走动之间,大舅哥也显得很慷慨,回赠杨志坚好烟好酒。

杨志坚呢,每次从省城回来,都要组织同学会。每次同学会,他都带上好烟好酒,赚足了羡慕的眼光。啥阿诗玛、红塔山、大重九了,啥茅台、五粮液、竹叶青了。杨志坚为啥这么做呢?要知道,这都是让人眼红的东西呀。这东西是啥人享用的?除了当官的,就是做大买卖的。你才挣了一脚踢不倒的钱,哪舍得去买好烟好酒显摆呢?

杨志坚显摆有显摆的理由。

他拿出好烟好酒,让同学们共同分享。同学是啥?同学就是人脉,同学是一种关系网。要是把这个关系网用好了,可以网住很多的大鱼呢。杨志坚打的就是这个主意。

于是,大家在抽好烟喝好酒时,都打听这烟酒的来历。杨志坚就吞吞吐吐地卖关子,犹抱琵琶半遮面,人们就更加好奇了。就在人们好奇心正浓时,杨志坚才从牙缝里挤出省厅领导的名字,顺便从挎包里拿出他与省厅领导的合影。

省里的大领导啊,在杜尔伯特上下,提起他都为之荣耀,那是杜尔伯特的骄傲,也是杜尔伯特人的骄傲。可以说上至县长,下至黎民百姓,谁不知道这个光辉灿烂的名字?甚至会把他视为神仙。

杨志坚就沾上了仙气了。大家都开始重视杨志坚了,也有人把他和省厅领导的关系传得神乎其神的。慢慢地，杨志坚的地位不一样了，出现在他身边的人身份越来越高了，主动帮他的人也越来越多了。

先是镇长成了他的铁哥们。

接着是教育局局长成了他的把兄弟。

再以后，就连县长也与他称兄道弟了。

这是为啥？大家的心中，当然不是杨志坚，而是杨志坚的背后。其实，寻思寻思也是，杨志坚就是一条藤，顺着这条藤去摸瓜，就能摸到省厅领导，就能得到该得的实惠。

杨志坚呢，当然不再是农民杨志坚了。

镇长先安排他当代课教师，代课教师当了仅仅一年，杨志坚就成为了村小学校长。后来，落实民办教师转正政策，他自然转为了公办教师。再后来，局长把他调到教育局，当上了办公室主任，成了教育系统热门人物。

杨志坚与省厅领导来往也越来越频繁。当然，他带给领导的家乡特产也越来越上档次了。

以前，杨志坚进省城，就提溜蒜挂地带上小米、蘑菇、笨鸡等。现在呢，都变成野鸡、大雁、狍子了。这些稀罕物，可不是随便就能得到的。当年，杜尔伯特四百六十六万亩原始草场上，除羊草、野古草、隐子草、贝加尔针茅和洽草，还有兴安胡枝子、细叶胡枝子、五脉山黧豆、野苜蓿、山野豌豆和黄芪，特别是那些鹤、凫、雁、鹭、鹮、雉、鹬、莺等一百四十九种飞禽，狐、貉、獾、狍、黄羊、草兔等二十三种走兽，加起来可猎杀的就有四十多种，在满足狩猎爱好者的同时，也为人们提供了上好的礼品。更何况，这些稀罕物，带给大舅哥的不仅是稀罕，还是遥远而美好的童年记忆。

杨志坚把这层关系用到了极致。

杨志坚从不张口求助大舅哥，却巧妙地把县长介绍过去。县长以建设家乡发展家乡为名，找大舅哥办点事儿，就显得最自然不过了。这大舅哥竭力为家乡办事儿，县长们自然会厚待杨志坚了。

一人得道，鸡犬升天。

不久，杨志坚的妻子摇身一变，从农民变成了一家企业的工人；杨志坚的弟弟妹妹也进了城，各自有了适合的工作；就连他年逾六十的老父亲，都被安置在县乡企局做了更夫；但凡逢年过节，人们为他送点嚼裹儿就自然不过了。

一年后，杨志坚就坐上了实验小学校长的宝座。

在杜尔伯特，实验小学规模最大，也是最受重视的学校。杨志坚当上了校长，实验小学就成了县长帮扶对象。接着，就以建设县试点校为目标，对实验小学全面规划，又是盖教学楼，又是搞绿化，又是建体育场。很快，实验小学就变成花园式学校了。

实验小学硬件那是没说的，但杨志坚不会满足于这些。他根据国家电化教育的要求，率先提出建设语音室和电教室的计划。

立梅得到这个消息，便闯进了实验小学校长室。

小小的县城，就十七点三平方公里那么屁大个地方，总共才五万来人。曾经被索离人、豆莫娄人、捏刺拿古人、契丹人、女真人惊掠的舞台，最终睦居着蒙古、汉、回、朝鲜、达斡尔、满、壮、黎、白、锡伯、鄂温克和柯尔克孜人。尽管如此，你走在大街上见到谁了，不是七大姑，就是八大姨，都是筋连着筋的关系。这不，立梅和杨志坚就攀上亲戚了，还是从肖梅生那边论的，尽管是八竿子扒拉不着的远房。但是，杨志坚是杜尔伯特县的名人，立梅也算是小有名气的企业主了。

立梅见到杨志坚，马上递上一支中华，并及时打开打火机："杨大哥，早就想拜访你了，可你是咱们县的名人，工作又那么忙。好不容易有点儿时间吧，不是陪县长，就是接待市长。我见你一面，那可真的不容易呀。"

俺喜欢这么说话的人，就像喜欢寒夜里的星星。俺估计杨志坚也喜欢，但他会装出另一副模样。

杨志坚靠在沙发上，嘴角叼着中华烟，下巴高高举起来，轻描淡写地问："你找我有事？"

杨志坚开门见山了，立梅也不必藏着掖着了，就十分诚恳地说："杨大哥，听说咱学校要上计算机，我不正好做这个生意嘛，希望大哥能帮帮我。"

"你？"

“是啊，杨大哥，你也知道，咱们县就我一家经营计算机的，而且还配有技服人员，你要是帮我做成这笔生意，我保证产品质量和服务质量。”

“咱这儿就你一家，但是大庆有哇，联想、惠普、戴尔……什么品牌机型都有，质量肯定超过你组装的机器。”

“大哥，学生用的电脑，组装的才有优势呢，既便宜又方便维护。咱们要是能合作，我们终生免费维修。”

“哦？”

“大哥，我这个人你也知道，我绝不给大哥掉链子。”立梅坚定地说，“请大哥相信我，我不会亏待大哥的。”

杨志坚把烟蒂捻灭在烟灰缸里，半天没说话。

杨志坚不表态，立梅着急啊，就又说：“杨大哥，有啥条件你就提，只要能做成这笔生意，我答应大哥的一切条件。”

杨志坚嘴角一翘，就微笑着说道：“电视剧《春暖花开》是黎心茹写的吧？”

“啊？”杨志坚转移话题，立梅有些发蒙，“是，是我大嫂写的，怎么了？”

“黎心茹可是文化名人哪。”

这几年，心茹的文学创作进入了高峰期，作为三十集电视剧《春暖花开》的编剧，又先后出版了长篇小说《人生抉择》《草原明珠》和《香妃外传》等。因此，心茹引起了县委宣传部的重视，就调进县文化馆任专业创作员了。

“是的，她小说好，人品更好。”提起心茹，立梅顿生敬意，“在我走背字的时候，多亏了大嫂帮我渡过了难关。”

“我听说了你们的关系。”

“她把我当亲妹妹看。”立梅也是聪明人，话说到这份儿上，也多少咀嚼出了点味道，“杨大哥，有啥需要的，你就尽管说。”

杨志坚站起来，伸出手划了一圈说：“这实验小学，从硬件上说，在全省是数一数二的。”

“那是，杨大哥有能力，有魄力，也是县城孩子们的福分。”

杨志坚笑了，他笑过之后，又微微叹息地说："唉……硬件是好哇，可我愁的是校园文化。如果能请到黎心茹帮忙，那可是最好不过的了。"

立梅一听，一块石头落了地，她满口应承道："大哥你放心，这个忙我一定能帮上。"

"真的？"

"那当然，你就等着好消息吧。"

"好，黎心茹要是肯帮忙，对实验小学来说，可是锦上添花了。"

"这事儿包在我身上了。"立梅拍了拍胸脯，然后又追问道，"杨大哥，这电教室的事儿？"

"只要黎心茹点头，计算机的事儿，还不是我一句话吗？"

"谢谢大哥，你可救了我的命了。我刚起步，这笔生意对我来说，实在是太重要了。"

就这样，立梅和杨志坚一拍即合，却把心茹牵了进来。

36

别人不了解心茹，俺了解心茹。

心茹这孩子，心底藏着一股别样的心劲儿。

说起来，心茹也是让人怜悯的孩子。她很少谈起她的身世，那是她心底最不愿碰触的痛，她把这种痛深深地藏起来。一旦那种痛浮现上来，她的心就会纠缠在煎熬中。

心茹和俺说过，她从来不做梦。

说这话的时候，心茹是笑着说的："奶奶，是不是我这个人太简单了？我连梦想都没有，所以才不做梦的。"

俺笑呵呵地说："谁能没有梦想呢？你这孩子聪明，梦想都变成现实了，你就不会做梦了。"

听俺这么一说，心茹就沉默了，呆呆地看着窗外。过了一会儿，她双眼含着泪水说："奶奶，我不是没有梦，我小时候做过一个梦，那梦变成了现实。那以后,我就再也不做梦了。”

俺知道,她又想起了童年,想起了那撕心裂肺的日子。

心茹出生在农村,她爹是杜尔伯特蒙古族自治县克尔台公社烟屯大队党支部书记。

心茹他爹是建国初当上大队书记的。

说起那时的农村干部啊,就是一个字:苦。自个苦,亲戚苦,老婆孩子全家都跟着苦。

为啥说那时候的村干部苦呢?因为他们不贪、不占,还常常自个掏腰包贴补别人。

心茹他爹当了半辈子的大队书记,村民们送给他一个外号:黎老好。这个老好,不是和稀泥的意思,是总的意思,是经常的意思,是太好的意思。

这黎老好人好心更好,心思都放在了村民的日子上。

烟屯是克尔台公社所在地,离杜尔伯特县城泰康镇二十二点五公里,始建于清同治、光绪年间。清光绪二十五年绘制的《黑龙江舆图》上,标音为谙达屯,因有烟筒屯而改名小烟筒屯,简称烟屯。由于乌裕尔河的流入,形成了大量的沼泽和湖泡。所以,烟屯有丰富的草原资源和苇资源。

俺记事儿以后,俺爹说俺出生那年,乌裕尔河九道沟段洪水泛滥,杜尔伯特境内一片汪洋。俺想,克尔台也不会幸免吧?建国第二年,杜尔伯特全境遭遇大旱,严重的地方减产百分之八十以上;一九五七年,乌裕尔河水暴涨,烟屯再一次被淹,农民从年头盼到年尾,打点粮食都不够糊口的,那日子真是清苦哇。

黎老好心里急呀,这样下去咋行呢?这都新社会了,还填不饱肚子,那社会主义优越性,到底在哪儿呢?作为大队的领头人,他感到了肩上的压力。寻思来寻思去,他决定修筑一条大坝,把乌裕尔河水挡在坝外的沼泽里。

黎老好拿定了主意,就召集大队干部研究,会议支持黎老好的建议,动员青壮年献义务工,修筑克尔台大坝。

心茹回想起来,都会十分感叹地说:那真是壮举啊!那时候的人,咋就那么实诚呢？

农闲时节，男女老少一起出动，男社员用扁担挑，女社员用土篮子挎，孩子们成帮结伙地抬；那坝上红旗招展，那坝上坝下歌声震天，那一张张笑脸灿烂得像花儿，把筑坝工地装点得热烈奔放。就这样，黎老好带着大伙儿，就像愚公移山一样，用了仅仅三年的时间，硬是在沼泽地边缘筑起了大坝，硬生生地把泄洪区和农田隔离开了。

那以后，烟屯的土地再没被淹过，包括一九九八年大洪水。黎老好成了烟屯神一样的人物。不管大事小情的，都会找黎老好出主意。谁家嫁闺女了，谁家娶媳妇了，谁家杀年猪了，谁家办丧事了，全都仗着他主持，他成了全体村民的主心骨。

生产队里的孤寡老人、五保户、军烈属，黎书记都挂在心上，但凡逢年过节的，钱是钱物是物，早早带人送到他们家里。

俺听说啊，烟屯的很多老人临死时闭不上眼睛，总要留着一口气见黎书记一面。家人或亲戚赶紧骑上马，无论啥时候，无论跑多远，都要把黎书记接来，老人见到黎书记，就握着他的手留下几句话，才能含笑闭上眼睛。

老百姓越是爱戴，黎老好越是感到责任重大，他放在村民身上的心思就会越多。至于家里，他根本就顾及不上了。

筑坝时，黎老好没日没夜地忙活，带着大家挑土修坝，累得吐血了，就鸟悄地吃点药，然后继续坚持干。

在村支书这个岗位上，黎老好就像陀螺不停地转着，回到家就累成了一摊泥了。心茹她娘心疼当家的，就包揽了家里所有的活计。

说起心茹她娘，那是俺这疙瘩的奇女子，俺活了一大把年纪，就没见过这么刚强的女人。

黎老好顾不上家，日子过得自然清贫。

特别是大帮哄的年代，生产队里地少人多，人吃不饱找他，牲口吃不饱也找他，干部下乡吃饭还得找他。农民日子过得紧巴，大队书记时不时地贴补一点儿，弄得家里年年都胀肚。

为了多挣点工分，年终能多分点粮，心茹她娘就得想法子。

冬天，她带着孩子去捡粪。最大的挑着土篮子，中间的挎着土篮子，小的就挎着小圆筐。所以，五岁的心茹就跟着娘，冒着严寒去捡粪了。捡满筐就交给生产队，让记分员给记上，最后合成工分换粮食。她还带着孩子编炕席，先把高粱秆破成篾子，几个孩子偎坐在地上，手指上下翻动地编织席子。大孩子编双层的，小孩子编薄片子，一领席子编好了，背到供销社卖掉，可以换来几块钱。

夏天，她带着孩子去剪羊毛；秋天，她带着孩子去扒苞米。只要有挣工分的机会，她就从来都不放过。

心茹她娘心灵手巧，又吃苦耐劳，一大家子吃喝拉撒她得管，缝缝补补她也得管，还得领着孩子们编炕席、熬土碱、编筐篓、扎笤帚、绑扫帚、拧鸡笼、打羊草、脱坯、插墙，这农家院里的活计，哪一样少得了她？

老辈人提起心茹她娘，没有不竖大拇指的。

心茹她娘一口气生了八个孩子，站住了五个，心茹是家里的老丫头。她娘对孩子一样待见，没一个娇宠的：该干活都一起干活；该学习都一起学习；该受罚的，其他人陪着，一起受教育。因此，心茹虽是老丫头，她的性格却一点儿都不骄纵。

就这样年复一年的，日子过得清苦，却也充实和快乐。

说到快乐，心茹的童年是最快乐的。

她虽然跟着娘受了不少苦，遭了不少罪，可她得到的东西，超越了同龄的孩子多少倍。

心茹她娘会讲评书。这本事，是心茹她太姥传下来的。她娘说过，她太姥是讲评书的。那老人家大字不识一筐，却十分喜爱文学，一生都没改变过。她无论走到哪里，凡是看到带字的纸片，都会细心地收起来，回家后放进一个木箱子里。字积攒得多了，她懂得也就多了，竟然能成篇大套地讲评书了。

这本事又传给了心茹她娘，心茹她娘也就会讲评书了。

每天晚上，孩子们干完活了，学完习了，就躺进了被窝里。

心茹她娘呢，就着煤油灯缝补衣裳，或是纳鞋底。她一边飞针走线，一边给孩子们讲评书。什么姜太公钓鱼了、王三姐苦守寒窑了、贾宝玉夜探潇湘馆了、关公过五关斩六将了，还有《岳飞传》《杨家将》等，心茹文学上的启蒙，其实就是这样完成的。

心茹喜欢听她娘讲评书，就像寒冬腊月喜欢春风一样。

后来，心茹她娘的评书，满足不了心茹对知识的渴求了，她就四处撒眸带字的东西看。墙上糊的报纸了，谁家的小人书了，都成了她追逐的对象。

好儿有好娘，好种多打粮，这话一点儿都不假。心茹能写出这些书来，和她娘的引导是分不开的。男人有一个好媳妇，孩子有一个好娘亲，那是老天恩赐的福分，是你家祖上烧高香了。

心茹的童年是幸福的，她的童年也是有规矩的。

心茹她娘没日没夜地忙碌着，孩子们也跟着忙碌着。忙碌有忙碌的辛苦，忙碌也有忙碌的幸福。在烟屯，黎老好一家的吃穿用度，总是别人家的孩子无法比拟的。别人家的孩子，有的穿得破衣烂衫，有的脚指头爬出鞋子，到外边自由去了。黎老好家的孩子，衣服是衣服，袜子是袜子，鞋子是鞋子。那脚从来没有机会自由过，长大了，也就没有机会走错路了。

逢年过节，心茹她娘会迎着节气，把该准备的准备好。端午节的鸡蛋了，八月节的月饼了，二月二的凤尾了，谁谁的生日面了，这都是断断不能少的。过年了，一个孩子一套新衣裳，都是心茹她娘亲手缝的。新鞋上还用花线扎了花，扎过花的鞋子不但好看，还十分结实。元宵节，心茹她娘用罐头瓶子，给每个孩子做一盏灯笼。孩子们穿着新衣裳，戴着棉手套，挑着灯笼，从村东头颠颠地跑到村西头，身后是一大帮孩子，流着哈喇子跟着跑。这个时候，心茹是村里最风光的孩子。

心茹这幸福的童年，幸福了心茹的记忆，也幸福了她的读者们。

祸兮福之所倚，福兮祸之所伏。这句话俺不懂，是心茹伤心的时候，常念叨的一句话。只有这时，心茹才会泪汪汪地提及伤心的往事。

心茹她大姐嫁人第二年，生了一个大胖小子。

这消息让心茹她爹娘这个乐呀，你说谁当姥爷姥娘不高兴呢？大外孙子降生第五天，那是娘家人捂被的日子，心茹她爹娘就准备了小米、鸡蛋、红糖、尿布、肚兜和小被子，一包包一筐筐准备齐全，心茹她爹乐呵呵地套上马车，拉着心茹她娘出发了。

那真是天外飞来的横祸啊。

那马颠颠地跑着,不知为啥就毛了。黎老好吁吁吁地喊着,那马哪里听得进主人的召唤?只顾拉着马车狂奔而去。当马车行至一个急转弯时,由于离心力过大,那马车径直翻进壕沟里,把黎老好公母俩双双压在马车下。

几岁的孩子失去了双亲,真就像天塌下来了似的。心茹就哭哇,她哭得是那么伤心。她哭爹娘的突然逝去,哭自个的不幸身世。那哭声里,分明还有自责与悔恨。

心茹她爹娘出事的头一天晚上,心茹做了一个梦,那梦是那么清晰。在梦里,她分明看见了二舅,那个去世多年的二舅。

心茹怯生生地喊了一声:“二舅。”

二舅转过身来,直直地盯着心茹。然后,他慢慢地飘过来,平伸着双臂递过来两条白布。

心茹疑惑地问:“这是什么?”

二舅说:“戴在头上。”

心茹看了看那白布,分明就是孝布啊!两条孝布,岂不是代表着死了两个人?她顿时惊恐地大叫:“我不戴。”

这喊声把她惊醒了,屋子里黑黢黢的,心茹心惊肉跳地出冷汗,折腾了很久才又睡着。心茹寻思,早晨起来把梦讲给娘听。可孩子就是孩子,一觉醒来就啥都忘了。

心茹总是责怪自个,如果她没忘那个梦,如果娘知道这个事儿,她一定会改变行程的,娘是一个信梦的女人;如果娘改变了行程,那马也不会毛了,二老也就不会死了吧?

这个梦是心茹的心病,这个梦一直折磨着她。在这件事儿之后,她再也不做梦了。

为啥会这样呢?俺活了一大把年纪,从没遇上这么蹊跷的事儿。所以,俺也解释不清楚。

心茹说,这应该是心理学研究的事儿。经历过如此的煎熬,会在潜意识里留下烙印,为了避开这痛苦的回忆,在潜意识的作用下,人的神经会自觉关闭这部分功能,所以她不再做梦了。至于梦中的舅舅和孝布，或许是人的第六感官的作用吧？

啥心理学呀，啥第六感哪，俺听不太明白，俺唯一知道的是，失去了爹娘的孩子，那苦日子就来了。

心茹哥哥姐姐们还好，他们都大了，能自个照顾自个了。

心茹还小，还在念书，还需要人照顾。心茹她爹娘的葬礼过后，住在泰康镇的姑姑，就把心茹接到了家中。

她姑姑心地善良，待人宽厚，自然会好好待她。

但是，两个表姐却心生嫉妒，嫉妒她夺去了母爱，动不动就给她穿小鞋。那一年春节，姑姑分给每个孩子几块糖，心茹把糖放在衣兜里，到院子里玩儿沙包去了，两个表姐尾随出来，把糖块给抢了过去。心茹呆愣了一会儿，仰起头抑制一下眼泪，又继续玩儿起了沙包。

在心茹的记忆里，大表哥是比较懂事的。那次，表姐抢了心茹的糖，事后被大表哥知道了，大表哥就把自个的糖给了她，还告诉两个表姐，以后不许再欺负小妹妹。这些，让心茹感觉到春天的温暖。

表哥护着心茹，表姐欺负心茹，这让兄妹之间产生了隔阂，经常在暗地里较劲儿，甚至会打起架来。心茹为了躲避是非，常常躲在角落里，偷偷地找来一些小说看。

心茹上初中了，成绩名列前茅。

中考时，心茹考了全县第一。为了尽快自立，她选择了师范学校。

俺不知道，心茹那些年承受的压力，但能体会到背起行囊的心情，一个十六岁的少女，一定有很多酸楚与无奈。

四年学成，心茹回到了泰康镇，当了一名小学教员，又提拔为小学校长，继而因小说引起关注，被调进县文化馆当创作员。

这些年，这孩子默默地走着自个的路，默默地承受着心底的苦痛，谁都无法走进她的内心，她却把一颗真心献给了亲人们。

多么不容易的孩子啊。

俺得护着她，不能让她在老王家受到一点儿伤害和委屈。同时，俺得感谢心茹她爹娘，给了俺这样一位知书达理的孙媳妇。

37

立梅从杨志坚那儿回来，当晚就来到了心茹家。

开店以后，立梅也懂得人情世故了。那天，她买了香蕉、山竹、火龙果和哈密瓜，又买了排骨、鲫鱼、乌鸡和甲鱼。

姑嫂俩也不客气，说笑着进了厨房。她们煎炒烹炸，整了一桌子的菜。这就是东北人的特点——实在。对此，心茹说过，这习惯也该改改。为啥？你寻思寻思啊，过去咱东北天冷，很少吃到新鲜菜。为储存方便，挖个菜窖，除白菜、萝卜、土豆，就没啥可储存的了。来客人了，几个盆几个碗，既简单又实在，感觉挺好的。现在呢，想吃啥吃啥，再这样大盆大碗的，就不合时宜了。那些菜剩了就扔，可惜了；不扔吧，会产生亚硝酸盐，对身体有害呀！再说了，大盆大碗的，种类少，营养也不均衡。所以，心茹提倡量小点、种类多点。这叫传统美德的现代继承。

你瞅瞅，俺扯远了。

俺最喜欢家里和和气气的感觉，就像秧苗喜欢风调雨顺一样。

俺也搬一个小凳子，坐在厨房的门口，听她们姑嫂俩唠嗑。

看俺坐了下来，心茹还不忘答对俺，她扒了个香蕉说："奶奶，香蕉是润肠的，你多吃点儿。"

俺接过香蕉咬了一口，那甜丝丝的味道，一直甜到了俺的心底。

立梅说："奶奶，我要做大生意了。等这笔生意做成了，我给你买龙虾和鲍鱼吃。"

俺说："俺这个岁数了，有吃有喝就行了，还讲究那些干啥？"

立梅说："我看啊，只要你在大嫂家待着，就是整天喝西北风，你也会觉着高兴的。"

这丫头，还这样疯疯癫癫的，不过话又说回来了，这些晚辈儿，俺最得意心茹了。在她身边待着，就是吃糠咽菜，俺心里也舒坦哪。

俺接过话茬说："你这话是粗了点，却也站在理上。你大嫂这份孝心哪,真就是让俺气顺。孝顺孝顺,这个顺有几个人能做到呢?"

心茹抿着嘴笑道:"奶奶,看你说的。"

立梅说:"大嫂,奶奶说的,也是她的心里话。"

心茹说:"哎,立梅,你要做什么大生意呀?"

话说到这儿了,立梅就实话实说了:"大嫂,实验小学不是要上一批计算机吗?我今天和杨志坚谈了。"

"成了?"

"差不多。不过,杨志坚希望我帮他一个忙。"

立梅放下手中的活计,盯着心茹的眼睛说:"大嫂,这笔生意能不能成,关键就看你了,你可要帮我这个忙啊。"

心茹疑惑地说:"我?"

立梅说:"对。杨志坚要搞校园文化,又苦于无处下手,希望你能帮他们一下。大嫂,没和你商量,我就答应了。我……大嫂,你要是肯帮这个忙,这笔生意就成交了,我一下能赚十多万哪。"

心茹没吭声。

俺的心也提了起来。

这个立梅真有点儿不靠谱,也没和她大嫂商量一下,就冒冒失失地答应了。

立梅不懂心茹的心思,可俺懂。

心茹这孩子,把文学和文化看成是她的生命。在她心中,那块园地是最神圣的,不容别人侵犯。这就是文人的性格,宁折不弯。

那杨志坚用生意做交易,逼心茹去做不喜欢做的事儿,心茹的心里,咋能舒坦呢?

立梅的生意重要。但是,心茹的感受更重要,俺可不能让她受一丁点委屈。

俺连忙接过话茬说:"立梅,你做你的生意,咋把你大嫂扯进去了?"

立梅说:"奶奶,不就是给学校写点东西吗?这对大嫂来说,就是举手之劳的事儿。"

俺生气了。

人家是有这个能耐。不过,也不是你的奴隶呀。

从亲情的角度来说,心茹对立梅是一百个好,谁都挑不出一点儿毛病。亲情是亲情,生意是生意,人家疼你爱你,但你不能摆布人家呀。

做人要讲究分寸,要有底线。立梅咋就不懂这个理呢?

俺说:“立梅,你大嫂心劲儿高着呢,不愿意做昧良心的事儿,你就别再提这件事儿了。”

听俺这么一说,立梅的脸长长了。她噘着嘴说:“奶奶,那这笔生意可怎么办哪?”

咋办?谁知道咋办?俺只好说:“钱这个东西,赚多少都不觉得多,能赚就多赚点,不能赚就少赚点,也别太放在心上了。人哪,到啥时候都要走正道啊!只要走得正,钱多钱少都能过舒坦日子。”

立梅不言语了。

心茹瞅了瞅俺,又瞅了瞅立梅,呵呵地笑着说:“奶奶,你怎么越来越像哲学家了?”

立梅气哼哼地说:“哼,还哲学家呢,就喜欢教训人。”

心茹又笑了笑说:“立梅,大嫂帮你。”

立梅一下子跳了起来,哈哈地笑着说:“大嫂,真的?”

心茹点点头说:“把校园文化做好,对孩子的身心都有好处。别说有生意做了,就是没生意可做,咱不也得帮这个忙吗?”

立梅又笑着说:“天哪,大嫂想得真远。”

嘿嘿……俺的好孙媳啊,说话做事儿,都入俺的心哪。既然她想做,一定有她做的道理。

不过,俺可得把丑话说头里。俺正颜正色地说:“立梅,你大嫂帮你,那是人家仁义,重亲情,你可不能辜负了你大嫂啊?”

立梅点点头说:“嗯哪,奶奶,你放心吧,大嫂的恩德,我一辈子都不会忘的。俗话说,老嫂比母。虽说我大嫂不老,那我也会好好对她的。”

俺使劲地点点头说:“嗯,这就对了。还有啊,做啥事儿,都得讲究一个信字,赚钱也赚得安心不是?可别给你大嫂脸上抹黑呀。”

立梅又说："奶奶，你就放心吧。咱是正当生意，赚的是辛苦钱，怎么会给大嫂抹黑呢？"

心茹笑着说："立梅，奶奶说得对。不单是这笔生意，就是以后，也要走好每一步哇！人间正道是沧桑。你就按照奶奶说的去做，准没错。"

立梅说："你们放心吧，我绝对不会再走错路了。"

听立梅这么说，俺心里高兴啊，俺就呵呵地笑了。

心茹也笑了，笑得是那样甜。

在那段时间，心茹上班忙，下班也要忙。她从仁义礼智信入手，还把《春秋》《述而》《里仁》《为政》《学而》《尚书·大禹谟》《周易》等古书里的名言名句提出来，写进校园文化。俺知道心茹的心思，她这么做，就是要完成一个心愿——实现传统美德的现代继承。俺觉得，这是一种大爱。这种爱不仅仅局限于家庭，还包括整个社会。

在心茹的身上，俺明白了一个道理："这世上最辽阔的是大海，比大海更辽阔的是天空，比天空更辽阔的是人的胸怀。"

心茹平时要去文化馆，休息时就去实验小学。校园文化这事儿，一忙活就是一个多月，心茹显得很疲劳。

但是，看心茹的神色，她还是挺开心的。

立梅如愿以偿，给实验小学装了五十台电脑，大大地赚了一笔。

这笔钱进账那天，立梅兴冲冲地来到心茹家，给心茹、立明、王迪和俺都买了新衣裳。看着大伙儿开心的样子，俺默默地点了点头——在立梅这儿，俺可以放心了。

一晃半年过去了。

一天，心茹接到杨志坚的电话，说要和心茹谈点事儿。

心茹应邀去了实验小学。

仍然是校长办公室，心茹接过杨校长的热茶，问道："杨校长，你找我来有事儿？"

杨校长不悦地说："黎老师，我用王立梅的电脑，是看在你的面子上。我一直很敬重你，也感激你对实验小学的帮助。所以，我才请你来，谈谈王立梅电脑的事儿。"

“杨校长,你有话就直说吧。”

“你知道吗? 王立梅的电脑,所有配置都被动过了,内存条、硬盘,还有软驱,都换成了劣质的配件。”

“啊,怎么会这样?”

“是啊,要不是我的同学,我至今还蒙在鼓里。我同学特喜欢电脑,就到学校玩儿电脑来了,是他发现了其中的秘密。”

心茹大为不悦,脸色顿时沉下来。她咋也没想到,立梅会这么做。

杨志坚说:“六千多元一台机器,配置还不如二手市场的。这种行为太恶劣了。我一气之下,都想起诉她了。考虑到是你的亲戚,才没有那么做。”

心茹无话可说。

她一直尊奉仁义礼智信,时时告诫自个要走正道,也一再提醒立梅信守承诺,这突如其来的变故,实在让她无法理解。

杨校长又说:“黎老师,你知道我损失多少吗? 你知道这钱怎么来的吗? 那是我四处讨来的。我想让学生享受最好的资源,受到最好的教育。她,她居然如此丧尽天良。我先和你打个招呼,你要有心理准备,这场官司一定要打。”

心茹终于清醒过来。她寻思:要是立梅被起诉,公司就会被查封,那她所有的努力都白费了。不管咋样,要把这件事儿处理好。她连忙说:“杨校长,请你宽容几天,这事儿交给我处理好吗? 我一定给你一个交代。”

杨志坚寻思了一下说:“好吧,黎老师,看在你的面子上,我宽限你三天时间。三天后,王立梅处理不好这件事儿,我就和她法庭上见。”

心茹赶紧说:“谢谢你,杨校长。我还有一个请求,这事儿请你保密,就算是为了我,好吗?”

杨志坚说:“保密可以,至少在进入法律程序前,我不会声张。”

心茹点点头说:“谢谢,杨校长。”

心茹黑着脸回家了。

心茹一进家门,俺就知道出事了。

心茹给立明和立梅打电话,让他们马上赶回家。

立明和立梅赶回来了。

立梅一进屋，心茹就发起火来。

自从心茹进了王家的门，俺还是头一次瞅见心茹发火，那么温婉的一个女人，发起火来竟然是那么吓人。

心茹哆哆嗦嗦指着立梅说："王立梅，在我的大姑姐和小姑子里，我对你是最好的。我一直疼你、爱你、偏袒你，就因为你走错过一段路，我不想让你的人生为那段错误埋单。看到你成长了，看到你进步了，看到你日子好了，最高兴的人就是我。我以为你成熟了、理智了、长大了、负责任了，没想到你竟然做出丧良心的事儿来。"

心茹一顿痛骂，把俺骂蒙了，把立明骂蒙了，把立梅也骂蒙了。

立梅哭着说："大嫂，我做了什么对不起你的事儿？你好歹说个明白，别让我丈二和尚——摸不着头脑哇。"

立明说："心茹，这就是你不对了，话还没说清，怎么张嘴就骂人呢？"

俺的心情也有些不爽。不管咋说，立梅是俺亲孙女，当着俺的面，骂俺的亲孙女，这不是打俺的脸吗？不过，俺相信，这里边一定有隐情。俺不说话，就是要瞅瞅到底是咋回事儿。

心茹气呼呼地坐在沙发上，眼泪一串一串地流下来。

她说："一个国家、一个家庭，最大的希望是什么，是孩子。孩子能享受最好的资源，受最好的教育，成为对国家有用的人，受益的不仅是杜尔伯特，还有我们这个民族。实验小学东讨西要，好不容易筹够了资金，你却把一堆破烂卖给了人家，这就是丧良心哪！"

俺明白了，立明明白了，立梅也明白了。

立梅立马辩解道："大嫂，你这话从哪儿说的？我给实验安装的电脑，都是配置最好的，我怎么能坑害学校呢？"

心茹说："从哪儿说的，人家都找到我头上来了。要不是看我面子，你早站在法庭上了。"

立梅说："大嫂，你说清楚点，到底是怎么回事儿？"

心茹把杨校长找她的经过，一五一十地说了一遍，大家终于明白了事情的原委。

俺一听这事儿就傻了，难怪心茹顿失优雅，这要是遇上了俺，俺早拿拐杖把立梅打出去了。

俺浑身气得直哆嗦，指着立梅的鼻子说："你这个不争气的，咋吃一百个豆子，都不知道豆子腥呢。"

立梅流着泪说："奶奶，我没做坑人的事儿。那都是我亲自进的，选的配置是最好的。你和大嫂一直替我操心，我怎么能去坑人家呢?"

俺说："你这孩子真让俺失望。这事儿你要处理不好，你就等着上法庭吧。"

心茹不愿理立梅，站起身就往卧室走。立明拉住她劝道："心茹，你冷静一下，立梅不是那样的人。再说了，那么好的配置，它咋能调包了呢？咱都琢磨琢磨，这事儿是不是有点儿蹊跷?"

心茹站住了脚。

立梅寻思来寻思去，突然惊叫道："哎呀，一定是被动了手脚。大哥、大嫂，你们快跟我走。"

心茹瞅了瞅立明，立明冲她点了点头。

立明说："奶奶，你在家等着，我们去去就回。"

俺点头答应着。

俺冷静下来，也寻思了一下，这事儿也不像立梅干的。那到底是谁干的呢？俺在脑子里一直画魂儿。

立梅他们走了，俺在家里盼着信儿。

俺满怀希望，希望这事儿，能弄个水落石出，给人家一个交代，也给自个一个交代。

38

晚上，心茹他们回来了。

事情也查明白了。

原来，电脑进来以后，被技服人员拆封，替换了原装配件，并卖到电脑城获利，而给学校安装的，就是二手电脑配件了。

立梅一怒之下,要把技服人员送进派出所,却被心茹拦了下来。

事情有了结果,也该给学校一个说法。俺、立梅、心茹和立明坐在那儿,一起商量这事儿该咋办。

立明说:“不如给三叔打个电话,让他直接找县领导,让县领导出面说个情,至少能大事化小小事化了,反正都是公家的事儿。”

立梅眼睛一亮,说:“我给三叔打电话。”

心茹坚定地说:“不行。”

立梅和立明异口同声地问:“为什么?”

心茹说:“这事儿不能这么处理,我们做人要有底线。这是关系到教育的大事,就这么处理了,我们能安心吗?”

立梅说:“怎么不能?比这大的事儿多了,找找关系,走走后门,不都过去了吗?”

立梅生气了,她霍地站起来,就要去打电话。

心茹张了张嘴,想要说点啥,却瞅见立梅不高兴,就把话咽了回去。

俺明白心茹的心思,也支持她的想法。做人要行得端,走得正,要勇于承担责任。坑人害人的事儿不能做,哪怕自个损失一些,也要做到问心无愧。

心茹不能说的话,俺做奶奶的能说。

俺就对立梅说:“立梅,别给你三叔打电话,他接了你的电话,也会征求俺的意见,俺要是不同意,你打了也白打。”

立梅一听急了:“奶奶,你不让我找三叔,那该怎么办?”

俺说:“要么赔钱,要么换电脑。做事儿,要敢于承担责任,别用那下三烂的手段,挣昧良心的钱。”

立梅说:“奶奶,五十台电脑,成本十五六万啊。”

俺说:“俺咋不知道?你上批电脑,不是赚了十五万吗?就用那些钱,再买一批电脑。”

立梅一听,差点儿跳起来。

心茹说:“我有个建议,也许能挽回点损失。”

立梅说:“大嫂,快说。”

心茹说："奶奶、立梅，我想，一呢，技服人员没进派出所，是为了保护他们，但也应该得到教训，就让他们照价赔偿；二呢，按奶奶的意思办，要保住公司的诚信度，这是公司的生命；三呢，把换下来的电脑，降价卖给家庭，也能挽回一部分损失。"

立明瞅瞅这个，又瞅瞅那个，眨了眨眼睛没吭声。

立梅气鼓鼓地说："我开公司容易吗？为了物美价廉，我跑了多少路，费了多少口舌，俺一个人带孩子，风里来雨里去的，好不容易做成一笔生意，就不能花点钱托托人，把这个事儿挺过去？奶奶，你说呢？"

俺觉得呀，心茹的话在理儿，既教育了技服的，也能挽回损失，又能保住名声，有长远的眼光啊！再说了，为孩子做好事儿，那也是积德行善！人在做，天在看。立梅咋还转不过弯呢？

俺摇着头说："立梅，你大嫂说了，俺也说了，该咋处理，你自个琢磨。你三叔那边，俺不帮你说话。"

立梅说："奶奶，我知道你们瞧不起我，恨不得我一下掉进井里。你们不管拉倒，我自己去想办法。"

立梅说完，背起包就跑了。

那天，俺们心情都不好，为立梅担着心。

离最后期限还有一天了。晚饭时，立梅来了。

心茹就是心茹，那烦心的事还搁在那儿，她就像没事人似的，照样笑着招呼立梅，照样做了一桌子好菜。俺一想到电脑的事儿，心里的火就上来了，俺也不给她好脸色，端着碗吃自个的饭。

立梅端起饭碗，刚刚扒拉一口饭，那饭还没进肚呢，就哇的一声哭了，把饭喷了一桌子。

心茹放下碗问道："立梅，你怎么了？"

立梅放下碗筷，跑到沙发上拿起包，唰地拉开皮包拉链，从里面掏出两捆钱来，一串一串地流着眼泪说："这都是我的辛苦钱，我舍不得呀。"

俺瞅瞅心茹，心茹也瞅瞅俺，俺们都没吭声。

立梅又说："可是，我又能怎么办呢？我想了又想，还是大嫂说得对。我得往远里看哪！再说了，这些年，没有奶奶和大嫂，哪有我立梅,哪有公司呢?算了,舍得舍得嘛,大嫂,你和杨校长说,我再给学校换新的。"

心茹扑哧笑了,俺也笑了,大伙儿都笑了。

立梅啊,真的长大了,再也不是那个没心没肺的立梅了。

舍不得正常,那一捆一捆的大票,能舍得才怪呢。何况,那里边有立梅的心血,也有心茹的心血呀!

不过,立梅能寻思明白,说明她的心里呀,还有善良和美好的东西,她还知道啥比钱更重要。

这就够了,真的够了。

心茹走到沙发前,拉起立梅说:"立梅,塞翁失马,焉知非福?你说得对,舍得舍得呀。我明天陪你去学校,把事儿说清楚,杨校长会理解的。说不定杨校长一帮忙,其他学校就成了你的上帝了。"

立梅破涕为笑:"真的?"

心茹点头说:"一言为定,我明天就和他说,以他的能力,这点事儿还不算什么。"

立梅又笑着说:"大嫂,你真好。我就知道,听大嫂的话,跟共产党走,准没错儿。"

心茹说:"又调皮。"

立梅又说:"大嫂,你怎么也舍得放下面子求人了?"

心茹说:"这有什么呀?我妹妹行得端,走得正,做的是正当生意,谁都会竖大拇指的,我当然好说话了。"

姑嫂说着就哈哈地笑了,俺和立明也跟着笑。

笑了一会儿,俺就觉得这心里呀,像固山贝子草原一样开阔,满满的都是鲜花的清香和春风的情意了。

俺有时候就想啊,俺的族人们,都能这样相处,这样处事,这样为人,俺才能放心地离去啊。不,也许俺更想多活几年,多享受几年孩子们的快乐呢。

第二天,心茹陪立梅去了实验小学,把电脑赔偿的事儿敲定了。

心茹也话付前言,说了自个的想法,希望杨志坚能帮忙。杨校长拍着胸脯说:"就凭王丽梅的实诚劲儿,这个忙一定帮到底。"

后来,泰康镇的学校都建电教室,立梅包揽了所有的业务。这一下立梅发了,短短的五年时间,她积累了几百万的资产。

立梅成了老板了,当老板的立梅,和心茹的感情更好了。

俺看到她们姑嫂俩,常常高高兴兴地唠嗑,俺就觉得十分舒心,也为自个儿能做点事而高兴。

人活着,不管岁数有多大,要是能活出点意义,也许是最幸福的事儿。

立梅的生意走上了正轨,她的人生也走上了正轨。俺高兴啊!在中海这一股里,最没出息的是立梅,最有出息的还是立梅。立梅有今天,原因在哪儿呢?俺寻思,大伙儿都明白。

说起中海,俺是既心疼又无奈。

这些年来,他一直受到杏花的压制,从没直起腰身过日子。按理说,孩子们长大了,他也该享点福了。可是,杏花一天不如一天,遇到丁点的事儿,不是晕了就是病了,整天哼哼唧唧躺在床上,就像烂柿子拿不成个儿。

身体不好,嘴巴甜一点儿也行啊?可杏花说起话来,还是刀子一样地扎人,总是一刀一刀的,让你旧伤未愈添新伤。

自从立梅和她有了摩擦,俺很少回中海那边去。一年里,大半时间都在心茹家。有时,俺也去老二或老三家住一阵子。

俺几个儿子都说轮班伺候俺,俺也想多让他们陪陪俺。可是,俺总觉得在大孙子家舒心,舒心就舒心在心茹,她有正事儿,心里有这个家,做事儿让俺暖心窝子。俗话说,人要是倒霉呀,喝口凉水都塞牙。要我说,人要是高兴啊,喝口凉水都舒心。

中海和俺不一样。

他塞牙也好,舒心也好,都得糗在家里,都得和杏花耗着。

俺要是不高兴了,抬腿就走,中海、中河、中水。不行的话,还有拴住、巴特尔。而我最愿意去的,当然是心茹家了。

好在,孩子们越来越懂事了,日子也越来越好过了。

39

日子过得顺风顺水，时间过得就像穿梭，一转眼到了二〇一一年。

这一年，是大喜大悲的一年。为啥这么说呢？俺还是慢慢叨咕吧。

这一年，俺九十七岁。俺的眼睛像是长了蒙，瞅东西越来越费劲了。不过呢，俺的耳朵还行，俺的思维也能跟上趟。最让俺欣慰的，除了头疼脑热，或者被气晕过去，俺连医院都没去过。也就是说，俺没给儿孙们添啥乱子。

这些年里，俺瞅着亲人一个个离世了，俺这一辈的都去了那边。就连俺的晚辈，也有离俺而去的。也不知他们在那边咋样，是不是也像俺这样操心，是不是也有心茹这样的小棉袄？现在，一听到有人离世，俺就像走在晚秋的霜冻里，寒冷侵蚀着俺的身体，而且是越来越深入骨髓。俺为他们惋惜的同时，也为自个有今儿个没明个的日子感叹。

值得庆幸的是，俺的儿女们都很健康。那杏花大病小灾不断，也没有糟烂得不成样子。

俺所说的喜事儿，首先是俺大孙媳心茹。

心茹又有一部小说出版了，是一部叫《奶奶的心劲儿》的传记体小说。这本小说，是以俺为原型写的，描述了一个百岁老人一生，有风，有雨，有霜，有雪，也有鲜花，说是百年中国史，那一点儿都不过分。

这本长篇小说一出版，就得到业内人士的好评，还得了茅盾文学奖。

俺真替俺大孙媳的成就高兴，也为俺能体现自个的价值高兴。

俺怀疑自个活着的价值，总觉得人活得太久了，除了给儿孙们添乱，就再也没有啥意义了。没想到，俺活了快一百年了，还真活出意思来了，成了俺大孙媳的素材。其实，这种价值早就印证了，俺早先不是说过，心茹要把她大爷寻亲的事儿写出来，再拍成电视剧吗？这个愿望早就实现了。早就两年前,心茹的《逃离魔掌》就拍成了电视剧。

当时,俺坐在电视机前,一集一集地看,就像回到了过去,去感受当年的痛苦、悲伤和无奈,俺才知道中海和他爹的煎熬。

俺看电视流眼泪,为俺当家的,为俺的中海,也为他们经历的苦难。

当俺知道当家的病倒了,拼着最后一口气挖草根充饥时,俺的心一滴一滴在流血呀。

还有那成群的蚊子,他们逃跑时的惊恐,被枪杀的劳工们;中海被狗追赶咬伤,中海找到他爹痛哭的情形;还有爷俩一瘸一拐地乞讨,见到家乡时的那份喜悦,都揪得俺心疼啊。

俺寻思寻思,就哭出了声了。

十岁的中海,经历了太多的苦难。

十岁的中海,一条腿就是这样瘸的呀。

十岁的中海,他用命换回了他亲爹的命啊。

怪不得他们把这事藏在心底,他们真是担心俺会哭瞎了眼睛。

看电视,寻思着中海的一生,俺的心像猫抓的一样。他媳妇杏花越来越不像样子了,她岁数越大越歪歪,还添了一身的毛病,不是今天晕倒,就是明天住院。病好了就作,病来了就躺下。中海就像生活在梦魇里,没过过一天舒心的日子。

俺越来越觉得愧对了中海。

一提起中海,全是窝心的事儿,还是先不提他了,俺还是说心茹吧。

小说出版了,俺大孙媳特意送俺一本,说是让俺乐呵乐呵。

俺说:"俺能不乐吗?这也是王氏家族的大事呀!"

心茹说:"这都是奶奶教育的结果呀!"

俺说:"这么多孩子,俺也都是这么管的,可咋就不一样呢?"

心茹说:"奶奶,咱不说这些了。"

俺说:"好,不说了。那俺给你讲过去的事儿,你也好多写点,给俺的孙辈做出个榜样来。"

心茹说:"奶奶,不如这样,你口述,我记录,再修改,最后以奶奶的名义出版，那才有教育意义呢。”

俺说：“不行啊，傻孩子，奶奶哪会写书哇？”

心茹说：“行！怎么不行？你就像是对面坐着个人，你跟他该怎么说就怎么说，俺原原本本地记下来，那就成了。”

俺说：“行？”

心茹说：“行！”

俺说：“真的？”

心茹说：“真的！”

俺说：“那俺就试试。俺都土埋脖颈了，还能做点事儿，就看俺的子孙们咋去做了。”

那以后，俺就把乱时候、穷时候的事儿，讲给心茹听，她就给俺记录。她不在的时候，俺就讲给录音机听。你说，现在的事儿都神了，俺说的话，它都能原原本本地说，而且还是俺的声音。然后，心茹就一篇一篇地写在纸上，又给俺念叨一遍。俺听了，就觉得和过去说书讲古的那么逗人。

俺就这样坚持着讲，心茹坚持着为俺整理，有时候心茹累了，就让王迪为俺誊写稿子，王迪在誊写时，有时候会突然问一句：“太奶奶，那时候真是这么乱吗？真是这么穷吗？”

俺就说：“大重孙女呀，奶奶经历过的，你们不可能经历了，这就是你们的幸福。但是，你们要珍惜这来之不易的幸福呀！”

王迪很郑重地点点头说：“太奶奶，你那时候太苦了。我知道我以后该怎么做了。”

那时候，心茹为了方便，就把俺接过来，做俺最爱吃的饭菜，给俺买水晶项链。俺有时候啊，也故意逗心茹开心，就把她给俺买的金项链、银项链、珍珠项链和水晶项链一起戴上。心茹见了，就呵呵地笑一阵，说：“奶奶，你真漂亮。”

这时，王迪也凑过来：“嘿嘿……太奶奶可真逗，像个老顽童。”

俺呢，也嘎嘎地笑，笑得眼泪都流出来了。

笑够了，俺就说：“来，奶奶给你讲故事。”

心茹说：“那就听太奶奶讲故事。”

王迪说:“好,听太奶奶讲故事。”

俺也学心茹清了清嗓子,心茹瞅瞅俺就笑了。俺坐在那儿寻思寻思,然后就讲起了过去的事儿。

在俺小的时候,也就是俺四虚岁那年七月。北京政府让奉系军阀头子张作霖当上东三省巡阅史后,他为了清除异己,实打实凿地当上东北王,就收集吉林督军孟恩远的罪状。人家当督军当得好好的,哪有那么多的罪孽呀？他就瞎编一通,罗列了八大罪状,上告到北京政府,想以此逼迫他下台,并举荐自个的亲信孙烈臣取而代之。

孟恩远不服哇,就站了出来,一件一件地驳斥,一件一件地据理力争。

保护自个,那是动物的本性啊,何况人呢?

这件事儿,孟恩远的亲信高士傧看不过去了,就要为孟恩远打抱不平。高士傧是吉林军第一师师长,他就调动自个的部下,要和奉系张作霖决一死战。

这时候,半路杀出个程咬金,日本鬼子参与进来了。

孟恩远,作为一名中国军官,就看不惯小鬼子在自个的国土上横行,经常会让日本鬼子不痛快。所以,日本“满铁”沿线的守备队就说,吉军“对日本有不逊态度,必须予以剿之”。所以,就支持张作霖和孟恩远对抗。

转眼到了来年七月中旬,吉军第三旅第二兵团到达长春,临时在二道沟火车站附近野营,并在驻军周边标出警戒线,禁止行人进入或通行。

你不是不让进吗？俺就是要进去,看你能咋的？日本“满铁附属地”长春火车站巡视员船津太郎,就带着一群人强行进入兵营,吉林军士兵就极力地予以拦阻,在万般无奈的情况下,与日本“满铁”守备队交了火。

在双方打得不可开交的时候。吉长道尹陶彬及日本驻长领事馆人员,经过交涉以后,双双出面制止了武装冲突。

这次交火中,日本侵略军死了二十人、伤了七人,中国官兵死了二十人、伤了十四人。

人死了伤了,这是大事,总得有个说法吧？结果呢,日本小鬼子来了一个恶人先告状，以原告的身份向吉林军交涉，提出了多项无理的要求。吉林军很无奈地答应了日本鬼子的要求，并被迫把军队撤出了长春。北京政府更他妈的浑蛋，竟然将孟恩远和高士傧免了职，任命了孙烈臣为吉林督军。

就这样，张作霖在日本鬼子的支持下，成为了名副其实的东北军阀头子，日本小鬼子也因此加强了在长春的军事力量。

听完了太奶奶的故事，王迪便嚷嚷道："太奶奶，这个故事不好听，都是能查到的事件。你再讲一个好听的。"

心茹把脸一沉说："王迪，怎么和太奶奶说话呢？你要知道，太奶奶是想让你知道，一个人和一个国家一样，软弱就会被人欺负。所以，一个人、一个民族、一个国家，要自立自强自尊自爱。明白吗？"

王迪小声说："妈妈，我知道了。"

心茹转忧为喜地说："奶奶，既然王迪明白了，那就再讲一个？"

俺乐呵呵地说："行，给俺重孙女讲多少瞎话，俺都愿意。"

心茹对王迪说："王迪，还不谢谢太奶奶。"

王迪又说："谢谢太奶奶！"

俺没办法了，就说："大孙媳妇，给奶奶再倒一杯水呗。"

心茹说："奶奶，就来。"

俺又清了清嗓子说道："杜尔伯特有一个叫谷宇峰的人，是志愿军的一个团长。在抗美援朝战争期间，他家里的代表志愿军家属去朝鲜慰问，正好赶上美军大轰炸。那天，就看见一个朝鲜女人，在一个山头上跳舞。她尽兴舞动着锦衣长袖，一会儿跳'古格里'，一会儿跳'扎金古格里'，一会儿又跳'挥莫里'，跳得战士们好生奇怪。而更让人奇怪的是，那敌机就像长了眼睛，轰炸的目标是那么准确。谷宇峰好像感觉到了啥，就派人摸到山顶上，把那个女人抓了回来。那女人一离开山顶，敌机就像没头的苍蝇，顿时就乱了阵脚。在抓那个女人时，旁边还躺着一名伤员，他身穿志愿军军装，双腿都受了重伤。在抬回来的路上，他在昏迷中嘟囔了一句朝鲜话，这让几名战士一惊，难道他是李承晚的人？志愿军战士感觉受到了侮辱，那么多伤员还未得救呢，却救了一个十恶不赦的敌人，就一下子把他扔到了山下。"

王迪说:“太奶奶,不是说不杀俘虏吗?”

俺说:“唉,傻孩子,那时候都杀红眼了,哪还顾得了这些?”

心茹说:“王迪,我们的纪律是不杀俘虏。但是,在人极度愤恨时,有时会难以控制自己的情绪。所以,加强自身的道德修养,是避免犯错误的根本。你说呢?”

王迪点了点头。咋说,王迪还是一个学生,有些道理还需要揣摩,不能把大人的观点强加给她。

俺寻思,心茹懂这个理儿。不过,俺不能多言多语,对王迪的教育,完全是按照心茹的想法进行的。孩子一晃就要考研了,心茹的教育成果已经得到了认证了。

这一年,还有一件喜事儿。

根据县城总体规划,在中海住的那一片儿,要开发一个住宅小区,俺那老宅和三亩多地,都被开发商征用了。

按照县政府的政策,经过多方协商,开发商补给中海一百二十万元,还有一户三室二厅的住宅楼。

听到这个消息,俺替中海高兴啊。

中海终于能过上好日子了。

俺的三个儿子,中河一生安稳,中水官运亨通,唯有中海,日子过得紧紧巴巴的,家里又养着个母夜叉,他吃的苦、受的罪,只有俺这当娘的明白。

俺希望中海把日子过好,那老宅也是俺留给他的,不管开发商补多少,俺一分钱都不会要,全都落在中海的头上。

这本来是件好事儿,俺没有想到的是,就那么点意外之财,既要了严杏花的命,也给街坊四邻留下了笑柄。

40

俺不是说过了吗,王立雨和王立雪都不是省油的灯。

这事儿还真就照这话来了。

有句话说啥来着？见利忘义。俺说呀，见利也忘情啊！啥亲情啊、啥友情啊，见到利益了，啥都被淡化了、抹杀了。

这事儿，还得从占地补偿说起。

立雨和立雪相差两岁，哥俩都不喜欢读书。进了高中，打架斗殴成了家常便饭，逃学旷课更不在话下。中海看这哥俩实在没心思上学，索性就由他们吧。于是，这哥俩就打工去了。

先是哥哥立雨。

那时候，民工潮涌进了大城市，不再守着土地刨食了，成了一股城市建设不可或缺的力量。家里剩下妇女和老人，负责土地的精耕细作，甚至连孩子都没人管了，带来了诸多社会问题。以至于十一岁的李琪缘在北京的舞台上，用歌声呼唤着爹和娘，博得了久经不息的掌声。当然这些都是题外话。

十九岁的立雨不愿意融入这股大潮，就进了大城市某公司，当起了业务推销员；看到立雨像模像样的，立雪也活心了，怎奈年纪还小，就又在学校混了一年。十八岁那年，立雪也成了打工族。

俺不知道他们咋样，他们只是过年才回来。看他们的穿着打扮，俺觉得他们混得还不错。

后来，这哥俩陆续娶上了媳妇，把家安在了打工的城市，一个在吉林的长春市，一个在辽宁的葫芦岛。

成家了，有了媳妇了，就忘了娘了。这哥俩，甚至是过年都懒得回家瞅一瞅。为这事儿，杏花气得差点儿吐血。她一边剁着饺馅，一边狠叨叨地说："没心没肺的东西，能有啥大出息？就一个打工的命。"

中海不爱听，就气愤地骂道："闭上你的臭嘴，有你这样当娘的吗？大过年的咒自个的儿子。"

杏花被骂得丧气，就哭哭啼啼地抹眼泪："俺不活了，儿子不要俺，老头子还骂俺，俺还有活路了吗？"

骂归骂，哭归哭，闹够了，作够了，还得包饺子，还得过年。

这年就这么过去了，而且是一连几年，这哥俩都很少露面。

奇怪的是，得到拆迁的消息后，哥俩不约而同地回来了。他们回来了，媳妇韩月、袁雪梅回来了，立雨还抱回了孙子。

见到两个宝贝儿子，杏花乐得合不拢嘴，把好吃的都折腾出来，又亲自跑了一趟市场，买了水果、蔬菜、鲫鱼和羊肉，招待多年不见的儿孙们。

那天，俺也被中海接了回去。

俺看到了立雨的孙子，也就是王涛三岁的儿子，俺也合不拢嘴了。这王家呀，真是枝叶繁茂、子孙兴旺啊。

虽说违反了《婚姻法》，立雨二十岁结婚，王涛也是二十岁结婚，但俺享受了五世同堂的乐趣，也算是功过相抵了。

俺这太太奶不能白当啊，这么大的灰孙子，才见到第一面，俺总得表示一点儿心意吧？俺掏出一张百元的票子，拉过大灰孙子说："来，王佳琦，太太奶给你点压兜钱。"

春、夏、秋、冬生孩子时，俺还是两手空空的。那时候穷啊，就是想表示，俺也没那个能力呀！现在想起来都脸红。

如今，俺的儿孙们生活都好了，逢年过节给俺的零花钱，一年也有万儿八千的。

平常日子，头疼感冒，大伙儿都想着呢，俺这钱能往哪儿花？不就是给孩子们吗？你说，不给孩子还能给谁呢？死了也带不进棺材。还不如活着争个脸，让儿孙们乐呵乐呵。

可是事与愿违，就像心茹说的：理想很丰满，现实很骨感。俺觉得俺挺大方的，可人家还没瞧上眼。韩月看是一张百元钞票，嘴角撇了又撇，分明挂着一丝蔑视。

俺这颗心啊，一下落进了冰窖里。

人家胃口大着呢，没把俺这点心意放在眼中。

人家眼睛盯着的，可不是这区区的小红包，人家想得到的多着呢。

果然，他们是张着血盆大口回来的。

那天，杏花表现得很不错，病了许久的人，也活蹦乱跳的了，她眉开眼笑地给孩子们做吃的。

整整忙碌了小半天，一顿丰盛的晚餐端上了桌子。

雨雪回来了，春、夏、秋、冬自然得回来，只缺了一个梅。

俺张了张嘴，寻思着是不是提一提立梅。既然是全家人团聚，就不差她一个了。可再瞅瞅杏花,她不讲理的劲儿就老在眼前晃荡,寻思寻思也就算了。

没想到,俺没说的话,立春说了:“娘,我们兄弟姊妹七个,回来了六个,就差立梅了,我去叫她一声吧。”

大伙儿的目光,都落在了杏花的脸上。

“算了。”杏花平静地说。

“爹、娘,她一个人在外,也怪可怜的,让她回来吧。”立夏也说。

“去叫她吧。”没等杏花表态,中海先点头了。

“不许去!她是俺身上的肉不假。但她吃里爬外,亲疏远近都不知道,人家给点好脸色,就当是亲娘了。”

杏花炸庙了。

这话多难听啊!这话里话外的,干吗总捎带心茹呢?你也不寻思寻思,当年立梅无家可归,要不是人家心茹,她还不知道落个啥下场呢。

杏花一张口,大伙儿就愣住了。

杏花双手叉腰,手指着窗外骂道:“总有那么一些人,喜欢插手别人家的事儿,把自个装扮得像个救世主。那立梅,也是傻狗不识臭的主,人家拿她当梯子使,她立马就把肩膀递过去。自个苦巴苦业赚点辛苦钱,买了好吃好喝的去孝顺人家,却把自个的亲娘老子丢在脑后了。”

俺气得直哆嗦:“中海家的,话可不能这么说。当年,要不是你把立梅撵出去,立梅能住进心茹家?人家心茹好心收留她,你却要说三道四。立梅流产差点儿丢了命,是不是心茹救的?立梅卖电脑惹下祸,是不是心茹处理的?立梅打开杜尔伯特市场,是不是心茹的门路?她们姑嫂走得近,你这个当娘的,应该高兴才是。你说出这些混账话来,你就不觉得丢人吗?”

杏花被俺数落一顿,心里自然觉得憋屈,就把话转到了俺身上:“娘,不是俺说你,这儿子和孙子,是隔层肚皮隔层山的,你和儿子走得近才对。他们孩子不懂事,你都一大把年纪了,也跟着瞎起哄,还偏吃偏向的。要俺说啊,你就是跟他们一样,瞧不起俺们这股子人。不就是中海窝囊点吗,有啥呀?"

你听听,你听听,这都是啥话呀?

俺气得使劲一拍桌子:"中海家的,你红口白牙的,说话得拍着良心。俺啥时候看不起你了,他们啥时候看不起你了?"

俺也是被她气晕了,忘了啥都有个忌讳,就指着这房子说道:"这房子,这块地儿,不都是俺留给你们的吗?一百多万哪,落在了你们的手里,新楼落在了你们头上,俺说过一个不字吗?他们说过一个不字吗?你做人得讲一点儿良心吧?"

俺是说者无意,那听者可有心哪!俺这话一出口,立雨和立雪这哥俩,那脸色立马就变了。

原来,三亩地被占的事儿,杏花跟孩子们都没说。孩子们只知道,老房子被占了,旧房子换新房子,他们得了一套新楼。至于那一百二十万,他们牙缝都没欠过。开始,俺也被蒙在鼓里,还是中海过意不去,悄悄地告诉了俺。俺当时就寻思啊,俺都一大把年纪了,要那些钱干啥呢?中河、中水日子过得挺好,就中海紧紧巴巴的。这钱哪,俺就给中海了。这样,既满足了俺当家的心愿,俺也不用跟中海操心了。

本来装在罐子里的事儿,被杏花这么一搅和,全被俺给抖搂出来了。

听到俺的话,杏花也忘了吵吵了,张开嘴巴望着中海,手指着他说:"你个欠嘴欠舌的,干不出啥好事来。"

中海低头坐着,闷不出声。

俺心里这个悔呀,都多大岁数的人了,咋生起气来跟愣头青似的?这个杏花呀,也真是有本事,总能激出火气来,让人不顾后果。

这后果可真是大发了。

俺们不吭声了,立雨却说话了。

他瞅着中海和杏花说:"爹、娘,我和立雪就为这事儿回来的。我们还糊涂呢,国家搬迁政策有规定,房产和土地都有补偿。他怎么光给我们房子呢?我们正要找开发商算账呢,原来是你们藏着掖着了。作为老人,你们这么做,可是有点儿欠考虑呀。"

立雪也说:"就是,亲兄弟明算账,父子间也得明算账。我和我哥都有继承权,这补偿金该有我们的份儿。”

俺真的惹祸了,俺后悔莫及呀。

俺瞅见他们哥俩的眼睛,闪动着一种蓝蓝的光,那种光会让人想到狼,想到狡黠,想到贪婪,想到狠辣。此刻的他们,也许心中只有钱了。

钱啊,你到底是圣人还是魔鬼?

你拯救苦难,救人于水火;你添砖加瓦,眷顾整个世界;你改变人性,让人铤而走险;你挑拨离间,让兄弟反目、父子失和。

这时,俺只能默默地祈祷,祈祷中海一家风平浪静,千万别因为一点儿钱翻了脸啊。

这哥俩发话了,杏花也不咋呼了。她一屁股坐在凳子上,哇哇地哭起来。

中海坐在那儿闷了半天,才抬起头来说道:“你们都回来了,俺也不藏着掖着了。今天,俺把话说明白。房子和地是占了,旧房换新房,也没啥说道,就是那块地,补偿了一百二十万。”

这哥俩眼睛更大了,那眼光更绿了。

中海继续说:“俺是咋寻思的呢?俺有你们七个孩子,这点钱要是分了,到你们手里的,也就十万八万的。所以呢,这钱就先放在俺这里。俺、你娘和你奶奶都没有劳保,养老治病都得用钱。这钱要是花不完,早晚都是你们的。有了这点钱哪,俺们也不用你们牵扯了,你们安心过自个的小日子就行。”

这话也说开了,俺也听明白了。

这个社会啊,啥都贵,得个病住个院,从头查到脚,没个万八的下不来。三个老人养老,这百八十万的,够与不够,也就将就了。

穷人不能长个富身子,俺们仨都没那么金贵,真要是得了啥病了,躺在那儿等死就成。

按理说,中海的话说得够明白了,做儿女的应该理解了。可是,立雨和立雪偏偏就不理解。

于是,两个人又炸庙了。

立雨绷着脸说:“爹,你不能这么做。我和立雪都在爬坡,上有老下有小的，正是需要钱的时候。你们把钱放在那儿，眼睁睁看我们的笑话，当老人的能这么做吗？依我看哪，这楼房你们住着。那钱嘛，就得分给俺和立雪。”

立雪说：“对，我同意我哥的意见。”

中海说：“不行，这是俺们养老的钱。”

立雨说：“爹，你把钱给我们，我们把这些钱当本钱，让这钱生出更多的钱来。到那时候，还愁你们没有养老钱？”

立雪也说：“就是，钱重要还是儿子重要？你们以后就搂着钱过，不要儿子伺候了？”

立雨又说：“是啊，爹、娘，我们在外边多累多难啊，还不是因为没有底子钱，你们就忍心看我们遭罪？”

中海被说动了心思，他低头寻思事儿，一句话也没说。

杏花止住了哭声，她站起来嚷嚷道：“俺不能光顾自个，眼瞅着两个儿子遭罪，俺可不是歪歪心眼的娘。俺做主了，这钱就分给两个儿子。你们几个丫头有意见没？”

春、夏、秋、冬多听话呀，瞅着爹娘的样子，就是有心也没胆呀。

春、夏、秋、冬摇了摇头。

杏花说：“那就这么定了，一百二十万元，俺们养老留二十万，其余的一百万，你们俩各五十万。”

瞅瞅，这钱分的，可够利索的。俺能说啥呢，她要分就分呗。俺又不指望这个家，俺还有中河他们呢。俺就不信了，吃不上干饭，还没有粥喝？

人家父子爷们的事儿，俺还是少管点为好。

杏花分钱分得利索，那哥俩却不让她利索，谁让她养了这么两个不省心的儿子呢？

听了杏花的话，立雨不干了：“娘，我不同意。立雪没孩子，凭什么和我平分？我生了儿子，儿子又给我生了孙子，那是接户口本的。这钱要均分四份，我应该得到其中的三份。”

立雪也不干了：“王立雨，你别站着说话不腰疼，你儿子你孙子凭啥各占一份？”

这哥俩就像斗鸡一样,脸红脖子粗地杠上了。

立雨说:“凭啥?凭我生了个带把的,将来可以接老王家户口本!”

立雪说:“不行。就是分四份,我也要两份,我也要生儿子。”

立雨说:“你能生儿子?就你那智商,生了儿子都不知道姓什么!”

这话真够讨厌的,袁雪梅一听就不干了。她指着立雨骂道:“王立雨,你别满嘴喷粪。说不准你早就戴绿帽子了,你儿子说不准是谁的呢。”

这回该韩月炸了。

这四个人,你一句,他一句,就对骂起来了。

俺实在受不了啦。

一碗水看到底啊,中海这股子人,算是没指望了。

这哥俩咋都不随中海呢?那做派、那语气、那表情,简直就是从杏花身上扒下来的。

严杏花啊严杏花,俺真是瞎了眼了,咋就让中海娶了你这个女人呢?上梁不正下梁歪。这梁歪了,房子能不塌吗?

俺是听不下去了。俺哆哆嗦嗦地站起来,身子一歪又歪倒在沙发上。立夏连忙过来搀住俺:“奶奶,我扶你回屋吧。”

俺说:“回屋,回屋。这天哪,咋就这么黑呢?都四十多岁的人了,唉……”

俺老了,这些乱糟糟的事儿,俺管不了啦,也说不了啦。俺只能像鸵鸟一样躲回窝里,拿出王氏家谱和家训,一遍又一遍地擦拭,一串又一串地流泪。俺擦着流着也叨咕着:

列祖列宗啊,俺杨柳生作了啥孽呀,养了这等不肖子孙。百年后,俺有啥脸去见你们呀!请你们腾出点精力,保佑王家平安康泰,让他们洗心革面,重新做人吧。也请你们把俺接走,俺实在受不了啦。

外面的争吵继续着。

俺不知道,后来是咋打起来的。

只听到噼里啪啦的破碎声,杏花撕心裂肺的哭叫声。最后,俺听到了春、夏、秋、冬鬼哭狼嚎的喊娘声。

俺脑袋一晕,就啥也不知道了。

41

这是俺有生之年第二次住院了。

这院住得窝囊啊！要是有病有灾住院，也住得心安理得。俺两次住院，都是被气过去的。

第一次是因为梅，第二次是因为雨和雪。

昏迷中，俺见到了俺当家的，那个死了十八年的人。俺这回瞅清楚了，他还是那个样子，还是那么厚厚道道的。他见到俺就说："你老了，头发都白了。这些年，你替俺受累了。"

俺的眼泪一下子就流了出来。

俺九十八岁了，这日子过得就像在油锅里打滚，俺能不老吗？

俺生气地说："你两腿一蹬享福去了，把这一大家子的人扔给俺，让俺操碎了心，俺能不老吗？你个败家的，可真狠心哪。"

俺当家的又说："柳生，你别委屈了，谁让你刚强呢，你不管谁管？别着急上火了，慢慢都会好起来的。"

俺撇着嘴说："还能有好？就你们老王家那些不肖子孙。"

俺当家的笑了笑，也流出一行泪来："能好，能好，有你在呀，他们都会好起来的。你呀，多保重啊。"

俺当家的说完这句话，一眨眼他就不见了。

俺使劲地喊："当家的，你个老死鬼，你又去哪儿了？"

四处荒凉空荡，瞅不见一个人影，更瞅不见他的身影。

俺一下子醒了过来。

俺醒过来时，第一眼看到的，是空荡荡的病房。

那雪白的墙壁，那雪白的窗帘，那雪白的被褥，还有窗外雪白的云彩。这雪白是在预示着啥呢？

俺都九十八岁了，五代同堂的年纪，却独守着病房，瞅不见儿孙绕膝的情景，这真是俺的悲哀啊。

俺脑袋里又回荡起杂乱的争吵声、噼噼啪啪的打斗声和春、夏、秋、冬撕心裂肺的叫喊声。但俺不知道,那场纠纷是否落幕,结局是啥。俺更不知道,俺的儿孙们去哪儿了,包括中河,也包括心茹。

是不是嫌俺活得太久,不愿意再伺候俺了?

俺越寻思越悲凉,这颗心游走在凛冽的秋风里,顿时就枯萎了。

俺流下了眼泪。那一刻,俺寻思到了死,俺真的该死了,两眼一闭,啥都不用管了,啥心都不用操了。

俺当家的,不是早就走了吗?两眼一闭去了阴曹地府,过他的消停日子去了。唉,他把俺自个留在这儿,让俺承受着这些煎熬。

俺躺在床上胡乱地寻思着。

门开了,心茹蹑手蹑脚地走进来。她的两只手各自拎着一个袋子。

她瞅俺醒过来,脸上顿现喜色:“奶奶,你醒了?太好了!”

她几步来到床前,把袋子放到床头柜上,斜身坐在床边,拉住俺的手说:“奶奶,你可把我急坏了。”

俺瞅了瞅心茹,目光移到她的左臂上,她的左臂戴着黑纱,俺这颗心一下子吊起来:“你,你这是给谁戴孝?”

心茹抿了抿嘴,抓着俺的手说:“奶奶,你别着急。”

俺想到了中海,想到他无助的样子:“快说!是不是你大爷?”

心茹轻轻地说:“奶奶,不是大爷,是大娘。”

俺一下愣住了。杏花死了?她咋就死了呢?

心茹说:“大娘有严重的冠心病。昨天,立雨和立雪动手了,大娘又气又急就抽了,送到医院没抢救过来,她昨晚就走了。”

杏花就这么走了?

俺哭了,咋说她也是俺的孩子呀!

俺那四六不上线的大儿媳啊,这一生活得稀里糊涂的,死也死得稀里糊涂的。俺是很讨厌她的为人处世,却没想到她就这样死了。她这一闭眼,留给孩子们多少罗乱哪!立雨、立雪,这不孝之名算是坐实了。

心茹叹息道:“医生抢救了半天,啥好药都用了,也没抢救过来。唉,我大娘一生,就八个字:活得糊涂,死得窝囊。”

这话太对了，杏花的一生，最适合这两个词了。

可是，不管她咋样，她也是老王家人。她走了，俺伤心哪。

俺默默地流泪。

心茹连忙安慰俺："奶奶，你别伤心了。这人死了呀，说起来难过，其实是一种解脱。大娘走了，什么烦恼都没了，对她或许是件好事儿。"

这个理儿俺懂。但是，俺还是难过。

心茹接着说："我爸和三叔都回来了，晚辈们也都到了。看在三叔的面子上，县里各个单位都送了花圈，大娘也算死得有面子了。"

俺说："这面子算啥啊？人活着争的才是脸面。心茹啊，奶奶佩服你，懂得咋教育孩子。你大娘就不会，给自个留下了祸根。"

心茹说："奶奶，通过这件事，立雨和立雪也能受到教育。或许，他们会悔过的。"

俺说："一代好媳妇，三代好儿郎。你大爷这股啊，算是毁了。"

心茹说："奶奶，你别悲观，立梅都学好了。咱们慢慢引导，他们也会学好的。"

俺说："但愿老天能开眼哪。"

心茹寻思着说："奶奶，有句话我不该说，你也别往心里去。其实，很多事儿，该摆在明面的，就别掖着藏着。拿到桌面上，当面把道理说清楚，或许就不会出岔了。"

俺躺在那儿没吭声，心里琢磨这话是啥意思。

心茹又说："奶奶，咱娘俩不隔心，我就多话了。其实，老宅子和那块地儿的户主是你。我大爷、我爸、我三叔才是第一继承人。若是争财产，也没孙辈的事儿。要是他们老哥仨都不争，钱由你支配，给谁不给谁你说的算，哪个敢跳出来争呢？"

心茹的话，就像醍醐灌顶，俺立马就清醒了。

这事儿真就怪俺了，是俺偏心了呀！把钱都给了中海，那哥俩才敢跳出来。

俺只顾着中海，却忘了中河、中水他们，好在这两股懂事儿，不然还不知道闹成啥样呢。

这年纪大了，处理啥事儿也不明不白的了。偏疼儿女不得济，这个理儿俺懂啊，咋还把祸根埋下了呢？

俺抓住心茹的手说："好孩子，谢谢你给俺提了个醒。"

心茹抿着嘴笑道："我哪有奶奶明白呀？我这是沾了局外人的光，才看得清清楚楚的。"

办完了杏花的丧事，孩子们都聚到了医院。

中海、拴住、中河、巴特尔、中水，还有俺孙辈、重孙辈、灰孙辈们，都回来了。

瞅着一大屋子的人，俺的心里沉沉的。

立明、立成、立枫、立梅，还有中海家的春、夏、秋、冬，还有那气死人的立雪和立雨，就连出差的立天都回来了。唯一缺的，就是中河家的立菊，那孩子在北京工作，回来一趟不容易。

时间真快啊，就连立成，俺的老孙子，今年都三十五了。

心茹扶着俺坐了起来，俺倚靠在床头上，俺三个儿子坐在床上，孙辈们或坐或站，都眼巴巴地瞅着俺。

俺是王氏家族的老祖宗，是这个家族的根基啊。这么大一棵树，难免有哪个枝丫遭了虫害，长个歪瓜裂枣的。那咋办呢？找准毛病对症下药呗。

心茹说得对，凡事啊，俺该以公心去处理了。

俺说："杏花去了，俺心疼啊。"

说这话的时候，俺的眼泪又下来了。

不管咋说，在一个锅里吃了好几十年，活生生的人，说走就走了，能不揪心吗？

春、夏、秋、冬也抽泣着。

立天凑过来，拉着俺的手说："奶奶，大娘去了，我们都很伤心。伤心归伤心，这活人还得过日子。你是我们的主心骨，一家人都在看你呢，你可要保重身体啊。"

不是俺偏心，中河教育的孩子，个顶个让俺喜欢。立天当行长了，还是那么朴实，瞅着就是舒坦。

俺点了点头。

心茹端起杯子,用嘴吹了吹,递到俺的嘴边,俺喝了两口水说:“都是自家人,俺也不藏着掖着了,你们都知道杏花咋死的。”

说到这儿,俺瞅了雨和雪一眼。

那哥俩满脸伤痕,看来打得还不轻,怪不得气死了杏花。

俺的眼光里,有哀伤,有懊悔,更有埋怨。

这时,那哥俩低垂着头,满脸的愧色。

这话儿点到为止,让他们自个寻思去。

俺就说:“要说怪罪,最该怪的是俺。俺老糊涂了,把事儿处理得不清不楚的,才发生了这样的事儿。”

中海痛苦地说:“娘,都怪俺。”

俺摆了摆手说:“今天,俺当着你们的面,要把话说明白。这老宅子和这块地儿,户主本来就是俺,只有俺有支配权。”

大家静静地听着,谁都没有吭声。

俺继续说:“开发商占地,给了一套三室二厅的房子和一百二十万元补偿。这楼这钱,放在俺这儿,确实没啥用,那就得有人继承。谁继承呢?就是我的三个儿子、一个外甥和一个姑爷。”

中河连忙说:“娘,我不要,我有工资,孩子们也有工作。”

中水也说:“我和孩子们生活条件都好,不差那点钱。”

拴住说:“这钱我不能要,我在乡下,也没啥花销。”

听了他们哥仨的话,俺心里亮堂了很多。这才该是王家子孙的风范,宽容豁达。

他们表态是他们的事儿,俺的话还得说:“俺现在当着你们的面,把这点财产分割了,那套楼给中海,这一百二十万分成五份,每份二十四万,你们五个各一份。俺治病养老,你们都拿赡养费,至于怎么拿,中海你们商量。分给你们的钱哪,你们怎么处理,那是你们的事儿,俺就管不了那些了。这个分法,中海多了一套房子,也是遵循你爹的意思。”

说完这些话,俺又流泪了。

俺这一生,多穷多苦的日子都过过,也没有像现在这么揪心。因为这点钱闹死人了,这话说出去,实在太难听了。

难道,这钱真的比亲人还亲吗?

中河凑近俺说:"娘,你别伤心,这钱我真的不要。"

中水也说:"是啊,那地和那房子,你已经给大哥了,我们怎么能争呢?"

雪玲也说:"娘,要是依我说呀,有你老人家在,咱们都是一家人,这点钱一分,这心思也就分淡了。还是别分了,俺们真不缺这点钱。"

作为媳妇,能表这个态,俺的心里好受多了。

那天,晓梅也表现不错,她说:"娘,我们真不要。"

大家正争论着,病房的门开了,王迪带着一大帮孩子进来了。

这些孩子,都是俺的重孙辈。其中最大的是立春家的儿子,已经结婚十多年了,他的孩子也六岁了,那是俺的灰孙辈。

王迪和俺最亲,一下子扑到床边:"太奶奶,你好些了吗?"

这孩子也长大了,长成了既漂亮又稳重的大闺女,那双眼睛忽闪忽闪的,闪动着善良温柔的光芒。

她瞅着俺脸上的泪水,便小心翼翼地帮俺擦掉,还贴着俺的脸说:"太奶奶,你别哭啊,我们都盼着你好起来呢。"

这就是俺的晚辈,多可人的孩子啊,俺还有啥哭的呢?

俺点了点头,瞅了大伙儿一眼说:"拴住、中河、中水,你们真的不要?"

中河和雪玲对视了一眼,很坚定地说:"娘,我们不要。"

中水和晓梅也说:"娘,我们也不要。"

拴住和古杰说:"娘,我们真的不要。"

俺又点点头说:"那,俺就重新决定。你大哥没劳保,给他留十万,俺也留十万,就算是养老吧。其余的一百万,就作为家族的奖励基金。"

屋子里一下静了,所有人都瞅着俺。

俺又说:"这奖励基金,得有个说法。心茹哇,你代奶奶起草个章程,凡是老王家的后代,不论男女,考上大学的、助人为乐的、孝敬老人的、家庭和睦的和对国家忠诚的,都要有奖励。你捋完了,大伙儿坐下来唥咕唥咕,就把这事儿定下来。"

王迪笑着说:“那我得考研,争取让太奶奶给我颁发奖金。”

俺点头说:“好,太奶奶相信你。”

王迪哈哈地笑啦,心茹也跟着笑啦。

俺问大伙儿:“这么处理,你们有意见吗?”

中海点头:“娘,俺听你的。”

中河说:“娘这个主意好,既合理分配家财,还鼓励了后代。”

中水说:“娘决定的事儿,我都赞成。”

……

俺又问孙辈们:“你们呢?”

立成抢着说:“我举双手赞成奶奶的英明决定。同时,我向奶奶的基金再注入五十万。”

立天笑着说:“我注入二十万。”

立梅不甘落后:“我的钱没你们多,不过,我可以拿出十万。”

立枫说:“我也出十万,奶奶奖励基金就一百九十万了。”

立成说:“我再注入十万,干脆凑个整数。”

心茹说:“我和立明没闲钱。不过,我可以帮助奶奶理财,出点力。”

俺的心啊,一下子就敞亮了。

心茹的话真对,这家族的纷争啊,关键是在长辈。这事儿摆在明面,难题也就解决了。

俺瞅了一眼立雨和立雪,他们躲在角落里,脸红一阵白一阵的。俺寻思,对比另外的兄妹们,他们一定心生愧意了吧?

俺不能说啥,让他们自个掂量去。

俺就对中河说:“把这条写进家训吧。”

中河说:“娘,那就这样写:听妇言,乖骨肉,岂是丈夫;重资财,薄父母,不成人子。见富贵而生谄容者,最可耻;遇贫穷而作骄态者,贱莫甚。”

俺一听就笑了:“是不是又是借的?”

中河说:“娘,不管怎么写,都超不过先人哪!”

俺说:“好,就这样。”

立天也笑着问："奶奶，怎么又弄起家训了？"

俺说："家训就是规矩。这规矩，对懂事的孩子来说，就是个摆设；对不懂事的孩子，那就是提个醒。至于咋做，还得自个去掂量。"

立天说："奶奶，我们都会按家训去做。不过，我有个建议。"

俺说："你说。"

立天说："我们老王家枝叶繁茂，这后代也都长大了。以后啊，他们得多沟通感情，不然会越来越生分。奶奶，你就定个规矩，以后过年，无论闲忙，都必须回家团聚。"

俺觉得立天的建议好，一大家子团聚在一起，像鄂温克的撮罗子，相互支撑着，才会形成一种气候；也只有这样，才能彰显和谐互助，才能体现血浓于水的亲情。

于是，俺就说："立天的建议好哇！就从今年开始，不管你在天涯海角，都得回杜尔伯特过年。要不，就取消享受奖励基金资格。"

儿孙们齐声说："好。"

那声音，是那么悦耳，那么齐整，那么感染人。

42

一波未平一波又起。

杏花死后，王佳琦就住院了。

那天，立雨和立雪大打出手时，这孩子就发烧了。但是，大家忙于杏花的后事，就忽略了孩子的病情。

一切安排好后，孩子还没有退烧，立雨公母俩抱着孩子来到医院。

大夫就开了一堆单子，CT、血常规、尿常规、肿瘤因子、MRI、活检和骨穿等，立雨公母俩抱着孩子楼上楼下转悠。

检查结果出来了。

大夫宣布：孩子患有血液系统的恶性肿瘤。

立雨公母俩惊呆了，血液系统恶性肿瘤，那不就是白血病吗？

韩月惊恐地问："大夫，这孩子一直好好的，怎么能得白血病呢？"

大夫说："按常理，他不会发病。即便是发烧，也没有形成肺炎。那么，他是不是受到了惊吓？"

韩月说："是，前两天，他被吓着啦。他发烧，也是从那天开始的。"

大夫点点头说："嗯，小孩儿过度惊吓，引起机体精神异常、内分泌紊乱、免疫功能下降，从而诱发了白血病。"

立雨一听，简直是晴天霹雳。他揪着自个的头发，深深地叹了一口气，要不是他贪图钱财，与弟弟大打出手，孩子也不会受到惊吓。

韩月似乎受到了刺激，疯了似的捶打着立雨骂道："都怪你，都怪你，争什么家产，你们害死了娘不说，还害了我孙子。"

大夫瞅着这公母俩，好像是明白了什么："你就是前两天死的那个老太太的儿子？"

……

立雨没有回答，大夫用手指着他说："钱不常花，人却常在。你们好好照顾孩子吧。"

立雨羞愧难当，恨不得找个地缝钻进去。

羞愧归羞愧，那也得救孩子呀！立雨撑着脸问："大夫，这病该怎么治？需要多少钱？"

大夫说："根据孩子的病情，治疗时间大概需要两年。具体化疗方法需要结合孩子骨髓分型、常规等确定危险度后确定。总的费用需要二三十万。具体情况，要等我们的治疗方案。"

立雨一下瘫坐在椅子上。

这些年，他一直靠打工生活，结婚后就有了孩子。儿子王涛也是早婚，而且是浑浑噩噩的，媳妇生了孩子就离了婚。那王涛连孩子都不管，整天见不到个人影。现在，老婆孩子一家人，哪有闲钱给孩子治病啊？

韩月更是怨愤交加，坐在那儿哭了起来。

开始，俺不知道孩子得了病，大伙儿一直瞒着俺。

俺出院了。

儿孙们说，中海家杏花的阴魂还没散去，怕影响俺的心境，就问俺愿意去哪儿。俺寻思来寻思去，还是去心茹家。

心茹公母俩和睦，王迪懂事，一家人和和气气的，俺瞅着也舒心。

中河和中水就说："娘这么大岁数了，愿意去哪就去哪儿。"

中海说："行，就送娘去心茹家。

回家后，俺没日没夜地昏睡着。心茹有些担心，害怕他们上班后，俺出现啥意外，就把她家公家婆留下了。

白天，心茹和立明去上班，中河和雪玲陪着俺。有时候，俺们坐在一起说说话，更多的时候，俺就躺在床上睡觉。

暑假，王迪从北京回来了。

王迪是一个忒自立的孩子。

王迪上高二那会儿，学校增加了晚自习，一直到晚上九点下课，家长就屁颠屁颠去接。王迪怕她爹娘太辛苦，就决定住宿学校。

心茹不同意，一方面担心伙食不好，影响身体和智力发育；另一方面担心王迪自理能力差，怕影响学习成绩。可是，天天晚上接送孩子也真是一项大工程。特别是冬天的夜晚，那天是嘎巴嘎巴的冷，接送孩子实在不易。心茹就答应了王迪的要求，让她住上一个月，根据具体情况再说。

你还别说，王迪还真是让人省心。

一个月以后，王迪精神饱满，面如桃花，最值得一提的是，月考成绩跃居年组前三名。

心茹放心了。

一晃，王迪已是大二学生了。

王迪回来，心茹就忙活开啦，她做了一桌子的菜。

王迪跟俺腻了一会儿，就搀着俺上了饭桌，又招呼她爷爷奶奶上桌，大家就乐呵呵地吃饭。

王迪一边夹菜，一边对心茹说："妈，听王婷说，佳琦得了白血病？"

王婷就是肖梅生，可肖家一直不认她。转眼梅生该上学了，立梅想把她改成王姓。

给肖梅生改名字时，心茹寻思来寻思去，觉得立梅已经离婚了，肖家又拒绝接受这个孩子，让她跟了立梅的姓，既合乎情理又合乎法规。于是，就给肖梅生改名为王婷。婷是亭亭玉立，健康成长，希望王婷养成超凡气质。虽说穷养儿富养女,但如菊高雅清丽、如梅凌霜傲雪的品性,还是要兼备的。

俺坐在那儿寻思,在儿孙的培养上,如都像心茹这么上心,那俺们这一大家子,也不会发生让人痛心的事了。

王迪的问话,让俺心里一惊。

俺立马问道:"谁?谁得了白血病?"

心茹瞪了王迪一眼,然后解释地说:"奶奶,你身体还在恢复期,都怕你着急上火,就没有告诉你,是佳琦得了白血病。"

俺的筷子唰啦一下掉在地上,坐在那儿半天缓不过神来。

白血病是啥?那就是血癌。得了血癌了,那还能好吗?

雪玲哈腰捡起筷子,又到厨房拿了一双。王迪拍了拍俺后背,心茹倒了一杯水放在俺面前。

中河说:"娘,你别着急。大夫说,孩子受到了惊吓,才诱发了白血病。不过,也不用过分担心,经过两年的化疗,他会恢复健康的。"

俺一拍大腿说:"造孽啊!"

中河说:"娘,也算给立雨和立雪一个教训了。"

俺说:"那也不该让孩子受罪呀?这是王家的根苗,俺得瞅瞅他去。"

俺边说边拄着拐杖站起来。

心茹连忙扶住俺说:"奶奶,就是去,也得吃饱肚子啊?你看,王迪刚刚回来,我们还是先吃饭吧?"

俺瞅了瞅王迪,王迪吐了一下舌头:"太奶奶,怪我嘴快,让你着急了。"

俺真是急蒙了,连王迪都不顾了。

这孩子一学期没回来了,是该陪着她好好吃顿饭。

俺又坐下来,强迫自个吃饭。

晚饭后,中河公母俩、心茹公母俩和王迪陪俺去了医院。

俺们赶到时,瞅见了让俺欣慰的一幕。

立雨坐在病床边,默默地流着泪,韩月抱着孩子,泪水挂在腮上。

春、夏、秋、冬、梅站在床边。

立春说："治病要紧，我们姐几个凑了这些钱，先把住院费交上吧。"

立梅说："大哥、大嫂，你们别着急，后期的费用，我们再想办法。"

立雨说："姐，我对不起爸妈，也对不起你们。"

瞅见俺进来了，几个孩子异口同声喊道："奶奶。"

立梅搀着俺来到床边坐下。

俺说："你们都来了。"

韩月说："大姐她们是给孩子送钱来的。奶奶，我和立雨，做了有辱门风的事儿，我们错了。"

俺拍了拍她的肩说："小月，知错就改，改了就好，别放在心上。"

韩月说："奶奶，知道了。"

俺又说："对了，孩子的病咋样？"

立雨说："确诊了，是血液系统恶性肿瘤。先化疗，再做骨髓移植，最后是病情巩固和维护。"

俺又问："这得需要多少钱啊？"

立雨说："得三十万。我大姐、二姐、三姐和四姐，每人拿了一万，小妹拿了五万，总共是九万。可是……"

立雨话没说完，眼泪就下来了。

俺点了点头。春、夏、秋、冬一直很仁义，立梅也通情理了。

俺说："你们做得好哇！啥叫姊妹，遇到难处了，都伸手帮一把，这就叫手足之情啊。"

立春说："奶奶，我们懂这个理儿。可是，我们姐四个也不宽裕，只能拿这么多了。"

她们的情况俺了解，意思到了就行啦。

春、夏、秋、冬四姐妹，日子过得平平常常，一直不入杏花的眼。但俺是心满意足了，过日子平平淡淡才是真，哪能都大富大贵呢？

至于治病的钱，俺们再想辙呗，啥能比孩子的命重要呢？

俺说："安心给孩子治病，不要想那么多。"

立雨点了点头，又摇了摇头。

俺对中河说："俺想从基金里拨二十万，给佳琦这孩子治病。你和中水碰碰头，问他同意不？”

中河说：“娘，这事你就做主吧。”

俺说：“这是奖励基金，得按章程办事儿，俺不能独裁不是？”

中河说：“好，我这就打电话。”

中河出门打电话去了，立雨眼巴巴地坐在那儿，俺摸了摸佳琦的小脸蛋，小佳琦咧着嘴就笑了。

中河推门进来说：“娘，中水说，救孩子要紧，他没意见。”

俺点点头说：“立雨，你二叔、三叔都同意了，就从基金里拿二十万，你好好地给孩子治病吧。”

立雨唰啦一下眼泪就下来了，他双腿一弯跪倒在俺面前，说：“奶奶，我糊涂啊，我不是人，我不该……奶奶，既然是奖励基金，那二十万算我借的，等我有钱了，我一定归还。”

孩子认错了，他终于认错了，这比啥都强。

这是亲情的感召，让是心灵的呼唤，这是无声的引导啊。

俺说：“好好好。立雨呀，错已错了，有的也没法挽回了，只求你堂堂正正做人，好好孝顺你爹，把孩子培养好就行啦。”

立雨说：“奶奶，我记住了。”

韩月也跪着说：“奶奶，我也记住了。”

俺又说：“人哪，都是一辈瞅一辈。根基打好了，房子才能端正，凡事都要给孩子做出榜样来。”

立雨说：“奶奶，我懂了。”

韩月说：“奶奶，我也懂了。”

其他人说：“奶奶，我们都懂了。”

王迪贴在俺身上，泪汪汪地说：“太奶奶，我一定记住你的话。”

懂了，也记住了，那就好哇！这做人哪，确实不易啊！

这人字呀，看似简单，就那一撇一捺，却需要太多的支撑了，它包括诚信、忠诚、孝顺、德行、博学、包容、乐观、向上……

你可能会说，那太老套了，可俺不这么看。美国总统尼克松就说：“假如将来中国的年轻人，不再相信他们祖先的教导和他们的传统文化，我们美国就不战而胜了。”这话很有意思呀，他给俺们提了醒，老祖宗的东西不能丢！所以，三纲五常、三从四德还是要传承的。那高富帅白美净顶啥用？

但愿，俺老王家的子子孙孙，都能把这个人字写好。

43

时间过得真快，一晃就到了春节。

按照俺的要求，儿孙们都回来过年。这一大家子三四十口人，吃住都不是小事儿，一定得安排得妥妥帖帖的。

俺寻思了一下，得把仨儿子找到一块儿，呛咕呛咕这些事儿。

中河和中水都来了。

瞅见中水，俺想起了一件事儿。

中水转业到地方三年了。在部队，中水是团长。到了地方，级别不变，降半格使用。也就是说，原来是正职，现在得当副手了。中水被安排在市建设局当副局长，干了两年又被扶正了，调到古泉县当了县长。

本来，俺希望他到杜尔伯特来，既然到县里工作，就落叶归根呗，也好多陪陪俺哪。可中水说，到杜尔伯特，只能是当副县长，因为是自治县，县长必须是蒙古族。

俺寻思呀，中水不甘心当副手，那就由他去吧。只是俺哪，不能时时地敲边鼓，担心他会犯老毛病。

担心归担心，俺能有啥法子？

人哪，越老越盼着团圆，总想把儿孙们拢在身边，一家人乐乐呵呵的，那该有多么滋润哪。

中水当县长了，那可是县太爷呀。

中水上任前，俺正儿八经地和他唠过一次。

俺说："中水呀，眼下你是老王家官运最好的。你比他们都聪明，懂得的道理也要比他们多。"

中水说："娘，你有话就说吧。"

俺又说："县长是啥？那是县太爷啊！县太爷就得为老百姓做主。要不，那还不如回家卖红薯呢。"

中水说："娘，你放心，我一定为老百姓服好务。"

俺接着说："还有，咱做官要清廉，不贪不占，不卑不亢，不抢不夺，走好自个的路，别给自个抹黑，别丢老王家的脸面。"

中水说："娘，我知道。"

俺再一次叮嘱："你到古泉，离俺那么远，你可别让娘挂心哪。"

中水说："娘，你放心吧，我心里有数。"

唉，这就是中水，话说得明白，但愿做事也做得清楚。

应该说，中水是一个有政治手腕的人。可是，俺就是不放心，从他十六岁当兵起，俺这颗心就替他提溜着。

中水上任了。

上任后的几个月，真做了几件大事。他从招商引资入手，提振县域经济的质量，那工作是风生水起。

据说在古泉，中水口碑不错，俺也就放心了。

古泉到泰康就五六十公里，铆大劲一小时的车程，中水就时常回来陪俺吃饭。他离家四十年，还是喜欢家乡饭，大楂子小米饭、酸菜粉条土豆酱，总是吃不够。俺看到他吃得香，内心就安稳下来。

留恋家乡味道的人，应该能为家乡做点事。俺希望中水为古泉造福，也不枉俺的一番苦心了。

俺和仨儿子商量，除夕都在中海家，吃过晚饭以后，一起包饺子守岁，过一个团圆祥和的除夕夜。初一去中河家，初二去中水家。初三自由活动，想走亲访友的就走亲访友，不愿外出的就在家玩儿一玩儿。

事儿定下来了，大家各自忙碌起来。

中海搬上了新楼，三室二厅的大房子，心也宽敞明亮起来。

为了准备年嚼裹儿，春、夏也回来帮忙，她们包豆包、蒸馒头、杀年鸡、灌血肠、压焖子、熬皮冻……这过年啊，就要把箱底翻出来，啥好吃整啥，要整得丰足鲜亮。

秋、冬、梅负责跑市场，买冻梨、柿子、苹果、橘子、鲜鱼、羊肉、牛肉、猪肉、蔬菜、水果、瓜子、糖果、花生、大虾、螃蟹……一天工夫，把阳台堆得满登登的。咱北方人,讲究实惠安逸,一切都齐整了,就消停地过年。谁大过年的还跑市场呢?

一过小年,儿孙们就陆续回来了。

第一个是立菊。她能回来,俺真是高兴啊!不是俺偏向,中河这股人,既仁义又有出息。就说立菊吧,从上学到工作,她爹娘就没操过心。这孩子,在家孝顺老人,姊妹和睦,眼里有活;在学校,学习一直拔尖儿,和老师、同学关系融洽,还总在体育、文艺活动露脸,一直照顾残疾同学,被评为黑龙江省"最美少年";在单位,工作踏踏实实,总有合理化建议被采纳,带领的团队也是第一流的;在社会,她热心慈善事业,经常帮助孤寡老人和失学儿童。北京大学还没毕业,就被北京一家外资盯上了,待遇是年薪百万、北京户口和一套公寓。

立菊忒要强,她把全部心思都用在了工作上。这一晃,她就有两年多没回来了。你说,立菊回来过年,俺能不高兴吗?

立菊回来了,对象也来了。

俺掐着指头一算,立菊都四十二了。四十二才处对象,总算解决了老大难问题。听说,高知的闺女大都是这样。在俺们这疙瘩呢,这个年纪的闺女,孩子都上高中了,有的都快当奶奶了。读大书的闺女就这点不好,上下三辈就耽误了一代人。

立菊对象来了,大伙儿都高兴,中河特意买了好酒好菜,把俺和中海、中水都找了去,让俺们帮着相看相看。

俺一见立菊对象,差一点儿吓晕过去。

那孩子一头黄毛,还满是卷儿;那眼珠子,和头发一个颜色;那大鼻子高高的,鼻尖支出老远;那胡子,从鬓角连到下巴颏,让人感到扎吧约的。

立菊找了个老毛子?

俺见过老毛子。

一九四五年八月十六日,日本战败投降的消息传到刑务署监狱,狱中"犯人"趁夜越狱,有六十多人逃了出来;二十二日,苏联红军后贝加尔方面军第三十六集团军,在司令官马来敖斯克的率领下,一百余人分别进驻泰康、烟筒屯、前后代和喇嘛甸等地,担负保护铁路、维持社会治安和协助地方维持会建立保安队等任务；九月五日，伪旗公署解散，色旺多尔济联合原伪旗公署的官员，成立杜尔伯特旗解放委员会，他自个任委员长；十一月，内蒙古人民革命党总部派冠布仁钦、包文东来到杜尔伯特旗，筹建内人党支部，鼓动杜尔伯特旗划归内蒙古；十二月，内人党支部成立，色旺多尔济加入了这个党。

这时候，日本人消停了，国民党不消停，土匪也不消停。

国民党建军头子陈国良、反动台吉包敬斋，在他拉哈屯组织召开了反动台吉、地主武装会议，密谋成立"东北义勇救国军杜尔伯特旗联合保安大队"，还提出"杀穷人、打八路、等老蒋"的反动口号，陈国良任大队司令，下设三个中队，纠集一千多人，进行武装叛乱。就是土匪也趁火打劫，抢劫苏联红军的军用物资，把杜尔伯特闹得那个乱啊。

好在老毛子打仗不含糊。

老毛子满嘴嘟噜嘟噜的，喜欢拎着瓶子喝酒，见到中国女人就想那啥，老辈东北人恨死了老毛子。

老毛子进驻第二个月，司令官马来敖斯克、保安大队长阿逊布彦，命令保安大队第三小队去磨古台屯剿匪，三十多人的一个小队，趁着夜色从泰康悄悄出发了。当他们走到龙坑屯后身时，"小老疙瘩"、"占林"等土匪绺子，突然向第三小队发起攻击。第三小队立马包围了土匪，并迅速展开了反击。土匪看到苏联红军的旗子，丢下武器迅速逃窜。这次战斗，活捉土匪五人，缴获步枪、手枪等四支，马车一辆及部分衣物。

一九四六年二月十八日。

这是个双日子，也是个吉祥日子。新发村于海忠屯的吕青莲，在这一天给儿子吕怀恩娶媳妇。吕家的亲戚"三门周家"，是有钱的大粮户。"草上飞"绺子匪首苗桂兴算计，吕家办喜事儿这天，周家准会派人送大礼，趁机绑了周家的肉票，一定能敲一笔好竹杠。

于是，苗桂兴就派人踩盘子，并于头一天晚上，带领三十多人住进吕青莲家院套。

于海忠屯地势险要，屯北是无边无际的苇塘，屯南是一片东西方向的大片沼泽地。全屯建在大岗子的南坡，总共九户人家五十多口人。屯内南面建有两座炮台,北面建有三座炮台。

苗桂兴等匪徒进屯后,先占据了炮台,然后四处设卡,只准进不准出,只等“肉票”进入网中。同时,他们在院外设了“秧子房”,押着从泰康街绑来的一个人票。

第二天上午十点多,一队苏联红军从古泉开往齐齐哈尔,先头部队抵达于海忠屯附近,被土匪“瞭水”发现,立马报告大掌柜。苗桂兴与炮头等头目紧急商议,认为这辆车上的苏军,是屯西南前后代车站的护路兵,汽车上面肯定有“干货”,便下决心要劫车。

苗桂兴当即下令:“紧关大门,用大车把门顶上,开枪射击。”

说话间,苏军来到大门前,看到大门紧闭,感到有些奇怪。有几个苏军跳下车,蹬上粪堆往院里张望,发现全是备好鞍子的马,炮台里还有人隐蔽。于是发出信号弹,掉转车头紧急返回。这时,炮台上的匪徒开始射击,正好苏联红军大部队赶到,并迅速将屯子包围。经过一个小时的激战,用装甲车推倒了大门和院墙,苏联红军冲进院子。最后,土匪被迫缴了械,混在老百姓里,一同站在大院门外。

这时,就存在鉴别问题了。咋鉴别呢?叫妇女和小孩儿认领家人吧。女人和小孩儿就开始认领自个的亲人,凡是没人认领的,就全当作土匪给毙了。只有两个当地土匪,侥幸活了下来:一个藏在马草料堆里,一个被情人领了回去。就这件事儿,包括屯东张寡妇的风流韵事,一度成为嚼舌根的热门说口。

这次战斗,击毙土匪十八人,包括大掌柜苗桂兴、二掌柜于麻子和秧子房掌柜李清海。无人认领被枪毙的有:本屯村民八人,外屯村民五人,被土匪抓来的小商贩、算命先生和人票等七人,苏联红军受伤八人。

一晃,这事儿过去五十六年了。

也就是说,俺有五十六年没见过外国人了。

在俺的心里,外国人和中国人,那是两个世界的人,根本就不搭界。

这回可好,这不搭界的两种人,还就成了对象啦。

唉,开放三十多年了,你找外国人也行。但是,要带他回家,也得先教教他礼数哇，也免得闹出笑话来。

那天，中海搀着俺刚一进中河家的门，立菊就跑过来，搂着俺开心地叫了一声：“奶奶，我都想死你了。”

俺说：“好孙女，俺也想你啊。”

立菊抬起头来，扶着俺的双臂，左右打量着说：“奶奶，真是老神仙，越活越年轻了。”

俺乐得合不拢嘴，拍着她的手说：“都老抽抽了，还年轻呢。要是越活越年轻，还不成了妖怪啦？”

立菊笑着说：“哈哈……奶奶真幽默。奶奶，我给你介绍个人。”

俺问：“谁呀？”

立菊没回答，就冲里面喊道：“迭戈，快来拜见奶奶。”

好久以后俺才知道，这个迭戈，全名叫迭戈·罗德里格斯·德席尔瓦-贝拉斯克斯。这一大串的名字，可真够啰唆的，俺背了好几天，也没记住。干脆还叫他迭戈吧。

随着立菊的喊声，一个高大的男人走出来。俺一看黄头发黄眼睛大鼻子，俺就暗自叫了一声：天哪，这是啥怪物？是老毛子，还是外星人？

俺一紧张，这口气差点儿没上来，就一连声地咳嗽起来。

立菊呵呵地笑着，还拍着俺后背说：“奶奶，吓着了吧？迭戈呀，他不是中国人，是西班牙人。”

西班牙，那是啥牙啊？俺知道有金牙、银牙和立世牙，这西班牙，俺还是第一次听说。

俺定定地看着迭戈。

迭戈嬉笑着走过来，张开双臂把俺搂住了。俺一愣：这是演的哪出啊？俺刚顺过一口气，又被噎住了，差点儿没背过气去。

可是，让人难堪的事儿还在后头呢。

迭戈硬邦邦地说：“老太太，见到您真高兴。”

老太太？这是你该叫的吗？别说孙辈儿，就是中海这辈，谁见了俺不叫一声大娘、大婶，或是老祖宗？这个迭戈咋这么没礼貌呢？

俺想抽身，却被他抱得死死的，那满身牛羊腥膻味啊，熏得俺就要晕了。

最后，还是立菊为俺解了围，她拍着迭戈后背说：“喂，迭戈先生，你别这么热情了，奶奶受不了啦。”

迭戈哈哈笑着放开了俺。

俺喘着粗气，让立菊扶俺坐到沙发上，俺拍了怕心脏，又轻声叨咕一句：“阿弥陀佛。”

立菊瞪着迭戈说：“让你入乡随俗，你就是不听，看你把奶奶吓的。”

迭戈咧着嘴嘻嘻地笑，一只胳膊放在背后，一只手掌按住前胸，对着立菊行弯腰礼：“谨遵夫人教诲，我这就入乡随俗。”

说着，他往前走两步，扑通一声单腿跪地，保持刚才的动作，低头含胸地说：“迭戈拜见中国老奶奶。”

迭戈这一动作，把中海给逗笑了。立菊这才想起中海，赶紧拍拍迭戈的肩膀说：“迭戈，这是我大爷，是父辈中的老大。”

迭戈站起身，对中海点头：“王先生好。”

中海点点头说：“好，好。”

中海满嘴说好，俺觉得不舒服。这孩子，你要活宝、拍马屁都成，但不能乱了规矩啊？初次见叔伯丈人，总得叫声伯父或大爷吧？还先生先生的，俺都别扭死了。

中河公母俩回来啦，手里提溜蒜挂的，整回一堆嚼裹儿。

中河笑着说：“娘、大哥，你们来了。”

雪玲也笑着说：“娘，上楼累了吧？快去床上躺一会儿吧。”

俺嘴上说不累，心却真有点儿累，但不是上楼累的，而是被折腾累的。

真是怕啥啥就来，迭戈接过东西说：“王先生、王太太，您辛苦了。”

啥？先生、太太？你叫中海先生，叫俺老太太，都行。中河和雪玲，那是他的老丈人、丈母娘，他竟敢叫先生、太太。

俺疑惑地看着立菊。

中河笑了笑说：“娘，西班牙人就是这风俗，除亲生父母，不称呼岳父岳母为父母的。”

俺真不高兴了。

这算啥风俗？人家辛辛苦苦把闺女拉扯大，就白白给你做媳妇？你就没有一点儿感恩之心？这血脉亲情，谁都改变不了。你连爹娘都不认，人家咋能放心把闺女交给你？

一生气俺就不吭声了，就拄着拐进了卧室。

中海、中河不托底，连忙跟进了卧室。俺不理他们，躺在床上生闷气。

中海说："娘，迭戈是外国人，你别和他一般见识。"

中河也说："是啊，娘，只是风俗习惯而已。"

有啥不一样？中国有句话，叫入乡随俗。你在中国生活，就得守中国的规矩；你进了王家门，就得随王家的习俗。

中河叹了口气，对外面喊道："立菊，你进来。"

立菊飘进来问道："爸，什么事？"

中河说："我就说不让你找老外，毕竟生活习惯不同，风俗习俗也不同，难免会出现隔膜。这下可好，看把你奶奶气的。"

立菊抿着嘴笑："奶奶，别生气。改革开放了，也与国际接轨了，跨国婚姻很正常。迭戈刚来，也在努力学习，过几天就好了。"

俺说："别的俺不在乎，你爹娘生你养你，他就不能叫一声爹娘？"

立菊又笑着说："奶奶，你为这个生气啊。在西班牙，先生太太，是最尊重的称呼。不过，我得让他入乡随俗，叫您一声奶奶。"

俺心里寻思，这闺女还您您的，早被迭戈同化了，俺倒要看看，你咋让他入乡随俗。

立菊飘出去了。

不一会儿，迭戈跟她走了进来。

刚才还热情似火的迭戈，现在就像一只小绵羊。他站在那儿，怯生生地叫道："迭戈见过奶奶、大爷、爸爸。"

俺看到迭戈满脸通红，也觉得太难为他了。

中河说："娘，迭戈叫你奶奶了，快起来吧。"

俺连忙爬起来，从怀里摸出红包，这是俺早就准备好的。俺把红包递到迭戈面前，迭戈显得不知所措。

立菊接过红包，呵呵地笑着说："迭戈，奶奶给你红包。这是俺们这疙瘩的习俗。新姑爷登门，是要给红包的。"

迭戈瞪大了眼睛："红包？俺们？这疙瘩？"

立菊呵呵地笑："我呢，故意说点方言，让你知道什么意思。俺们，就是我们；俺们这疙瘩，就是我们这地方；红包，就是用红纸包的礼金，是对新姑爷的祝福。"

迭戈哈哈地笑了，双手接过俺的红包，也接过中海的红包："谢谢奶奶，谢谢大爷！中国，是唯一现存的文明古国，有很多优秀的传统文化，始终影响着亚洲甚至世界。我，不，俺要努力学习，并弘扬光大。"

俺们说俺，那是自然。迭戈说俺，那是幽默。所以，大伙儿听了，就都哈哈地笑了。

笑过之后，立菊骄傲地说："中国的历史幽深久远，充满了哲学思想，是取之不尽、用之不竭的宝藏。你呀，想成为中国的姑爷，得虚心努力学习哦。"

迭戈说："那当然。"

立菊故意逗他："那就再复习一遍？"

迭戈寻思着说："奶奶、大爷、爸爸；俺，这疙瘩……"

看着迭戈的样子，俺又哈哈地笑了，大伙儿也跟着笑了。

迭戈挠着脑袋说："奶奶，你还生气吗？俺会努力的。"

俺点头说："不生气，只要你们幸福，俺高兴还来不及呢。"

迭戈说："奶奶，俺们很幸福。俺们同居一年多了，等彼此适应了对方的生活习惯，俺们就结婚。"

同居？

听到这个词，就像毛毛虫爬到俺的身上，俺不觉浑身一激灵。

立梅十七岁同居，那是不懂事儿。立菊呢，用心茹的话说，那是高知，是俺最明事理的孩子，咋也同居呢？而且是和外国人同居。

俺晕了。

44

立菊和迭戈同居,是俺心底的一道坎。

旧时候,没出门子的闺女,别说同居了,就是见个面都难,那是伤风败俗的呀。当年,俺进了洞房啦,才见到俺当家的。

心茹说,这是封建思想造成的。把两个陌生人硬生生绑到一起,别说共同语言了,就瘸子、瞎子、傻子,你也得受着。嫁鸡随鸡嫁狗随狗嘛!忒容易造成婚姻悲剧了。

心茹的话俺信,俺也赞成相互多了解,两个人在一起愉快,再登记结婚也不迟呀?可是,同居,还生孩子,俺捉摸不透了。

立菊知道俺不顺心,就和俺讲道理。

她说:"奶奶,我和迭戈生在不同国度,接受的文化和教育不同,思想与价值理念也不同。虽然,我们相爱了,但贸然走进婚姻,怕产生不可调和的分歧啊。如果那样,会很受伤的。"

俺说:"不同居,也能了解啊。"

立菊说:"人哪,总习惯展示好的一面。所以,一般性交往,看到的都是表象。只有面对柴米油盐酱醋茶,用生活的味道冲淡浪漫,才能发现彼此最真实的一面。"

俺说不过她,也改变不了她,只能由着她去吧。反正她有文化,知道自个在做啥。不过,有一点儿俺得提醒她。

俺说:"立菊啊,你有你的活法,奶奶也不逼你。但奶奶得提个醒,你可别怀孕啊。"

立菊说:"奶奶,我采取了措施。不过,要是真怀上了,我就生下来。"

俺说:"那可不行。"

立菊说:"奶奶,我都多大了?该生孩子啦。"

俺说:"你和他?那还不生个妖精?"

立菊捂着嘴笑:"奶奶,你真老外。不同种族,生的是混血儿。混血儿不但漂亮,还聪明呢。”

俺想到了二毛子。

光复那会儿,苏联红军进入东北,作为反法西斯联盟,参加了抗日战争最后阶段的战斗,但也祸害不少同胞姐妹,留下了不少二毛子、三毛子。

不过,俺又想到了猴孩。

十年前,俺听心茹说,哈萨克斯坦发现一六岁雄性猴孩儿,他浑身被密密麻麻的毛发遮盖,头颅也和猴子的十分相似。

猴孩儿住在一个山村,名叫阿尔巴伊。他爹娘是当地的村民,他爹三十三岁了,他娘二十六岁。大夫说,这种现象与他爹娘染色体变异有关。

俺就寻思来寻思去,那迭戈满脸黄毛,是不是染色体变异呢?俺寻思寻思就笑了,还不自觉地摇摇头。

立菊说的理儿,俺是真的不懂。她说的理儿,与俺的老传统和老祖宗的训诫太远了!

那天晚上,立菊和迭戈一个房间,中海和中河一个房间,俺和雪玲一个房间。俺躺在那儿寻思着,就又担起心来了。你说,中河公母俩也真是,对于立菊的行为,他们不但不闻不问,还主动撵人家过去睡觉。

不过,迭戈倒是一个好孩子。虽说闹出一些笑话,可他热情开朗,幽默又风趣,大伙儿都挺喜欢他。那几天,迭戈常给大伙儿带来惊喜:比萨饼、煎牛排、煎鹅肝,还有水果沙拉,都是俺没吃过的。

有时,他穿上红色金边的衣裳,佩戴上头饰,披上斗篷,手里拿着红布,在《西班牙斗牛士》的乐曲中起舞,那舞蹈刚劲有力、气势逼人,还真有点儿爷们的派头。

在大伙儿的掌声中,迭戈做了一个收势,把俺笑得肚皮疼。

只有两件事儿,总是让你没着没落的。迭戈不会用筷子,一上桌就瞎舞扎起来,一会儿筷子,一会儿叉子,一会儿又是刀子,不是把菜扒拉到桌上,就是掉在地上;还有就是不会论辈分,一会儿管心茹叫大婶,一会儿管立成叫大舅,一会儿又管佳琦叫小弟弟。

俺对心茹说:“你瞅瞅这事闹的,找谁不好,就非得找老外?”

心茹就笑着说:“奶奶,爱情不分国界。这人要是有缘哪,就是隔山隔水也隔不断啊!”

俺说:“啥习惯都不一样,他们能幸福吗?”

心茹说:“奶奶,依我看哪,他们差不了。迭戈看立菊的眼神,都是温情和宠爱。”

俺也看过迭戈的眼睛,除了黄黄的眼珠子,俺啥也没瞅出来。于是,俺摇摇头,算是俺的回应吧。

心茹说:“奶奶,爱情的力量是不可估量的。别说生活习惯了,如果真正爱着对方,能够跨越一切障碍,从而达到心灵上的契合。”

心茹说的这些,俺是揣摩不透哇。不过,心茹说他们能幸福,也许就真能幸福。俺哪,相信心茹的眼光。

立菊回来后,立枫也回来了。

大伙儿又聚到中水家。

一次婚姻的失败,也算是一场阵痛吧？有心人会总结教训,为新的生活积累经验。立枫却不是,她没几天就和一个男人结了婚。

那男人叫车作山,比立枫小一岁。

心茹说,这种结婚方式叫闪婚,是眼下年轻人比较喜欢的结婚方式。

唉,乱了乱了。啥闪婚、隐婚、裸婚、蜗婚的,咋就不在道上呢？这些年轻人都咋啦？那林彪在双城设立指挥部,毛主席知道了,就说:有双城,就得有单城啊！那年轻人有闪婚,就一定有闪离。这样下去,哪还有责任感呢？那不是拿婚姻当儿戏吗？

俺寻思寻思,脑袋就大了。

俺那时候,就讲究从一而终。好女不嫁二夫嘛！进了人家的门,就寻思咋能把日子过好,谁会有离婚的想法呢？

俺一说吧,人家就说有代沟,还五年一个代沟。俺都九十八岁了,那是多少代沟哇？五十来个代沟？你还不如说,就盼俺早点死呢！

那立枫呢,是这一代最能出彩的一个。

她闪婚后,还是不要孩子,还是抱着小老鼠喊儿子,还是吃喝玩乐。

车作山呢,虽说小她一岁,也老大不小了,就知道陪她玩儿。

用她自个的话说,他们是无烟家庭。你听听,多可笑哇!自从结了婚,从来没在家做过一顿饭。

饿了,吃快餐:必胜客、快吉客、包天下……渴了,喝饮料:冰红茶、娃哈哈、农夫山泉、营养快线……吃饱了喝得了,就钓鱼、打麻将、卡拉OK……一天潇潇洒洒的,说啥过好当下。唉,就这种生活态度,那还有啥希望呢?如果都这样,这个民族又有啥希望呢?

车作山也算有本事。

车作山没固定工作,就凭着打工学的手艺,还有那股机灵劲儿,开了一家汽车修理厂,承修企业和社会车辆。几年下来,完成了原始积累,拿到了北京汽车的授权,开了一家北京4S店。

刚结婚那会儿,双休日节假日,车作山还能陪着立枫。后来,一家4S点变成两家,车展、年会、大客户、工商、税务,啥关系都需要处理,就很少陪立枫玩儿了。为此,立枫没少抱怨他。

车作山和立枫结婚时,是个二十七八大小伙子,原来虽说有自个的事业,但还是贪玩儿的年轻人,就很少想到孩子和老人;现在三十三岁了。岁数大了,人生观也发生了变化。特别是在业内小有成就,就想着光宗耀祖了。光宗耀祖得灵魂回归,更得传宗接代呀!于是,就劝说立枫生孩子。

立枫呢,决心将丁克进行到底,自然不答应车作山的请求,两个人便因为这事儿,不时地吵架闹矛盾,感情也逐渐冷了下来。

俺替立枫担心啊。

男人的心思是很难捉摸的。不过,他们有一个共性,那就是,他的心思在你的身上,他会全心全意地护着你、宠着你。他的心思转移了,任凭你付出整个身心,他也不会看你一眼。

为这事,俺见到立枫就说,立枫却全当耳旁风。俺让心茹劝劝她,心茹摇着头说:“奶奶,这是观念问题。她自己不改变,谁劝都不会起作用。”

俺感觉很无奈,便轻轻叹口气说:“这孩子,吃一百个豆都不嫌腥,但愿她能早点明白过来。”

立枫是和车作山一起回来的。

两个人倒也孝顺,拉回一车嚼裹儿,还有一箱箱饮料、啤酒啥的。

中水家啥都有,这些鸡鸭鱼肉、生猛海鲜、时令蔬菜、各种饮品,那是吃也吃不完。咋办呢?就给大大爷、二大爷呗,就省了礼份子了。

于是,立枫和车作山又一阵折腾,好不容易送完了,太阳也落山了。

俺问立枫:“你买这么多做啥?”

立枫说:“奶奶,这是单位分的,我们也不开火,根本没法吃。往年去婆家过年,都带那边去了。今年回来过年,我就直接拉回来啦。”

俺疑问:“单位啥都分啊?”

立枫说:“就是,大到微波炉,小到卫生纸,没有不分的。”

俺说:“这现成的东西,你咋不自个做吃呢?”

立枫说:“奶奶,你别老外了。把精力用在柴米油盐上,岂不是浪费大好光阴?我得享受生活呀!”

俺摇头说:“心茹比你大多少?她不也得柴米油盐过日子?”

立枫说:“奶奶,我可不和她比。她是作家,需要体验生活。我呢,普通职员一个,只要享受生活。”

俺不吭声了,在那儿生闷气。

立枫凑到俺身边,拉着俺的手说:“奶奶,你别生气了。谁都有自己的生活方式,我也有自己的生活轨道。立菊,处了个外国对象,采用的是试婚;立梅呢,经历了幼稚的婚姻,把心思都放在了事业上;还有我哥,找了一个比他小十二岁的女孩儿。你呢,从旧社会走过来的,又在我大嫂身边待惯了,就总觉得我们什么都不对。”

俺说:“话可不能这样说。俺觉着,你们的生活态度有问题。你记着奶奶的话,人哪,不能割断了祖宗的血脉,也不能割断了传统啊!”

立枫说:“奶奶,你这是老脑筋。现在开放了,都和国际接轨了,变是永远不变的真理。”

唉,俺还能说啥呢?你说一句,人家有十句等着呢。

中水这股孩子,都随了中水啦,骨子里长满了不安分的细胞,就喜欢别出心裁,做那些让人心惊肉跳的事儿。

就像立枫说的，立成找了个小的，两个人走到一起，咋看咋不像夫妻，就像是爷俩儿。

45

立成是腊月二十七到家的。

他带着他的小媳妇，这个二十三岁的女孩儿。

这女孩儿叫毕文婷，是哈师大中文系的大学生，毕业后到立成的公司做文秘工作，做着做着就上了立成的床，还怀上了立成的孩子。

立成媳妇早就出国了，他们的婚姻名存实亡。有了这个事儿，两个人很快办理了离婚手续，立成就把这女孩儿娶回了家。

毕文婷一进门，随着立成的介绍，逐一行礼拜见长辈，然后扎上围裙进了厨房。就这一点，一般的女孩儿就做不到。所以，俺说她乖巧懂事儿，对人有礼有节，是个朴实勤快的女孩儿。

俺只是有些担心哪。

两个人相差那么大，立成六十岁的时候，她刚四十八岁，她还能喜欢白发苍苍的立成吗？

俺问过立成这个问题。

立成哈哈地笑着说："奶奶，你多虑了。杨振宁八十二岁，娶了二十八岁的翁帆，还不是因为爱情吗？优秀的男人，时间只会让他更成熟。而成熟美，才是女人眼中的魅力。"

看来，凡事都有他自个的理由，就算有人反对也无妨。

比如俺。

他们回来时，那阵势吓了俺一跳。

立成是在沈阳长大的。按理说，他不应该有那么多本土朋友。可是，他回家时，一共有六辆路虎相陪，还有一群男男女女。

当时，俺正在中水家和晓梅母女唠嗑呢。

中水到古泉县上任后，他家依旧在大庆市。而在古泉呢，中水还得到一套公寓，平时他就住在那儿。

古泉镇这两年发展很快,原来的县政府很陈旧了,就在县城的西南方,开辟出一块新城区,在新城区盖起了办公大楼,便把县政府迁到了新城区。

县政府搬迁后,公安局、法院和检察院,也都照猫画虎,在政府附近盖起了新楼,也都接二连三地迁了过来。

衙门在哪儿,哪儿自然就兴旺。

一些开发商看到商机,立刻在县政府附近,开发了几个小区,这些新开发的小区,外形设计美观,内部设施齐全,广场绿地及配套设施应有尽有。新城区的开发,立刻吸引了相对宽裕的居民,形成了一股抢购热潮,新城区的楼房被抢购一空,楼价也逐渐飙涨起来。

在古泉县,新城区成了身份的象征。

而开发商则赚得钵满盆盈,把老百姓的钱都揣进了自个的腰包。

俺不懂官员与商人之间的事儿,但能看出来他们相处得很好。这一点,从中水来到古泉就能说明。

在新城区中,最昂贵的是和谐小区,那儿有一栋县长楼。

中水就住在那儿。

俺听说,这栋楼是开发商特意为县领导建的,住房、物业和车库全都免费使用。

中水到古泉不久,就搬进了这栋公寓。

俺知道这个事儿,还和中水聊了一次。

俺说:"中水啊,你当这个县长,要想着为老百姓做事儿,不能像和珅似的光往自个兜里搂哇。"

中水说:"娘,我知道。你看县医院、新城区,不都是为老百姓建的吗?还有北国温泉、欢乐谷等,不都是我招商引资引来的吗?"

俺点了点头,这俺也知道。

俺又说:"娘知道,你为古泉县做了不少事儿。中水,尽心做事是你对老百姓责任,不贪不占是你应有的品质啊!"

中水说:"娘,我知道。"

俺摇摇头说:"你不知道。"

中水说:"娘,这是怎么说的?"

俺叹了口气说:“唉……你寻思寻思,你刚到古泉县才几天?人家凭啥就白送给你楼住?这叫啥?这叫糖衣炮弹。老话说得好哇,吃人家的嘴短,拿人家的手短。你住房子能白住?”

中水说:“娘,你听我解释。”

俺说:“你解释啥?理就是这个理儿,事也是这么回事儿。那就是和尚头上的虱子——明摆着。”

中水说:“娘,官场有官场的规则,做事儿要想得周全。你琢磨琢磨,那公寓楼是给县领导住的,其他领导都搬进去了,只有我拒绝接受,那我岂不是成了众矢之的?”

俺说:“哪有这么多说道?谁愿意住谁住,你不住就行。”

中水苦笑着,又摇摇头说:“娘啊,哪儿分得清啊?这事儿没那么简单。别人住了,我也得住。不然,人家会防着你。算了,反正也说不清楚,你也别操这份心啦。”

俺说多了,中水就不耐烦了。

是啊,人家是县长了,俺斗大的字不识一筐,能说得过他吗?

反正,俺觉得这事儿不靠谱。

可是,中水不听劝,很快就搬进了新楼。

对这件事儿,俺一直感到不安,就把心茹叫过来,和她叨咕叨咕。

俺说:“心茹啊,你三叔白住人家的楼,俺咋就不托底呢?”

心茹说:“奶奶,俗话说,官身不由己,也许就是这个理儿。三叔说得也有道理,你清正廉洁可以,但不能堵了人家的路。你堵了人家的路,人家就会想办法堵你的路。”

俺还是磨不过弯。

心茹说:“比如几个人、十几个人,一直在一个团伙里当小偷。后来,其中一个人洗心革面,想投案自首。那其他人能容他吗?他想自首了事,别人还担心被牵扯进来呢。”

俺说:“可是,你三叔是县长啊。”

心茹说:“奶奶,我是做个比喻。依我看哪,你就别操心了。”

唉,连心茹都不帮俺了。

也许是俺年纪大了,心思重了,寻思的也多了,才会草木皆兵的吧？

可是，俺是为谁呢？

俺是越来越经不得事了。俺只希望，在有生之年，看到儿孙们都健康、平安、幸福和快乐。

再说立成，他带着朋友们来了。

他们说笑着走进来。

立成拉着俺说："兄弟姐妹们，这是我奶奶，今年九十八岁。"

"奶奶好。"

"奶奶，你真精神。"

年轻人们嘻嘻哈哈地围着俺，好话说了一箩筐。

一个中年男人说："奶奶，我们兄弟里我是老大，立成的奶奶就是我的亲奶奶，我给你老人家磕头了。"

那人说着，趴在地上就磕了一个头，其他人也都效仿他，算是给俺拜了早年了。"

俺坐不住了，连忙站起来说："快起来，新社会了，不兴这个。"

老大说："奶奶，我们和立成就多个脑袋差个姓，是冲着月亮磕过头的把兄弟。我们来给奶奶拜年哪，是应该应分的。"

说着，就都掏出红包，放在茶桌上。

俺急了，一边推辞一边说："这可使不得，俺咋能收你们的钱呢？"

老大说："奶奶，你呀，就把我们当孙子孙女。要不，你就是瞧不起我们。"

其他人附和着说："就是。奶奶，拿着吧，这是我们的一点儿心意。"

既然是心意，俺就接着吧。

老大领着这一帮，呼呼啦啦地走了。

俺对立成说："你瞅瞅，这算咋回事呢？"

立成说："奶奶，前半生看父敬子，后半生看子敬父。你呀，不仅有我这个好孙子，还有当县太爷的儿子。他们哪，就是为这孝敬奶奶的。"

这话可算说到点上了。

俺绷着脸说："立成，你心里明镜似的。他们和你称兄道弟的，还不是看中了你的身份？这人啊，拿了人家的就手短。你呀，可不能打着你爹的旗号，在外面呼呼哈哈的，小心给你爹带来麻烦哪。"

立成说："奶奶，我可不用他的旗号。不管怎么说，我也是大庆的富豪，有人巴结我是正常的。"

俺说："交朋好友，那是正常的。关键的症结是，他们是古泉县的，和你有啥业务来往？还不是想通过你，让你爹给办事儿？"

立成挠挠头，不吭声了。

俺说："立成啊，你爹年纪不小了，他能平安落地，才是王家的福分。后宅不净，为官也不安宁。你呀，可别给你爹添麻烦了。你爹要是出了事儿，这个家不就毁了吗？"

这话是说给立成听的，也是说给晓梅听的。

俺知道，那晓梅也不是省心的主，更别说妇德妇言、妇容妇功了。

有人喜欢走妇人路线，有人喜欢走公子路线，溜须拍马献殷勤就难免。你瞅瞅晓梅身边，总围着一些政客的老婆，那晓梅被捧得晕乎乎的，甚至都有点儿得意忘形了。

现在，立成又整这事儿，能不让人担心吗？如果因为他们，让中水落得个晚节不保，俺咋向列祖列宗交代呢？

立成不吭声，坐在那儿寻思事儿。

过了一会儿，他偎到俺身边说："奶奶，你真成了仙了，什么事都逃不过你的眼睛。这些人呢，的确有所求。不过，我不会利用我爸的关系。我做生意这些年，也建立了一些关系，我会想别的办法帮他们。"

俺点了点头。

他在社会上，闯荡这么多年了，应该比俺懂得多。

46

立成回来的当天，立雨也回来了。

俺就回到了中海家。

这几个月，立雨一直带着佳琦，在大庆油田总院住院。

看到俺回来，立雨连忙扶着俺坐到沙发上。

俺说："俺大灰孙子咋样了？"

立雨喊道："韩月，奶奶回来了，你快把孩子抱出来。"

韩月睡眼惺忪地走出来，边走边揉着眼睛说："奶奶回来了？佳琦睡着了，等一会儿吧。"

俺说："俺去瞅瞅他。"

立雨和韩月一边一个，搀着俺走进了卧室。

佳琦躺在床上睡觉，在一床大被的覆盖下，显得更加娇小了。俺偎坐在床边，仔细地打量着他，心里多少有点儿酸楚。

长期的化疗，孩子的头发都脱光了，小脸又大又肿，脸色十分苍白。

俺叹了口气说："唉……可怜的孩子，这么点就承受病痛的折磨。"

立雨说："奶奶，小佳琦可坚强了，化疗反应那么大，他都没有哭过。"

佳琦坚强，佳琦没哭，俺流泪了。

韩月也说："化疗以后，他吃什么吐什么，佳琦就强迫自己吃。他还说，只有多吃饭，才能早点回家，看太爷爷、太奶奶和太太奶奶。"

听韩月这么说，俺哭得更伤心了。这可怜的孩子，咋就摊上这个病了呢？

立雨说："奶奶，要不是你出手哇，我死的心都有了。"

俺说："都是老王家的根，俺咋忍心眼睁睁地看着呢？"

韩月说："奶奶，我和立雨一辈子记得你的好，也一定会好好孝顺你的。"

俺摇摇头说："俺都这岁数了，还能活几天？你们哪，好好孝顺你爹，姊妹间好好相处就成。"

立雨愧声愧色地说："奶奶，我过去太浑了，对不起我妈，也对不起大伙儿，我知道错了。以后呢，凡事我多让着点。"

俺说："这就对了。你们是手足弟兄，手足相残，两败俱伤啊。"

立雨说："奶奶，我知道了。"

佳琦一直昏睡着，他太虚弱了。

下午，立雪也回来了。

立雨和立雪打招呼，立雪带搭不理的。俺知道，兄弟之间的芥蒂，不是一天两天就过去的，也不是一句两句话就能化解的。

不过，立雪看到佳琦的样子，也很难过。他抱着佳琦问："大孙子，你还疼吗？还难受不？"

佳琦搂着他的脖子，甜甜地叫道："小爷爷，我的病好了。"

立雪把佳琦搂得更紧了。

这就是血脉亲情。血脉亲情是心连着心的。俺不必多劝他们了，让他们自个去寻思吧。

明天就是大年了，大伙儿都到中海家过年。这过年的事儿，也是一项复杂的大工程，需要精心地筹划。

春、夏、秋、冬忙活了好几天，炖焖酱熏、熘炸熬包，样样都得准备。

杜尔伯特过年，有自个的风俗。

新年到了，除了杀猪宰羊外，还要包豆包蒸馒头，除此之外，还要炸一些小吃。

你瞅瞅，那厨房里一盆一盆的，酱牛肉、熏野兔、肉丸子、炖猪蹄、熬皮冻、肉焖子……黄澄澄、金灿灿的，满院子都飘着香味。

东北人过年，最讲究吃饺子。

首先，过年不吃酸菜馅饺子，意思是说吃酸菜馅饺子，来年的日子会过得穷酸。年三十晚上，要吃白菜馅和萝卜馅饺子。白菜与百财谐音，是指百路进财的意思；萝卜呢，是顺气的，人要是气顺了，就和和气气的。包饺子一定要多捏几个褶，不能捏成光边的，就是说不能把日子过"秃"了。很多人还在饺子中放一根白线，寓意谁吃着白线谁就能长寿。在饺子中包进一枚铜钱，谁吃到了谁就有钱花。码放饺子要顺着摆，切忌不要摆成圈，意思是不能让日子走进死胡同。煮饺子也有说道，灶坑里需要烧杏树条，意思是生活越来越兴旺。

在煮饺子的过程中，一家之主会问："小日子起来了吗？"煮饺子的主妇就要回答："起来了！起来了！"这是说饺子浮起来了，比作日子好起来了。紧接着，一家之主又问："饺子挣没挣？"主妇笑着答："挣了，挣得可多了。"这时候，饺子煮过火了，饺子肚煮破了，但不能说是破了，必须说是挣了，期盼来年挣大钱。全家人吃完了饺子，一些家长还会让小孩儿在屋内高处跳上几跳，祝愿自家的小日子蹦个高。

于是，她们就剁饺馅子。

她们叮叮咣咣地剁了小半天，剁了一大盆白菜馅，一大盆萝卜馅，还有一盆芹菜馅。这芹菜象征着勤劳，希望来年有个好收成。

此外，还准备了香蜡纸、鞭炮、红纸、年画、糖、烟、茶等物。

晚上，立天也到家了。

立天一回来，这一家子更热闹了。他和媳妇回来了，还把老丈人、丈母娘也带来啦。

立天媳妇叫马秀伟，是立天哈尔滨商业大学的同学。立天的老丈人和丈母娘是哈尔滨师范大学的国学教授。

用心茹的话说，那是书香门第。

当年，两个人处对象时，秀伟爹娘坚决反对。理由是县城的孩子，骨子里带着狭隘的小农意识，不利于长远的发展。

为此，秀伟据理力争。唉，你可别低估爱情的力量。秀伟爹娘拗不过，只能接受了这个姑爷。

没想到，立天智商、情商超群，工作一路顺风顺水，一直做到了省行行长。日后，秀伟爹娘常夸奖立天，秀伟就说："还是我厉害吧？给你们找了个潜力股的姑爷。"

说着，秀伟和她爹娘就会开心地笑。

现在，秀伟爹娘都退休了，就买了立天对门的房子，负责照顾女儿一家的饮食起居，也帮助带小孩儿。

这次，立天要带媳妇儿子回家过年，寻思秀伟爹娘也够孤单的，就建议一起到杜尔伯特过年。

秀伟爹娘迟疑再三，最后还是答应了。

立天把这事儿告诉中河时，中河感叹地说："儿子英雄爹好汉哪。当年，我儿子是穷学生，人家还瞧不起。现在，我儿子是行长了，人家才肯登门呀。"

心茹却笑着说："爸，只要立天和秀伟幸福，其他就无所谓了。再说了，那二老能帮他们照顾家，也是他们的福分哪。"

俺赞同地点头。

那天,中河这公母俩,贴心地照顾头回见面的亲家,让秀伟爹娘感到十分快活。其实寻思寻思,选择对象的时候,谁还没点想法呢？事过去就过去了,亲家还是好亲家。

中河说:“亲家呀,杜尔伯特不比哈尔滨,有什么不适应的,你就尽管提出来,我也好适当地安排。”

秀伟爹说:“没事儿。亲家,我呀,还得和你说声对不起呀!”

中河说:“亲家,这话从哪儿说起呀?”

秀伟爹说:“我呀,虽说是知识分子,却也有狭隘的一面,对县里的人有一点儿想法,实在是不应该呀!”

秀伟娘也说:“说心里话,我们还得说声谢谢,是你们培养出这么优秀的孩子,也是我女儿的福分啊。”

中河说:“亲家啊,过奖了。不过,我这几个孩子,倒是没让我操心。”

王迪更能凑热闹,拿着心茹的书递过去:“马爷爷,这是我妈妈的书,您给提提意见和建议?”

秀伟爹说:“好哇,这样一个优秀的家庭,相信我女儿也会越来越好的。俗话说得好:近朱者赤,近墨者黑!”

迭戈硬邦邦地说:“我也近墨者黑。”

大伙儿一听,哈哈地就笑了。

立菊说:“迭戈,你应该说近朱者赤。赤是红色,表示好的一面;墨是黑色,表示相反的一面。”

迭戈又说:“哦,俺明白了,近朱者赤,近朱者赤!”

大伙儿又是一阵欢笑,这笑声让俺骄傲,也让俺快乐！中河这一股人,就像太阳,总是给俺希望和动力。

47

除夕到了。

一大早,俺就催中海把家谱供上。

这供奉家谱可是有讲究的。在平房的时候,家谱必须挂在北墙上。在家谱的下面,要铺好黄表纸,上面摆放蜡烛、香炉和供品。谁来了,都能感受到崇敬的氛围,晚辈还得跪在地上磕头,以表示对祖先的敬仰。

这搬上楼了,供家谱也成了问题。

中海家倒是挺宽敞。可是,一个个房间一隔开,就显得挤巴了点。特别是厨房设在北面,烟熏火燎的地儿,咋供奉祖先们呢?客厅和餐厅是开放的,北墙上还有个窗户,也不适合供奉先祖。寻思来寻思去,只能把家谱供在俺的卧室,尽管那儿也有个窗户。

把家谱挂在墙上,中海又搬来桌子,摆上了各种供品:猕猴桃、苹果、白沙瓜、芦柑;蜡烛又粗又高,雕刻着龙凤图案;粗壮的供香,缭绕着一缕缕青烟。

唉,现在日子好了,祖先们也跟着借光了。当然,还希望祖先们保佑,让俺的后代越来越好。

这不,中海又端来猪爪、牛肉、鸡腿和饺子,酒盅里也倒满了白酒。

家谱供好了,他又带着纸钱去了坟地。

韩月和袁雪梅忙着贴对联、挂钱和窗花,立雨和立雪在阳台上装彩灯。

立雪从礼仪餐厅租回了桌子、椅子和碗筷,并摆放在餐厅和客厅。

桌子摆好了,先端上桌面的是水果、瓜子和糖块,这节日喜庆的气氛,立马就出来了。

俺等待着团聚的时刻。

叮咚,有人来了,韩月跑过去开门。

门开处,立菊身穿白色貂皮大衣闪进来,里面红色中式衣裙,把她的脸颊衬托得红扑扑的,看上去美丽极了。

立菊进屋就说:"奶奶过年好,大哥大嫂、二哥二嫂过年好。"

俺们应道:"好,好,你爹娘呢?"

立菊说:"他们等会儿就来。迭戈着急看祖宗,我们就先来了。"

韩月笑着说:"迭戈,那就去看看吧。"

迭戈说:"祖宗在哪儿?"

韩月说："在奶奶卧室里。"

迭戈穿着军大衣，戴着一顶棉军帽，军帽上嵌着红五星。好像"文化大革命"又来了，而且是黄头发黄眼睛，多少有点儿滑稽的感觉。

迭戈脱掉大衣，行举手礼问道："奶奶过年好，哥哥嫂嫂过年好，小朋友过年好。"

俺们笑着应道："好，好，快去吧，在那个屋里。"

迭戈进屋了，佳琦也跑了进去，脸上满是笑容。

立菊说，别看迭戈像个活宝，人家可是一家大公司的老总呢。

怪不得心茹说，西班牙人的性格，是典型的南欧人的性格：热情奔放、乐观向上、无拘无束、讲究实际。与英国人的矜持、德国人的古板和美国人的好动相比，有着较大的差别。

心茹还说，西班牙是一个美丽的国家，美丽得就像明信片一样动人。如画的风景，造就了西班牙人乐观向上的性格。因此，他们觉得，人活着不应成为生活的奴隶，而要成为生活的主人，要善于驾驭生活，让生活丰富多彩，生活才能其乐无穷。

迭戈作为公司的老总，却能如此无拘无束，尽情地享受生活，也就不难理解了。

世界之大，无奇不有。俺一大把年纪了，也有没见过的事儿。看来，俺真得好好活着，多瞅瞅这个五彩缤纷的世界。

俺站起身来，立菊立马扶住俺，也跟着走进卧室。

迭戈问："祖宗呢？"

俺指着家谱说："祖宗都在那儿！"

迭戈瞪大了眼睛说："祖宗不是人？"

唉，这个迭戈，俺差点儿晕倒了。

立菊推了他一下说："你说什么呢？祖宗就是过世的先人们。把他们的名字写在家谱上，便于后代供奉和怀念。就是说，供奉家谱，就代表供奉祖先，也代表了对祖先的怀念和敬仰。"

迭戈说："哦，俺明白了。那，俺怎么拜见祖宗呢？"

俺刚要说，心到佛知，只要烧一支香，倒点酒，行个礼就行。立菊却来了顽皮劲，她说："见到祖宗要磕头的。给祖宗磕了头，祖宗才能接纳你。”

迭戈认真地点头，趴在地上就磕头。

俺是想笑又不能笑，俺不能亵渎祖先哪。

迭戈跪在那儿，歪着脑袋说道：“菊说，过年磕头是要给红包的。”

俺连忙说：“给，给。”

俺从兜里摸出一个红包，递到迭戈的手上，迭戈孩子似的笑了。他爬起来拥抱着俺说：“中国真好，祖宗真好，奶奶真好。”

俺这回可憋不住了，就哈哈地笑起来，大伙儿也跟着笑了。

俺的内心，接纳了这个洋人，接纳了这个孙女婿。还是心茹说得对，感情是无国界的，只要是用了真心思，无论你身在何方，无论你是哪儿的人，一样能成为其乐融融的一家人。

心茹带着王迪来了。

心茹一身的民族风，外面是一件黑色麻布大衣，上面手绘着梅花图案。大衣的里面，则是斜襟绣花袄，下面是一款麻布裙子。红袄黑裙子，把她的身材衬托得窈窕。王迪呢，竟然和她娘一样打扮。这娘俩往俺面前一站，把俺的眼睛都晃花了。

鲜活，灵动，聪慧，豁达。

就因为有这样的性格，她们才是俺最喜爱的晚辈。

她们娘俩就是俺的开心果与活着的希望。

心茹从云南风情的包里，拿出一件红色锦缎上衣，上面点缀着福寿图案。

心茹说：“奶奶，我给你买了一件中式衣服，穿着喜庆。你想穿的时候，你就换上。”

俺知道，她希望俺过年穿。但是，俺身上的新衣裳，是中海买的，她是担心中海不舒坦。

这孩子，总是为别人想。

立雨说：“大嫂买的衣服真好看。过年了，穿得越喜庆越好。奶奶，你还是换上吧。”

俺看了一眼立雨，心中暖暖的。那样自私的立雨，也宽容豁达了。这是王氏家族的福气啊。

立雨这么一说,韩月就接过衣裳,还帮俺穿在身上。

俺也是一身红了。

这屋子里,到处是喜庆的色彩。

王迪拿出一个披着红袍的超人,递给小佳琦说:“大侄子,新年快乐!姑姑希望你像超人一样勇敢,早日战胜病魔。”

佳琦满脸喜色接过超人,抱着玩具兴冲冲地跑了。

接着,中水一家来了,立成又耍了一会儿活宝,逗得大伙儿笑个不停。

立枫显得很沉寂,车作山跟在身后,也是一声不吭。

毕文婷问过好后,就坐在了俺的身边。俺就问她:“立枫咋了?”

毕文婷悄悄地说:“我姐和姐夫吵架了,足足吵了大半宿,把车大娘气得跟着哭了大半宿。”

俺问:“为啥呀?”

毕文婷摇摇头说:“不知道,好像是说孩子的事儿。”

说到孩子,毕文婷摸了摸肚子,满脸幸福地说:“孩子才是爱情的结晶。有了孩子,一个家庭才有了希望。爱一个人,一定要为他生一个孩子。”

俺被这话打动了。

说实话,俺一直不喜欢这个女孩儿。俺觉得她跟了立成,一定是为钱财而来的。现在,她能说出这样的话,说明她是一个明事理的孩子。

可是,立枫咋就不懂这个理儿呢?

中河来的时候,把欢乐的气氛推向了高潮。

中河和雪玲、秀伟爹和秀伟娘、立天和秀伟、立梅和王婷,最后是立天十五岁的儿子王超。

有趣的是,中河公母俩和亲家,穿着同样的服装,四个人走到一起,一看就是一家人。

秀伟爹见到俺,就走到俺身边,双手抱拳说:“老婶子,我给您拜年了。这么多年了,今天才来拜见您,我惭愧呀。”

秀伟娘笑着说:“经常听立天提起您,真是童颜鹤发,儿孙的福气啊。”

俺寻思,人家不愧是知识分子,说话就是中听。可见,孩子要是有本事,老人也跟着沾光啊。

俺寻思归寻思,可不能露出来,就哈哈地笑着说:“都是一家人,千万别客气。既然来家了,就要吃好喝好,要把这儿当家啊。”

秀伟爹说:“一定一定。看这一家子,多让人羡慕啊!”

秀伟爹、秀伟娘感慨着坐下了。

中海上坟回来了,除了春、夏、秋、冬,王家的人齐了。毕竟,春、夏、秋、冬是嫁出去的人,总得在婆家过年不是?

中海说:“娘,该祭祖了吧?”

俺点了点头。

中海又说:“娘,祭祖前,你说几句吧。”

俺连忙摆摆手说:“你们哥仨商量,该咋做就咋做。”

他们哥仨一碰头,决定由中海主持,中河解读家训,中水再说几句。

中海就说:“大伙儿消停一下。今天是除夕,老老少少都回来了。但是,俺们不能忘了先祖的训诫!中河,你来念家训吧。”

中河把家训捧在手里,他清了清嗓子,高声朗诵起来。

……

大伙儿静静地听着,俺也静静地听着。

俺的心是波澜起伏的。

自从那年中水结婚,一晃这么多年过去了,王氏家训也立了三十条。

俺是唯一活着的老祖宗,俺也算尽了力了。

这么多年,虽然大事小情不断,经历了酸甜苦辣,总算平安过来了。这些晚辈儿,好也罢,赖也罢,也算都走上正路了。

未来的路没有尽头,这香火要一代代传下去,这家训也要一代代传承,这家风更要一代代发扬。

俺在心里说:王家的列祖列宗,俺那当家的呀,俺大字不识一箩筐,但在整治家风上,俺真的尽力啦!

俺的确尽了全力啦。

中河继续念着，大人们静静地听着，小孩儿们好奇地瞅着，但神情是那么庄严，态度也是那么认真。

就在这样的气氛中，俺的眼泪流了下来。

这是幸福的泪水，也是心酸的泪水。那泪水流淌的沟壑里，有民国国民的期盼和失望，有抗日的硝烟和血泪，有殖民统治的屈辱和抗争，有解放的喜悦和幸福，有新生活的安详和磨难，也有今天舒展的心境和感叹。

俺期盼着，不管小家大家国家，都是芝麻开花节节高。

48

心茹拿起面巾纸，轻轻擦去俺脸上的泪水。王迪也靠过来，和心茹一起扶着俺站在那儿。

中河继续诵读着。

一阵刺耳的电话铃声，打破了庄严和神圣。

大伙儿循声望去。

车作山掏出手机，接通了电话："什么事儿？"

……

不知道电话里说了啥，车作山脸色都变了。他慌乱地说："对不起，我有事儿，先出去一下。"

说着，他就匆忙地向外走。

立枫愣怔了一下，突然大声喊道："车作山，你不能走。"

庄严、和谐、神圣的氛围被彻底打破了，大伙儿的目光都落在立枫脸上。俺看到立枫流着泪水，一串一串的……

说来也怪，立枫的小老鼠不见了，更别说管老鼠叫儿子了，一天天都不愿意吭声。看来这小公母俩，一定发生了啥事儿。

车作山站住了脚。

立枫走到他的身边，拉住他的胳膊说："我不让你去。"

车作山甩了一下胳膊:“你别闹了,我有要紧事儿。”

立枫带着哭腔说:“我知道你要干什么,我就不让你去。”

中水挂不住脸了,就呵斥道:“你们要干什么?这么多人在这儿,你们就不怕丢人哪?”

车作山的脸腾地一下红了,他瞅了瞅大伙儿,就拉着立枫出去了。

中水说:“小孩儿闹别扭,由他们去吧。二哥,我们继续。”

中河瞅了俺一眼,又瞅了瞅秀伟爹娘,就继续诵读起来。

三十条家训念完了。

秀伟爹点点头,很庄重地说:“这些年,我一直研究儒家文化。儒家文化倡导血亲人伦、现世事功、修身存养、道德理性,其中心思想是孝、悌、忠、信、礼、义、廉、耻,其核心是‘仁’。儒家学说对中国文化的发展起了决定性的作用,在中国文化的深层观念中,无不打着儒家思想的烙印。不过,在‘文化大革命’中,儒家文化被糟蹋殆尽。特别是到了今天,尔虞我诈、人伦丧尽和世风日下令人忧虑。所以,中华民族到了最危险的时刻,确需我等殚精竭虑,予以抢救与弘扬啊。我没想到,在杜尔伯特,在王氏家族中,有规有矩有礼有节,实为可喜可贺呀!”

中河笑着说:“亲家过奖了,这是家母的意思。”

秀伟爹握着俺的手说:“老婶子,你真是一代典范啊!立家规,正家风,从小孩儿抓起,这真是太有远见了。‘少年智则国智,少年富则国富;少年强则国强,少年独立则国独立;少年自由,则国自由;少年进步,则国进步;少年胜于欧洲,则国胜于欧洲;少年雄于地球,则国雄于地球’啊。”

俺摇了摇头说:“俺哪,就是想做点实事儿,做到问心无愧。即使是百年之后,俺也好去见祖宗了。”

秀伟爹说:“现在的孩子,思想活跃,观念超前,不愿意受约束。不过,传统美德还是要现代继承的。所以,在家规的影响下,一定会匡扶家风、民风和国风的。”

俺点了点头。

秀伟爹又说:“回去后,我要写一篇文章,把王家的做法总结一下,好好地宣传宣传，要让世人知道，怎样立家训，怎样正家风，以及家风、民风和国风的关系。”

秀伟娘点头道：“嗯，这是件关系到民族的大事啊。”

小小的插曲过去了。

该中水说话了，他清了清嗓子说：“娘、大哥、二哥、二嫂、亲家公、亲家母、孩子们：今天是大年三十，我们王氏家族也走过了近百年的历史。我们王家靠的是什么呢？我想啊，无非就是一个‘德’字，德行天下呀！那么，这个德行从哪儿来呢？从我们的娘这儿来，从你们的奶奶这儿来，从你们太奶奶这儿来，从你们的太太奶奶这儿来。一句话，是从我们的祖先这儿来。为此，我们不能忘记祖先的恩德。我们要借大年三十，来缅怀我们的祖先，来拜祭我们的祖先，也感谢我们的祖先对子子孙孙的庇护。现在，开始祭祖。首先是我们这一辈，然后按辈分分别进行。”

中海、拴住和古杰、中河和雪玲、巴特尔、中水和晓梅，先行走进了俺的卧室。他们点燃香火，对家谱深深地鞠躬。

接着，是立字辈祭拜。

然后是王迪这辈祭拜。

最后是佳琦这辈祭拜。

也许，有人会觉得，俺这是带着儿孙们搞迷信。俺寻思，他们爱咋寻思就咋寻思吧。反正俺觉得，儿孙们没信仰，没是非观念，是万万不行的。别说是啥主义，哪怕是有宗族的约束，何尝不是一件好事呢？

秀伟爹走到家谱前，上香鞠躬。

中海连忙说：“亲家，咋能劳烦你呢？”

秀伟爹说：“尊崇祖先，孝敬长辈，这是美德，值得崇尚。从老婶子那儿论起来，我也是晚辈，上炷香还是应该的。”

俺自个嘀咕，知识分子就是明理儿。

难怪不愿把闺女嫁给立天，人家也不知根知底不是？担心观念不一样，生活习惯不一样，怕委屈了自个的闺女，那也是情理之中的事儿。

拜祭完毕。王迪带着妹妹弟弟来到俺身边，有的钻进俺的怀里，有的趴在俺的腿上，还有的跳到沙发上，从后面搂住俺的脖子。

王迪说："太奶奶，我给你拜年了，祝愿太奶奶长寿安康！"

俺笑得合不拢嘴："好，俺祝愿王迪学习好，毕业找个好工作，将来找个好对象。来，太奶奶给你压岁钱。"

俺从兜里掏出红包，给王迪发了一个。王迪又行了一个鞠躬礼，并说："谢谢太奶奶！"

几个弟弟妹妹，瞅见姐姐拿到了红包，马上跳到地上，一顺水站在俺的面前，一边鞠躬一边说："太奶奶，过年好！"

俺笑着说："过年好。来，太奶奶给你们发红包。"

他们乐呵呵地打开红包，瞅着嘎嘎新的十元钞票，就说："走啦，太奶奶给钱了，买巧克力去了。"

孩子们呼呼啦啦地出去了。

王迪抿嘴笑着，打开自个的红包，瞅见六张百元钞票，她瞪大眼睛说："太奶奶，你给我这么多干什么呀？"

俺说："你今年要考研了，太奶奶祝你六六大顺。用这钱买点营养品，好好补一补身子骨。"

王迪抱住俺说："太奶奶，我一定能考上，为你争光。"

心茹和立明瞅着俺们，脸上堆满了笑意。

孩子们开心，俺瞅着也舒坦。作为祖奶奶，俺心里有数。这一年年的，心茹在这帮人身上不少搭钱。别人瞅不见，俺心里明镜似的。有补偿的机会，俺就尽力填补他们一点儿。

可就有那眼尖的，一眼就看到王迪打开的红包。迭戈指着王迪说："奶奶偏心，给王迪那么多，只给俺一张。"

俺说："去去去，和一个孩子攀比羞不羞？王迪今年要考研，得给她讨个彩头。你要是也考研啊，俺也给你六张。"

迭戈耸耸肩说："No，No。俺可不考，俺得当总裁呢。"

大伙儿又哈哈地笑了起来。

立成故意伸手说："奶奶，不带这样偏心的。给你大重孙女压岁钱，也得给我儿子压岁钱哪。我儿子没出生，那我就代收吧。"

俺打掉他的手说："好好教育你儿子吧，你儿子要是像王迪这样出息人,俺就给他压岁钱。要不,一分钱都没有。"

立成故意歪着头说:"我儿子考研,那得二十多年呢。奶奶,你就照着一百五十岁活啊。"

立梅挓挲着手跑过来说:"天哪,奶奶一百五十岁,爹也一百三了,我也快九十了,那咱们老王家,岂不是一屋子妖精了?"

这话把大伙儿又逗笑了。

秀伟爹感慨地说:"好,真是好啊,多么快乐幸福的大家族啊!"

唉,他也是只知其一不知其二,他哪儿会知道俺心酸的一面呢?大家族有大家族的欢乐,大家族也有大家族的烦恼。动物多了还抢食呢,这人多了就啥事都会发生了。

大伙儿正说笑着,立枫走了进来。

晓梅忙迎上去:"立枫,怎么样啊?"

立枫刚刚哭过,脸上还挂着泪水。她进了屋子,也不和谁打招呼,直接跑进了俺的卧室,把门紧紧地关上了。

俺叹息着问:"这孩子是咋的了?"

中水闷闷地说:"夫妻间闹点别扭,也是常有的事儿。娘,你就别担心了。"

秀伟爹也说:"是啊,一个大家庭,难免会闹矛盾,这很正常。"

俺瞅了瞅中水,又瞅了瞅晓梅。中水城府深,啥事儿都装在心里。那晓梅不一样,啥事儿都写在脸上。你瞅瞅她拉拉着脸子,就知道发生了啥事儿了。

这立枫啊,也真不叫人省心哪。

她要丁克生活,是幸福呢,还是祸端呢?

不管咋说,立枫是俺的亲孙女,俺不能瞅着她不开心,更不希望她有啥差头哇。

心茹猜透了俺的心思,就小声对俺说:"奶奶,你别担心,我找空和立枫聊一聊。"

俺点了点头,也只有心茹能懂俺的心思。

49

杜尔伯特的习俗,除夕这天要吃三顿饭。

第一顿是早饭;第二顿是团圆饭,一般在下午两三点钟,而且是好嚼裹儿摆满桌子;第三顿是除夕饭,守岁到半夜了,大伙儿也都饿了,就以饺子为主,寓意为更岁交子。

下午两点,中海家正式开饭了。

三张大圆桌子。

俺带着中海这辈的,坐在客厅的主桌上,包括秀伟爹、秀伟娘、拴住、古杰、中河、雪玲、巴特尔、中水和晓梅,总共十一个人。

立明公母俩、立雨公母俩、立雪公母俩、立天公母俩和立成公母俩,还有立菊、迭戈和佳琦,这十三个人坐在第二桌。

立梅呢,就招呼立枫、拴住的儿子、儿媳和孙子,还有王迪、王伟、王婷、王超等坐在第三桌。

那桌子上啊,钵满盆盈的,大都是春、夏、秋、冬准备的嚼裹儿。还有白酒、红酒、啤酒、饮料,那是应有尽有。

大伙儿都坐好了。

中海说:"娘,你先说几句吧。"

俺的儿孙们都举着杯子,等着俺唠叨上几句。

俺说:"过年了,秀伟爹、秀伟娘第一次登门,可别外道,在这儿过一个乐乐呵呵的年;对你们哥几个呢,就希望健健康康、平平安安的;心茹这辈儿,在事业上有大发展;王迪他们学业有成,要有一个健全的性格,做一个对国家、对民族、对家族有用的人;佳琦呢,祝福他早日康复。"

俺说完了。对自个说的话,自个都感到吃惊,咋也一套一套的呢?

俺说了那么多,只有一句话,俺没有说出口:只要儿孙们过得好,俺也就省心啦。

大伙儿静静地听着,中海接过话茬说:"老祖宗说了,让我们把日子过得顺风顺水的,事业都顺顺当当的,那俺们就用这杯酒,祝愿老祖宗长寿安康、幸福快乐! 来,干杯!"

大伙儿一致响应:"干杯!"

一瞬间,一杯酒就干了。接下来,就一边唠嗑一边喝酒。

秀伟爹端起杯说:"我们虽然是姻亲,但我感受到了浓浓的亲情,真是十分庆幸啊! 老婶子,我先敬你一杯,祝您健康快乐! 等您百岁生日时,我们一定前来贺寿。"

俺说:"好,谢谢!"

大伙儿举杯喝了一口。然后,中海、拴住公母俩、巴特尔、中河公母俩,中水公母俩轮流提酒,气氛既和谐又热烈。

最热闹的要数立明那桌了。

立明张罗着,立成说着笑话,迭戈出着洋相,男人们喝酒,女人们照顾着桌面,就这样喝着聊着,一会儿事业,一会儿又是生意。

立成对立天说:"四哥,咱家兄弟姐妹这么多,有发展得好的,也有还在爬坡的。你说,咱能不能做成家族企业,大家一起努力,把企业做好,每个家庭也就过好了。"

立天说道:"这个想法好。"

迭戈说:"俺在外企多年,能支持你们。"

立雨说:"这个想法好是好,可哪儿有那么多钱啊?"

立成说:"钱不成问题的,我们集资啊。我还有哥哥姐姐,都可以用股份投资啊。"

立天说:"对,我们就能筹几百万,银行再贷一部分款,资金就不成问题了。"

大伙儿兴奋起来。

立明说:"资金解决了,剩下的就是项目了。"

立成说:"这个事儿我想过了。咱们在古泉建度假村。那儿有温泉,可以开展温泉疗养、养生等业务。"

立天说:"嗯,这个项目可行。"

立明说:"我看也行。"

立成说:"最重要的,那儿是我老爸的地盘,在政策上可以享受优惠。”

立天说：“好，吃完饭，我们和三叔商量一下。”

立明说：“那就这么定了，咱们先去给老人们敬酒吧。”

立明领着大伙儿敬酒，立梅也来敬酒。然后，老人们就下了桌，心茹、韩月、袁雪梅妯娌几个，就开始拾掇桌子、洗碗、拖地，然后就端上了茶水。立天瞅见大伙儿坐下来，一边喝茶一边唠嗑。就把哥儿个刚才的想法说了。立天说了这个想法后，立成就来了个单刀直入。

立成说：“爸，我们这个项目，就算作你的招商项目吧。这样，我们能享受到政府的招商引资政策，还能算作你的业绩。”

中水寻思着说：“行，这个想法不错。”

哥儿个一听，高兴地端起茶杯，以茶代酒地喝了一口。

中河瞅着孩子们，又瞅瞅俺说：“娘，你说这事儿成吗？”

俺摇了摇头。

立成说：“奶奶，你怎么摇头啊？难道你不赞成我们办企业？”

俺当然赞成。

儿孙们创办家族企业，既有利于地方经济，又有利于家族发展，俺是一定要支持的。

可是，俺不赞成把企业建在古泉。

嘿嘿……你不会说俺傻吧？中水可是县长啊！有他撑腰眼子，那得多仗义啊？可是，俺不能轻视了古泉的百姓。中水的一举一动，会有多少双眼睛盯着他呢？我们在古泉做生意，就算是靠自个，别人也会觉得占了公家便宜。要是遇到可以左右的事儿，你让中水咋办？他能毫无私心吗？

这私字可是害人的啊！多少人走偏了路，不都因为这个私字吗？

这么多年，中水把官做到县长，也实属不易呀！他为老百姓做事儿，那没得说。要是徇私枉法，俺就得盯着他点。

于是，俺说：“你们要建度假村，这是件好事儿，俺举双手赞成。但有一条不行，就是不能建在古泉县。”

立成说：“为什么呀？奶奶，建在古泉，算是招商引资，可以享受有关优惠政策呀。再说，我爸在古泉，遇事儿也有个照应。”

俺说："就是因为你爹在，俺才不同意建在古泉。你要是建在那儿了，老百姓会觉得你占了公家的便宜。"

俺把不同意三个字说得很重。儿孙们知道，这事儿在俺这没通过，他们立马就瘪茄子了。

中水不甘心，就说："娘，这个想法不错，我会把握分寸的。"

俺说："不行！俺不能让人家戳脊梁骨。你们想建度假村，在杜尔伯特，在星火，那儿不都有温泉吗？你们在那儿建，俺一定会支持的。"

中河看俺不高兴了，就连忙出来打圆场："大过年的，别说这些事儿了。立明，把电视打开，我听说有《小拜年》，你奶奶愿意看。"

中海也说："做生意的事儿，不是说定就能定下来的，过完年再商量吧。"

中水说："对。愿意看春晚的，就陪你奶奶看。不愿看的，可以打扑克，或者玩儿麻将。"

儿孙们打扑克的打扑克，玩儿麻将的玩儿麻将。几个媳妇陪着俺，看李谷一看冯巩看宋祖英和玖月奇迹。

建度假村的事儿，就这样搁置下来了。

俺寻思来寻思去，俺的态度是强硬了一些。可是，最后发生的事儿，说明俺的决定是对的。

这个中水呀，俺还真得盯着他点。他不仅仅代表了自个，还代表着王氏家族啊。俺王家百十年来，就出了这两个当官的，俺有责任盯着点，让他们做一个为老百姓做事的好官。

孩子们消停了一会儿，就开始吃年夜饭了。大伙儿岔开话题，又开开心心地喝起酒来。

第二天轮到中河家。

中河家在大庆科技园住，这么多人，都这么大岁数了，折腾来折腾去，大伙儿都挺累的，干脆就在饭店安排吧。中河选了泰康最豪华的饭店——杜尔伯特吉禾维景大酒店。

这两年，大城市的酒店，纷纷推出春节家宴业务，风儿刮到杜尔伯特，吉禾维景也不示弱，率先推出了这项业务。没想到，县城老百姓并不买账，春节期间饭店的业务十分冷清。

为啥呢？因为越古朴的地方，越注重亲情。现在，家里条件好了，年嚼裹儿也足兴。亲人们围坐在圆桌旁，有其乐融融的家的味道，谁愿意跑到酒店里去过年呢？

心茹的想法是，大家坐在一个圆桌旁，才会有亲情的感觉；再说了，这大过年的，干吗搞得那么累呢？又做饭又炒菜，还得拾掇碗筷，还不如让大家轻松一下。就寻思预订一家大酒店，反正现在也不差钱。

中河不同意，就说："这家里什么都有，干什么去酒店哪？在家里吃饭，才有回家的味道。"

心茹说："爸，你想啊，咱们家这么多人，我家没有一个大厅，这人都坐不到一块儿，说话儿也不方便哪？再说，过年也不能总喝酒啊？大家可以唱唱歌、跳跳舞。谁想说啥，站在台上面对大家说，那多有意义啊。"

中河想了一下说："嗯，有道理。大伙儿分散到几个房间，也感受不到团聚的味道。"

心茹说："就是啊，咱把宴会大厅订下来，大伙儿就围在一起，聊天了、喝酒了、唱歌了，都在一个房间里，那多好哇！"

中河终于点头了，他跑到吉禾维景大酒店，订下了一间小型宴会厅。

初一上午九点钟，大伙儿如约来到吉禾维景大酒店。

吉禾维景大酒店装扮得很隆重：门外立着彩虹门，拉着彩绸飘带，门脸上挂着一排大红灯笼。大楼正面从上到下竖着几个条幅，大门两旁贴着大红对联，上联是：茶楼雅集嘉宾贵客座上茶香客走茶犹热；下联是：酒店常备玉液琼浆壶中水沸人来水更甜。远远望去，吉禾维景大酒店红彤彤一片，就好像朝霞映红了一方天地。

一楼大厅，铺着红色的地毯，墙壁和棚顶，拉满了五光十色的拉花，热带植物林立的角落里，把大厅点缀得温馨和谐而不失雅致。

宴会大厅里，正面的舞台上，幕布低垂，鲜花怒放。正对着舞台，摆放着三张桌子。桌子上摆着鲜花、瓜子和糖果。

一走进这个宴会厅，心也跟着亮堂了。

俺暗暗赞叹心茹,作家和常人就是不一样。坐在这样的大厅里,才有欢喜的气氛呢。怪不得大城市的饭店,过年也会那么火热。如今社会进步了,死守着老一套就会落伍的。

大伙儿都到齐了。俺瞅了一圈,就差车作山一个。

对了,俺忘了交代了。那王涛,是立雨的儿子,佳琦他爹。原来,王涛就跟他爹似的,也是个不让人省心的主儿。自从佳琦得病以后,俺帮他解决了治病问题,立雨就心生愧疚,也多次打电话劝说王涛。王涛回来那天,给俺深深地鞠了一躬。当时俺还真有点儿纳闷:这孩子咋还懂事了呢?原来是立雨做了工作。

俺总寻思呀,像立雨这样,给人当爹当娘的,就得担起责任来。就得多唠叨几句。小孩儿就得寻思,就能够走上正道。人之初,性本善嘛!

车作山走了以后,到现在也没回来。昨天,立枫躲在屋里哭了半天,吃饭时才恢复了常态。不过,俺能看得出来,她一直心事重重的。

大伙儿来到宴会厅,还是按照昨天座次落座,满满的三张桌子,呈三角形布局,靠舞台的那一座为主桌。

大厅里响起轻缓的音乐,这音乐俺在心茹家听过。心茹在写作时,最喜欢听这首音乐了。心茹说这首钢琴曲,能慰藉心灵,释放疲劳,舒缓神经,让人很快进入状态。

伴随着音乐,心茹甜甜地走上舞台。

她手持话筒说:"尊敬的奶奶,尊敬的各位长辈、弟弟妹妹、孩子们:爆竹声声除旧岁,总把新桃换旧符。今天是大年初一,我们王氏家族聚集在充满节日气氛的吉禾维景大酒店,共叙亲情,欢度新春,祈福未来。我希望,今天温馨的相聚,会成为家族更加团结的催化剂,成为我们走向成功的新起点。现在,让我们用掌声,欢迎我爸爸致贺词。"

俺嘿嘿地笑了。你看心茹一本正经的样子,就像中央电视台春晚似的,总能给人一种盼头。

看来,这个年啊,中河这股子人要出彩了。

中河笑着走上台,接过心茹的话筒说:"都是自家人,我也没什么说的。还是娘说的对,祝愿在座的都健健康康、快快乐乐、一顺百顺;

但是，我要强调的是，祝愿老娘福如东海长流水、寿比南山不老松；祝愿亲家笑口常开、春满乾坤福满门；祝愿孩子们健康成长、事业顺达、再创佳绩！祝愿王氏家族，在先祖的庇佑下，芝麻开花节节高！”

大伙儿使劲地拍巴掌，这掌声是对中河的认可。

心茹接过话筒说：“谢谢爸爸热情洋溢的贺词。下面是歌舞时间，首先，请欣赏王迪带来的舞蹈《好运来》，大家欢迎！”

音乐响起，也飘出甜美的歌：

叠个千纸鹤，再系个红飘带
愿善良的人们天天好运来
你勤劳生活美，你健康春常在
你一生的忙碌为了笑逐颜开

打个中国结，请春风剪个彩
愿祖国的日月年年好运来
你凤舞太平年，你龙腾新时代
你幸福的家园迎来百花盛开

这首歌儿真好听，欢快悦耳贴心的旋律，听了就让人感动。

这歌词写得也好，符合了过年的气氛，表达了亲人的心愿。

随着歌曲的旋律，那幕布慢慢地拉开，一身红色舞蹈服的王迪，双手舞动大红手帕出场了。这个孩子，长裤长袖，飘带飞扬，眼睛灵动，旋转起来是那么轻盈美丽。

心茹说：一个优秀的人，总能胜任多个角色，并能演绎得精彩。

俺觉得，心茹是，王迪也是。

王迪跳得真好啊，她就像一个天使，更像一个小精灵，把希望与美好带给了大伙儿。

一曲跳完，王迪笑盈盈地站在台上，对着众人深深地鞠躬说：“王迪给各位长辈拜年，给兄弟姐妹拜年了。”

俺使劲地给王迪拍巴掌，俺的手心都拍疼了。

心茹又上来报幕："接下来，请各位欣赏独唱《今天是个好日子》，演唱者王立明。"

嘿嘿，立明也出场了。

原来呀，这一家子早准备了一手，怪不得心茹要到酒店聚餐呢。

立明的歌儿也好听，尽管比原唱的调儿低，大伙儿依然很开心。

立明表演完了，孩子们的情绪也起来了，都抢着上台表演节目。

于是，佳琦演唱了《两只老虎》，王超表演了魔术，迭戈表演了中国武术。秀伟爹也主动登台，唱了一段《林海雪原》选段《打虎上山》。

这年过得真开心啊。

一直闹哄到下午两点，俺们才开饭。

外面响起了噼噼啪啪的爆竹声，孩子蹦跳着进进出出。

服务员开始上菜了，那菜名全是古诗，还和新春、祝福相关联，俺那么一寻思呀，一准是心茹别出心裁。

秀伟爹激动地说："小城虽小，却是卧虎藏龙啊！今日算是开了眼了。我要是再有一个女儿，也让她嫁到杜尔伯特来。"

秀伟娘推搡他一下："说，你那个女儿在哪儿？"

秀伟爹笑着说："嗨，我不就是比喻嘛！"

秀伟爹说完，大伙儿都笑了起来。

50

俺心里总寻思，老天看不得人间好，白天还乐乐呵呵的，晚上就出了窝心的事儿。

吃完了晚饭，俺去了大庆。明个是初二，初二中水招待。

中水他们在商量明个的事儿。

俺折腾了一天，乏劲儿也上来了，就躺在床上睡觉。不知道咋的，俺做了个噩梦，梦到俺当家的回来了，抱着个血淋淋的男孩儿，吓得俺的心一张个儿，从睡梦中醒了过来。

老话儿说呀，梦到男孩儿，是命里有小人。俺都九十九岁了，谁踅摸俺做啥呢？再说了，俺哪儿都不去，能碍着谁的眼呢？要么，就是一种暗示了。那到底会发生啥事呢？

俺寻思来寻思去，也寻思不出子丑寅卯来。

现在，俺老王家虽不算大富大贵，却也衣食无忧了。儿孙们也和睦了，就没啥太挂心的了。立梅、立成做生意，也算顺风顺水；上班的那几个，那是在保险箱里，滋润着呢；中水、立天当官，只要中水不玩儿花心眼，俺也不用太操心。

那这梦暗示啥呢？

俺心里不舒服，就坐在那儿梳头。木梳齿嘎巴一下，被梳断了一根。俺寻思了一会儿，还呸呸地吐了两口，心里默默叨念了几句。

俺正神神叨叨的，客厅里传来了哭声。

唉，这唱的又是哪一出啊？

俺连忙下床，拄着拐杖来到客厅。

俺吓了一跳，眼前这一幕咋和梦里一样呢？

车作山站在那儿，怀里抱着一个孩子。立枫一边推搡他，一边哭叫着："车作山，你走，你走啊！"

中水气鼓鼓地坐在沙发上，晓梅趴在沙发扶手上哭，立成一只手指着车作山问道："车作山，你说明白，这孩子哪儿来的？你要不给我姐一个交代，我就废了你。"

立枫依然哭叫："滚，你滚啊！"

车作山眼含热泪，祈求地瞅着中水："爸爸，我对不起立枫，请你原谅。"

中水手指着车作山说："你给我出去。"

晓梅突然不哭了，她发疯似的冲向车作山，对着那孩子又打又扯，车作山吓得连连躲闪，用身体护住孩子。

立枫也冲了上去。

车作山没办法，只有蹲在地上，把孩子搂在胸前。

俺实在瞅不下眼了，要是不及时制止的话，这一定会出大事的。

话说回来，出啥事儿，情绪也不能失控，冲动是魔鬼呀！出啥事儿，解决啥事儿，又疯又闹的管啥用？只能让事儿变得更糟。那时，再拾掇残局,恐怕也难了。

俺使劲儿蹾着拐杖,大声地说:“都给俺消停点。”

晓梅哭着说:“娘,你就别管了。”

啥叫俺别管了?嫌俺年纪大了?咋说俺也是这个家的长辈,俺得把这事儿弄清楚。

俺哆嗦着腮帮子,对着中水喊道:“中水,你能不能管住你老婆孩子?”

中水怒吼道:“好了,都别闹了!”

这句话真起作用,晓梅消停下来,一屁股坐在沙发上,又捂着脸哭了。立枫指着车作山说了一句:“你赶紧走,别让我再看到你。”就转身回了自个房间。

毕文婷走过来,搀着俺坐到沙发上。

俺瞅了瞅车作山,他眼圈发黑,满脸疲惫。他依旧紧紧地抱着孩子,能感觉到他的珍惜和无奈。

俺心里明镜似的,但俺得知道他的想法。

俺说:“孙女婿呀,你先坐下,告诉奶奶发生了啥事儿。”

毕文婷走过去,推着车作山过来,让他坐在沙发侧面。

俺又说:“说说吧,也许奶奶能帮上你。”

车作山垂着头说:“结婚时,我答应过立枫,过两个人的丁克生活。”

俺点了点头。

车作山又说:“那时我年轻,不懂得血脉亲情。后来,年龄逐渐大了,看着同学、亲戚和朋友,都有了自己的孩子,我的心思也活泛了。况且,我是车家独苗,我父母总催我要孩子。”

俺又点了点头,心生一丝怜惜。

车作山继续说:“为了这事儿,我和立枫谈过几次。可一提起这事儿,立枫就很生气,说我欺骗她的感情。有一次,我们俩为此大吵起来。一气之下,我就跑出去喝酒。喝完酒不愿意回家,就跑到公司去住。”

俺注视着车作山的眼睛,俺知道他说的是真心话。

车作山顿了顿,又继续说:"当时,我的秘书在加班。她看到我醉成那个样子,就问我发生了什么事儿。我心里苦哇,就向她诉说。听了我的诉说,我的秘书对我百般安慰,还帮我铺好床,扶我躺在了床上。可是,我怎么就那么浑呢?在我的秘书一转身的时候,我一把抱住了她。然后……"

接下来的事儿,不说俺也知道了。

俺就生气地说:"男人乱性,总把责任往酒上推。要俺说啊,还是自个的意志不坚定。醉酒不醉心,啥时候都得知道,啥事儿该做,啥事儿不该做。"

车作山愧疚地说:"奶奶,我知道错了。第二天,我越想越后悔,觉得对不起立枫。我是那么爱她,怎么能伤害她呢?我内心里折磨了两天,主动向立枫承认了错误。那以后,立枫不再信任我了,对我的行踪看得越来越紧。"

俺说呢,那段时间这公母俩总闹矛盾,原来是有心结呀。

俺说:"你们啊,不作出啥事来,就不知道消停。"

车作山说:"我向立枫保证,绝不做对不起她的事儿。所以,我给了秘书一笔钱,她就回了杜尔伯特。那以后,我再也没有见到她。没想到,昨天她给我打电话,说她怀了我的孩子,而且马上就要生了。我没法儿解释,就直接去了阿木塔。到了那儿,我才知道她难产,被折腾得死去活来。孩子生下来了,她却因大出血丢了性命。"

俺一惊:"那女孩儿死了?"

车作山点了点头:"奶奶,我愧疚啊!我对不起立枫,也对不起她。"

真是造孽啊!未婚先孕铸成大错,现在又丢了性命,咋能不叫人痛心呢?更何况,这白发人送黑发人,她爹娘得承受怎样的痛苦呢?

车作山又说:"我把孩子抱回来了,我不能瞒着立枫。这事儿已经出了,她说怎么办就怎么办。"

俺问:"那你咋打算的?"

车作山说:"我想做亲子鉴定,如果孩子是我的,我得担起这份责任,俺不能抛弃亲骨肉哇。"

俺又问:“那立枫呢?你们咋办?”

车作山说:“奶奶,立枫不愿意生孩子,她肯定不愿意养孩子。这样,我就得把他交给我妈,我们俩还过丁克生活。”

晓梅接茬说:“哼,想得美。得了孩子,还让立枫跟你过,这世上好事都让你占了。”

立成也说:“就是,老王家丢不起那个脸。”

俺摆了摆手说:“都别着急下结论,这是立枫的事儿,还得让她做主。”

车作山抱着孩子,扑通一声跪在地上:“奶奶、爸、妈,我不想离婚,我很爱小枫,我们有深厚的感情基础。”

立成又露出了痞子相:“去你奶奶的,你把老王家当软柿子啦?”

立成抬脚就要踹下去,却被文婷拉住了。

文婷捂着肚子说:“立成,感情是两个人的事儿,别人帮不了,更管不了。”

别看文婷年龄小,话倒是很在理儿。

俺说:“对,你们也别瞎掺和了。作山啊,孩子的事儿你处理好,至于婚姻嘛,谁说啥都不顶用,还得是立枫自个的意思。”

晓梅说:“娘,什么她的意思啊?这样不要脸的男人,还跟他过什么呀!”

车作山流着泪说:“爸、妈,请你们原谅我吧!我真的爱立枫,不能让她离开我。”

晓梅气得直哆嗦:“你还敢说爱她。既然爱她,还生出这个野种?”

唉,俺说啥好呢?你是丈母娘啊,不管咋的,也不能破马张飞的。

俺说:“孙女婿呀,你先把孩子抱回去。一时半会,立枫也不能答复你。大伙儿也都冷静一下,过两天再说吧。”

车作山点头说:“奶奶,我听你的。也求你劝劝立枫,我真的很爱她。”

俺说:“好,好,你先去吧。”

车作山走了。

中水一直闷坐着不吭声。

俺问:“中水,这事儿你说咋办?”

中水痛心地说:“娘,你还看不明白? 我们说什么都没用,关键还在立枫自己。这个不省心的丫头,我一直劝她要个孩子,她偏要享受生活。这可好,她不生,别人给生了。这事儿,太让人窝心了。”

晓梅也说:“就是,她就是跟你拧着来。”

俺摇了摇头说:“不听老人言,吃亏在眼前。这个官司,该咋断好呢?”

51

林子大了啥鸟都有,人多了是非就多。

立枫的事儿,闹得俺一夜没睡好。立枫是俺孙女,她再不听话,俺也不能眼瞅着她痛苦下去。

俺反复寻思,立枫也没啥大错。这丁克家庭,也不是立枫发明的。心茹就说过,中国的丁克家庭,占城市家庭总数的近百分之一。这是啥概念呢? 就是一百个家庭中,就有一个家庭不要小孩儿。

孩子是未来的希望啊。你折腾啥不行,干吗拿这个事儿折腾呢? 俺不明白这个理儿。

话又说回来了,那么多家庭不要孩子,咋偏偏立枫总出事呢?

俺翻来覆去地寻思啊,俺终于得出了个结论:事儿的根源,不在于要不要孩子,而在于咋处理这事儿。当年,立枫和黄小平没离婚时,矛盾的起因不仅仅是孩子,还在于立枫不管人家的感受,喜欢一意孤行。

有了那次教训,立枫不但不梳理自个,还是外甥打灯笼——照旧。寻思寻思,造成今天的悲剧,也就见怪不怪了。

公母俩要不要孩子,那不是一个人的事儿,也不是公母俩的事儿,总得要考虑相关方的感受,甚至要考虑家庭责任。

立枫不懂这个理儿。所以,才让自个的婚姻,一次次走进死胡同。

俺寻思妥了,也下了决心。这次,不能让立枫草率离婚。她自个的观念不改变,离婚也解决不了问题。

第二天，中水安排车辆，把中海那股人，还有心茹一家等，都接到了大庆蓝湾小区。

蓝湾是个高档小区，一般都是两户一栋或四户一栋，面积都在两百平方米左右。楼房设计类似别墅，一户一个单元门，一般都是上下两层或四层，至少四个卧室、一个书房、一个独立餐厅、两个卫生间、一个大客厅、一个小客厅。在这儿住的不是县长、区长，就是商人。

中水就住在这儿，一个独门的四层小楼。

中水不愧是当领导的，昨天晚上经历的风波，在他的脸上一点儿都找不到痕迹，他有条有理地安排着各种事儿。而晓梅两眼红红的，眼皮肿胀着，满脸的疲惫和沮丧。

中水怕影响不好，不想去酒店安排。文婷有孕在身，舍不得让她下厨。没法子，立成就给春、夏、秋、冬打电话，谎称他娘身体不好，让她们早点来帮忙。正巧是初二，本来春、夏、秋、冬要回娘家拜年，就满口答应下来。

春、夏、秋、冬赶来了，心茹一家也到了，大伙儿说说笑笑就进了厨房。

亲戚们陆续到了，大伙儿唠嗑的唠嗑，玩儿麻将的玩儿麻将。然后，又相互举杯祝贺新春，这一天倒也过得快活。

到了晚上，众人都散去了，俺仍然留在中水家。

立枫在屋里窝了一天，就那么不吃不喝地躺着，俺的确挺心疼她的。

那天晚上，俺和她唠了挺长时间。

俺问："七孙女，你准备咋处理这事呀？"

立枫说："哪还有别的办法？离婚呗。"

俺摇了摇头说："这不是你的本意，对不？你真要离，也不会这样难过了。"

立枫说："奶奶，这事儿对我打击太大了。我和他感情很好，原想他是我终身的倚靠，从来没想过离婚。可他做了这事儿，我还能怎么办呢？"

俺说："依俺看哪，你真就舍不得。不过，要跨过这道坎，也确实很难。其实,他和那女人的事儿,你早就知道了,不是也原谅他了吗?这次他抱回了孩子了,你又要离婚了。寻思寻思,出轨和孩子是同一件事,为啥他出轨时你能原谅他,有了孩子你就不能原谅他?还不是因为,他出轨的事儿,你能瞒得住,这事儿你瞒不住,觉得面子上过不去?"

立枫靠着俺哭了起来:"奶奶,你怎么说得这么明白呢?"

俺说:"你是俺的孙女,你是啥心思,俺能不知道?"

立枫说:"奶奶,你说我该怎么办呢?有了那个孩子,我一辈子都会成为别人的笑柄。"

俺说:"立枫,不是奶奶说你,前有因后有果。你们结婚时,他答应你过丁克生活,也陪你玩儿了好几年了。后来,人家准备要孩子了,你就该为他考虑,要不是你一意孤行,哪有今天的恶果?"

俺这话说得重,立枫趴在枕头上不停地哭。俺使劲儿敲打她,是为了让她认识到自个的错。

立枫哭着说:"奶奶,你们都怪我,可谁能理解我呀?我还不是打掉牙往肚子里咽?"

俺一听,这话不对呀,难道她不生孩子,还有啥苦衷?

俺拍着她的后背说:"好孙女,有话和奶奶说,奶奶牙口缝都不带欠的。"

立枫终于平静下来,她讲述了不为人知的故事。

立枫上大学时,处了一个对象,是学生会主席,叫范徐立杰。在女学生们眼中,范徐立杰是天之骄子。范徐立杰比立枫高两届,他长得帅气,工作能力又超群。因此,屁股后跟着一帮追逐者。

立枫生性冷傲清高、气质非凡,这引起了范徐立杰的关注。于是,范徐立杰展开了强烈的攻势:请立枫吃饭,展示立枫绘画的天才,给立枫买时尚的挎包……涉世不深的立枫,被范徐立杰的真诚所动,很快成了范徐立杰的俘虏。

范徐立杰在校外租了一间宿舍。有一天,他亲手做了几个菜,请立枫到宿舍用餐。立枫到了以后,瞅见桌上摆着蛋糕,就好奇地问范徐立杰:"这是给谁过生日啊?"

范徐立杰说:“你猜?”

立枫想了想,又摇摇头说:“不知道。”

范徐立杰说:“今天是什么日子?”

立枫脱口而出:“七月三十一日。”

范徐立杰说:“农历呢?”

立枫摇摇头说:“不知道。”

范徐立杰说:“六月二十三。”

立枫一惊:“啊,我的生日?”

范徐立杰笑着点燃了蜡烛,并深情地唱起了生日歌,在“祝你生日快乐”的歌声中,立枫第一次端起了酒杯。这烛光,这歌声,这情谊,这红酒,都让立枫感动。接下来的热吻,更让她春心萌动。她的情感,不知不觉地被这场面燃烧起来。在范徐立杰的要求下,她解开了自个的衣扣……

偷吃禁果后,立枫不久就发现,自个怀孕了。

立枫觉得脑袋像炸开了一样,她自个在操场上转磨磨。

这事儿能跟谁说呢?也只有范徐立杰了。

立枫清楚地记得那一天。

那是合欢花开放的季节,微香清淡的合欢花摇曳着,显得是那样高雅和美丽。立枫站在合欢树旁,用目光迎接着范徐立杰。

瞅见比阳光还灿烂的男友,立枫惊恐的心平静下来。

范徐立杰说:“小枫,与合欢树相比,你更加美丽圣洁。”

立枫只是淡淡地一笑。

范徐立杰走近立枫,在她额头印上轻柔一吻,便把她搂进了怀里。那一刻,立枫的眼泪差点儿流淌下来,她感觉到了实实在在的爱意和倚靠。

立枫轻声说:“立杰,我要告诉你一个消息。”

范徐立杰说:“什么消息?我愿意与你一起分享。”

立枫说:“我怀孕了。”

这句话,像一枚重磅炸弹,范徐立杰立马晕了。他一把推开立枫,压低声音吼道:“你怀孕了?这怎么可能呢?不是有措施吗?这不可能是我的。”

立枫眼泪唰啦就下来了。

立枫觉得，这一朵朵淡雅美丽的合欢花，瞬间变成了一张张魔鬼的脸，让她这个弱小的女子，惊愕颤抖之间就会被吞噬掉。

这是那个阳光恋人吗？是那个风度翩翩的主席吗？是那个体贴入微的范徐立杰吗？

立枫哭着说：“你，你，你怎么能说出这样的话？我可只有你一个恋人啊。”

范徐立杰尴尬地说：“对不起，我说错话了。小枫，我是学生会主席，还是预备党员，要是让学校知道了这事儿，我就完了。”

立枫问：“你说怎么办？”

范徐立杰口气坚定地说：“打掉，马上。”

立枫寻思，也只能这样了，就说：“那周末，你陪我去医院好吗？”

范徐立杰说：“什么？让我陪你去？小枫，如果遇到了熟人，那真相就暴露了，我不能去。”

立枫说：“你，这可是你的孩子呀？”

范徐立杰说：“就算是我的孩子，还不是你不谨慎，反正我不能去。”

范徐立杰说着，从兜里掏出五百块钱，塞进立枫的手里：“你自己去吧，不行就找个朋友陪你去。你不能说这孩子是谁的，千万别把我露出来。”

范徐立杰转身走了，立枫呆呆地站在那儿。她想大骂一句畜生，却咋也没骂出口来。

这是立枫的初恋，那是她的最爱啊！可他竟是这样虚伪，这样不负责任。她一下子蒙了，不知如何消化这个事儿。

一周后，立枫做了流产。没任何人陪伴，也没告诉任何人。她像往常一样，依旧去上课，依旧去食堂吃饭。只是，她的脸是那样苍白。

范徐立杰淡出了她的视线。

一个月后，范徐立杰挎上了别的女孩儿，据说是某市长的千金。

立枫还听说，那个范徐立杰，三年换了无数女友，还有个女孩儿，为他闹过自杀。

立枫一度感到庆幸，毕竟离开了这个禽兽。可她哪里知道，就因为那一次流产，造成了她终身不孕。

立枫还能咋办呢？她只能接受事实，并把这无法愈合的伤，深深地藏在自个的心底。她放出风去，说自个是丁克主义者，发誓终身不生孩子。

俺呆呆地听着，心也丝丝拉拉地痛。

俺可怜的七孙女，那么多的伤痛，她得有多大勇气，才能独自抚平呢？

原来，这孩子刚强的外表下，隐藏着这么深而又不能触动的秘密。

难怪呀，立枫说要享受生活，说坚决不要孩子。你说，她不这么说，还能咋说呢？

俺抱着立枫哭了好长时间。

俺这个当奶奶的，还有晓梅和中水，都干啥去了呢？家是避风的港湾。当立枫需要避风的时候，那港湾在哪儿呢？俺肠子都悔青了，中水和晓梅他们的感觉哪去啦？

俺一声声呼唤着："俺的七孙女啊，俺可怜的七孙女。"

立枫泪眼汪汪地说："奶奶，你说，哪有不爱孩子的女人哪？哪个女人不想给爱人生下自己的孩子呢？"

是啊，丁克夫妻是另类。或者，他们的心底，都有自个的无奈和痛楚。作为老人，应该走近他们，以宽容的心态去对待。

俺说："好孙女，别哭了，有奶奶呢。"

立枫擦干眼泪说："奶奶，你说我该怎么办？我不能生孩子，哪个男人能真正理解呢？谁能无怨无悔和我相伴一生呢？所以，我这次离婚了，我就再也不结婚了。"

俺说："好孙女，别这样。奶奶活了九十九了，啥事儿俺不明白啊？"

立枫说："那是，奶奶吃的咸盐，比我们走的路都多。"

俺说："依奶奶说呀……"

立枫急切地说："奶奶，依你该怎样？"

这时，俺已心里有数了，就说："作山这孩子还不错，他对你是真心的。这件事儿，错在他那儿，但你也有责任。要是你在婚前坦诚相待，或许就不会发生这些事儿。"

立枫静静地听着。

俺问道："你爱车作山吗？"

立枫点了点头："说实话，这些年他对我很好，全心全意地爱着我，要不是发生这样的事儿，我们是最幸福的夫妻。"

俺说："那就好。七孙女，奶奶寻思呀，既然你不能生孩子，何尝不能养育那个孩子呢？这样，既成全了他传宗接代的愿望，你也彻底解脱了。他和那个女孩儿的事儿，你已经原谅了他，又何必在乎一个孩子呢？况且，那也是他的骨血呀，也是你的后代不是？"

立枫摇摇头说："奶奶，我怕这个结解不开。"

俺说："有了结不怕，只要你用心，总是会解开的。"

立枫说："可是，我又如何面对闲言碎语呢？"

俺说："除了家人，别人并不知道这孩子的来历。你对外就说，这孩子是你们领养的。"

立枫寻思着说："奶奶，让我冷静一下，让我好好想想。"

俺说："那你就寻思寻思，寻思明白了，就跟奶奶说一声，奶奶也好帮你说句话。"

俺明白，这样的事情，让她立马接受，那是不可能的。就让她寻思吧，啥时候寻思透了，心结就打开了，她才能回到那个家，才能找回快乐的生活。

52

初六了，长假要结束了，大伙儿也该走了。

立天拾掇好行李，就要和秀伟爹、秀伟娘、秀伟和王超返程了。这一行人特意前来道别。

秀伟爹说："老婶子，我在杜尔伯特这几天，亲眼见证了一个家族的和谐幸福生活，这都得益于您立家训、正家风，得益于您不懈的教诲和引导。我呀，研究了一辈子国学，都停留在纸面上了。而您老，是中华民族优秀传统文化现代继承的实践者，值得我学习和推广啊。”

俺说：“这咋说的，过奖啦，过奖啦！”

秀伟娘也说：“难怪在这个家庭里，能出现心茹这样的作家，真是环境改变人，环境也造就人哪。”

立天笑着说：“奶奶，我岳父岳母夸您哪，您高兴吧？”

俺说：“高兴。你呀，要好好孝顺他们，啊？”

立天说：“我知道。要不，您不得抡拐杖啊？”

俺哈哈地笑了，大伙儿也都笑了。

他们走了，俺站在阳台上，瞅着他们上了车，俺还举起了右手，冲着他们摆了摆，也不知道他们能不能看见。

立雨公母俩、王伟和佳琦留在了中海家，佳琦还要定期化疗；立雪带着袁雪梅回了葫芦岛，临走还给佳琦留下一千块钱。

立菊和迭戈是初八离开的。

俺担心立菊，就把她拉到一边说：“你呀，要学会保护自个，千万不要怀孕啊。等领了证了，准备要孩子了，也要打听好，要生一个正常孩子。”

立菊说：“奶奶，什么是正常孩子呀？”

俺又说：“像迭戈那样的，就不正常呗。哪像中国人，咋看咋舒服。”

立菊说：“奶奶，这下可惨了。我和迭戈生的孩子，必然会像他呀。”

俺无可奈何了，只能再叮嘱立菊：“那你就多注意点，等领了证了，再要孩子啊。”

立菊说：“我知道了，奶奶，我们过一段时间就结婚。”

立菊倒是答应了。可是，过一段时间是多长时间？会不会是猴年马月呢？

立枫也回家了。

以前，俺最不待见的七孙女，自从知道了她的心路，俺对她格外怜惜。

立枫寻思了几天，还是采纳了俺的意见，接受了车作山的孩子，她答应回到那个家中。

立成呢，也要回自个的家了。

他们离开前，中水开了一个家庭会。

那天，中水绷着脸，晓梅也嘟嘟着脸，立枫坐在她娘身边。

车作山耷拉着脑袋，板板地坐在沙发上，就像等着判决似的。

中水说："按说，你们夫妻之间的事儿，我们大人不该插手。但这一次的事儿，实在不是小事儿。作为家长，我们得把丑话说在前头。"

车作山说："爸、妈，你们说吧，我一定记在心里。"

立成说："你还有那个脸？你要有脸，也不能做出那样的事儿。"

文婷拉了立成一把，立成不吭声了。

中水说："作为丈夫，你凭空抱回一个孩子，这是在打你妻子的脸，也是在打我们王家的脸。"

车作山低着头说："爸，我错了。"

中水继续说："你的行为，是不负责任的行为，是对立枫最大的伤害。作为父母，我们都替她寒心。"

车作山说："我对不起小枫，我会加倍地疼爱她，我对天发誓。"

中水接着说："立枫对你感情很深。作为家长，不忍心强行把你们拆开。以后，你要是再对不起立枫，那就不要怪我们了。"

晓梅也说："你再敢欺负立枫，我是不会放过你的。"

车作山诚恳地说："爸、妈，你们放心，我一定对小枫好。"

中水疲惫地说："好了，我就相信你一次，你们都回去吧。"

就这样，立枫跟着车作山回家了。随后，立成也要回自个的家，晓梅不放心文婷和孩子，就让中水自个回了古泉。

大年终于过去了。

大伙儿都回归自个的角色，在自个的人生轨道上转悠。

就要开学了，王迪报考了研究生，这让俺想起了考大学那会儿。

高三的学生，每天上课都上到晚上九点，孩子累得有气无力的。

为了给孩子补充营养，心茹让王迪回家住，中河公母俩也常回来，给王迪送滋补品。中河有经验,就帮着调配饮食,制订作息计划。只要在这儿,就帮助接送王迪。

一场高考战争的序幕拉开了。

那真是紧张而又期盼的半年。

只要王迪在家里,大伙儿干啥都鸟悄的,说话压低了嗓门,走路也轻手轻脚的。

大伙儿都绷紧了神经,王迪倒是悠然自得,还笑盈盈地说:“妈妈,你是不是该买一个笼子呀?”

心茹一时没明白,就问:“买笼子做什么?”

王迪笑着说:“装你女儿呀,你走到哪儿,就把我拎到哪儿,那不就放心了?”

心茹说:“这孩子,快学习去。”

王迪做了一个鬼脸,回自个房间去了。

那天,心茹买了一个西瓜,正好中河回来,就说:“心茹,你买西瓜干什么?”

心茹说:“现在是西瓜旺季,正是好吃的时候。”

中河说:“不能让王迪吃西瓜,吃西瓜该起夜了,会影响休息的。”

心茹说:“那就我们吃。”

中河说:“你呀,还是作家呢。大人吃,孩子看了不馋哪?”

心茹又说:“这么严重?那以后不买了。”

还有一天,俺想心茹了,就打电话让心茹接俺。正好赶上中河在,他就把电话接了过去:“娘,王迪快考试了,等考完了你再来呗?”

俺说:“这和她考试有啥关系呢?”

中河说:“娘,你拄着拐杖,会发出声音的,那就会影响她学习。”

就这样,俺被婉拒了。

王迪的大熊猫生活,一直持续到六月份。

高考那三天,天气忒凉爽。可那些家长的心,却像着了火似的,碰到火星就得烧起来。

中河和雪玲都回来了。

早晨,中河、立明和心茹撑伞的撑伞,提溜水的提溜水,拿衣服的拿衣服,还有青霉素、痢特灵、藿香正气水等。王迪进了考场,他们就在那儿干等着。

考点外,那人是黑压压一片,有静坐的,有转磨的,有张望的,都在那儿寸步不离地熬着。

第一科考完了,瞅见王迪的身影,中河赶紧撑开伞,心茹拧开了瓶盖,立明自说自话:“也不知她考得怎么样。”

王迪笑眯眯地走过来,立明却啥也没说出口,任凭自个的心思,像小猫一样抓自个的心肝。

王迪嘻嘻哈哈地走着,净说些不沾边的事儿,大伙儿是问也不是,不问也不是,就这么一直熬到家。

后来,俺问王迪:“你考得那么好,咋就不说一声呢?”

王迪神秘地说:“太奶奶,我每一段经历,都要与众不同,这样才能刻骨铭心。我要是说了,就没有神秘感了,那多没意思呀?”

俺说:“你倒是与众不同了,你爷爷他们可是遭罪了。”

王迪又说:“太奶奶,就算我说了,他们能相信吗?所以,他们的担心是难免的。”

你看这小机灵鬼,啥事儿都看得贼透。

家里,雪玲准备好了午饭。

雪玲可是用尽了心思,把菜做得清淡可口。不但是荤素搭配,还煲了汤。那真是既补充了营养,又饱了眼福。

王迪坐在餐桌上,闷头吃了两碗米饭,还吃了不少菜。

王迪饿了,中河不饿,心茹也不饿。他们心里憋着火,咋能吃下饭呢?不饿也得端着碗,硬生生往嘴里塞,咋的也不能影响王迪呀!

王迪吃完了,就赶她去睡觉,下午还有硬仗呢。

中河和心茹呢,一个坐在沙发上,一个坐在卧室里,谁都不休息,他们要盯着时间,既不能让孩子迟到,又不能过早叫起,能多睡一分是一分,这是养精蓄锐啊。

王迪那屋静悄悄的,中河觉得很欣慰,孩子睡得多好哇。

王迪后来说:“奶奶,你知道高考那几天中午,我在做什么?”

俺说:“你不是在睡觉吗?”

王迪说:“睡什么觉哇！我看书了。”

俺说:“啥？你看书了？”

王迪说:“是啊,我看完了《我的阿勒泰》。”

俺说:“这孩子,你不困就说一声,别让他们白白守着。”

王迪说:“我敢说吗？他们要是知道了,还不得神经错乱呀？”

俺说:“也是,心静自然凉。他们以为你睡着了,也就安心了。”

王迪说:“就是,家长就是愿意折腾。”

俺又说:“这柳条子啊,到啥时候也成不了梁。孩子要不是那块料,咋折腾都白搭。”

王迪笑着说:“太奶奶,你太哲理了。”

俺得意地说:“那是,俺吃了多少咸盐啦？”

王迪收起笑容说:“我是看明白了,到什么时候哇,别人怎么折腾都行,唯独自己不能折腾,只要顺着他们就好。”

俺说:“你这是得道啦？”

王迪又说:“大人不折腾够了,就觉得没尽心,将来就会懊悔。所以啊,他们愿意折腾就折腾,只要我不乱就行。我要是乱了,这个家就真乱了。”

这孩子,真是人小鬼大。

中河晚上睡不着觉,就悄悄跑到阳台上,一坐就是一夜。

短短的三天,他瘦了一圈。

俺就寻思不透了,这些当爹娘的,到底是咋啦？这高考比命还重要？不是说三百六十行,行行出状元吗？孩子考不上学,就没了出路啦？

俺年轻那会儿,小孩儿也没这么金贵呀！哪个不像小猫小狗似的？孩子多的人家,大的看小的,小的看更小的。衣裳呢,大的穿短了,就给小的穿,小的穿坏了,打上补丁给更小的。就这样,那一个个都知道孝顺,一个个都知道抢活儿干。哪像现在的孩子,娇惯不说,心里就没别人。那一个个的一天除了睡觉,就是玩儿手机。就这样的,就算考上大学了,又能咋样呢？

唉,现在这些当爹当娘的,把孩子看成了自个的脸面。你说,那孩子有一个完整的人格，那该多好呢？现在可好，孩子一进幼儿园，就天天写作业；小学生的书包，都赶上小孩儿的体重了；上了中学，哪天不得学到半夜？那小孩儿就是为大人活着，爹娘的期待、爷爷奶奶的期待、姥姥姥爷的期待。结果咋样呢？童趣没了，自立没了，创造力也没了。

高考结束了。在估分那天，老师乐呵呵地说，如果不出意外，王迪进京没问题。

提溜的心放下了，中河却病倒了：血压升高了，心脏三连波了，脑神经痛了，痛得他直想撞南墙。

立明赶紧送他去医院，又是点滴，又是针灸，才把病情稳定下来。

高考过了十天，心茹才把俺接过去。

俺瞅见中河和雪玲，心里就纳闷呀，这公母俩咋造成这样了呢？

中河说："我们这算什么呀？东街有一个孩子，因考得不理想，悄悄爬上楼顶跳楼自杀了。王迪呢，乐观开朗，豁达明理，积极向上。这是我们全家的幸运哪！"

中海住平房时，他有个界壁儿姓富，他儿子叫富裕。这孩子名字好听，长得也帅气，白白净净的，像白面书生，说话办事有根有蔓儿，他爹把希望都寄托在他身上，希望他考上大学，也好光宗耀祖。

孩子也争气，从小学到高中，学习一直名列前茅。按照他的成绩，一定能考上好大学。

高考时，富裕得了晕考症。考前他折腾了一宿。进入考场以后，考卷就像一张白纸，一个字都看不清了。

富裕落榜了。富裕想不开呀，就躺在床上不吃不喝，也不和人说话。结果富裕疯了。

寻思寻思这些事儿，再寻思寻思王迪，俺该有多欣慰呀！

53

王迪要考研了。心茹张罗着陪考，王迪说啥也不让心茹去。对这事儿，俺理解王迪，也相信王迪。

王迪有能力处理好自个的事儿。

一晃，王迪有日子没回来了，俺挺想她的。每天晚上躺在床上，俺脑子里全是王迪的影子。

王迪等通知书那会儿，天气热得喘不上气来。

俺坐在床上，拿着一把蒲扇，不停地扇着风。

王迪坐在俺身边，看《额尔古纳河右岸》。她说，那是一个女作家写的，获过茅盾奖，书中描写了鄂温克的生存状况与百年沧桑。俺就寻思，矛盾咋还能是奖呢？俺不好意思问王迪，就一直在心里画魂儿。

十点后，屋里更热了，一股股热浪吹来，吹得俺眼睛直发花。

这人老了，代谢机能差了，经不住一点儿委屈。俺无奈地叹息一声："这该死的天，想热死几个呀？"

听俺这一唠叨，王迪就放下书，摸了摸俺的额头，又摸了摸自个的额头："太奶奶，你体温这么高呀？"

俺说："唉，热的。"

王迪说："太奶奶，我给你洗洗澡吧？"

俺说："大重孙女，你不嫌太奶奶呀？"

王迪说："太奶奶，你这是说哪儿去啦？我怎么能嫌你呢？"

俺说："不嫌好，让俺大重孙女帮俺洗澡。"

王迪先调好了水温，又扶俺进了卫生间，让俺坐在凳子上。刚才，俺心里还嘀咕，在中海家洗澡，咋也得两个人扶着俺，你一个人儿，可别把俺摔着。现在看来，担心都是多余的。

水从俺头上流下去，身子顿时清爽了。

过了一会儿，王迪又拿澡巾，轻轻地给俺搓澡。

俺在心里琢磨着，真是老天厚待俺，让俺活了这把年纪，不但享受儿女的孝顺，也享受到了孙辈重孙辈的孝顺。

俺说："大重孙女，累了就歇一会儿。"

王迪说："太奶奶，我不累。"

俺说："太奶奶高兴啊，都享到大重孙女的福了。"

王迪说："太奶奶，只要你高兴，让我做什么都行。"

俺说："大重孙女真好。"

半个小时过去了,王迪满意地说:“太奶奶,舒服吧?”

俺说:“舒服。”

王迪又说:“还热吗?”

俺说:“不热了。”

王迪说:“那我们就出去吧。”

王迪说着,给俺擦干了身子,扶俺慢慢回到卧室,又找出干净的衣裳,里里外外换了个遍。然后,她抱着换洗的衣服,又去了卫生间。

俺说:“大重孙女,你要做啥呀?”

王迪说:“洗衣服啊。”

你说,这么好的大重孙女,俺能不想她吗?俺正在那儿寻思呢,那电话机又唱着歌儿在招呼人了。

俺拄着拐杖,扭到电话机前。

俺刚喂了一声,就听见晓梅局促的声音:“娘,这几天,中水去看你没有?”

俺说:“没有哇,咋的了?”

晓梅说:“娘,没什么,我挂了啊!”

晓梅匆匆挂了电话。

中水咋了?是出差了?出差总得告诉家一声啊?遇到了啥大事?能是啥事儿呢?

俺也着急呀,就在心里嘀咕,这晓梅也是,立成和文婷有胳膊有腿的,哪儿显着她了?就算自个伺候不了自个,请个保姆总行了吧?她倒好,偏偏把中水一个人扔在古泉了。

俺对晓梅生了怨气。

中水去了古泉,又得到一套公寓,就中水一个人住。晓梅长期住在大庆,现在又去了立成那儿,伺候儿子儿媳去了。中水要是有个三长两短的,那她后悔就都晚了。

俺得抓空和晓梅唠唠。

这事儿就这样撂下了。

心茹回来了,跟俺打过招呼就进了厨房。俺搬了个凳子,坐在厨房门口和心茹唠嗑。俺说了她三婶来电话的事儿,心茹也劝俺别着急上火,说有了信儿三婶就会来电话的。俺又说想王迪了,心茹说她也想王迪了。说王迪要是在家呀,早把饭做好了。还说她孝心,说她知道乌鸦反哺了。

俺问她啥叫乌鸦反哺,心茹就从根到梢地解释。

心茹说:"《本草纲目·禽部》记载:'慈乌:此鸟初生,母哺六十日,长则反哺六十日。'意思是说,乌鸦小的时候,它的母亲喂养它,小乌鸦长大了,老乌鸦也飞不动了,不能自己找食物了,小乌鸦会喂养它的母亲。羊跪乳之恩、乌反哺之情,这是教育儿孙孝敬老人的好例子。"

俺说:"这个好哇,赶明个让你爹写在家训上。"

晚上,心茹又回来了。

心茹直接来到俺的屋里,她张了张嘴想说啥,却又咽了回去。俺瞅她那个样子,就觉得有啥事儿。

俺问道:"大孙媳妇,你咋的了?"

心茹摇摇头说:"奶奶,没什么事儿,我扶你出去,边做饭边唠嗑。"

俺就站起来,和她一起来到厨房。俺一边瞅着她做饭,一边寻思她会有啥事儿。饭做好了,她把俺扶到餐桌前坐好,立明也回来了。

立明说:"心茹,那事是真的?"

心茹赶紧迎了上去,拉着立明进了客厅。

客厅和餐厅是开放的,俺就坐在餐厅里,这公母俩坐在沙发上,嘀嘀咕咕了好一会儿,让俺的心里一点儿都不愉快。

这公母俩刚回到桌上,就听见有人敲门。立明走过去,趴在门镜上瞅了瞅,就把门打开了。

中河和雪玲来了。

唉,俺这心里更犯嘀咕了,立明和心茹嘀嘀咕咕,这都要黑天了,中河和雪玲又来了,这到底是咋回事儿呀?

俺就问中河:"中河,你们咋来了呢?"

中河说:"娘,今天没事儿,过来看看你。"

俺哼了一声没说啥。俺寻思,人家愿意告诉俺的事儿,俺不问他也能说。人家不愿意说的,俺问了也白问。

中河对心茹说:“让立明跟我和你妈办点事去,你在家好好照顾奶奶。”

心茹说:“爸,你们去吧。”

立明和他爹娘匆匆地走了。

俺这心更冷了,人到了谁都不和你说心里话的地步,那真是悲哀呀。

俺生气地回到卧室,躺在床上睡觉,却咋也睡不着。

心茹坐在俺的身边,默默地看她的书。

突然,又响起了敲门声,心茹跳下床去开门。

俺听到了晓梅的声音:“娘啊,大事不好了,中水出了大事了。”

晓梅这一声干号,一下把俺的心揪起来。怪不得中河他们神神秘秘的,原来是中水出事了。

俺又听到心茹说:“三婶,小点声,我奶奶还不知道呢。”

晓梅哭着说:“为什么不让她知道?她儿子做了缺德的事儿,还不是她没教育好?老王家祖坟冒青烟了,什么丢人现眼的事儿都有。”

心茹说:“三婶,求你了。我奶奶都九十九了,她承受不了的。”

晓梅的话,像针一样扎进俺的心里。俺要去瞅瞅咋回事儿,却差点儿没摔倒在地上。几十年了,俺尽心尽力地维护这个家,想让老王家人都能争口气。没想到连滚带爬历尽千辛万苦,还会被人指着鼻子骂。

俺拄着拐杖来到客厅。

晓梅头发乱糟糟的,两个眼泡肿得挺大。她一把推开心茹,疯了似的冲到俺的面前,真就指着俺的鼻子说:“老太太,你口口声声要正家风,你看看你生的好儿子,居然玩儿了十四个女人。王八蛋,老天有眼啊,他终于落马了,终于被双规了。”

俺只觉眼前一黑,身体摇晃了几下,就软软地瘫了下去。

心茹抢前一步,一把把俺搀扶住,冲着晓梅说道:“三婶,你要干什么?我奶奶这么大岁数了,你就忍心这样刺激她?”

晓梅气哼哼地说:“怎么,这还怨上我了?她养的好儿子,怎么就忍心做那些事儿呢?这下好了,他就等着挨枪子吧。”

俺的脑袋嗡嗡叫着，啥也听不清楚了，就看她嘴巴一张一张的，就像狮子的血盆大口。

心茹说："奶奶，你别上火，也别着急。我爸去古泉想办法了，我三叔会没事的。"

俺一声不吭，没有任何表情，只是呆呆地站着，就像一尊雕塑似的。

晓梅又气冲冲地骂道："你们老王家，也就能培养下三烂的东西，我算是倒了八辈子霉了，我可不跟他过了！"

晓梅啪地一甩门，走了。

心茹扶着俺坐在沙发上，俺还是一动也不动。

心茹赶紧给立明打电话："立明，你快回来吧，奶奶知道这件事啦。"

心茹放下电话，拍了拍俺的后背，俺咳出一口痰来。心茹给俺擦了擦，又给俺喂了几口水，俺终于缓过一口气来。

心茹说："奶奶，感觉怎么样？"

俺唉了一声，眼泪就默默地流下来。

心茹又说："奶奶，你别伤心，三叔会没事的。"

俺说："这个不争气的中水呀，咋能做出这些糊涂事儿呢？这些年，俺也没少叮嘱他呀？到后来，还是不让俺省心哪！老天爷呀，你就把俺收了去吧！干啥让俺遭这个罪呢？"

54

中水被双规了。

因案件牵涉太多，专案组入驻古泉，全面调查中水案。

中水犯了啥事呢？这还得从头说起。

古泉县委书记叫作李峰，在古泉任职十年了。

县委书记连任十年，也不是容易的事儿。

李峰连任十年，并不是因为他政绩好，而是有不言而喻的原因吧？

这事老百姓哪能弄得清呢?

李峰到古泉县后,政绩工程做了不少,老城区改造了,小区建设了,道路新建了,还有乡村道路铺设了。

按理说,做了这么多的事儿,也算是好官了。可老百姓不买账,反对声日渐高涨,街头巷尾常有小报,甚至街面出现喷绘,用以揭发他的罪行。

李峰在老百姓中,有一个不雅的外号,背地里都叫他“李一股”。为啥这么叫呢?李书记屋里的叫梦菲,梦菲是商界精英。李峰到古泉县上任,梦菲也把手伸了进来。据可靠消息,凡是古泉开发的项目,都有梦菲的股份。

县委书记是谁啊?那才是真正的县太爷。古泉县开发的项目,他要是不同意呀,你只能是望洋兴叹!生意人多敏感哪?他们走夫人路线,把李峰控制在自个的手里,就为自个的事业开了绿灯。

梦菲当然乐此不疲了,甚至主动干涉一些项目,毕竟是各取所需嘛。

一家合作两家得利,十家合作十一家受惠。这样,古泉成了梦菲敛财的自留地啦。

若要人不知,除非己莫为。这世上哪有不透风的墙啊?不知咋的,李书记家拥有项目股份的事儿就传了出来,老百姓对此是敢怒而不敢言。

那咋办呢?唉,搞点地下工作吧。老百姓就采取小手段,撒撒传单,喷几个字儿,用以发泄心中的愤怒。

中水调来的时候,老百姓对李峰积怨已深。

中水是军队出来的人,人们对他的到来,寄予了深厚的期望,身边很快团结了一些本土官员。

这种现象,被李峰批为“搞宗派”。

这个“宗派”,并不是想搞啥阴谋,也就是想有个照应。

对于中水而言,只身来到古泉,有这些人的维护,也就算站稳了脚跟,能安心地为古泉做点事儿,求一个平安落地而已。

可是,李峰却犯了嘀咕。这个中水,从部队转业才几天哪,就当了县长,又在这么短日子里,纠结了这么多本土干部。要不是有野心,还能咋解释呢?到任了,就大刀阔斧招商引资,工作步伐这么大,不能不让人费寻思啊。

俺说也怪中水。中水再有心机,也是军人出身,喜欢雷厉风行。加上想为古泉做点事儿,就忘了收敛锋芒啦。但他做的都是正事,也不愿影响李峰的个人利益。可那些本土干部就不同了,都熟知李峰的所作所为,对李峰的行为早生了敌意,就流露出想让中水取代李峰的心意。

一个说、两个说,说的人多了,中水还真动了心。他寻思,要是当了县委书记,培植起自个的嫡系接班,退休后遇到个啥事儿,也有人帮助出头不是?再说了,要是能当上县委书记,也算是功德圆满啦。

既然动了一把手的心思,就会在行为上有所表现。中水就更加注重自个的政绩,本土干部也宣传中水为民着想的事儿。一时间,中水的民意大幅上扬,上头对中水也颇有好感。

这事儿传到李峰那儿,那心里就不是滋味了。他深知人走茶凉的理儿,要是在这种情况下走人,那将是啥样的后果呢?

离开古泉是必然的,但绝不是被赶走。要是被赶走了,一大堆尾巴,会不会遭到清算呢?强龙压不住地头蛇,要是由着本土帮发展,一旦把他王中水捧起来了,那真就得被轰走啦。

李峰暗中盯上了中水。

在古泉工作了两年,中水做了几件大事:招商引资促进经济发展、提高公务员福利待遇、扶持教育事业和微小企业……这些做法,符合市委、市政府建设国际化大都市的战略,李峰就没办法阻止。

中水还在暗中庆幸呢,短短的两年,自个的政绩不错,又得到了这么多本土管员的支持。可他哪儿知道,一张无形的网早已把他罩住了。

在古泉本土干部里,有一个叫李琳的女人,身居县委常委、宣传部部长。按理说呢,她应该是李峰的人,咋说她也是县委直接领导哇!李琳是古泉政界的美女,虽已年过四十,但她风韵犹存,说话办事恰到好处。在工作中,李琳慢慢地接近中水,中水也对李琳产生了好感。

李琳和中水走得很近，私下里都称兄道弟啦。

一次，几个本土的中层干部聚会，把中水也请去了。因为大家都有一个共同的情结，这酒喝得就尽兴，结果就都喝多了。

李琳住在和善小区，中水住在和谐小区，两个小区是界壁儿，大伙儿就嘱托李琳送中水。

晓梅长期住在大庆，家中只有中水一人。中水这把干柴，遇上了李琳这堆烈火，就趁着酒兴上了床。

凌晨，中水懵懂地睁开眼，想要下地上厕所，一翻身就看见了李琳，吓得连忙坐了起来。中水翻身坐起，李琳也被惊醒了。她柔声柔气地说："中水，你醒了？"

中水惊恐地说："这是……"

李琳微笑着说："中水，昨晚是我送你回来的。"

中水又说："哦……那你……"

李琳又说："中水，是我自愿的。自从你来了古泉，我就芳心暗许了。你为人豁达，做事讲究，刚正不阿，聪明睿智，充满了男人的魅力，我早想……"

中水说："我是遇上了比目鱼，还是遇上了鸡心螺？"

李琳撒娇地捶打中水前胸："你好坏，就像昨晚……"

俺知道，中水还是有点儿心思的，但在这娇柔甜润的声浪里，中水的骨头都酥了，魂儿也轻轻地飘起来。

晓梅是啥性格？她刚愎自用、生冷辛辣、指手画脚、高高在上，自从结婚到现在，除了动物的本性外，还是动物的本性。

李琳稍微一动心思，中水就被收入了囊中。

那以后，两个人时常幽会，暗夜销魂。

唉，中水和李琳在一起，知道了啥叫男人。他自个儿很感慨，都活了大半辈子了，享尽了前呼后拥的感觉，却没享受到女人的温情。

俺就纳闷呀，中水不怕吗？

心茹说他不怕，这就是当官的心思。

当官的怕妓女。妓女要是被抓了，秃噜秃噜就秃噜出来了，他们不就完蛋了吗？当官的还怕其他女人，这女人要是犯起浑来，啥过格的事儿都敢做。当官的不怕女官员，能和上司睡觉的女官员，一定是想往上爬，或者是想稳住位置，咋能做出损害自个名声的事呢？

李琳一门心思服侍中水，中水也乐此不疲享受着。

有时候，李琳还叫上几个姐妹，一起陪中水喝酒聊天。那些女人，都是各部委办的头头，不但年轻貌美，还聪慧得体，一个个经过官场历练，都学会了瞅人脸色做事儿。

时间长了，就暗送媚眼了。李琳倒也大方，想法子成全好事儿。就这样，这十三个女人，都成了中水的情妇了。

令人奇怪的是，这古泉十三钗之间，不但不争风吃醋，反倒风平浪静，比过去的妻妾们和谐多了。

中水不觉得奇怪，还一度乐在其中呢。

二〇一二年初，古泉县大力招商引资。

一北京客商看中了一块地儿，想在那儿建大型商业城。这个设想要是实现的话，古泉都市化建设就向前迈了一大步。

为了这个项目，中水费了不少心力，终于促成了此事。

中水高兴啊，就把李琳带回家，想共同喝一杯酒。为啥在家里呢？上面有了四项规定，党员干部不敢公款吃喝了，大饭店都门庭冷落车马稀了，不在家里还能到哪儿去？

那天，他给李琳打了电话，李琳兴冲冲地来了。

看到中水开心，李琳亲自下厨，做了几道菜，两个人相对而坐。

三杯酒下肚，李琳热辣辣地看着中水说："中水，你知道吗？这个项目的法人，是我大学同学。他一来到古泉就找我，想通过我的关系认识你。我为了保护你，就没有答应他。"

中水说："还有这事儿？"

李琳说："是啊，我不能把这事儿，和我们俩的感情搅和在一起。"

中水说："李琳，这就对了。你对我的情意，我心里有数。"

李琳说："中水，我知道你是真心的。哦，对了，我这儿有二百万，是我同学托我送你的。"

中水说："不行！这个我不能要。"

李琳偎在中水怀里，眼泪汪汪地说："我爸得了尿毒症，要做换肾手术,买肾源和术后维护至少得八十万。我妈死得早,是我爸把我拉扯大的,我不能眼睁睁地看着他死去吧?"

中水说:"哦,那你打算怎么办?"

李琳说:"中水,我想借你的光给我爸治病。这二百万,我留一百万,给你一百万。这样,既解决了我的困难,又把我拴住了,你也就放心了。"

中水还是摇头。

李琳趴在中水的肩膀上,嘤嘤地哭了起来。

李琳这一哭,把中水的心哭动了。他想到李琳的好,她跟自个一年了,不但宽容大度,还接受他别的女人,而且从未提过要求。对于这贴心的女人,咋忍心去伤她呢?

中水暗暗寻思着,那开发商的项目,俺办得有板有眼的,没有违背政策的事儿。自个没做一点儿手脚,他还能送钱过来,可见不会有啥猫腻儿。更何况这钱是李琳接收的,也拿了一百万,鞋子已经湿透了,她还能咋样呢?

寻思到这儿,就安慰李琳,也答应收了。

没想到,这事过去半年多了,咋就被发现了呢?

俺能说啥呢?这段日子里,俺没少磨叽他,只要一见到他,俺就反反复复地唠叨。他嘴上答应俺好好的,谁知道他能做出这些事儿?

眼下,电视里老说谁谁被立案了,谁谁被双规了,谁谁被双开了,心茹说中央是动真格的了。俺这心里呀,就免不了替中水担心。

可是,俺哪儿知道,中水陷得这么深呢?

第二天,中河公母俩又来了,还说有人设了陷阱,把他整进去了。

俺就问:"到底是咋回事儿?"

中河说:"有一封检举信,直接寄给了市纪检委。举报中水收受贿赂、玩弄女人和拉帮结伙。那信实名实姓、线索清晰,立刻引起了重视,并组成专案组,迅速进驻古泉,对中水展开了调查。"

55

对中水的审查开始了,他承认收受了一百万,但不承认与女干部通奸。中水觉得,那些女干部为了名声,不会承认与他通奸的事儿。自个哪,为了她们的名声和前途,也拒不承认通奸的事儿。

中水不承认,不代表女人们不承认。

调查组召开全县女科级干部动员会,要求相关女干部主动坦白,对主动交代者将从轻处理。

于是,一个女人跳出来了。

那女人是古泉县信访办副主任,她主动找到调查组,承认了自个和中水通奸。

接着,就一个跟一个,秃噜秃噜地都说了。

这回板上钉钉了,中水被移交到检察院,经过法庭审判,中水犯受贿罪被判处有期徒刑九年。

中水案件落幕了,专案组离开了古泉。至于那些女干部,专案组把处理权交给了县政府。

一时间,满城都在流传中水的事儿,也不乏替他鸣冤的声音。

可俺说呀,苍蝇还不叮无缝的蛋呢。中水要是不贪、不玩儿女人,谁能对他咋的呢?活该!谁让他辜负了国家的培养,辜负了人民的期望呢?

当然,那些女干部也成了老百姓的唾沫星子。

时间是上等的调节剂呀,中水案慢慢淡出了视线。

政府换届了,那些女人不但没受处分,反而被重用了。

信访办副主任,调任劳动局副局长;

财政局副局长,升任审计局局长;

宣传部部长李琳,升任政协主席;

其他的女干部均被升迁或重用。

后来,一个中水的朋友酒后吐了真言,说那些女子,哪儿是看上了中水的为人,她们早就和李峰有染,是李峰的枕边红人。

中水遭了人家的暗算啦。

俺还是那句话,中水他活该!俺是不怨恨别人,俺只怨中水他自个。到啥时候都要记住,打铁还须自身硬啊!

你说,中水就喜欢投机,总觉得自个儿聪明。这回可倒好,聪明反被聪明误啦。

中水落马了,晓梅又哭又闹、疯疯癫癫的,张嘴闭嘴就是骂,她骂中水忘恩负义,骂中水玩弄女性。这骂声直到文婷要生了,她这才消停下来,一门心思侍候孙子去了。

中水的事儿对俺打击太大了。

那天,俺在心茹家一直呆呆地坐着。心茹心里没底,就给立明打电话,接到心茹电话,立明匆匆地赶了回来。

立明进屋就问:"奶奶,你感觉怎么样?"

俺叹了一口气没吭声。

老王家呀,这是咋的了?为啥要出这事呢?这一代一代的,就出了中水和立天两个当官的。为了他当好这个官,俺费劲巴力地劝他,他都哼哈地应着,咋还能出这个事儿呢?

这个中水呀,家里放着好端端的媳妇,也不是不管够,咋就还在外面玩儿女人呢?这世上的女人,不都那么回事儿吗?

你说你要啥有啥,还贪那点钱干啥?这回进去了,你说哪多哪少哇?

俺这是哪辈子作的孽呀,糊里糊涂地活到九十九了,却弄得个人不人妖不妖的,这是让俺活受罪咋的?

俺还有啥心劲活着呢?

俺不想睁眼,不想吭声,也不想再见这些晚辈儿。一连几天俺都是这样。立明也不托底,就把俺送到了医院。

医生说,就是气火攻心,调理调理就好了。

可是不管咋点滴,咋吃药,俺还是不吭声,不想睁眼睛。

中海来了,拴住来了,中河、雪玲来了,巴特尔来了,春、夏、秋、冬、雨和梅,还有立天、立枫和立成,他们都来了。

中海说："娘啊，你可要放宽心，你还有俺们哪。"

中河说："娘，人活在世，啥事都能摊上，你可要想开呀。"

雪玲说："娘，我们都会好好孝顺你的，你就睁开眼睛看看我们吧。"

拴住说："娘，你看，俺回来了。"

巴特尔说："娘，我代表中华来看你了，你可要坚强啊！"

心茹说："奶奶，你千万别灰心，一切都会好起来的。"

春、夏、秋、冬、雨和梅，立天、立枫和立成，都苦苦地劝俺，俺却一句话也听不进去，俺啥都不想听了。

俺愿意就这样羞愧地死去。

儿孙们轮流看护俺，轮流喂俺喝粥，俺无奈地吃着，咽下去一点点儿，大都流失掉了。

俺就像一具僵尸，就那么躺在那儿。

俺住院第三天，中河告诉俺，中水对受贿供认不讳；

俺住院第五天，中河又告诉俺，那些女干部都交代了通奸的事儿；

俺住院第十天，中水因违纪违法被移送检察机关。

俺默默地听着，感觉是那样奇怪，俺没有怜惜和心疼，满脑子都是愧疚和自责。

法院宣判那天，中海和中河公母俩旁听了全过程。

中水在最后陈述时，还是避谈通奸的事儿，他只承认犯有受贿罪。他说："我有罪，我对不起人民的期望，对不起党的培养，更对不起我九十九岁高龄的老母亲。"

这话一出口，中海和中河公母俩都哭出了声。

当中海把这个消息告诉俺时，俺的眼泪也流了出来。

这是中水被双规后，俺第一次流泪。俺在心里说：中水呀，你对不起的，何止是你娘啊？你最对不起的，是你娘坚守的信念，还有你娘对你的希望啊。俺默默地哭着，哭够了，俺说话了。俺是中水被双规后第二次说话："扶俺起来，回家。"

中海说："娘，你还没好利索呢，再等两天吧？"

俺拍着胸脯说："俺的病在这儿，医院看不了。俺也不愿意在这儿，让人家戳脊梁骨。”

中河说：“娘，那听你的，我们回家。不过，你可得想开呀。”

俺说：“俺有啥想不开的？不就生了个浑蛋儿子吗？养不教父之过，丢人也丢的是你爹。”

提到他爹，俺那当家的，俺又哭了。

中河也哭了，他拉着俺的手说：“娘啊，我们回家。”

俺回家了。

俺被抬上了车，中河问俺去哪儿，俺愣怔了半晌。是啊，俺去哪儿呢？人生的归宿，就是那个小匣子。可是，俺是老不死的妖怪啊，那个世界里，还没俺的位置呢。

那么，俺该去哪儿？

中海家？中河家？心茹家？哪儿是俺的家？哪儿俺也不敢去啊！今天还好好的，明个是啥样子呢？

俺害怕，俺胆怯，对于这个世界，俺充满了恐惧。

心茹看透了俺的心思，拉着俺的手说：“奶奶，咱们回家吧，我和立明，还有王迪，都是你的后代呀。”

是啊，王迪考研考完了吧？她会不会落榜呢？这个想法一出现，俺的心里一惊。俺咋能怀疑王迪呢？

中水是中水，王迪是王迪，俺不能因为中水，就怀疑俺大重孙女啊。

对，上心茹家。

等王迪回来，俺还得给她讲故事呢；王迪有偏头痛，要是再犯病了，俺得给她拔火罐；王迪还闹嗓子，俺得用中指和食指给她揪一揪。

就这样，俺又回了心茹家。

中河公母俩陪着俺，给俺做好吃的，帮俺洗澡冲凉，陪俺说离奇话，俺咋都乐呵不起来。俺常呆坐在阳台上，静静地瞅着窗外。

俺瞅着绿树、飞鸟、楼房，还有飘忽忽的云彩。可俺瞅着瞅着，就都变得模糊一片，好像俺从来没见过一样。

俺就这么熬着，不想中水的事儿，也不想别的事儿。

中河公母俩陪着俺唠嗑，俺有时候吭一声，有时候就像是没听见，眼睛死盯着绿树、飞鸟、楼房，还有飘忽忽的云彩。

俺机械地接受着儿孙们的爱意。

或者，俺真的老了。

以前衰老的只是身体，现在衰老的是俺的心。俺的心枯了，思维枯了，就连意识也枯了。

56

俺就这么坐着，依旧眼盯着绿树、飞鸟、楼房，还有飘忽忽的云彩。俺盯着盯着，那树冠就变成了一张笑脸。嘿嘿……那不是王迪吗？她蹦蹦跳跳地跑过来了，还高喊着："太奶奶，太奶奶，我高考分数出来了。"

俺问："你考了多少分呀？"

王迪说："太奶奶，你猜？"

俺说："俺咋能猜到呢？"

王迪说："太奶奶，我考了726分。"

俺说："俺大重孙女真棒。"

俺说着，那笑脸又变成了那棵树。俺一着急就喊道："王迪……"

俺这一喊，心茹跑过来了，中河一边接电话，也一边往阳台这儿来。

心茹说："奶奶，你怎么了？"

俺说："俺看到王迪了，她说她考了726分。"

心茹说："奶奶，那是几年前的事儿了。奶奶，你要是想她了，我让她回来一趟？"

俺的心啊，一下抽紧了。

俺记起来了，那年高考分数出来，王迪趴在俺的怀里哭了。这个孩子，向来都是乐观的，从来没看出她有压力。寻思寻思，她哪是没压力啊？她是把压力藏在了心底。因为她知道，她的情绪会影响家人，宁愿自个独自承受。

她还是一个孩子呀，就懂得心疼家人了。

和孩子相比，俺是多么懦弱啊！

一个中水倒了，俺就半死不活的。俺这样，儿孙们多担心哪。俺不能连个孩子都不如哇。

俺越寻思越愧疚，就抬起脸来说："中河、心茹，俺让你们担心了。"

心茹说："奶奶，我没事儿，只要你好起来，比什么都强。"

中河说："娘，王迪是高考状元，给老王家争了光，让你高兴了好几天。现在，我还有好消息告诉你。"

俺说："啥消息呀？"

中河激动地说："娘，王超托福考了 90 分，SSAT 考出了 2200 分，他可以出国读高中了。"

俺知道，立天一直想让孩子出国。为这个，王超就不断学习，这两个预科终于通过了。

这真是一个好消息，俺的重孙子王超，也实现了自个的理想。

这都是俺的后代呀，他们这么出息人，能说不是王氏家族的幸运吗？

中水的人生结局已定，那是他自个选择的路。

俺不能因为一个中水乱了阵脚，让儿孙们都承受担忧与惊恐。失去的就失去了，存在着的还得继续。俺都九十九岁了，连这一点都忘了吗？

俺混沌的心，顿时透亮了。

俺拄着拐杖站起来，心茹立马就扶住俺。

俺说："心茹，你松开手，俺还行。"

听俺这么一说，心茹看了看她家公，两个人都开心地笑了。

中水的事儿有了定论。

他被判了九年徒刑不说，还被"双开"了。

这个结果，俺早都预料到了。

中水刚参军那会儿，他为了立功，用毛主席像做手脚，俺就应该看到今天的结果了。还有，他抛弃李红的时候，他的人生不就注定了吗？

对这个中水啊，俺看护了他半生，提醒了他半生。最终呢，还是被旋涡卷了进去,再也无法回头了。

中水被转到监狱后,中海和中河去探望他,可他一句话都不多说,就反反复复地叨咕:“我对不起娘,我对不起王家啊。”

他就是对不起俺,对不起王家嘛。

但愿,他能好好改造,用行动去救赎,救赎自个的良知。

中水的事儿告一段落,他成了王家的一个符号,警醒后人的鲜活例子。虽然他还活着,他却淡出了俺们的生活,也淡出了俺们的心。是谁说的来着:“有的人活着,他已经死了;有的人死了,他却活着。”

日子还得过,不能因为中水就停摆了。而且,喜怒哀乐一点儿都不会少。

文婷生了,生下一个七斤半的大胖小子。

心茹去下奶,回来兴奋地说:“奶奶,那孩子白胖胖的,可漂亮了!”

心茹笑得甜丝丝的,俺也跟着笑了。

立成也打来电话说:“奶奶,我儿子特硬实,等满月了,我就抱他回去,让你好好看看重孙子。”

俺说:“好,俺等着抱抱重孙子。”

立成说:“奶奶,他还会要大红包呢。”

俺说:“那你让他自个来,太奶奶给他六张大白边,祝他六六大顺。哦,对了,立成啊,你生意咋样?”

立成说:“奶奶,你放心,我的生意没事儿。”

俺说:“那就好。”

立成又说:“奶奶,谢谢你。这些年,要不是你的教导,我说不准做出什么事来呢。”

俺说:“这孩子,跟奶奶客气上了。”

俺正说着,立梅来了,俺就挂了电话。立梅显得很高兴,俺一问才知道,她的公司被列为政府采购指定单位了。

俺高兴啊!这些年,立梅做事儿讲究诚信,得到了用户的信任。她和王婷的日子呢,也越来越好了。说起这些,立梅总忘不了她大嫂。俺寻思,知道感恩就好哇,心茹就没白帮她。

心茹也高兴,俺相信她是从里往外高兴。俺们正说笑着,心茹的手机又唱起了歌儿。心茹接通了手机,又立马递给了俺。

立枫跟俺说,她娘提出了离婚诉讼。俺说俺知道了,就挂了电话。

晓梅要离就离呗,没人会拦着她。

晓梅和中水一直是那么自负,谁说啥都没用。既然是他们自个的选择,到头来还得他们自个埋单。

反正啊,俺对中水公母俩,真就心灰意冷了。

雪玲回来了,是自个回来的。

俺觉得很惊讶。这么多年,她从来没跑过单呀。雪玲性子温顺,也没啥太多主见。大半辈子了,总是和中河形影相随,也心甘情愿做中河的影子。今个咋就自个回来了呢?

俺心里犯嘀咕,却没有多说话。

中水出事后,俺就很少说话了。

雪玲在心茹家住了两天,俺就觉得她不对劲儿。她除了给孩子做饭,就是窝在沙发上,拿着遥控器遥电视,一会儿换一个台,一会儿又换一个台。她就这样恍恍惚惚的,一说啥还总打岔。

雪玲就是太内向,喜欢把话憋在心里,憋长了还不闷死?俺不爱管闲事也得管了,就趁着家里没人问她:"雪玲啊,你咋的了?"

雪玲说:"啊?哦,娘,没啥事儿。"

俺说:"咱娘俩处多少年了?你在俺眼皮底下长大,你还能瞒住俺?"

俺这么一说,雪玲的眼泪就流了下来。她低下头说:"娘,俺是遇到了点想不开的事儿。"

俺又说:"那就跟娘说说,看娘能不能帮上你。"

雪玲说:"娘,中河还有一个对象。"

俺一听,脑袋就嗡的一声:"啥?中河也有那花花肠子?"

俺说着,这气就不打一处来。老王家这是咋的了?咋就出这样的事呢?俺不停地喘着粗气。雪玲一看,赶紧掏救心丸。俺摆摆手说:"没事儿。"

雪玲就说:"娘,你别生气,中河没有那花花的事儿。"

俺的气顺过来了:"那你咋说他还有一个对象呢?"

雪玲说:“俺是说他年轻的时候,处了一个叫朱凤琴的对象。”

原来是这事啊,俺舒了一口气:“雪玲,你咋也毛愣三光的呢?你差点儿吓死俺了。”

雪玲说:“娘,对不起。”

俺说:“咱娘俩,有啥对得起对不起的。”

俺接着就把当年的事儿,一五一十地讲给雪玲听。然后俺说:“雪玲,当年是俺拆散他们的,因为俺就看着你好。事实俺还真做对了,你和中河一辈子恩恩爱爱,在俺这三个儿子中,你们是最让俺省心的了。娘的眼光没错,你既是一个好媳妇,又是一个好娘亲啊。”

雪玲说:“谢谢娘。”

俺又说:“雪玲啊,你咋知道这事的?”

雪玲低下头,不停地摆弄手指。一会儿,她抬起了头,眼圈红红地说:“娘,朱凤琴来大庆了。”

俺一惊:“啊,她咋来了呢?”

雪玲慢悠悠地说:“她就在大庆,中河和她在一起呢。”

俺刚端起的杯子,啪地掉在地上。中河还真有事了,就算是初恋情人,那也不能这么做呀,他咋对得起雪玲啊。

那水杯掉在地上,竟然没有摔碎,这预示着啥呢?

雪玲捡起水杯说:“娘,不是那个意思,中河没和她在一起。”

俺说:“你这是哪跟哪呀?你捋着根蔓来说。这孩子,你想吓死俺呀?”

雪玲说:“娘,你别着急,你听我慢慢说。”

57

凤琴是一个有心劲的人,自从和中河分手后,她再也不敢碰触感情了。

毕业后,她分到了中石油研究院,做了一名工程师。

凤琴把心思都用在工作上了,不但研究出很多前沿课题,还获得了许多国家专利。她每天就知道工作,日子就一天天过去了,她把自个拖成了老闺女。

领导关心她,大伙儿关心她,都帮她介绍对象,可凤琴见了就摇头,都说没啥感觉,也就不了了之了。

就这样,凤琴终身未嫁。

到了退休了,凤琴被单位返聘了,她依旧拼命地干。

半年前,凤琴在岗位上晕倒了,被大伙儿送进了医院,医生检查后宣布,凤琴是肝癌晚期。

大伙儿听了,都为她惋惜。

寻思寻思她的一生,也的确是孤苦伶仃的。于是,大伙儿都尽力帮她,问她还有啥要求,她说:“这一生没其他遗憾,只有一个愿望,就想去大庆治病。”

大伙儿犯嘀咕,北京医疗条件这么好,她为啥要去大庆呢?不明白就不明白吧,满足她的心愿是第一位的。

到了大庆后,凤琴住进了油田总院肿瘤科。

安顿好了,凤琴就让大伙儿回去了。

凤琴通过院方,查到了中河的下落。

中河退休后被返聘,一直干到二〇〇七年才彻底离开工作岗位。离开单位了,与院方的联系也少了,要找中河就免不了费周折。最后,还是研究院离退办出了面。

中河知道了信儿,就立马去了总医院。

四十多年了,两个人还是第一次见面。

中河看到凤琴,心里不免一阵酸楚。曾经的花季少女,已变成了满脸病容的老妪。

中河感到愧疚,便握住凤琴的手,一直说对不起。

凤琴倒是豁达,她宽容地笑着说:“中河,不要说对不起,这只是天意弄人而已。我孤独了一生,临死只有一个心愿,希望你能陪我走一程。”

中河流着泪说:“凤琴,我愧对于你啊!是我毁了你一生,我一定会好好照顾你的。”

凤琴又说："你看你，都当爷爷的人了，还会哭鼻子？再说了，哪儿毁了一生啊？人啊，怎么着都不会留住光阴的。我的一生啊，除了孤独一点儿外，也没觉得有什么不好。"

中河擦了擦眼睛说："凤琴，是我亏欠于你，你还来劝说俺，你的心地总是那么善良。"

朱凤琴又笑着说："终于面对你了，我心里非常满足。"

中河说："那我就天天陪着你。"

就这样，中河答应了凤琴。

中河回到家，把当年的事儿和凤琴的病情，都实打实凿地讲给了雪玲，希望她能够充分理解，并让他去陪伴凤琴最后的日子。

雪玲听了中河的讲述，心里就窝了一个坎。她越寻思越不愉快，再看到中河的举动，就一气跑回了杜尔伯特。

话说到这儿，雪玲迷茫地问："娘，你说俺该咋办呢？"

俺寻思了一下说："怎么办——凉拌。"

雪玲疑惑地说："娘，你说啥呢？"

俺叹口气说："唉，当年是俺拆散了他们，让中河选择了你，你和中河过了四十多年安稳的日子，虽说没有大富大贵，也是衣食无忧啊。相比之下，凤琴却孤独了一生。你说，你是不是已经很幸运了？"

雪玲点了点头说："那是。"

俺又说："雪玲啊，这人呢，最难跨过的坎，就是时间和愧疚。时间能无情地把大伙儿变老。愧疚呢，是藏在心底的魔，时间越长就越不安。中河对凤琴是愧疚的，要是不给他补偿的机会，他一生都于心不安。现在，你给了他补偿的机会，他有机会照顾凤琴了，就会对你心生愧疚的。"

雪玲静静地听着，她把俺的话记下了。

俺说："不是俺咒人家，她是肝癌晚期呀，能有多大活头呢？别说有过那段纠葛，就是陌生人求到你了，你能瞅着他不管吗？"

雪玲说："不能。娘，我也很同情她，她真的很可怜。"

俺说："就是，你心地善良，她要是别人，你比中河照顾得还好。中河这样做呢，是在补偿亏欠的过去，是仁人义士所为。雪玲啊，都这个年纪了,除了喂喂药、喂喂粥,他们还能做啥呢? 你说,你有啥可担心啊?"

雪玲问:"娘,那我该怎么办呢?"

俺说:"要是俺哪,就乐呵呵地帮中河,帮他做做饭、熬熬汤,多说点宽慰的话,让他安心地去做好这事儿。时间长了,他会把愧疚感转到你的身上。"

雪玲说:"那,我试试。"

俺又说:"雪玲啊,中河会陪你一辈子。凤琴呢,就这几个月。对比一下,你拥有的太多了。"

雪玲笑了,像开放的向日葵。然后她背起包,轻松地走了。

心茹下班回来,就问:"奶奶,我妈呢?"

俺说:"回去了。"

心茹说:"我怎么觉得她不对劲呢?"

这个孩子,真是机灵鬼,啥事都瞒不过她。

俺就把雪玲的心事儿,俺是咋解开她心里疙瘩的,都跟心茹说了一遍。

心茹笑眯眯地说:"奶奶,你可以当书记了。你看你多会做工作呀。我们老王家呀,有了你这本教科书,用两个字来形容——幸运;用三个字来形容——太幸运。"

俺说:"你这孩子,就是会说话。"

心茹说是说,但俺知道,俺也有错。就说心茹家公的婚事吧,俺那就是拉郎配,还棒打了鸳鸯了。误了一对有情人不说,也误了那女人的一生。唉,真是不该呀! 但是,现在后悔也晚了。

寻思寻思,那病床上奄奄一息的凤琴,俺的心就像针扎似的,俺对不起这个孩子啊。

那次提起这事儿,心茹问王迪说:"你觉得太奶奶错了吗? 按理说,包办婚姻是不可取的。可是,你爷爷奶奶过得多和睦呀。我看比谁都幸福。"

俺明镜似的,心茹这是在试探王迪思考问题的能力呢。

王迪寻思了一下说:"妈,我是这样想的,婚姻和爱情是两回事。

爱情是靠激情，婚姻却不能靠激情。维系家庭稳定的因素很多，包括品质、性格、思想和为人，还有责任感。我爷爷和奶奶的感情，一定不是爱情，而是亲情。亲情是完全可以支撑婚姻的。我爷爷为人正直，责任感强；我奶奶温良贤恭，朴实勤劳。他们相互尊重，因此才能和睦相处。”

心茹说：“这么说，包办婚姻是幸福的？”

王迪说：“不是，爷爷奶奶的婚姻只是个案。而他们的幸福，源于他们的人品和性格。要是爷爷遇上大奶奶那样的，他一生都不会幸福的。那样的话，太奶奶可真成了罪人了。”

这孩子，说话像大人似的。

不过，要真就像王迪说的那样，俺该咋面对中河呢？

心茹说：“王迪，你只说对了一半。你爷爷奶奶的婚姻，有你太奶奶独到的眼光，这就是识人的能力，这是很重要的因素啊。”

王迪点点头说：“妈，我知道了。”

心茹又说：“所以，老话说‘不听老人言，吃亏在眼前’。”

王迪说：“好，我一定听您老人家的话。”

心茹拍了拍她的额头，问：“你是怎么看校园恋情的？”

王迪说：“校园恋情是美好的啊，那是青春时期最美的花蕾。”

心茹又问：“你会校园恋吗？”

王迪说：“也许会。”

心茹再问：“为什么是也许？”

王迪说：“就一般的校园恋而言，并不是真的爱情。那只是一时的冲动，甚至是寂寞时的慰藉，是自我张扬的身价，是青春萌动期的探秘。不然，大学校园里怎么会人人谈恋爱呢？”

心茹接着问：“那怎样理解爱情呢？”

王迪说：“我觉得，起码有共同的兴趣，相互的尊重，彼此的爱慕，共同的理想，还有心有灵犀。”

心茹继续问：“要是遇不到，你还会有校园恋吗？”

王迪说：“妈，校园只是一棵树，社会才是大森林。在校园里选择，我只能有一种选择；到社会上选择，我会有无数的选择。”

王迪的话,惊得心茹说不出话来。

王迪接着说:“嘿嘿,老妈,我是不会一叶障目的。”

心茹只有笑的份了。

俺就寻思呀,俺是不是去看看凤琴呢?咋说也是俺的不是,让她孤独了一辈子。要不,凤琴也许不能得这个病呢。

58

人老了,就有个特点,就愿意回忆过去。

那年八月,王迪上学走了。她以绝对的高分,被北京大学录走了。

王迪走的时候,大伙儿又是祝贺又是饯行的,就让俺想起了送中水当兵的情景。中水走时,是那样幼稚和激进。王迪呢,不但智慧,还有成熟的思想与端正的品质。中水和王迪起点不一样,人生观不一样,他们人生的结局也不会一样。

现在看来,家风的影响是重要的,外边的环境也很重要。俗话说,跟啥人学啥人。这孩子小的时候,他到谁家玩儿,跟哪些人来往,当爹娘的真得帮着把把脉,要适时多多引导,就像心茹那样。

俺自个在家,正在那儿没头没脑地寻思呢,就听到有人敲门。俺哪,就拄着拐杖去开门。俺也趴在门镜上瞅了瞅,然后才打开了房门。

现在呀,不小心点还真不行。

中河公母俩来了。

他们刚坐下,俺就打听凤琴的病情。

中河说:“她上周就走了。”

他说这话时情绪很平静,就像是说与自个无关的一件事儿。

虽说这是必然,但俺还是感到吃惊:“这么快?俺还寻思着,要去医院看看她,跟她说一声对不起。可是,她这么快就走了。”

雪玲也深有感触地说:“是啊。但她走得很平静。可怜哪,一生孤独,临走了依旧是无所求。”

中河说:“只是苦了雪玲,她又是熬汤做饭,又是替换看护。凤琴说，我找了一个贤惠的妻子，她也走得安心了。”

俺和雪玲相互瞅瞅，都会意地笑了。

中河又说：“这些年，我这心里像压了块石头，总觉得对不起她。临了能送她一程，让她无憾地离去，我也就心安了。”

是啊，亏欠的总要还的。

俺说：“你心安就好。你心安了，俺就少点愧疚。”

中河说：“娘，别这么说。”

俺说：“好，不说了，不说了。”

那以后的日子，俺过得很安逸。但想起中水，俺的心还刀剜似的。

中海和中河时常去监狱，他们说中水很平静，改造得也不错。中水说，一定要争取减刑，好早点回来伺候俺。

听到这话，俺又流泪了。

儿子就是娘的心头肉，俺咋能不疼他想他呢？即使他再错再坏，也还是俺的儿子呀。

中河公母俩为了让俺高兴，就带着俺挨家地转悠。今个去立天家，明个又去立成家。两个月下来，包括春、夏、秋、冬、梅和枫，俺都转了个遍。

瞅着子子孙孙都像模像样的，俺这心里就愉快了。

没事的时候，心茹又缠着俺讲故事。

俺就讲啊，反正都习惯了。心茹就听，还一边听一边记。

年末的一天，俺和中河公母俩正在看电视，心茹笑呵呵地回来了。俺就纳闷呀，这还没下班呢，她咋回来了呢？

心茹掏出一本书说：“奶奶，你看这是什么？”

俺说：“书呗！”

心茹又说：“你看作者，杨柳生！”

中河一惊：“什么？娘，你的书？”

雪玲也问：“娘出书了，真的吗？”

心茹又说：“是真的。你们看，杨柳生，还有奶奶的照片呢。”

中河接过来一看，是《迎春花，柳蒿芽》，书名还真不错。但他心里犯嘀咕啊，就问：“心茹，你奶奶不会写字，怎么能出书呢？”

心茹说:“我把奶奶讲的故事一一地记录下来,并根据故事的内容,分成了《迎春花》《柳蒿芽》和《榆树钱》三部分,并交给了作家出版社。出版社不但决定出版,还给了奶奶百分之八的版税呢。”

他们爷俩说他们的,俺自个在这儿偷着乐。俺不是为自个出书乐,俺是为这个好孙媳乐。

那时候,心茹让俺讲故事,就说帮俺出书。俺知道,俺这个孙媳妇,不为名不为利,就为了俺开心。

心茹有一个朋友,也是一位作家,写了不少畅销书。

一次,她听说了一个老人的故事。那个老人,是著名吴桥杂技的传人,曾经与卓别林同台演出,一生的故事坎坷而波折。她很感兴趣,就跟踪采访,写出了一部纪实小说。小说在刊物上刚发了一章,那老人的儿女就不干了,一纸诉状把她告上了法庭,说她侵权了。

法庭经过审理,认为作家的创作,符合小说创作特点,对原型也经过了艺术处理,完全属于自个的劳动。所以,驳回了原告的诉求,维护了作家的权益。

官司打完了,她含泪走出法庭,并一气之下烧了书稿。从此,那杂技老人的故事,就湮没在了历史的尘埃里,再也没有谁提起过。

俺不知道,那老人的儿女咋想的,他们也许会后悔吧？只因一点儿贪欲,毁了一部书稿,毁了一笔宝贵的财富,也毁了对老人永久的存念。

听了这个故事,你会更加佩服心茹,反正俺的心里是。

俺算是烧了高香,遇到了这样的好孙媳,把这份荣耀给了俺,也给后人留下了一笔财富,宝贵的精神财富。

俺说:“心茹啊,书的作者应该是你。”

心茹说:“奶奶,故事是你的,我只是记录,你才是当之无愧的作者啊。”

中河说:“娘,你也别争了,这书都出来了,再争也无法改变了。”

俺不再说啥了,只是把书捧在手里,用手抚摸着封面,感觉那份细腻,享受扑鼻的墨香,俺的心化成一潭湖水,并溢满了幸福的感觉。

俺细看那书,书的封面上,画着一个白发苍苍的老太太,老太太慈眉善目的,正瘪着嘴巴讲故事呢。

心茹说:“奶奶,这是俺送给你的贺礼。你扭着小脚,走过了百年光阴,写下了一部光辉的史诗,是多么值得骄傲的一件事呀。”

是啊,这日子太快了,俺立马就百岁了。

俺想起了爹娘,想起了俺当家的,想起了俺姑姑,想起了大儿媳杏花,想起了那些陪伴过俺,而今个早已逝去了的人。他们能看到俺今个的模样吗?

要是能,他们一定会为俺骄傲的。

59

俺的百岁生日到了。

孩子们说,要给俺办一个百岁长街宴,而且一直张罗到现在,还有两天就到俺的生日了,也没有个定数。

儿孙们陆续赶回来了。

中海这辈的中河、雪玲,拴住、古杰,还有巴特尔。

立明这辈的春、夏、秋、冬、雨、雪、梅,立天、立菊,立枫、立成,包括拴住的孩子和他们的当家的或屋里的。

王迪这辈的王婷、王涛和不到一岁的王德。

王佳琦这辈的,眼巴前就他一个。

王超出国了,在加拿大读高中。秀伟不放心,就去加拿大陪读了。不过,秀伟爹、秀伟娘都跟立天来了。

佳琦恢复得很好。医生说,再治疗两个疗程,病情就稳定住了。立雨一直对俺说:“奶奶,多亏了你,才救回了我孙子的命。”

俺说:“你是俺的后代,他也是俺的后代,俺咋能不管呢?”

听俺这么说,佳琦就偎到俺的怀里,羔羊似的亲昵着。

小孩儿也懂得好赖。你对他好,他就愿意和你亲近,也愿意听你的话。你对他不好,他就会产生逆反心理,你说东他偏说西。

立菊把迭戈带回来了。

迭戈真的当上总裁了。

迭戈把自个多年的积累,投入了新研发的项目,自个当公司的总裁。听立菊说,他的公司开得红红火火的,生意都做到国外去了。

不过,他还是爱耍活宝,时不时地逗大伙儿笑。

立菊告诉俺:“奶奶,我和迭戈试婚即将结束。他正在琢磨,送给我一个怎样的婚礼。”

俺说:“好呀,等你结婚时,俺一定参加。”

立菊说:“那当然,我还要请奶奶做证婚人呢。奶奶是著名的百岁作家,上过报纸和电视的名人。有奶奶证婚,我的婚礼就增色不少了。”

俺不好意思地笑了。

说起这个,俺要说说俺的书。

俺做梦都没有想到,那本书居然卖火了,半年多的时间,销量就达到了十万册。

百岁老人写书的事儿,传遍了大江南北。报纸、电台、电视台都纷纷来采访俺。要不是俺腿脚不便,早到大学做报告去了。有些人想找俺签名,俺只能把书送给他们,俺不会写字啊。

老话说:人过留名,雁过留声。俺这一大把年纪算是没白活,还能为社会做点事儿。

说到这儿,俺得感谢心茹啊!没有她,俺肚子里有啥,那也倒不出来。

心茹能进王家的门,真是烧了高香了。

心茹又出了一本新书,听说这本书一出来,就被一家影视公司看中了,他们正在商谈剧本改编的事儿。

立菊提起这个话题,俺就忍不住想笑。

迭戈兴奋地说:“俺太幸福了,没有小菊,哪能认识这么伟大的老奶奶?”

立菊嗔怪地说:“什么老奶奶?奶奶才不老呢,她才一百岁。”

迭戈做投降状:“好吧,俺错了,奶奶永远年轻漂亮、健康长寿。”

俺说:“听听,这外国孙女婿比你们会拍马屁。”

大伙儿都被逗笑了。

立枫和车作山也回来了。

车作山的孩子两岁了,车作山给他取名叫车薪。

令人开心的是,车薪对立枫可亲了,车薪总偎在立枫怀里,搂着她的脖子喊妈妈。

立枫也进入了角色,还动不动就说:我儿子可乖了,我儿子可会哄人了。谁能看得出来,那是一个养母呢?

车作山对立枫娘俩百般呵护,就连洗衣做饭都抢着干。看到他们现在这个情形,俺觉得可以放心了。

要俺说呀,立枫这个样子,才是过日子的样子,才像个真正的女人。她现在能坦然面对了,心中的悲苦也该消除了。她能一直这样和孩子相处,孩子一定会把她当亲娘待的。

拴住公母俩的孩子都成人了,各自有了自个的归宿。现在,拴住公母俩留在腰新屯,过着富裕而安逸的生活。他们会定期来看俺,拴住不叫俺表姨,而是和古杰叫俺娘了。在俺的心里,早把他们当作自个的儿女了。

巴特尔终身未婚,他一直陪伴着中华。

看到巴特尔时,俺拉着他的手,上上下下地打量他,嘴里说道:“头发都白了,俺女婿也老了。”

巴特尔说:“娘,我也是过六十的人了,能不老吗?娘,你还好吗?”

俺说:“好,都好。俺哪,就是惦记你呀。”

巴特尔说:“娘,我很好,你不用惦记。娘,听心茹说,娘的书出版了,而且还很畅销,祝贺你呀!娘,我也告诉你一个好消息,我的书也出版了,是动物小说,孩子们都很喜欢。”

俺说:“好啊,太好了!”

俺开心地笑了。

这个功劳也得归心茹。

心茹进了王家后,和巴特尔见了几次面,对他们的爱情故事很感动。特别是巴特尔一直守着中华,她觉得是非常难得的。她一直鼓励巴特尔,让他把养犬的事儿写成动物小说,写给天下的孩子们。

巴特尔照着心茹的话做了,两个人不时在电话里沟通,心茹也帮助他修改稿子。

最后,在心茹的推荐下,巴特尔的动物小说出版了。

这是喜事啊。

俺替俺的女婿开心,在他的人生旅途中,终于找到了一个支点,这是俺值得欣慰的事儿。

俺默默地瞅着他们,不禁寻思起了中水。就自个儿在那琢磨:中水在监狱还好吗?中水啥时才能享受天伦之乐?唉,这一失足啊,失去的何止是自由?还有政治上、经济上和亲情上的东西呀!

俺想中水,怨中水。不过,俺也寻思,过完生日了,俺得瞅瞅他去。

晓梅要离婚,被立成和立枫劝住了,她撤了诉。不过,她说她不会再接受中水,他们是井水不犯河水。

这次,晓梅没回来。俺跟立成说:"劝劝你娘,不管她和你爹咋样,这儿总是她的家呀。"

立成拍着胸脯说:"奶奶,你放心吧,你这百岁生日啊,我绝对不会让你有遗憾的。"

俺相信立成。

这个孩子,虽然读书不多,却有自个的思想。中水被审查期间,他的公司也受到了审查,调查组进驻公司一周,没有查出任何违法行为。结论是,公司与中水案无关。

这也是让俺最欣慰的事儿。

儿孙们商量生日宴了,总的来说是两种意见。

立梅、立成是第一种意见:生日宴要隆重,还是长街宴有气派。立明、立菊是第二种意见:提倡喜庆而不奢华,要注意影响。

立成说:"奶奶一百岁了,杜尔伯特能有几人?不过得与众不同,怎么能尽到儿孙们的心意?"

立明说:"与众不同可以,在形式上动动脑筋,不能搞得规模太大。"

立梅说:"规模小,那能热闹吗?我们把步行街租下来,摆上一百桌,既有寓意,又有气派,奶奶一定高兴。"

立菊说："立梅，现在形势不同了，国务院的四项规定一再强调，不许借结婚、生日、升学等大操大办。"

立梅说："五姐，那是对干部说的。咱就是一个老百姓，谁管得着啊？"

姊妹们争论不休，中海和中河也无所适从。

俺听了半天，就拄着拐杖从卧室里扭出来，儿孙们都静下来了，连忙扶着俺坐在沙发上。

俺说："这生日呀，你们要听俺的。"

立成说："奶奶，你有什么要求，我们一定做到。"

俺点点头说："政府说得对呀，这家有家风，民有民风，国有国风啊。国家不让操办，那是为了刹歪风，树正气。那老百姓咋办呢？平时，见了那些不正之风，就知道骂娘。现在国家来真格的了，你们还顶风上？俺知道，你们是为了俺高兴。可是，国家兴亡匹夫有责呀，俺该支持国家一把不是？"

儿孙们都不吭声了。

俺又说："俺哪，没啥奢望，就想见上中水一面，俺就满足了。"

提到中水，大伙儿都伤感起来，立枫低声哭了。

立成说："前几天，我去探视我爸，我爸说他不能给奶奶过生日了。他还说想奶奶，等他出狱后，一定好好孝顺奶奶。"

俺摇摇头说："啥叫子欲养而亲不待？等你爸出狱了，俺早就不在了。所以呀，你们要以中水为戒，失去了自由，啥都没了。你们都比我有知识，你们也该会算这个账啊。"

大伙儿说："我们记住了。"

俺又说："你们也别费心了。俺的意思是，再排场也是个形式。不如找个宽敞的餐厅，一家人凑到一起，热闹一下就行了。你寻思呀，有啥能比亲人团聚更幸福呢？"

儿孙们静静地听着。

一直没吭声的立天说："我是这样想的：奶奶都一百岁了，不容易。作为后代，应该给她过一个有意义的生日。不过，我们不能违反政策。"

立成问:“那该怎么办?”

立天说:“我的意思是……”

立天的话还没说完,就听到叮咚的门铃声。心茹走到门口,趴在门镜上瞅了瞅,就打开了房门。

进来的是一个四十岁左右的男人和一个三十来岁的女孩儿。

心茹问:“您是?”

女孩说:“我们是县政府的,这是县老龄委的张主任。”

心茹又问:“您有什么事儿?”

张主任说:“是这样,县政府年初出台政策,开展为百岁老人祝寿活动,并发放补助金一千二百元。我这次来,就是按照县政府的安排,与杨柳生老人商量过生日的事儿。”

心茹说:“张主任,快请坐。”

张主任说:“我看,这儿人挺多的,还是到办公室吧。”

心茹说:“奶奶,既然政府有这个意思,那就和政府一起商量一下?”

俺说:“你们是啥意思?”

立天说:“刚才,我想说的,也是这个意思。”

俺又说:“那就心茹、立天去跟政府商量吧。由政府出面,咋的都行。”

心茹和立天答应着,就和张主任去了老龄委。

大伙儿开始寻思,这政府会咋给俺过生日呢?他们寻思他们的,俺是心里有数了:有政府操办,还有啥不放心的呢?

60

傍晚,心茹他们回来了。

大伙儿就眼巴巴地等着,都想知道政府咋给俺过生日。

心茹坐在俺身边说:“奶奶,县政府很重视你的生日。经过商量,要给你过一个简约而有意义的生日:一是早晨,咱家里按传统习俗,给你煮鸡蛋和长寿面吃，接受子孙们的祝福；二是宣传部部长、文化副县长、老龄委主任、广电局局长等领导到场，相关领导致贺词；三是请县剧团为你演一场戏，祝贺你的生日；四是《大庆日报》、大庆电视台对你进行采访，宣传你在正家风上的做法和你的《迎春花，柳蒿芽》。奶奶，你看这样行不？”

俺激动地说：“咋不行？俺一个普普通通的老太太，能让政府为俺操心，俺还有啥说道呢？”

立天说：“奶奶，这也是我的初衷。但是，我没想到政府想到前边了。奶奶，我替你高兴啊！”

儿孙们你一句他一句的，都为政府的行为高兴。

俺也笑了，俺知道，那笑是甜甜的。

没想到，俺这个历尽沧桑的老人，还能享受这么大的荣耀。俺的事儿，对子孙该是一种无形的教育吧。

第二天，二〇一四年八月十三日。

这是俺出生的日子。

一百年了，俺经历了中华民国、伪满洲国、中华人民共和国；经历了抗日战争、解放战争、抗美援朝、抗美援越、中印自卫反击战、珍宝岛自卫反击战和对越自卫反击战；经历了土地革命、“三反”“五反”、公私合营、人民公社、“文化大革命”和改革开放。

杜尔伯特呢，也从乱时候、穷时候，变成了风光旖旎的小城，处处展露着生机。

老百姓呢，也从封建统治、殖民统治，变成了新中国的主人了。

唉，你瞅瞅现在的杜尔伯特，老百姓住着高楼，开着汽车，拿着手机，吃着烤羊排。俺小时候，咋也想不到，老百姓还能过上这样的生活。

俺兴奋得睡不着，早早就起来了。

俺用心茹给俺的桃木梳子，慢慢地梳理满头的银发。把头发梳顺了，俺拿出黑色的皮套，把头发扎紧盘在脑后，再用银簪子定好型。

头发梳好了，俺想换一身新衣裳，可又不知道穿啥好，就呆坐在床上。

外面是晌晴的天儿，俺的心里却有些难受，俺又想起了中水。儿孙们都聚齐了，就缺他一个人了。

九年的刑期，这才过了一年，那八年的牢坐完了，也是满头白发了。

俺是见不到他了。

俺是恨他不争气，也怨他丢了王家的脸。可是，他毕竟是俺身上掉的肉，俺能不想吗？

俺满脑子都是中水，寻思寻思就流下了泪。俺哪，等过完生日，咋的都得去瞅瞅他。

立梅轻手轻脚地推开门，趴在门缝向里瞅，她瞅见俺坐在那儿，就抱着衣裳挤了进来："奶奶，我还以为你睡着呢。你怎么起这么早啊？"

俺说："唉，睡不着哇。"

立梅瞅见俺擦眼泪，就连忙问："奶奶，你怎么哭了？"

俺掩饰地说："没有，俺是高兴啊。"

立梅说："我知道了，你是想三叔了。"

俺点点头说："是啊，就缺他一个呀。"

立梅放下话茬，举起衣裳说："奶奶，我给你买的，快换上。"

说话间，俺就换上了新衣裳。上衣是红色寿字图案锦缎对襟长袖衫，裤子是黑色丝绸带暗花的裤子，脚穿一双漂亮的绣花鞋。

换完衣裳，立梅歪着脑袋打量俺，眉开眼笑地说："奶奶真精神。"

这时候，叮咚的门铃声响起。

中海打开房门，心茹一家来了。王迪考上了北京大学研究生，正赶上中秋长假，就特意回来给俺祝贺生日。

心茹说："大爷，我们来蹭奶奶的生日鸡蛋，也沾一沾老寿星的福气。"

中海说："你们尽情吃，俺煮了一锅呢。"

王迪说："大爷爷，这是我亲手给太奶奶做的寿桃。"

中海说："王迪真有心哪。"

听到他们的对话，俺连忙迎了出去。王迪拎着一个方便袋，瞅见俺走出来，就赶忙上前扶住俺："太奶奶，这是给你做的。"

俺坐在沙发上，打开袋子一瞅，是四个白面大寿桃，那桃子活生生的，还闪烁着一片霞光。

俺开心地说："俺大重孙女真巧，还会做寿桃呢。"

王迪说："这是我在电脑上学的。"

心茹拿出一个盒子，把一对金耳环给俺戴上，还左右瞅了瞅说："奶奶，真好看。"

俺说："唉，你又破费了，这得花多少钱哪？"

心茹说："奶奶，你百岁的生日，我自然要送贵重一点儿的礼物。"

中海端来一盆鸡蛋，王迪抢先拿了一个，被烫得在手里直倒个儿。然后用嘴吹了吹，扒开壳，把鸡蛋掰开，一半给心茹，一半给立明："爸爸、妈妈，吃了太奶奶生日鸡蛋，你们也能活到一百岁。"

佳琦噔噔噔地跑过来，晃着王迪的胳膊说："姑姑，我也要吃鸡蛋，我也要活一百岁。"

王迪说："好，姑姑给佳琦扒鸡蛋，愿佳琦快乐、健康，活到一百岁。"

王迪扒好鸡蛋，掰下一块送进佳琦嘴里。

立雨站在一边，默默地瞅着这个场面，他的眼睛湿了。

佳琦恢复得很好，这个患了白血病的孩子，终于逃出了魔掌，能正常地生活了。

大伙儿分吃鸡蛋。俺吃了一个鸡蛋、一个寿桃，剩下的分给大伙儿。大伙儿品尝着，都夸王迪手艺好。

立春端着碗说："奶奶，该吃长寿面了。"

俺说："吃不下了，都饱啦。"

立春说："长寿面，长寿面，吃了长寿面更长寿。再说，这是一根面，没多大的量。"

佳琦趴在俺腿上说："太太奶，我要你长寿，你吃。"

俺说："好，太太奶吃寿面。"

俺接过长寿面，喂了佳琦一口，剩下的俺一口吞了下去。

俺最大的愿望，就是希望佳琦好好的，这是俺眼前唯一的灰孙子。

立菊和迭戈来了。迭戈一进屋就抗议："老奶奶，俺没寿桃，也没寿面。俺也要长寿呀!”

俺笑着说:“晚起的鸟儿没虫吃,谁让你贪睡了?”

迭戈耸了一下肩说:“俺不是虫子,俺是老王家的姑爷,是老奶奶的孙女婿呀,俺应该有面吃。”

迭戈正说着,立夏端着盆说:“大家快吃面,锅里还有呢。”

大伙儿说笑着拿碗拿筷,分吃鸡蛋和长寿面,一幅喜气洋洋的图画。

61

生日庆祝会就要开始了,俺在儿孙们的簇拥下,又来到吉禾维景大酒店宴会厅。

酒店外立起了彩虹门,几只氢气球飘在空中,气球下方悬挂着条幅。听王迪说,条幅上写的是:历百年沧桑,洞世间冷暖。还有:祝贺百岁作家杨柳生生日快乐。

王迪问:“太奶奶,你为什么叫杨柳生啊?”

俺说:“那是你太太姥的心愿,希望俺像柳树一样皮实好活。”

王迪说:“对了,我太太姥管我叫什么呀?”

俺说:“滴沥外孙女。”

王迪就笑着说:“哈哈……真有意思。”

宴会厅正面是舞台,背景上写着一些字。俺也不认识字呀,心茹就贴着耳朵告诉俺,那上面是:杨柳生老人百岁寿辰庆祝会,中间是大大的寿字。唉,俺活这个岁数了,还是大闺女上轿——头一回。面对舞台摆着三张茶桌,中间茶桌上摆着鲜花,茶桌后边摆放着沙发,茶桌上还放着牌牌。茶桌往后,就是一排排椅子,除前两排椅子外,后边的都坐满了人。

心茹和立明扶着俺走进来,茶桌后边的那几个人,还有那些邻里乡亲都站了起来,还啪啪地拍着手。茶桌后边走出一个人来,心茹说,他就是到过俺家的县老龄委的张主任。张主任面向大伙儿摆摆手,大伙儿就坐下了。

张主任说:"王奶奶,我给您介绍一下。"

俺说:"好,好。"

张主任就说:这位是县委常委、宣传部部长满志刚,这位是主管文化副县长马长仁,这位是文化传媒集团总经理李德福……

张主任介绍一个,俺就跟他握握手,说上一句感谢的话儿。介绍完了,大伙儿就坐在牌牌后边的沙发上。

九点零九分零九秒,庆祝会开始了。

张主任走上台,深深地鞠了一躬,站在话筒前说:"今天,我们聚集在吉禾维景大酒店,举行杨柳生老人百岁寿辰庆祝会。为此,县委常委、宣传部部长满志刚,副县长马长仁等领导同志,特前来为杨柳生老人庆祝生日,让我们用热烈的掌声表示欢迎和感谢!"

张主任说到这儿,大伙儿就拍巴掌,俺也跟着拍巴掌。

张主任又说:"下面,让我们用热烈的掌声,欢迎副县长马长仁为杨柳生老人颁发县政府文化突出贡献奖。"

中海和中河扶着俺走上台,俺从马副县长手中接过证书和奖牌,俺都不知道该咋的好了。张主任说:"谢谢马副县长!王奶奶,请您说两句话好吗?"

俺说:"好,好。"

俺走到话筒前,颤着声音说:"俺太激动了,也不知道说啥好。俺哪,经历了那么多的事儿,就悟出了一个道道,就是人哪,要走正道,要为老百姓多做好事,千万不要祸害国家和老百姓。"

在一片掌声中,中海和中河扶俺回到座位。

张主任摆摆手又说:"感谢王奶奶的肺腑之言。下面,请县委常委、宣传部部长满志刚致贺词,大家欢迎!"

大伙儿又拍巴掌。

满部长走上台,也深深鞠了一躬,站在话筒前说:

尊敬的杨柳生老人,同志们,朋友们:

今天,我们怀着十分崇敬的心情,在这儿为杨柳生老人庆祝百岁寿辰。

杨柳生老人生于民国，经历了伪满洲国、抗日战争、解放战争、新中国成立、抗美援朝、“文化大革命”以及改革开放，见证了中华民族由弱到强、由衰到兴的全过程。可以说是中国近代史的活化石。

杨柳生老人弘扬中国传统文化，用亲身经历写下了《迎春花，柳蒿芽》这部著作。她从“乱”讲到“穷”，再讲到“家”。每一篇都是一个立体场景，让你有亲临其境的感觉。

杨柳生老人弘扬优秀传统文化，还表现在立家训、正家风上。

她嫁到王家后，长期坚持艰苦朴素、勤俭持家的原则，在兵荒马乱的岁月，历尽苦难，把三个儿子、一个女儿，培养成为英雄、国家干部。她的儿孙们家风纯正，和睦共处，积极向上，为国家为杜尔伯特做出了应有的贡献。

……

我希望，杜尔伯特人民，学习杨柳生老人，学习她艰苦朴素的生活作风，学习她对传统文化的继承和发扬，学习她站在民族的高度培养和教育子孙后代。

最后，祝愿杨柳生老人生活幸福、长寿安康！祝愿全县人民顺心顺意、笑口常开！

希望美丽的杜尔伯特草原，养育出更多更长寿的老人！

谢谢大家！

满部长讲完了，大家使劲地拍巴掌，俺的眼睛模糊了。俺一个普普通通的老太太，得到了政府这么高的评价，俺实在是有点儿心虚呀！

张主任又说：“感谢满部长热情洋溢的讲话。相信大家一定会以杨柳生老人为榜样，大力弘扬中华民族传统文化，为纯正家风、民风和国风，做出自己应有的贡献。”

大伙儿又使劲地拍巴掌。

这时，满部长手机屏幕亮起，他拿起电话，低声说了句“明白”，就挂了电话。随后,他给张主任打了个 OK 的手势,张主任点了点头。

张主任说:“为了庆祝杨柳生老人百岁诞辰,经与上级相关部门联系,今天请了一位特殊的人,前来为老人家祝寿。大家请看。”

随着张主任的手势,俺向门口看去,只见有一个人走进来,后面还跟着两个警察。

中海一惊:“娘,是中水。”

俺也一惊:“中水?”

中河也说:“娘,是他。”

这时,俺身后有喊爸爸的,有喊三叔的,有喊三舅的,有喊三爷爷的,而中水就像没听见,大步流星地走到俺面前,双腿一弯,扑通一声跪倒在地,流着泪说道:“娘啊,儿子给您拜寿了。这些天,儿子总想对您说一声:娘啊,对不起!儿子辜负了您的教诲和希望,儿子知错了,儿子知错了呀!”

中水说着,就给俺磕了三个头。

满部长和张主任连忙上前,把中水扶起来。中水擦了擦眼泪,坐在了满部长身旁。

满部长说:“王县长……”

中水说:“满部长,还是叫我中水吧。”

满部长说:“好。中水同志,咱们还是继续吧。有什么话,一会儿再说。”

中水说:“好,继续,继续。”

张主任走上讲台说:“为了庆祝杨柳生老人的百岁寿辰,县京剧团为大家义演传统剧目《龙凤呈祥》,大家欢迎!”

于是,生、旦、净、末、丑五大行当纷纷亮相,讲述了孙权因刘备占据荆州不还,而与周瑜设美人计引发的故事。

在一片巴掌声中,《龙凤呈祥》落幕了。

张主任又走上台说:“接下来,有请王氏家族代表致答谢词,大家欢迎。”

中河在掌声中走上台,他稳定了一下说:

“尊敬的满部长、马副县长,各位领导,邻里乡亲们:今天,是家母一百岁寿辰。作为王家后代,我能够站在这儿,感受着满满的情意,内心十分激动。感谢县领导对家母生日的重视,也感谢县政府给家母这么高的殊荣。我祝愿家母笑口常开、安康长寿;也祝愿各位领导万事顺意,祝愿杜尔伯特越来越美好!家母一百岁了,这是我们儿女的福气,也是我们家族的福气。今后,我们还要遵循家母的教诲,完善家训,纯正家风,努力实现优良传统的现代继承。各位领导,我的侄男哥女有个愿望,希望集中资金,为家乡做点实实在在的事儿,还希望县领导成全。谢谢大家!"

中河在掌声中离开讲台。

张主任接着说:"感谢王氏家族对家乡的深情厚谊,也相信你们的愿望会实现的。现在,我宣布:杨柳生老人百岁寿辰庆祝会到此结束。有件事儿我说明一下:现在是新闻媒体采访时间。采访结束后,杨柳生老人的家人,将自行举行家宴。其他的人,可以择机离场。"

大伙儿又拍巴掌,俺也跟着拍巴掌。

满部长、马副县长站起来了,中海、中河、中水也站起来了,大伙儿都站起来了。

满部长说:"中水同志,陪老人吃顿饭,好好聊聊。我们还有事儿,就先告辞了。"

中水说:"谢谢领导的关怀,我一定好好改造,争取早日回来多陪陪家母。"

马副县长说:"这么想就对了,我期待着再见。"

满部长说:"中水同志,再见!"

中水说:"再见!"

大伙儿都挥手道别,俺拄着拐杖站在那儿,也挥动着一只手。

62

领导们走了,邻里乡亲也走了。俺呢,还得坐一会儿。

俺刚坐下,一位漂亮的女孩儿走过来自我介绍:"老奶奶,我是县委宣传部的王靓,您叫我小王就行了。我们请来了《大庆日报》《大庆晚报》《百湖周刊》、大庆电视台和杜尔伯特电视台的记者,想采访您几个问题,您现在方便吗?"

俺说:"唉,俺一个老太太,惊扰了各路神仙,早就不好意思了,哪有啥不方便的?你们想问啥就问吧。"

王靓说:"谢谢老奶奶。各位记者,请提问。"

记者甲:"老奶奶,今天这个生日,您高兴吗?"

俺说:"高兴,俺一个普普通通的老太太,能有这个场面,能不高兴吗?"

记者乙:"您的儿孙们都来了吗?一共有多少人?"

俺说:"都回来了,掐指算算,里里外外的,总共八十九口人。"

记者丙:"奶奶,在一个家族里,最重要的是什么?"

俺说:"家风啊,没有好的家风,那还不乱了?"

记者丁:"您对孩子的教育,是一视同仁呢,还是有所偏重呢?"

俺说:"你说十个指头,你咬哪个哪个不疼?都是自个的孩子,哪能有偏有向呢?"

记者乙:"据说,您二儿子王中河,在油田工作非常出色。你三儿子也官居县长,后来出了点问题。您觉得他们之间有什么不同?为什么?"

俺说:"这……"

王靓见俺有点儿吞吐,就说:"老奶奶,您要是为难的话,可以不回答。"

中河也说:"娘,您要是累了,咱可以休息。"

俺说:"没事儿。"

俺说着,又瞅了一眼中水,他低着头坐在沙发上一声不吭。俺就寻思,别的俺不敢说,俺相信中水能挺住,咋说他也是军人出身啊。

俺就接着说:"早先,俺家有两个界壁儿,一个是樊家,一个是张家。樊家为人厚道,张家好投机取巧。那时候,中河上樊家去玩儿,中水上张家去玩儿。俺年轻不懂事啊,也就没有去拦着中水。寻思寻思,这也许是一个原因吧。"

记者甲:“那么,您对王中水有什么话说?”

俺说:“俺想说,‘事不避难,义不逃责’。这是俺昨个在电视里学的,俺觉得说得忒好了。就借用一下,送给中水吧。”

俺说着说着又哭了。记者们看俺这个状态,就纷纷跟俺道别。中海、中河和心茹把记者送走了。俺把中水叫到身边,足足端详了好半天。

中水说:“娘,我让您伤心了,对不起!”

俺说:“儿子,你也有孙子了,要记着树个样板。”

中水说:“娘,我记住了。‘事不避难,义不逃责’,这句话也写进王氏家训吧。我保证,带头践行,重振家风。”

俺说:“好。现在,都跟俺吃饭去。”

这顿饭,俺吃得高兴,大伙儿都高兴。儿孙们来敬酒,俺就抿一口,抿来抿去,竟然抿下去一两多。

从吉禾维景大酒店出来,太阳正好当头,天边有飞鸟划过。中水跟着两个警察上了车,当他转过脸挥手告别时,那脸上洋溢着灿烂的微笑。

俺瞅着中水,站在那儿也笑了。但寻思寻思,又流下了不舍的泪。

可是,那不舍的哪会是俺自个呢?

2014 年 8 月 30 日定稿

2016 年 2 月 26 日修订

图书在版编目(CIP)数据

家风 / 王如著. — 北京 ：中国文史出版社，2015.1

（跨度长篇小说文库）

ISBN 978－7－5034－5614－5

Ⅰ.①家… Ⅱ.①王… Ⅲ.①长篇小说－中国－当代 Ⅳ.①I247.5

中国版本图书馆 CIP 数据核字(2014)第 268384 号

责任编辑：卢祥秋

出版发行：**中国文史出版社**

网　　址：http：//www. chinawenshi. net

社　　址：北京市西城区太平桥大街 23 号　邮编：100811

电　　话：010－66173572　66168268　66192736（发行部）

传　　真：010－66192703

印　　装：廊坊市海涛印刷有限公司

经　　销：全国新华书店

开　　本：720×1020　1/16

印　　张：20　　　　字数：280 千字

版　　次：2015 年 1 月第 1 版

印　　次：2018 年 6 月第 4 次印刷

定　　价：39.80 元